EL JUEGO DE LAS ÉLITES

JAVIER VASSEROT

Título original: *El juego de las élites*

Segunda edición: Enero 2022

www.editorialkolima.com

Autor: Javier Vasserot
Dirección editorial: Marta Prieto Asirón
Maquetación de cubierta: Beatriz Fernández Pecci
Maquetación: Carolina Hernández Alarcón

ISBN: 978-84-18811-55-5
Depósito legal: M-1234-2022

A Silvia

ÍNDICE

I CONDENADOS A MUERTE

—Sois las «elites» –escuchó Bernardo afirmar pausadamente al profesor de Derecho Romano.

–Sois las «elites» –de nuevo así, sin tilde en la «e». Nunca antes en su vida lo había oído pronunciar de esa manera.

El término retumbaba rotundo, único y mágico en el Aula Pretorio ese primer día de clase, a esa primera hora, en esa primera aula de la Facultad de Derecho de la Gran Universidad de boca del que iba a tener la responsabilidad de ser el tutor de esos sesenta adolescentes que compartían el honor de haber superado las muy exigentes pruebas de admisión, esfuerzo que veían recompensado con un momento que nunca en sus vidas se les iba a olvidar. Era el momento en que, sin aún mérito alguno, se les admitía como integrantes del círculo de los elegidos, compuesto por los que, en palabras de ese circunspecto profesor de acento engolado, distante a la vez que misteriosamente cercano, serían los llamados a dirigir la Economía de la Nación.

Con cierto azorado sonrojo, a Bernardo le sonaba bien el distingo, pero al mismo tiempo lo irritaba. Le molestaba ese inmerecido premio, que percibía totalmente hueco. A sus ojos no era sino un arma simple y vulgar utilizada por su nuevo tutor para atraer a su grupo de en teoría socialmente privilegiados a unos inocentes chavales que aún tenían todo el camino por recorrer. Y es que Bernardo no era un chico corriente en ningún aspecto, lo cual no era necesariamente ni bueno ni malo, ni una ventaja ni una desventaja. Quizá su manera de ser fuera el resultado de una involuntaria tendencia innata a pensar demasiado sobre la realidad que le rodeaba, hasta llegar a rayar la manía, incluso en el plano físico. No soportaba el desorden y su exceso de cuidado personal no era vanidad, aun cuando esa fuera la imagen que al resto proyectara, sino una barrera de protección que le ayudaba a olvidar, si acaso de manera temporal, su obsesión por el orden. Llevar el pelo perfectamente peinado y arreglado, las uñas cortadas a ras de las yemas con las cutículas bien perfiladas, un afeitado apurado, vestimenta combinada, zapatos impecablemente limpios, o incluso una relativa buena forma física, no eran sino pequeñas jaulas en las que encerrar cada una de sus preocupaciones, ficticios centros de orden dentro de una realidad que de forma natural no podía más que tender a la entropía. A Bernardo todos los años previos hasta llegar a ese momento, intensos en preparación y maduración, le habían servido para poco a poco crearse una idea aproximada de aquella persona en la que quería llegar a convertirse. Lo que creía querer llegar a ser. En su juvenil inocencia pensaba que ya sabía qué camino habría de tomar en la vida, aunque de una manera ciertamente idealizada, como no podía ser menos a una edad en que lo habitual era que el mundo solo se hubiera leído o que a uno se lo hubieran contado.

A Álvaro, en cambio, la disertación del tutor le sonaba a música celestial. Rubio, ojos claros, robusto sin ser especialmente alto, de mirada viva aun cuando no necesariamente inteligente, con esa vivacidad que a uno le concede el estar rodeado de múltiples posibilidades desde niño y de personas que, ellas sí, en algún momento debieron de haber conseguido algo relevante y meritorio en sus vidas. No era la primera vez que le decían algo así. No en vano llevaba sobre sus anchas espaldas trece años de educación privada en un muy exclusivo colegio de futuros elegidos. Trece años para ir construyéndose una imagen y un carácter mimetizados con un contexto irreal pero extrañamente persistente en la sociedad y que le rodeaba desde la cuna. Se trataba, sin más, de lograr acabar encajando en ese molde. No estaba oyendo en definitiva nada diferente a lo que él esperaba oír, sin realmente haberlo llegado a escuchar nunca. Estaba lisa y llanamente en el lugar que le correspondía. Por eso y porque también sabía de la importancia de una buena primera impresión, había ocupado, ataviado con sus pantalones beis de pinzas y una camisa a rayas de marca, un asiento en la primera fila del aula, repleta en su totalidad de ex compañeros de colegio o similares. Y donde, por supuesto, no estaba Damián D.

Al llegar después que los demás ese primer día de clase, no necesariamente tarde sino menos pronto que el resto, Damián no había tenido más remedio que sentarse en el sitio que, en cualquier caso, habría elegido de haber podido escoger: el anonimato, la tranquilidad y el «silencio» de la última fila, allá donde todo se ve y nada se te ve, donde todo se oye y nada te oyen. Y allí se mantendría durante todo su periplo universitario, rodeado de alumnos repetidores de curso y de otros despistados tan inadaptados como él mismo que tan solo buscaban que les dejaran un poco en paz mientras sacaban adelante, en algunos casos brillantemente incluso, sus estudios.

Porque Damián era un tipo marginal, pero tan solo en el círculo de las «elites». En la realidad mundana, en el universo de fuera de las aulas, era paradójicamente de los muy pocos de su recién estrenada promoción académica que estaba totalmente integrado con las personas que habían tenido la suerte o la desgracia de nacer en la normalidad estadística de clase social. Hacía honor a su vocación de inadaptado tanto en personalidad como en aspecto, comenzando por su osadía de acudir el primer día a la «uni» en vaqueros y camiseta de Living Colour, lo mismo que se había puesto para el último día de colegio antes del verano, no pensaba esa mañana en nada en particular mientras el tutor seguía hablando. Lo suyo era la intuición por encima de la reflexión. Era un chico con un pelo normal, ni oscuro ni claro, ojos ni oscuros ni claros, barba de dos días y cuerpo de dos días al año de ejercicio. La anormalidad de lo excesivamente ordinario en un círculo extraordinario. Un visitante inesperado acudiendo a una fiesta a la que nadie acude sin ser invitado, pues él, como todos sus compañeros de clase venidos de fuera de la Gran Capital, había sido el mejor alumno del colegio de su pequeña ciudad de origen y, como a todos los que destacaban en colegios de provincias, le habían aconsejado, más bien empujado, a que se decidiera a formar parte de esas «elites» sociales sin tilde en la «e», que no necesariamente intelectuales, tomando el camino «correcto» de olvidar sueños y juveniles vocaciones y dirigir sus pasos a la Facultad de Derecho de la Gran Universidad.

Y él había aceptado. En el fondo, porque aceptar implicaba la necesidad de trasladarse a la Gran Capital, donde posiblemente sería más sencillo encontrar con quién compartir sus auténticas pasiones: la música y la literatura, aficiones con riesgo de ensoñación a los dieciocho y con grandes limitaciones para poder convertirse en un profesional respetable y suficientemente pagado, al menos a ojos de sus preocupados padres.

En esto coincidía con Bernardo, a quien también le atraía fuertemente la literatura, pero cuya cobardía y falta de arrestos le habían llevado a autoconvencerse de, en lugar de estudiar Filosofía y Letras, dirigir sus pasos al Derecho, lo que en el fondo también le iba a permitir desarrollar sus presuntas dotes de escritor, o al menos ese era su infantil consuelo para no reconocer abiertamente que la prosperidad económica y social también le atraían más de lo que él quería confesarse. Bernardo tampoco se había acabado de decidir por sus otras incipientes vocaciones, mucho más arriesgadas, a una edad en la que lo más importante parecía ser no equivocarse del todo, mucho más aún que llegar a acertar plenamente, o, al menos, otorgarse la posibilidad de alguna vez llegar a hacerlo.

Siempre se arrepentiría de ello.

–Ahora tengo treinta y cinco años –proseguía el profesor.

–Con treinta y cuatro fui nombrado catedrático de Derecho Romano de la Universidad del Sur. Con treinta publiqué mi tesis doctoral, que escribí a los veintiocho –seguía con su retrospectiva auto-semblanza–. Con veintiséis comencé los cursos de doctorado, tras licenciarme con veintitrés en la Gran Universidad y dedicar tres años a la docencia y al estudio. Y con dieciocho, al fin, estaba sentado igual que ustedes frente a uno de esos pupitres.

Hizo una pausa teatral para concentrar la atención de sus nuevos alumnos y continuó, remarcando mucho sus palabras:

–Ustedes están aquí para comenzar a construir sus sueños, como hice yo. Tienen el privilegio de ser los diseñadores de su futuro.

Respiró profundamente, hizo una pausa aún más prolongada y gritó con los ojos prácticamente en blanco:

–¡Ustedes son los arquitectos de sus sueños!

«¡Pues menudo sueño de mierda el suyo!» pensó Álvaro. Eso de ser profesor, de seguir estudiando, de tragarse horas y horas de rigurosos análisis científicos para acabar soltando una chapa de ese calibre a los pobres rehenes de primer día de clase le parecía de lo más triste, de perdedor sin ideas claras, de alguien a quien en realidad lo más seguro es que no lo llegaran a admitir nunca en un buen banco de inversión. Ese sí que era un sueño digno de un nombre tal, algo por lo que luchar durante los siguientes cinco años.

Bernardo, mientras tanto, por muchas vueltas que le daba a la disertación del tutor no acababa de comprender muy bien por qué un catedrático de la Universidad del Sur daba clases en la Gran Capital, ni cómo uno podía llegar a ser catedrático de una universidad en la que no había estudiado ni trabajado nunca, para finalmente acabar dando clases en otra diferente, que resultaba ser la misma en la que había estudiado.

No era lo único que le desconcertaba. Todo le parecía extraño y acartonado el primer día de clase. Y no porque hubiera esperado grandes dosis de diversión, entretenimiento y sorpresas, sino porque su concepto idealizado de la universidad, seguramente influido por las series de televisión y las películas de su infancia, era más abierto y relajado, menos colegial y estricto, más maduro. Más serio quizá. Pero es que este era un centro demasiado privado.

A Damián, en cambio, el panegírico del tutor ni le iba ni le venía. ¿Arquitecto de sueños? Con los ojos hinchados precisamente por la falta de horas del mismo, escuchaba adormilado. Tan solo llevaba una semana en la Gran Capital y le había pasado de todo. ¡Y eso sin prácticamente salir de las puertas del colegio mayor! En ese momento estaba mucho más necesitado de dormir que de diseñar sueños. En efecto, bastante tendría con sobrevivir esos primeros días en la Gran Capital escabulléndose en la medida de lo posible (que siempre acababa siendo poco) de las novatadas del colegio mayor, esas que en teoría estaban ya erradicadas por ley. Él sabía perfectamente que iban a ser unas cuantas semanas de dormir escasamente, de sufrir pequeñas humillaciones y vejaciones y de delimitar su territorio. En definitiva, de señalar el camino por el que iba a discurrir su estancia allí. Y para eso lo que tenía que hacer era aguantar estoicamente hasta que escampara.

Lo que sin embargo unía a los tres era un firme propósito de aprovechar al máximo una experiencia que marcaría por siempre el resto de sus vidas y que habría de convertirse en los cimientos de su futuro. Al fin al cabo, no estaba al alcance de cualquiera el compaginar el estudio de dos carreras universitarias de manera simultánea: Derecho y Ciencias Económicas y Empresariales.

* * *

No había transcurrido ni un mes de su recién comenzada andadura universitaria cuando, en medio todavía del despiste generalizado entre los novatos alumnos, que todavía no sabían si estudiar por el libro o tomar apuntes, si concentrarse en unas pocas asignaturas e ignorar el resto, en definitiva, si estudiar o aprender, el profesor de Ética les anunció que en dos semanas tendría lugar el primer parcial de la asignatura. Ética era una de las «marías» del programa. No aportaba prácticamente créditos y su contenido era más cercano a una asignatura de Religión de colegio concertado que a un temario digno de una doble licenciatura. Pero para la Gran Universidad era totalmente imprescindible que formara parte del programa.

En los corrillos del pasillo frente a la puerta de clase no se hablaba de otra cosa. Iba a ser el primer examen universitario al que se enfrentasen y todo el mundo andaba un poco despistado. Además, el temario no era precisamente ligero. Quince temas contenidos en un libro de texto de obligatoria adquisición en la librería del propio centro. Nada menos que cuatrocientas veinticinco páginas de información difícil de digerir ya que se trataba de conceptos bastante etéreos. Estudiarse tamaño tocho en condiciones podría precisar perfectamente de esas dos semanas a pleno pulmón.

Pero, claro, se trataba de Ética. ¿Tenía realmente sentido hacer ese esfuerzo sobrehumano al mismo tiempo que continuaban las clases? ¿Qué es lo que se esperaba de ellos? ¿Que hicieran una lectura somera del libro o que lo memorizasen? Y no era cuestión de preguntárselo al profesor. Esto era la universidad y allí todos eran conscientes de que determinadas cosas se sobreentendían. Nadie pregunta en la facultad cómo ha de estudiarse un examen. Así que entre todos los compañeros tendrían que aclararse, pues en el fondo estaban todos en el mismo barco, con la ventaja de que alguno de ellos tenía hermanos mayores que ya habían pasado recientemente por esa experiencia y que sabrían a qué atenerse.

Esos eran los corrillos a los que había que juntarse en el pasillo. Aplicar la oreja y enterarse de qué hacer. Bernardo, por si acaso, ya llevaba unos días estudiando. Las ganas de agradar y de hacerlo bien en su primer examen universitario pesaban mucho más que el aburrimiento que le provocaba la materia. Había que reconocer que el profesor de Ética había sido muy avispado adelantando tanto el examen. De esta forma se aseguraba de que los nuevos estudiasen con cierto interés su libro, al menos esa primera vez.

Intrigado por lo que estarían haciendo sus nuevos compañeros, Bernardo le preguntó a Álvaro, con quien casi no había cruzado palabra hasta entonces, quien, de manera adusta y con mucho aplomo, le dijo:

–Nadie chapa Ética, Bernardo. Nadie. Es una «maría».

–O sea, que con leérselo la noche antes vas sobrado –apuntaló Antonio, «primerfilero» como Álvaro.

Era una opinión autorizada. El hermano mayor de Antonio cursaba el curso superior, así que tan solo un año atrás había pasado por lo mismo. Aun así era difícil exponerse a hacer un mal papel en su primer examen en la Gran Universidad, por lo que Bernardo, ya algo más relajado, siguió metiendo horas a Ética hasta llegar a darle cuatro o cinco vueltas al temario, como habría hecho en el colegio ante cualquier otro examen. Más valía pasarse que quedarse corto.

El día del examen allí traía mala cara todo el mundo. «Para no haber estudiado nadie, muchos llevan bastante tiempo sin dormir» pensó Bernardo. Se acercó a Álvaro, que era uno de los que traía peor cara.

–¿Qué tal? ¿Cómo lo llevas?

–Mal, muy mal. Me he tirado toda la noche sin dormir a base de cafés y ahora no me tengo en pie. Me va a salir fatal. Álvaro inauguraba de esa manera y en ese momento un inveterado ritual al que Bernardo acabaría por acostumbrarse. Imagen de total destrozo físico por la falta de sueño acompañada de supuesto derrumbe psíquico ante la perspectiva de un fracaso académico seguro.

–¿Lo dejaste para la última noche? ¡Pero si son cuatrocientas veinticinco páginas! –exclamó.

–Jajajajá –rio Antonio–. ¿La última noche? Este lleva chapando semanas.

–Pero, ¿no decíais que con leerse el libro la noche antes iba uno sobrado?

–Claro que sí. Para aprobar. No para sacar nota. ¡Y este cabrón quiere sacar matrícula!

A los pocos días se publicaron las calificaciones en el tablón de anuncios que estaba a la puerta del aula. El sistema de comunicación de los resultados de los exámenes era de lo más pedestre. Un bedel se acercaba al tablón situado a la entrada de cada clase, abría la mampara de cristal y colgaba con una chincheta la lista que le habían entregado en el decanato con las notas de los alumnos debidamente firmada por el profesor de turno.

Era un método agobiante. Ver acercarse al bedel o atisbar a un grupo de compañeros arremolinados frente al cristal eran indicios indubitados de que ya habían salido las notas. Esto provocaba la aparición de un enjambre de sesenta jóvenes dándose empellones para ser los primeros en ver su calificación. Y las de los demás. Con un poco de suerte uno conseguía ver la suya sin que antes se la hubiera chivado un compañero. Bernardo se acercó al racimo de cabezas. Se hizo un poco de hueco y, todavía a una distancia prudencial pero suficiente para poder ver de refilón el tablón, buscó rápidamente su nombre. ¡Un ocho con seis! «¡Qué notaza para mi primer examen!», se congratuló mientras observaba por curiosidad qué tal les había ido a los demás.

No daba crédito a lo que estaba viendo. Ristras de dieces, nueves y medios, y nueves con setenta y cinco. Los ocupantes de la primera fila se habían salido. Menos mal que nadie chapaba Ética porque era una «maría». Sus compañeros habían logrado que su ocho con seis no fuera sino la trigésimo sexta mejor nota de entre los sesenta alumnos. Salvo Damián y su seis y medio, todos estaban por encima del notable. Estaba claro que la universidad no tenía nada que ver con el colegio. Ahí no te podías fiar ni de tu sombra.

* * *

Transcurrido curso y medio de intensa formación colegial universitaria, mezcla casi equitativa de toma de apuntes y estudio libre, se iba poniendo de manifiesto el papel que cada uno de los compañeros de promoción ocuparía, voluntaria o involuntariamente, en el entramado piramidal del alumnado de la clase. Como en cualquier otro grupo social, que eso era lo que en el fondo representaba ese microcosmos académico, aunque muy sesgado hacia las clases más altas, todos acabarían situándose en el lugar que les correspondía, o más bien en el que más cómodos se sentían. Y esto en el mejor de los casos, puesto que en otras ocasiones cada uno terminaba donde otros los empujaban para sentirse ellos más a gusto.

Pero siempre quedaba alguien que no acaba de ubicarse. Ese que suele dejar la vida fluir permitiendo que el devenir del tiempo lo meza suavemente y tome las decisiones, probablemente correctas, por él.

En ese punto se encontraban Bernardo, Álvaro y Damián la víspera del examen de Microeconomía de segundo, el auténtico «coco» de ese curso, la asignatura más dura, o al menos esa que el profesor más dura hacía. Porque, efectivamente, el profesor era la verdadera, o más bien la única, dificultad.

Nadie sabía a ciencia cierta cómo se llamaba. Todos lo conocían por Atila, el rey de los «unos», por su dilatado y tan a gala llevado historial de puntuar con un 1 en sus exámenes a más de la mitad de la clase año tras año. Otros le llamaban el «Microputa» por su escasa estatura y su mala leche, su poca predisposición a enseñar y su marcada tendencia a mantener la mayor distancia posible con el alumnado. En fin, el hombre era todo vocación.

A esas alturas de la carrera, Álvaro había entrado de lleno en el estrellato de la clase, rodeado de los socialmente más acomodados y que solían estudiar juntos en la biblioteca de la Facultad. Se trataba de una forma grupal de estudio que Bernardo no alcanzaba a comprender, dada su necesidad de recogimiento y soledad para asimilar e interiorizar los conceptos de cualquiera que fuera la materia que estuviera estudiando. Esto lo convertía en un compañero marginal desde el punto de vista social universitario, aunque útil y valorado académicamente en cuanto que tenía un conocimiento diferenciado al no provenir del estudio en compañía, sino de todo aquello que lograba encontrar en libros que le pudieran servir de faro.

Por esta razón, a Bernardo no le sorprendió la llamada que recibió la víspera del temido examen de «Micro». Primer parcial, nervios a flor de piel, varias semanas transcurridas desde que se habían interrumpido las clases y, realizados ya unos cuantos exámenes parciales del resto de asignaturas, llegaba el de «Micro», el que todos temían, el que no aprobaba ni el veinte por ciento de la clase.

–¡¡Bernardooooo!! –le gritó su madre desde la cocina–. ¡Te vuelven a llamar por teléfonoooo!

–¿Quién es, mami? –inquirió hastiado Bernardo por la enésima interrupción en su concentración.

–Es otro compañero de clase –le contestó–. ¡Ay, hijo! Que no te quieren dejar estudiar hoy.

–Ya vooooy –se resignó finalmente el estudiante mientras sospechaba quién le podría estar llamando.

Acertó. Era Álvaro, quien habitualmente le planteaba sus dudas previas a los exámenes más complicados, a veces incluso plantándose en su casa para que se lo explicase todo bien clarito. Lo que sí le sorprendió fue que se trataba del decimoséptimo compañero que le consultaba esa tarde para preguntarle por la solución de exactamente el mismo complejo problema, uno que nunca antes había sido resuelto en clase. Consistía en algo acerca de la demanda de bienes de consumo en Alemania respecto de la de Francia. No muy difícil en realidad, aun cuando novedoso y por tanto fuera del alcance de los del estudio en grupo. Y es que, como le decían los de la biblioteca, siempre era una puñeta esa manía de los profesores de no limitarse a poner en los exámenes uno de los problemas ya previamente solucionados y estudiados en clase.

¡Qué ganas de tocar las narices!

Bernardo seguía siendo muy inocente y no sospechó nada. Contestó amablemente a Álvaro dándole también amablemente la solución, tal como había hecho las dieciséis previas ocasiones esa misma tarde cuando así se lo habían requerido los anteriores dieciséis compañeros.

–Eres el puto amo, gordo –le dijo Álvaro tras escuchar la explicación telefónica del problema.

–¡Suerte mañana! –continuó–. A ver si esta noche consigo dormir un par de horas. Si tengo más dudas te llamo, ¿vale?

En realidad a Bernardo la situación le halagaba un poco, puesto que le permitía en cierta manera entrar a formar parte del grupo líder, aunque no demasiado, tan solo en su justa medida. Además, el apelativo «gordo» era todo un honor, pues los de la primera fila lo reservaban para utilizarlo de manera selecta para dirigirse de forma afectuosa a otros de su misma estirpe. A una parte de Bernardo le encantaría ser un gordo más de esa exclusiva tribu de gordos.

Se acostó temprano, como solía en vísperas de examen, para llegar lo más fresco posible a la prueba.

No cayó en la cuenta de lo que realmente ocurría hasta que se sentó al día siguiente en el Aula Magna y comenzó a leer el examen:

> «Primera pregunta (3 puntos): Asumiendo que la demanda de bienes de consumo en Alemania respecto de la de Francia...».

«¡Ostras! –pensó–. ¡Cómo me suena este enunciado! Es como si ya hubiera visto antes este ejercicio–. Y tanto. Dieciséis veces concretamente en las últimas veinticuatro horas. Por supuesto lo resolvió con facilidad. Y con él los otros dieciséis compañeros que lo habían llamado la víspera, aparte de aquellos que pasaban ayer casualmente por la biblioteca a ver qué cazaban.

Pero el dichoso examen contenía otras tres preguntas: la que valía un punto, la fácil, que era la que ponía Atila de cebo como medida compasiva para evitar el cero y así hacer honor a su merecido mote; y otras dos de tres puntos cada una, a cada cual más retorcida, y por supuesto de las que no salían en los apuntes ni se habían resuelto en clase jamás.

Las caras de los de la biblioteca cuando aparecieron las notas en el tablón situado a la puerta de la clase eran todo un poema.

Agustín Álvarez Lamela: 4
Antonio Antúnez Castro: 4
Alberto Bermúdez Martínez López de Cáceres: 4
Ángel Luis Burgos Latorre: 4
Álvaro Bustos Ramírez-Mingo: 8
Diego Camacho Rodríguez de la Cierva: 4
Amado Cardoso Rubio: 4
Damián Díaz Frutos: 9

Y así continuaba la lista...

Andrés Fernández de la Rosa: 4
Bernardo Fernández Pinto: 7
Alfonso Fernández Villasola: 4
Adrián Fitzpatrick Martos: 4

–¿Cómo ha podido ser –preguntaba Álvaro a sus compinches–, si la difícil nos la había contestado Bernardo y las otras tres las teníamos perfectamente controladas con las res puestas que nos habían chivado del año pasado?

–¿De qué coño nos ha servido que mi hermano nos consiguiera las preguntas del examen? –se lamentaba Antonio–. Pero ¿no decíais que lo difícil era el problema?

–¿Y por qué cojones no le habéis pasado a Bernardo el examen entero para que os lo contestase? –preguntó ingenuo Alberto–, así al menos habríamos sacado un siete, como él.

–Tú de verdad que eres imbécil –le soltó enojado Álvaro–. ¿Para qué? ¿Para que él sacase un diez y nos volviera a pisar la matrícula? Ya sabéis que Atila solo pone una por curso.

–De todas formas al final se la va a poner a Damián y no a ninguno de nosotros, porque tú, Álvaro, eres el que has sacado la nota más alta de todos y solo tienes un ocho –insistía Alberto.

–Eres realmente corto, gordo –le replicó Álvaro, ya que incluso dentro de la misma estirpe se permitían de vez en cuando hacerse de menos y hasta el apelativo gordo podía usarse con una connotación negativa.

Prosiguió Álvaro con su argumentación.

–Que Damián saque una matrícula no nos afecta en nada porque no va a sacar ninguna más en toda la carrera, pero Bernardo ya lleva tres de primer curso, y a ese ritmo pasará de las quince y nos dejará sin los mejores puestos en la banca de inversión. Esta matrícula es clave, y de todas formas Damián no es capaz de volver a sacar un nueve en el segundo parcial ni de coña. Esa matrícula lleva mi nombre escrito. Ya me encargaré yo de ello.

Nadie lo dudaba ni por un instante.

Así que ese año Atila fue el rey de los cuatros y no el de los unos. Cincuenta y dos suspensos de sesenta alumnos a golpe de cuatros. A Bernardo se le cayó la primera de las vendas de los ojos y Damián sacó su primer (y único) nueve contestando bien a las tres preguntas difíciles y mal a la de regalo. Es lo que ocurre cuando se vive en una dimensión paralela al resto... y cuando se tiene una novia repetidora.

Definitivamente Bernardo no era tan listo como parecía. Tropezaba de nuevo con la misma piedra. Ya debería haber caído en la cuenta de cómo se las gastaban sus compañeros tras el primer examen de Ética.

* * *

Ya habían completado los tres primeros cursos de la doble licenciatura y Bernardo estaba cada vez más hecho un lío. Estaban en cuarto y todavía no lograba ubicarse. Frente al colegio, en el que resultaba bastante obvia le correlación entre estudio, aprendizaje y la siguiente etapa, que en su caso siempre supo que serían los estudios superiores, en la universidad esa cadena de transmisión no operaba de manera tan fluida. Si estudiaba para aprender, en muchas ocasiones paradójicamente las calificaciones se resentían por haber preparado peor que el resto el temario de examen. Y esto le podía perjudicar a la hora de dar el siguiente paso, que no era sino el tránsito al mundo laboral.

Pero es que ni tan siquiera esto lo acababa de tener del todo claro. ¿Trabajar en qué? Y, ¿cómo? ¿Aplicando lo aprendido en los apuntes de clase? Claramente no. ¿Entonces, mejor olvidarse de apuntes aunque eso le supusiera sacar una peor nota? Había decidido que no le quedaba otra que aguantarse y seguir tirando hacia adelante a ciegas. A esa edad ya era difícil mantener una línea constante, y mucho más si se tenían tantas dudas, por lo que, de una manera u otra, tendría que aparcar esos pensamientos hasta que llegase el momento de tomar decisiones. Vivir sin pensar como ejercicio de supervivencia.

No todos tenían ese problema. Para Álvaro la universidad era un medio, un instrumento a través del cual conseguir sus objetivos personales y profesionales. Nada más. Si con un profesor tocaba ir a clase, se iba a clase. Si con otro bastaba con estudiar los apuntes, pues pasaba totalmente de los manuales. De esa forma aprovechaba de manera mucho más eficiente su tiempo y eso se reflejaba en sus resultados académicos, los mejores de su promoción.

Bernardo, sin embargo, seguía considerando la facultad como un fin. Algo había que sacar de ella con independencia de lo que se fuera a hacer después. Aparte de un tránsito, esos años los percibía como un elemento clave que contribuiría a conformar su personalidad por siempre, aportándole una visión del mundo diferente al permitirle dedicar la práctica totalidad de su tiempo al estudio. Era un privilegio que ya nunca más en su vida volvería a tener, pensaba con razón. Lo único que se pedía de él esos años era estudiar, formarse. Nada más. Y con eso cumplía con su cometido en la sociedad. Había que aprovecharlo. Sin embargo, al mismo tiempo, por alguna razón que no acababa de tener sentido ni siquiera para él, le atraía la visión de las cosas de Álvaro. Esa seguridad absoluta e inquebrantable acerca de lo-que-había-que-hacer-para-triunfar-en-la-vida.

La consecuencia de sus particulares disquisiciones era que tenía pocas oportunidades de hablar sobre su futuro con nadie. Con los de la primera fila ni lo intentaba, ni siquiera con Álvaro, con quien había trabado cierto nivel de confianza, casi de amistad. Pero sabía cuál iba a ser la respuesta y, además, tras las experiencias del pasado, no se llegaba a fiar del todo de él. Y con la práctica totalidad del resto era imposible. Estaban demasiado agobiados estudiando o pasaban totalmente del tema. Solo le quedaba Damián. Damián era prácticamente el único con el que parecía entenderse, pese a que no habían tenido la oportunidad de pasar tanto tiempo juntos como a ambos les habría gustado. Pero es que Bernardo era demasiado empollón y Damián bastante vividor. Así no era fácil coincidir.

Volvía Bernardo de la facultad a casa a las pocas semanas de haber comenzado las clases de cuarto curso dándole vueltas a todas estas dudas. Era casi de noche cuando se cruzó con Damián, que bajaba acelerado la calle.

–¿Qué pasa, tío? ¿A dónde vas tan deprisa?

–Es que llego tardísimo.

De repente Bernardo cayó en la cuenta de que, en contra de lo habitual, ninguno de sus compañeros lo estaba acompañando a la parada del autobús. Lo cierto es que les había visto quedarse a casi todos en el aula al terminar la clase mientras él salía, como siempre, disparado.

–¡Anda, no jorobes! ¿Había clase ahora y no me he enterado? ¡Si no teníamos que recuperar la de Estadística hasta la próxima semana!

Se dio la vuelta para acompañar a Damián a clase.

–Tranquilo, tío, que la clase de Estadística se recupera el próximo martes. La gente se ha quedado al seminario.

–¿El seminario? –preguntó Bernardo extrañado.

–Sí, el de Derecho del Trabajo.

Bernardo respiró aliviado. No era una materia que lo sedujera especialmente. Podía vivir perfectamente sin ese seminario.

–Es que ya sabes que a quien asista le sube la profesora automáticamente un punto la nota global. Y al que no asista no le pone en ningún caso matrícula, saque lo que saque en el examen –le explicó Damián mientras ambos volvían hacia la facultad casi corriendo de la pura inercia.

–¿Cómo? No tenía ni idea.

–Lo dijo la profe el otro día en un corrillo al acabar la clase. Tú no debías de estar. Yo me enteré de rebote.

–Pues nadie me ha dicho nada.

–Jajajajá. ¿Y qué esperabas?

–Pues que alguien me hubiera avisado, aunque la verdad es que me da igual. No habría ido de todas maneras. Me parece absurdo. Si por esa razón le acaba dando la matrícula a otro que sepa menos pues me alegro por él. Anda, corre que al final por mi culpa vas a llegar tarde tú.

Damián se detuvo de golpe.

–¿Al seminario? ¡No me jodas! Yo tampoco voy. ¡A lo que llego tarde es al concierto de *The Cure*! Te podías venir.

Acaba de regalarme un amigo sus entradas y me sobra una. Pero antes tengo que pasar por casa.

A Bernardo le encantaba *The Cure*. Y con la tontería ya casi habían llegado al piso compartido de Damián, situado a pocas manzanas de la Gran Universidad.

Pero es que era jueves. Al día siguiente tenía clase, y si ya salía poco los fines de semana, hacerlo un jueves era todo un anatema en su cuadriculada cabeza.

–Bueno, ¿qué? ¿Te vienes o no? A ti también te gustan los *Cure*, ¿no?

Bernardo vaciló un instante.

–Venga, ¿y por qué no? –claudicó finalmente. Damián lo rodeó por el hombro y le dijo:

–¡Qué bien, tío! ¡Nos lo vamos a pasar de puta madre!

A la vuelta del concierto regresaron a casa de Damián a recoger las mochilas que habían dejado allí para no tener que cargar con ellas.

La habitación de Damián, como era de esperar, era un desastre.

Las paredes estaban repletas de pósteres de grupos de *funk rock* como *Rage Against The Machine* o los *Red Hot Chili Peppers*, y el suelo repleto de libros de literatura oriental tirados y a medio leer: Tagore, Kipling, Rumi, Gibran, Oé...

«Joder, lo que lee este tío. Y yo que me consideraba un gran lector», pensó Bernardo. Recordó que alguna vez Damián le había comentado que su sueño era llegar a escribir como alguno de estos «autores místicos», como él los denominaba, o cuanto menos vivir un poco como los personajes descritos por ellos en sus obras.

Un sueño que algunos daban por calificar de «alternativo», «*indie*», «*underground*» o, mejor dicho, «auténtico», barniz de intelectualidad utilizado para revestir lo que simplemente era más inhabitual que aquello que a cada cual rodea en su micro-cosmos. De esta manera, ir a un cine a ver una película de Bollywood podía ser tanto «*mainstream*» como «alternativo», dependiendo de si uno la iba a ver en Mumbai o en París.

Mientras Damián se iba a la cocina a por algo de picar, Bernardo observó su mesa de estudio. Tenía dos grandes volúmenes de psicología abiertos. Se notaba que los había estado leyendo con interés. Subrayados y bastante sobados. Le resultó curiosa tanta dedicación. Ciertamente Psicología era muy interesante, pero era una «maría» ¡y encima con examen tipo test! Dedicarle tantas horas a esa asignatura era seguramente absurdo a los ojos de cualquiera de sus compañeros, mucho más pragmáticos, que sabían que con leerse con mediana atención un par de veces los apuntes y la experiencia que ya se acumula tras cuatro años de pruebas tipo test raro sería no sacar un siete. Asimismo eran conocedores de la perversa dinámica del examen test de respuesta cerrada, en el que las preguntas tenían tres posibles contestaciones y en el que por cada tres errores se restaba un acierto, lo que impedía en la práctica obtener más de un ocho y medio aunque fueras el mismísimo Wilhelm Wundt, padre de la psicología moderna. Por fin se sintió identificado con alguien. No estaba tan solo. Era su oportunidad de abrirse.

–Tío, no acabo de tener claro lo que estamos haciendo aquí –se lanzó finalmente cuando volvió Damián de la cocina con un par de refrescos y una bolsa de cortezas.

–No te sigo.

–Parece como si tan solo importase acabar y sacar las mejores notas posibles para después meterse en un banco de inversión a hacer no sé muy bien qué. A veces me entran ganas de dejar la carrera y estudiar algo que tenga más sentido –respondió mientras dirigía la mirada a los manuales de psicología abiertos.

–Jajajajá, cómo te gusta darle vueltas a las cosas. Disfruta mientras puedas, que esto se acabará y tendremos que buscarnos la vida.

–Y tú ¿qué es lo que vas a hacer?

–No tengo ni idea. Algo se me ocurrirá. Tampoco tengo ninguna prisa. A lo mejor hasta me tomo un año sabático para ver las cosas con más perspectiva.

A Bernardo le fascinaba la capacidad de Damián de abstraerse de las preocupaciones que a él le traían de cabeza. Le parecía increíble que alguien con tanta personalidad y determinación a la hora de postergar por la Psicología otras asignaturas teóricamente más importantes no tuviera una contestación más definitiva que darle ni estuviera haciéndolo todo de acuerdo con un plan previa y concienzudamente diseñado. En realidad sabía que en una gran parte tenía razón. No había ninguna prisa. No obstante, aun cuando no necesitaba vislumbrar su futuro de una manera tan clara como Álvaro y su séquito, al menos sí quería tener una cierta idea de a dónde dirigirse. Y aparcar esa reflexión como hacía Damián no iba en absoluto con su carácter.

–Es que yo, los primeros años de carrera tenía claro que el mundo de los números, la banca, la empresa estaban hechos para mí. Ahora lo veo bastante hueco. Lo que estudiamos me parece muy simple y las asignaturas que más me gustan son precisamente esas a las que casi nadie presta atención.

Damián se quedó pensativo un instante.

–Y el Derecho. ¿No te gusta el Derecho?

* * *

Se aproximaba el momento de concluir el trayecto universitario y ya hacía tiempo que Damián había decidido que eso no era lo suyo. Le aburría sobremanera la absurda lucha por las calificaciones, y tampoco es que le atrajeran en demasía las materias que estaba estudiando. Asignaturas que él percibía como insustanciales, vacías de contenido, construidas alrededor de conceptos elementales, le robaban un tiempo precioso. Lo cierto es que estudiar se le había dado bien desde siempre; incluso la técnica de hacer exámenes la había conseguido depurar razonablemente bien, pero nada de lo que ahora tenía la obligación de aprender le llegaba a apasionar.

A él la convención social, el itinerario preestablecido de cómo llegar a los lugares «adecuados», aquellos que le garantizaban a uno la prosperidad económica, no le interesaba. Ignoraba si alguna vez conseguiría llegar a «ser» nada en la vida, ni a qué se dedicaría. Sin embargo intuía que con esa formación (por decir algo) que estaba adquiriendo, malo sería que finalmente no lograse un puesto de trabajo superior a la media. Y ahora que llegaba el momento de realizar las famosas pruebas de selección para tener el honor de entrar a formar parte del siguiente estrato de las «elites», Damián tenía sus dudas. Por un lado sabía que, a base de insistencia y esfuerzo, al cabo de un determinado número de veces que se presentase a un suficiente número de las dichosas pruebas algo caería. Quizá no los puestos de diez veces el salario mínimo más *bonus* de entrada que ofrecían algunos de los bancos de inversión a los recién licenciados si estabas dispuesto a irte a pringar a Londres, pero seguro que sí alguna oferta de júnior de primer año a razón de un par de veces o tres el salario mínimo en alguna auditora de tamaño medio. Y eso era mucho dinero para cualquiera.

Al final no hizo ni lo uno ni lo otro.

Desistió de esos cantos de sirena y prosiguió su odisea particular, aceptando la oferta de una empresa importante de su localidad de origen para hacer de «hombre para todo», en contacto con la realidad diaria de la gente normal, tal y como él la entendía. Lo que de esa manera se garantizaba era poner fin a esa loca competición por seguir subiendo la escalera del éxito y la comodidad de saber que estaba desempeñando una labor para la que tenía una preparación mucho mayor que la requerida. Disponer de ese margen lo relajaba y le permitiría ser más feliz, que era de lo que en el fondo se trataba, aunque de cuando en cuando le quedaría el dolor sordo derivado de no saber qué habría podido llegar a conseguir de haberlo intentado con más fuerza.

Álvaro sí que se encontraba totalmente alineado y alienado por la charla que cinco años antes les había dado el profesor de Derecho Romano. Dentro de su ambicioso y determinista itinerario personal estaba perfectamente previsto desde un principio el que el camino a las «elites» pasaría por acabar incorporándose como júnior a un Gran Banco Londres, y por supuesto a residir en Londres. Lo que fuera a hacer allí era totalmente secundario. De hecho, no tenía la menor idea de qué tipo de cosas se hacían en un banco de inversión. Lo que sí que sabía era que se iba a dejar la piel, a razón de más de cien horas semanales de trabajo, comiendo y cenando en la oficina a diario para después ir de copas con los otros nacionales residentes en la *City*, incluyendo por supuesto los sábados y domingos. También tendría su buena dosis de noches sin dormir, trabajando toda la noche, lo que se denomina hacer un *all-nighter* en la jerga de los enterados. La cosa le ponía cantidad. No había nada más arriba en la escala social de recién licenciado universitario que eso.

–Oye, gordo, ¿sabes que llevo dos días de *all-nighter*?

–¿Y qué estás haciendo exactamente?

–Picando datos en el *info memo*.

–¿Y cuál es el *deal*?

–Pues ni guarra, gordo, ni guarra.

Para alcanzar ese estatus tan atractivo era preciso acumular cuantas más matrículas de honor a lo largo de la carrera, sin que importara mucho la asignatura en la que se sacasen, pues toda la cuestión era amasar un número superior a diez. También había que haber realizado prácticas un par de veranos en otros bancos de inversión o en alguna consultora de prestigio, y al menos ser delegado de clase un año. ¡Ah!, y sin olvidar nunca un elevado nivel de inglés, algunas nociones básicas de chino, árabe o ruso para proyectar una imagen más cosmopolita y, por supuesto, algún matiz humanitario, haber ido alguna vez a repartir comida en un comedor social, a sacar a pasear a ancianos, o algo así. Esa era la mezcla perfecta para el éxito. No fallaba nunca.

Y en el fondo era tan sencillo... Tan solo había que ir cumpliendo con cada uno de esos hitos, como quien prepara la lista de la compra, va al supermercado y tacha punto por punto lo que va comprando. Cebollas... ¡hecho!, tomates... ¡también!, apio... no sé ni lo que es, pero ¡al carrito! Nada se podría interponer en el camino de Álvaro si hacía lo que debía, si no se distraía del objetivo señalado. Y si para ello era preciso hacer alguna que otra pequeña trampa, como conseguir las preguntas del examen que iba a caer al día siguiente, copiar en algún momento a un compañero aplicado o provocar que ese mismo compañero sacase una peor nota no ayudándolo, o incluso, despistándolo amablemente, pues se hacía. Siempre, por supuesto, con esa sonrisa acompañada de palmadas en la espalda como solo lo saben hacer los que han nacido para el éxito social. Eso era lo normal, lo que todo el que quisiera triunfar a lo grande hacía. Y es que a los ojos de Álvaro esos no eran atajos, sino salvoconductos hacia la condición de gran profesional, duro, resiliente y persistente ante las dificultades, capaz de sacrificar su comodidad personal, su sueño, su salud y sus aficiones por su patrono. Todo esto estaba muy valorado en ciertos ambientes profesionales. A Bernardo nunca le había acabado de atraer esa idea de trabajar cien horas a la semana, así porque sí, haciendo algo que no estaba demasiado bien definido, a base de entrega y coraje, al estilo castrense, con «un par», obedeciendo sin preguntar. Él, desde su candidez, quería trabajar en algo que entendiera y pudiera contextualizar en un marco, con un objetivo definido. Hacer su trabajo diario para algo, en definitiva. Porque uno aprieta una tuerca para unir alguna pieza a un cuerpo principal y esa pieza cumple alguna función en ese todo, ¿no? Y es que el mundo moderno de los servicios profesionales había evolucionado o involucionado de tal manera que hasta un operario de una cadena de montaje de principios del siglo pasado entendía mejor lo que estaba haciendo y para qué servía. Si yo le pongo una biela al Ford T, mi siguiente compañero en la cadena la unirá al árbol de transmisión y después otro añadirá las ruedas y, allá al fondo, si nos fijamos con atención, veremos el coche ya listo para circular.

Ahora uno llegaba a la oficina por la mañana, no excesivamente temprano –pues daba mejor imagen el retraso producido por el trasnoche en la oficina que madrugar para aprovechar el tiempo–, hacía lo que le decían y, a base de repeticiones, lo acababa dominando de manera eficiente. Sin embargo, rara vez alguien se tomaba el tiempo de explicarte qué narices estabas haciendo y para qué. Y si preguntabas, peor. Otros menos problemáticos y más dóciles serían mejor valorados por esa inicial, más temporal y ficticia, mayor eficacia laboral. Lo malo para Bernardo era que los estudios de Derecho y Ciencias Económicas y Empresariales no daban para muchas florituras intelectuales ni filosóficas. Todos los trabajos que se le presentaban le resultaban bastante prosaicos. Aparte de la descartada vía de los bancos de inversión (en gran parte también por llevar la contraria), podía opositar para juez, notario, registrador de la propiedad o civil, quizá abogado del Estado. También podía acudir a cualquiera de las oposiciones regionales que se ofrecían en toda ciudad pequeña, lo que le garantizaba casi con plena certeza sacárselas, dada la costumbre adquirida de hacer exámenes tantos y tantos años y la feroz competencia a la que se había acostumbrado a batir. Otra opción era acercarse al mundo de la empresa o de la banca comercial, trabajar de contable, perdón, asociado en el departamento financiero, puede que para convertirse en breve en *vice-president*, VP (pronunciado «vipí») en la jerga, lo que por supuesto sonaba mucho mejor que contable. Vice-presidente de banco a los veintitantos años. ¡Qué carrerón! Todo un orgullo para los abuelos.

Así que, de entre toda esa panoplia de posibilidades que se le presentaban, se decidió por la opción que le pareció más profunda y respetable: trabajar en un despacho de abogados. Pero, por supuesto, no en uno cualquiera, con su turno de oficio y sus casos de Derecho de Familia o de Derecho Penal... Eso no, se iba a postular para formar parte del más prestigioso, del que se dedicaba a asesorar discretamente en todos los grandes asuntos que afectaban a la economía de la Nación: El Gran Bufete.

De nuevo, tal como hizo cuando estudió Derecho en vez de Filosofía, volvía a engañarse amablemente a sí mismo escogiendo un trasunto del banco de inversión que tanto detestaba, o decía detestar. Su determinación fue tan firme, tan claros tenía sus propios argumentos, que fue la única prueba de selección a la que se presentaría.

–Bernardo, no te he visto en la dinámica de grupo de ayer en el Gran Banco Londres. ¿No te vas a presentar? –le preguntó Antonio, verdaderamente preocupado por si Bernardo había encontrado otra vía de entrada y no se lo había dicho a nadie.

–Pues lo cierto es que ni siquiera he enviado mi *currículum* –le contestó taciturno el interpelado, pues poco a poco se había vuelto más reacio a desvelar sus planes profesionales.

–¿Y eso por qué? –insistió Antonio.

–Me atrae más el Derecho –zanjó él.

Damián lo miraba en la distancia con una media sonrisa. El resto de sus compañeros no alcanzaba a comprender la razón por la cual, pudiendo ganar el doble exactamente y teniendo fácilmente a su alcance la soñada banca de inversión, optaba por un simple despacho de abogados que ni tan siquiera era internacional. Algo debía de haberle convencido. Intrigado e impulsado por la decisión de quien con tantas matrículas de honor había escogido el camino de la abogacía, el mismísimo Álvaro rechazaría la oferta del Gran Banco Londres para acabar convirtiéndose junto con Bernardo en uno de los dos únicos privilegiados contratados como júniores de primer año por El Gran Bufete.

Gadea, la novia de Álvaro, estaba horrorizada. Condenados a muerte y cargada la cruz, ahora tocaba portarla.

II CARGANDO LA CRUZ

El sol de julio pegaba y fuerte. Álvaro y Bernardo no conseguían dejar de sudar dentro de sus trajes nuevos, recién adquiridos en los grandes almacenes de la Gran Capital con precios más competitivos para trajes de «marca». De ir en bermudas y camiseta –o, en el caso de Álvaro, polo ribeteado con la bandera nacional–, a llevar mal anudada la corbata sin poder quitarse la chaqueta, no fuera a ser que perdieran un ápice de su a medias lograda e impostada apariencia de ejecutivos. Que no se percibieran los cercos de sudor en sus camisas también era una buena razón para no quitarse la chaqueta ni a tiros. Iba a ser un largo día.

Así que ahí estaban, en la parada del autobús, con el resto de «protopasajeros» mirándolos alucinados como si hubiesen perdido la cabeza definitivamente. Muy serios los dos, concienciados y orgullosos de su nuevo estatus. Y lo peor es que era sábado, pero, tras haberse incorporado al Gran Bufete como asociados de primer año el anterior lunes era tanto lo que tenían pendiente de hacer, tanto el trabajo ya atrasado (¡en una semana!) y tan grandes las ganas de hacerlo bien que habían decidido ir a trabajar juntos ese tórrido sábado de primeros de julio.

–Oye, ¿no os ha dicho nadie que los fines de semana no hace falta venir de traje? –les soltó divertido Miguel, un *veteranísimo* muy enterado que sumaba nada menos que casi dos años de experiencia en El Gran Bufete.

Y es que entre la veteranía se disfrutaba de manera muy particular la aparente posición de superioridad derivada de saberse todos esos pequeños detalles, cruciales definitivamente para el adecuado desarrollo de la profesión de abogado.

–De todas formas, ¿qué pelotas hacéis aquí un sábado? Curiosa pregunta con todo el gentío que había en la oficina.

–Es que tenemos trabajo pendiente –acertó a balbucear Bernardo, medio orgulloso y medio avergonzado de ese absurdo mérito.

–Genial, me venís de coña –le interrumpió Miguel mientras dejaba caer en la mesa dos gruesos archivadores–, porque necesito que alguien me revise estos contratos.

A Miguel se le acababa de despejar en un momento el fin de semana a costa de los dos novatos pardillos. A todo esto, Álvaro y Bernardo seguían con sus chaquetas puestas mientras deambulaban por los largos pasillos del Gran Bufete (las razones anteriormente expuestas, traspiración y elegancia, seguían plenamente vigentes), lo que les granjeó de manera inmediata el cariñoso apelativo de «Los Chaquetas», que ya nunca más les abandonaría.

«Los Chaquetas» descubrieron ese sábado que nunca jamás en toda su vida profesional sería posible recuperar el trabajo atrasado. Antes bien, la genial idea de ir a la oficina ese fin de semana no había sino hecho aumentar exponencialmente el volumen de labor acumulada pendiente. Porque esas cuatro horas de mañana de sábado habían sido las víctimas propiciatorias de todos aquellos que de verdad habían necesitado ir a la oficina. Siempre resultaba muy útil disponer del tiempo de los dos nuevos, que seguro que mucho no tendrían que hacer fuera cuando iban a trabajar (y tan trajeados encima) un sábado.

David D. también se encontraba frente a su mesa del Gran Bufete esa mañana, en su caso no por voluntad propia. Y por supuesto sin traje. De hecho, Miguel no había perdido la oportunidad de llamarle la atención por su ocurrencia de acudir en vaqueros. Ya se sabe, el difícil equilibrio entre la comodidad y la elegancia mal entendida. En fin, si de por sí ya era un fastidio ir a trabajar el sábado, el hecho de encima tener que ir a cambiarse a casa, con su media hora en autobús de ida y su media hora de vuelta, para aparcar los vaqueros y ponerse un pantalón de pana en pleno julio era la berza. Y es que el pobre David no tenía prácticamente otra cosa que no fuera traje o vaqueros. El concepto *smart* casual nunca le entró en la cabeza o en el armario. Pero, como le ocurriría con tantas otras estupideces laborales, obedeció sin más. Bastante absurdo era tener que ir a cambiarse a casa como para, por añadidura, perder tiempo discutiéndolo. No estaba en una edad como para andar desobedeciendo, pensó sin darse cuenta del agujero en el que esa actitud poco a poco le iría metiendo. La aceptación de ser domado por el mal concebido y mal diseñado mundo laboral de los bufetes y consultoras de éxito, donde salirse de la norma equivalía a ser un vago o un peligroso verso suelto, era una de las recetas del «éxito». Y es que a David le había costado mucho desde el primer día acostumbrarse a ese circo pese a que el estudio del Derecho le cautivaba enormemente y pese a que siempre había demostrado desde bien pequeño una encomiable capacidad de esfuerzo. A él lo que le ocurría era que le pesaba mucho más que al resto de colegas de bufete el «teatrillo» que rodeaba todo aquello, lo que le convertía en la víctima preferida de los ataques de sus mayores, socios jóvenes, *protosocios* no tan jóvenes y resto de veteranos de bufete que proyectaban en él sus frustraciones.

Como esa misma mañana sabatina. David había acudido forzado a la oficina tras recibir a las ocho de la mañana una amable llamada de Aitor, «brillante» asociado sénior de casi cuarenta años de edad, la mitad de ellos prácticamente sin haber visto mucho más allá que las cuatro paredes de su bien ganado despacho individual en El Gran Bufete, causante de su alopecia, pálida piel y mirada desganada y vencida. Lo sacó de la cama con mucho salero.

–David, deja de hacerte pajas en la cama y ven a currar, que yo llevo aquí más de una hora ya –le conminó Aitor amablemente tras haber despertado a sus padres llamando a su casa a tan temprana hora y sin pedir permiso o disculpas, como quien tiene derecho de pernada.

Ni David ni sus padres entendían nada. Ni las formas ni la necesidad de ir a trabajar tan temprano un sábado, cuando aún quedaban más de tres semanas para la entrega del dichoso informe que tanto traía de cabeza a su hijo. *Due diligence* les había dicho David que se llamaba. Les había explicado que se trataba de una descripción de las cosas que iban mal en una empresa, una especie de radiografía hecha por abogados. En realidad no era otra cosa que un tocho de trescientas páginas que se redactaba tras la revisión de miles de actas, contratos y otros documentos. No parecía muy excitante, desde luego. Sin embargo había que trabajar ese y todos los sábados y domingos porque Aitor marchaba ese año el segundo de entre más de cien letrados en la clasificación de abogados del Gran Bufete por número de horas *facturables* tras dos años quedando entre los cinco primeros.

Conocía como todos los demás ese dato, porque hacía tres ejercicios que la firma había decidido hacer públicas las estadísticas que medían el número de horas que cada abogado cargaba en el sistema a trabajos *facturables* al cliente (las famosas horas *facturables*), de manera que todo el mundo podía saber quién era el que más trabajaba, o al menos el que mejor gestionaba el sistema de medición de la apariencia del trabajo. En su desesperada carrera para ser nombrado socio, Aitor ya llevaba cargadas 1.527 horas en los primeros seis meses de ese año, solo por detrás del inefable Tomás Cantalapiedra, un auténtico talento de la abogacía adicto al trabajo que iba sumando horas *facturables* de trescientas en trescientas gracias a las innumerables operaciones de *M&A* (fusiones y adquisiciones de empresas) que las grandes corporaciones de la Nación no cesaban de encargarle.

A David todo esto le traía al fresco. Él había decidido dirigir sus pasos hacia la abogacía por pura vocación. Su entusiasta estudio de las fuentes del Derecho le abriría, o eso creía él, la posibilidad de dedicarse a la «resolución de problemas jurídicos complejos», como les había prometido de manera grandilocuente don Ramón, el Socio Director de El Gran Bufete, a él y a la nueva camada de recién contratados júniores al incorporarse a filas el año anterior. Esa frase era el motor que animaba sus pasos cada mañana, el resorte que lo catapultaba de la cama para ir al despacho todos los días. Sí, literalmente. Todos los días: de lunes a domingo.

Álvaro y Bernardo, «Los Chaquetas», por su parte, llegaban al Gran Bufete con las expectativas condicionadas por el sesgo de sus respectivas vocaciones, deseosos ambos de poner las primeras piedras del futuro que se estaban labrando. Para Álvaro, la sola imagen que se proyectaba de sí mismo al estar trabajando en un bufete de primera, el más prestigioso sin duda de la Nación, mientras sus compañeros de clase todavía luchaban por conseguir aunque fuera unas prácticas de verano en algún banquito decente, le llenaba plenamente. Pese a sus dudas iniciales cuando el Gran Banco Londres parecía la opción más apropiada para su estatus, ahora que había tenido la oportunidad de compartir reuniones con antiguos ministros y jueces estrella, que eran clientes unas veces y otras compañeros de bufete, sentía que había logrado el merecido premio para alguien que, como él, siempre había ido un paso por delante, ya fuera consiguiendo los apuntes del año pasado en la universidad o las preguntas del examen la víspera del mismo.

Mientras tanto y como siempre, Bernardo seguía siendo presa de su pertinaz ingenuidad y no se había dado por aludido por ninguno de los avisos que cualquier otro teóricamente menos sagaz habría sido capaz de interpretar desde su época de estudiante en la Gran Universidad. Pese a que finalmente le quedó claro que sus profesores no valoraban tanto el saber como el estudiar, él seguía obstinado en pensar que en el mundo profesional eso iba a cambiar. Que su calidad y conocimientos brillarían por sí solos. Y que todos podrían apreciarlo, como si se tratase de un futbolista profesional que destaca al jugar sin que nadie pueda negar esa realidad. Ahí seguía Bernardo, tratando de hacer su trabajo lo mejor posible día tras día, sin mirar más allá, tan seguro de que lo que El Gran Bufete valoraría sería esa capacidad tan suya de análisis creativo, de escudriñar los más mínimos detalles y, con ellos, llegar a ingeniosas estrategias jurídicas.

Pero no era así. Sin darse cuenta estaba inmerso en un universo de horas *facturables*, informes en masa, apariencia de trabajar como un loco y, en fin, hacer ganar dinero al Gran Bufete, y muy en particular a don Ramón, el socio fundador, el *name partner*, catedrático de Derecho Mercantil con más vocación crematística que docente.

* * *

–Oye, gordo, ¿tú estás metido? –inquirió Álvaro.

–¿Metido en qué? –contestó Bernardo, sinceramente desconcertado.

–En Átomo, ¿no te suena?

–Pues no.

–¿Seguro? Operación Átomo.

–Ni lo más mínimo –le respondió hastiado Bernardo, quien intuía que debía de tratarse de uno de esos nombres en clave que tanto se estilaban para preservar la confidencialidad de las grandes operaciones y que a él tan absurdos le parecían: Proyecto Electrón, Proyecto Imperio, Babieca...

Era tanta la imaginación y el tiempo dedicados a inventarse nombres en clave y a veces tan poco el empleado en ponerse a pensar...

Álvaro respiró aliviado. Bernardo tampoco estaba metido en Átomo. Menos mal. Joder... a no ser que sí lo estuviera y no quisiera decirle nada. Con Bernardo ya se sabía; era tan escrupuloso con la obligación de confidencialidad que, incluso estando a tope en Átomo, capaz era de no haberle dicho nada. Será cabrón... «Seguro que está trabajando en el tema y por eso lleva unos días tan ocupado«, se dijo Álvaro. Decidió que había que hacer lo humanamente posible para que a él también lo metieran en la operación.

La realidad era que tan solo don Ramón, Tomás Cantalapiedra y Amaya Ortiz, secretaria de Tomás, sabían de qué iba Átomo, la operación del año, la compra de Eléctrica Principal por parte de Gasística. Era una de esas transacciones ultraconfidenciales en las que don Ramón recibía una llamada a deshoras para mantener una reunión secretísima en la que un consejero delegado, presidente o CEO de la compañía de turno le desvelaba sus intenciones empresariales para recibir el sagaz consejo, mezcla de jurídico y de sentido común, del afamado socio fundador del Gran Bufete y de su ultracompetente equipo, y en especial de su gran estrella: Tomás Cantalapiedra.

Desde el momento en que se empezaba a barruntar que algo gordo se cocía por ahí se desataba una auténtica guerra interna en El Gran Bufete. Todo el mundo quería estar involucrado por razones obvias en las grandes y mediáticas operaciones. Para empezar, era la manera más facilona de meter horas a saco y subir en los *rankings* de horas *facturables*. También favorecía mucho la obtención de los *bonus* de fin de año, por razones que no hace falta explicar. Y luego estaba el prestigio, tanto interno como externo. El poder sacar pecho cuando la noticia por fin aparecía en la prensa y se salía de copas con los amigos. Esas miradas de contenida envidia disfrazadas de aparente admiración de los colegas del bufete eran impagables. Como decía Álvaro: había que hacer lo humanamente posible por estar metido en estas operaciones.

David era de los pocos ajenos a esa vorágine. A é, que lo que le gustaba era sumergirse en los libros de texto y dedicar horas a darle a la cabeza; esas mega-operaciones le dejaban indiferente. Incluso mejor huir de ellas. Eran transacciones en que todo pasaba muy rápido y no cabía tiempo para la reflexión. Conllevaba además estar muchas noches sin dormir haciendo labores tan sofisticadas como rellenar huecos en los contratos o chequear que la numeración de las páginas fuera la correcta. En el fondo, cuanto más *glamour* tenía el encargo profesional menos excitante e intelectualmente retadora era la actividad a realizar por los abogados más júniores.

La pirámide de antigüedad era totalmente inamovible, por muy brillante que un júnior fuera. Y era normal. Tantos veteranos involucrados y tantas mentes dedicadas al mismo asunto no dejaban apenas espacio a los más jóvenes más que para labores logísticas, esas que eufemísticamente se daban en denominar «trabajos paralegales», que eran las que al final más tiempo llevaban. Y trabajando con Aitor, de horas iba más que sobrado. No necesitaba más mierda.

Sin embargo, de una u otra manera al final los tres acabarían absorbidos por el agujero negro de Átomo.

David totalmente a disgusto, de la forma más tonta y por culpa de su puñetera manía de quedarse a estudiar por la noche en las salas de reuniones para que nadie lo molestara.

Tuvo tan mala suerte que fue a escoger esa noche precisamente la sala contigua a aquella en la que Tomás Cantalapiedra estaba reunido con don Ramón. Ya fue casualidad el salir de la sala y toparse con Tomás de morros.

–Oye, *crack*, necesito un cerebro y un par de manos.

A David toda esa jerga pretendidamente seductora no le afectaba, pero el escalafón era el escalafón.

–¿En qué te puedo ayudar, Tomás? –contestó muy a regañadientes.

–Sube a mi despacho en media hora, que te cuento una operación muy confidencial que nos va a tener ocupados todo el puente. Espero que no tuvieras planes.

–No, nada especial.

Pues claro que tenía planes. ¡Quién no los tenía para un puente de cuatro días! No obstante Tomás era uno de esos socios a los que más te valía no decirle nunca que no. Las consecuencias podían ser brutales. Ese «no» perduraría indeleble más que una mancha de vino en un vestido blanco y, llegado el momento de votarse a los seis años de su incorporación al Gran Bufete la deseada promoción a asociado sénior, no faltaría quien rescatase un «no» para impedir un seguramente merecido ascenso marcando con una cruz a quien bien podría haberse matado a trabajar todo ese tiempo pero que en un mal día tuvo la ocurrencia de dar un no por respuesta a la persona equivocada.

Así que no tuvo más remedio que llamar a casa para decirles a sus padres que no contaran con él hasta el lunes (tampoco no tenía planes mucho más ambiciosos que esa tanto tiempo prometida y tanto tiempo postergada salida al cine con su padre) y encaminarse a la tercera planta al despacho de Tomás.

Mientras David subía los escalones para ver al socio estrella (el ascensor estaba reservado para los socios de cuota o *equity*, esto es, los socios «pata negra», como decían los abogados jóvenes para referirse a los socios que tenían participación en el capital del bufete para distinguirlos de los socios «de recebo», que eran los que no tenían participación en el capital y tan solo cobraban un generoso sueldo), iba maldiciéndose por seguir siendo tan inocente como cuando era estudiante. «Quién narices me manda a mí quedarme a estudiar la víspera de un puente», musitaba para sus adentros. Si es que estaba convencido de que al ser la tarde antes de fiesta todo el mundo estaría huyendo a casa temprano.

En fin, allí se encontraba, ante la puerta cerrada de Tomás a las diez de la noche, justo media hora después de la desgraciada conversación en la sala de reuniones, tal y como le había requerido el socio. Llamó ligeramente, como quien no quiere hacerlo pero se siente obligado. Nada, sin respuesta. Probó de nuevo con algo más de intensidad. «A lo mejor estoy de suerte», pensó. Ya estaba a punto de irse, convencido de que efectivamente por una vez los dioses estarían de su parte, cuando apareció Álvaro, que nada más verlo le dijo:

–David, tío; estás buscando a Tomás, ¿no? Me ha dicho que lo esperes, que se iba a tomar algo rápido y volvía.

Lo que faltaba. Ahora a esperar a que el señorito volviera de cenar, sin saber si irse a casa, si esperar en la puerta o irse a cenar él también. Optó por lo más prudente, que era quedarse allí dando vueltas hasta que a las once y media, apreció Tomás, que nada más verlo se acordó de que le había pedido subir en media hora hacía ya dos.

–¿Qué pasa, campeón? –acertó a decir–. Siento el retraso, pero es que he tenido que salir.

«Claro, a cenar», pensó David.

–Pues ya me contarás qué quieres que haga –le dijo con la remota esperanza de que el fuego se hubiera apagado o pospuesto, cosa que rara vez ocurría.

Tomás, que no era un prodigio de elocuencia a esas horas, aunque fruto de su experiencia había desarrollado una admirable intuición jurídica que le permitía ganarse la confianza de los clientes, explicó torpe pero convincente a David en qué consistía el famoso Átomo y la labor que de él esperaba. Consciente como era Tomás del gusto de David por el estudio, le pidió que bucease entre todas las operaciones de compra apalancada de los últimos años en Europa por parte de sociedades que se emplearan en sectores regulados, esto es, aquellos en los que se precisa de autorización administrativa para operar, con el objeto de comprobar si había algún impedimento para la operación que hubiera que tener en cuenta. Era un informe que requería un gran conocimiento jurídico y muchas horas de dedicación y criterio para encontrar precedentes realmente válidos.

–Perfecto, Tomás; en unas horas te preparo una nota –contestó David encantado de que al menos el trabajo tuviera mejor pinta de lo previsto.

Lo que no sabía David era que Bernardo ya llevaba toda la tarde-noche preparando exactamente el mismo informe para Tomás, que también lo había cazado horas antes mientras iba a la cocina a prepararse el sexto café de la jornada. De hecho, Bernardo había dejado una nota preliminar sobre la mesa de Tomas hacía ya varias horas cuando, a las tres de la mañana, harto de esperar la revisión por parte del socio, subió a la tercera planta (por supuesto por las escaleras) para preguntarle qué le había parecido el informe. Tal y como le ocurrió a David, se encontró la puerta cerrada. Y de la misma manera que a su compañero, le asaltó la duda de si llamar, esperar o irse. No optó por ninguna de ellas, sino que entreabrió ligeramente la puerta tirando del pomo totalmente hacia abajo para hacer el mínimo ruido posible.

Cuál sería su sorpresa al encontrarse a Tomás tumbado sobre la moqueta cual largo era dormido, que no durmiendo.

«¡Manda cojones! Bueno, pues me voy a casa», se dijo Bernardo mientras cerraba de nuevo la puerta con suavidad, molesto por un lado por el hecho de haber perdido tantas horas de manera estúpida, pero aliviado por otra parte al poder irse a dormir de una vez. No contaba con Enrique, «Henry» para sus allegados, el socio que hacía habitualmente de segundo de Tomás en las operaciones de campanillas.

«Henry» había sido el socio más joven de la historia del Gran Bufete y su lealtad a don Ramón y a Tomás estaba fuera de toda duda. Para «Henry», el solo hecho de pertenecer a ese bufete era el mayor honor que ningún abogado de la Nación podía recibir. Aunque fuera sin cobrar, cualquier abogado joven debería matar por poder ejercer la abogacía en El Gran Bufete al lado de esos grandísimos juristas, entre los que él se consideraba incluido, por supuesto.

–Y tú ¿a dónde te crees que vas? –le preguntó a Bernardo al percibir que el júnior parecía estar marchándose a hurtadillas.

–Le he dejado a Tomás la nota que me pidió y ahora me iba a casa.

–¿De qué tema?

–Proyecto Átomo.

–Así que estás al tanto de la operación.

–Claro, Enrique –contestó Bernardo, que se negaba de plano a llamar «Henry» a Enrique, ya fuera por la falta de confianza, ya porque le parecía sencillamente ridículo.

–¿Así que sabes quién es nuestro cliente? –Como buen abogado, «Henry» no soltaba prenda antes de asegurarse unas cuantas veces de no romper la cadena de custodia de la información confidencial.

–Gasística, ¿no? –respondió Bernardo sin tiempo de poder arrepentirse mientras observaba cómo comenzaba a dibujarse una retorcida sonrisita en el rostro de «Henry».

Demasiado tarde. Se dio cuenta de que acababa de cometer el grave error de ser el primero en la conversación en revelar el nombre del cliente, cuando lo que tenía que haber hecho es continuar con todos los circunloquios que fueran precisos hasta que fuera el otro el primero en desvelar el nombre de la compañía. «Henry» ya tenía la excusa perfecta para frenar la carrera del joven protegido de Tomás cuando varios años después se reunieran los socios para valorar las promociones a asociado sénior.

Bernardo se podía imaginar la escena en su mente. La sala de juntas repleta de socios a punto de votar las promociones y, al anunciarse su nombre preguntando por las valoraciones del joven abogado, «Henry» señalaría que años atrás el tal Bernardo había roto la confidencialidad de un asunto de extrema importancia al desvelar el nombre de un cliente. Daría igual si a quien se lo había desvelado era un socio que estaba trabajando en la misma operación. Lo realmente relevante era que no había actuado con la cautela que se espera de un asociado sénior del Gran Bufete. Así que a esperar un año más para promocionar y con un borrón en su historial.

Era el riesgo que se corría al ser evaluado por aquellos que nunca en su vida cometieron un error, si es que no errar en la vida consistía en ir permanentemente con el freno de mano echado, arropado por los iguales y a la espera de que otros se arriesgasen a volar para poder señalar entonces sus supuestos errores.

–Pues nada, chico, me vienes de maravilla. Necesito que prepares el primer borrador del contrato de servicios entre Gasística y el actual accionista de control de Eléctrica para la transición *post-closing*.

El contrato en cuestión era un documento que habitualmente firmaban los socios actuales de la sociedad a ser vendida (Eléctrica) con la sociedad compradora (Gasística) a efectos de que los hasta entonces dueños de la empresa prestaran asistencia a los nuevos durante el tiempo necesario para que estos pudieran familiarizarse con la sociedad recién adquirida.

–Vale, mañana en cuanto llegue al despacho te lo preparo –le contestó.

«Henry» comenzó a mover la cabeza nerviosamente, como si le estuviera dando un ataque.

–¡¡¡Cómo que mañana!!! ¿Tú ves que yo me esté yendo a casa? No tienes ni la más remota idea de lo que es formar parte del equipo de una transacción como esta –le gritó pese a que eran casi las cuatro de la madrugada.

«Pues si consiste en esto, no tengo ni el más mínimo interés en descubrirlo», pensó para sus adentros Bernardo. No obstante, pese a las formas y las deshoras, contestó bastante comedido.

–¿Ese no es un contrato que se necesitará dentro de muchas semanas? –intentó razonar.

«Henry» no cabía en sí de ira.

–Aquí no se piensa, ¡se ejecuta!

Bernardo supuso que tanto trasnochar no le permitía razonar con claridad, o que simplemente su dedicación un tanto artificial e innecesaria solo cobraba sentido si todos los que lo rodeaban estaban igual de fastidiados. Pensó que era mejor no empeorar la situación y volverse a su sitio a comenzar a preparar el contrato.

«Pues menuda noche llevo. En quince minutos ya me he cargado mi promoción a sénior», reflexionó agobiado mientras subía de nuevo a su despacho de la sexta planta (por las escaleras) a redactar algo que ni servía para nada en ese momento, ni tenía contenido alguno, y que estaba seguro de que nadie le llegaría a pedir nunca.

Pero como bien le había dicho «Henry», allí no se pensaba, se ejecutaba. Además, «amparado» en esa relación mercantil que teóricamente le unía al Gran Bufete, ni siquiera disfrutaba de un horario ni de la capacidad de decir no a ciertos abusos. Así que a las nueve de la mañana allí seguía, escribiendo de mala gana un contrato absurdo, pared con pared con Álvaro, que estaba encantado «picando» datos en los contratos que sí que se iban a firmar, preparando las versiones finales, rellenando números de DNI, nombres, direcciones, números de cuenta bancaria... Todo un «lujazo» jurídico. Y es que finalmente Álvaro ya estaba metido en Átomo y no cabía en sí de gozo. Había precisado hacerse el encontradizo y quedarse toda la noche dando vueltas «haciendo barra» hasta que «Henry» también lo cogió por banda a él. Pero ahí estaba, formando parte de sus deseadas «elites». Le había costado, pero lo había conseguido. Con el pelo revuelto se afanaba en ir comprobando que todo estaba en orden, repasando todo una y mil veces mientras se cuidaba de que la otra mitad de «Los Chaquetas» no se enterase de su participación en la operación del año.

Y las nueve se hicieron diez y las diez, las once y las doce, la una... Y allí no pasaba nada. El contrato que había preparado Bernardo se encontraba durmiendo el sueño de los justos sobre la mesa de «Henry» desde hacía horas, de la misma manera que su informe descansaba en el despacho de Tomás.

–¿Para qué –le preguntaba Bernardo a David en la cocina mientras ambos trataban de sobrevivir a base de cafés– tanto trasnochar si de repente transcurre una mañana de absoluta calma?

–Es que las horas de la noche cuentan doble –le contestó con una mezcla de sorna, hastío y mala leche David, que comenzaba a estar bastante harto de toda esa comedia jurídica, por llamarla de alguna manera.

Razón no le faltaba, pues las horas *facturables* que se cargasen entre las nueve de la noche y las nueve de la mañana, así como las trabajadas en fin de semana o festivo, se cobraban al doble de su valor al cliente.

A media mañana, los padres de Bernardo llamaron preocupados al Gran Bufete, no fuera a ser que a su hijo, que nunca había pasado una noche fuera de casa, le hubiera pasado algo malo. Tras muchas intentonas baldías, finalmente consiguieron hablar con Amaya Ortiz, secretaria de Tomás, que con un tono solemne y distante les comunicó que Bernardo se encontraba trabajando en una operación sumamente confidencial que requería de todo su tiempo. Así que cuando Bernardo llegó a casa a las siete de la mañana del día siguiente, tras cuarenta y ocho ininterrumpidas horas despierto, sus padres lo recibieron con una extraña mezcla de asombro, curiosidad y orgullo. Le dieron de desayunar (o lo que fuera aquello a esas deshoras, más bien un «cenayuno») y trataron de que les explicase en qué diablos estaba metido que pudiera ser tan importante, pero su hijo lo único que quería en ese momento era dormir, aunque fuera un poco.

Se acostó a eso de las ocho. Sin embargo, a las diez sonaba el teléfono en su casa. Era Amaya Ortiz, de nuevo solemne y ceremoniosa.

–¡Buenos días! Quería hablar con Bernardo Fernández Pinto.

–Está durmiendo, soy su madre. ¿Quién es?

–Encantada, señora. Le llamo de parte de Tomás Cantalapiedra, socio del Gran Bufete con quien trabaja su hijo. Necesitamos que acuda con urgencia al despacho. ¿Podría avisarle de que le esperamos a las once? Gracias –dijo de carrerilla colgando el teléfono sin dar opción a una negativa o a una queja.

La madre de Bernardo no se lo podía creer. ¡Si su criatura no había dormido más que dos horas en dos días! Era de todo punto incomprensible en su manera de entender el mundo. En fin, habría que hacer caso a esa señora tan seria que requería de su hijo y despertarlo de inmediato. Algo realmente urgente debía de ser, realmente urgente, sí señor.

Pues no. Llegó de vuelta al bufete a las once, sin saber bien si era jueves, viernes o sábado, y esperó tres largas y somnolientas horas hasta que, justo a la hora de comer, le dijeron que se iban todos juntos a la Notaría a preparar las escrituras de la firma de la compraventa junto con los oficiales del notario mientras en una sala contigua se acabarían de cerrar entre las contrapartes los puntos que todavía permanecían abiertos en la negociación. De esa forma los júniores podrían ir introduciendo los cambios en las versiones de firma en tiempo real. Ese iba a ser su trabajo.

En la Notaría se encontró a un Álvaro rebosante de felicidad y actividad (tanto natural como producto de la ingesta de bebidas estimulantes) que, nada más verlo, atropelladamente y con los ojos rojos como tomates por la mezcla de sueño, emoción y cafeína, le espetó de manera acelerada, sin hacer prácticamente pausas entre las palabras:

–Joder, gordo, llevo tres noches sin dormir, ¡qué pasada! No podía decirte nada porque Átomo es tan confidencial que hasta que no estuviera seguro de que estabas metido no quería arriesgarme a hablar contigo. Pero de puta madre que estés tú también. ¡Esto es la hostia, mariqueeeeeein!

Bernardo estaba tan cansado y desorientado que no sabía si ponerse a reír o decirle a Álvaro que se tomase una tila. Le contó que él también llevaba un par de noches casi sin dormir por culpa de Átomo, y que llevaba día y medio sin que nadie le dijera exactamente qué se esperaba que hiciera ahora.

–Pues tenemos que revisar las escrituras de titularidad de las acciones y los números de las acciones también –seguía soltando atropelladamente Álvaro, que estaba sinceramente feliz de tener a su compinche a su lado.

–¿Solo eso? ¿Y para eso hacemos falta los dos?

–Sí, gordo; yo ya ni veo los números y hay que sumar las acciones, comprobar que son correlativas... Con el coco que tú tienes para las mates te necesitamos. Además, en cualquier momento puede venir Tomás diciendo que todo está acordado y que firmamos inmediatamente, así que hay que darse prisa.

De repente Álvaro «le necesitaba». En fin, no quedaba otra, así que Bernardo se puso a la tarea, a la que siguió otra y otra y otra más, para finalmente, de madrugada como no podía ser de otra manera, asistir al acto solemne de la firma de los contratos por parte de Eléctrica y Gasista. Habían sido tres días con sus tres noches de trabajo ininterrumpido, sin dormir y casi sin comer.

Rodeado por los semblantes de deber cumplido de Tomás, «Henry», Álvaro y tantos más, Bernardo tenía una sensación de vacío tremenda. Todo este esfuerzo no era sino el primero de muchos similares que le esperaban. Si Tomás y «Henry», con veinte años más que él en edad y experiencia, también se habían pasado sus tres buenas noches sin dormir, su destino en El Gran Bufete no podía sino reservarle unas cuantas docenas de «matadas» similares. ¿Era eso lo que él buscaba al dedicarse a la abogacía? No estaba seguro de ello.

En medio de esas disquisiciones se le acercó un jovial, digamos más bien que «espídico», Álvaro:

–Joder, gordo, de esta seguro que nos cae un *tombstone*.

–¿Un qué?

–Sí, hombre, las placas esas de metacrilato con toda la información de la operación para conmemorar la firma. ¿No has visto nunca una? Las tienen todos los socios en las mesas de sus despachos.

Bernardo ahora caía. Se trataba de esas cositas transparentes con una hojita metida dentro que coleccionaban con tanto ahínco «Henry» y los demás socios de *M&A*. Tenían verdaderas filas de esas plaquitas alineadas de manera ordenada en un lugar visible del despacho como si tratase de trofeos de caza. El que más tenía era el más importante, el que acumulaba más mega-operaciones. A veces incluso lograban que les diesen dos o tres plaquitas por la misma operación, que por supuesto camuflaban entre las otras para hacer bulto y que no se notase que estaban «repes».

No sabía qué decir. Para Bernardo el *tombstone* de Átomo solo podría recordarle el absurdo vivido esas tres noches. No lo quería para nada. A sus ojos era como guardar de recuerdo la cruz en la que uno había sido clavado.

* * *

David llevaba meses desarrollando sus propias estrategias de supervivencia. Tras haber pecado de inexperto ya en demasiadas ocasiones en las que había acabado pringando de manera innecesaria, había logrado, a base de observación, encontrar la manera de que lo dejasen en paz. Sabía perfectamente que nunca podría irse a casa antes de las diez de la noche aunque fuera viernes y no tuviera nada de trabajo pendiente. Eso te convertiría en un vago. Sabía igualmente que tampoco podía quedarse calentando silla hasta esa hora, puesto que en cuanto algún socio le viera ocioso en su despacho lo «enmarronaría» con algún asunto nuevo. Así que se las ingenió para estar, pero sin estar. Para aparentar ocuparse, pero sin estarlo.

Su ritual comenzaba poco antes de las ocho de la tarde, que es cuando por una parte había concluido diligentemente con lo que tenía pendiente de hacer ese día, y por otra, aumentaba exponencialmente el riesgo de marrón. Porque era justo entonces cuando los socios comenzaban a pensar ellos mismos en irse a sus casas, por lo que iniciaban la ronda de búsqueda de júniores dispuestos a echarles «voluntariamente» un cable, esto es, a cargarse con el trabajo que aún tenían por hacer y así poder marcharse tranquilos a cenar con sus familias.

A esa hora David colocaba la chaqueta en el respaldo de su sillón, situaba estratégicamente dos o tres informes o contratos con revisiones bien visibles sobre la mesa y dejaba abierto en el portátil un contrato a medio redactar. Era sumamente importante tener configurado el ordenador para que no se activase el salvapantallas. Esto daría imagen de estar parado, de llevar tiempo inactivo fuera de su sitio y sin trabajar. Después se pasaba por la máquina de refrescos y comida. Compraba una lata de cualquier cosa y un par de sándwiches. Abría la lata, bebía un poco y la dejaba al lado de los contratos. Mordisqueaba uno de los sándwiches y dejaba el otro sin abrir. Los depositaba junto al refresco. A continuación salía del despacho dejando la luz encendida y la puerta bien abierta. Ya podía dirigirse a la biblioteca, donde a esas horas prácticamente no quedaba nadie. Allí se sentaba con un buen libro delante y dejaba pasar el peligro. Normalmente, llegadas las diez ya podía volver tranquilamente a su sitio, comerse los dos sándwiches, que también tenía hambre, recogerlo todo y marcharse a casa.

En algunas ocasiones la biblioteca estaba ocupada por abogados que estaban verdaderamente trabajando allí, buscando jurisprudencia o revisando doctrina. En tal caso, se dirigía a la planta baja, donde se encontraban las salas de reuniones. Preguntaba qué salas estaban libres a los encargados de la seguridad del edificio, que a esas horas ya habían hecho una primera ronda y habían apagado las luces de las salas que no estaban ocupadas ni se iban a ocupar ya. Se metía en la más lejana a la entrada, encendía la luz y volvía a sacar su libro. Era un plan casi infalible.

Casi. A veces fallaba, como esa tarde víspera de puente en que Tomás lo había enganchado para Átomo. Al tratarse de una reunión inesperada, los de seguridad no le habían podido advertir a tiempo y no había podido prever el riesgo que implicaba el estar allí a esas horas. Y lo cazaron. Así que David no llegaría nunca a recibir el *tombstone* de Átomo ni de ninguna otra operación. La operación del año había sido demasiado para él. Eso no era trabajar, ni asesorar, ni nada. Era una auténtica mierda que le ponía los nervios de punta y él no estaba dispuesto a aguantarlo ni un segundo más. Así que, de la manera más estrambótica, en medio de la reunión preparatoria de todo el equipo Átomo antes de acudir a la Notaría, se puso de pie en una silla y entregó oralmente desde ahí a «Henry» su carta de renuncia, a lo Club de los Poetas Muertos, su película favorita.

–Querido «Henry» –declamó delante de todos–, ha sido un inmenso placer formar parte de tu equipo. Como te he oído decir en muchas ocasiones, de verdad que habría estado dispuesto a pagar por haber tenido esta oportunidad de trabajar en un lugar así con abogados como tú. Porque he aprendido una barbaridad. Y es que en la vida se aprende más por el contraejemplo que por el ejemplo.

Se bajó de la silla, consciente de que jamás podría volver a trabajar ni en ese ni en ningún otro bufete. Mientras tanto retumbaban en su cabeza las notas de *Lápiz cargado*, el bombazo hip-hop de Dato Anómalo:

Llevo este lápiz cargado
De detonantes ideas
Con las que hoy he perpetrado
Aquí
Un despiadado atentado:

Hoy solo he escrito de aquello
De lo que no me han hablado
Ni de algo que habré leído,
Ni
De lo que otros han contado.

Ideas propias y feas
Sin un brillo milenario
Desprovistas de mecenas
Y
De espacio en los noticiarios

Sin apoyo popular
Por su falta de simpleza
Por tratar sin ligereza
Mil
Asuntos de gran calado

Llevo este lápiz cargado
¿Y tú?

Tú opinas de segundas
Sin contrastar lo escuchado

Por bueno el dictamen dando
Del que tan solo especula

Despreciando al que razona
Aquel que te contradice
Porque incluye mil matices
En tu realidad simplona.

Y es que el estudio asegura
Aterrizar en los grises
Donde nadie te bendice
Al ser la verdad oscura

Pues nos gusta más la cara
Más visible de la luna
Que la que reside oculta
Esperando a ser hollada

Llevo este lápiz manchado
¿Por?

Llevo este lápiz manchado
De oscura materia gris
Pues con él he trepanado
Con tu cerebro ya mil

De aquellos que como tú
Despreciaban las ideas
Que proyectaban la luz
En sus jíbaras cabezas

Su silencio pretendían
Su murmullo retumbaba
Las conciencias sacudía
Disparaba las alarmas

Por ello ha sido juzgado
Sin derecho a un abogado
Sentenciado y condenado
A no besar más papel

Llevo este lápiz quebrado
Por ti

Bajó de la silla, recogió las cosas de su despacho y se marchó por última vez tras despedirse de los guardias de seguridad, a los que él sí conocía por su nombre de pila.

CAE POR PRIMERA VEZ

Pasaba Bernardo sus primeros años de moderna esclavitud forjando su futuro entre opíparas comidas y cenas a base de sándwiches y pizza, poco dormir y mucho calentar silla, incluyendo por descontado los fines de semanas y fiestas de guardar. Rodeado siempre de otros desdichados y estajanovistas jóvenes entregados a su suerte. Al menos esa que ellos involuntaria o temerariamente habían escogido.

Mientras redactaba la innumerable certificación de la enésima reunión del consejo de administración de alguna sociedad, la otra mitad de «Los Chaquetas» entró como un torbellino en su despacho.

–Gordo, ¡eres el séptimo, cabrón!

–¿El séptimo qué, Álvaro?

–¿Es que no miras los *mails*? –le reprendió Álvaro con una mezcla de asombro y fastidio provocada por los celos–. ¡Séptimo en la clasificación de horas facturables del año pasado!

Pues para ser sinceros, no, no miraba los *mails* internos. Es que no le daba tiempo. Bastante tenía con los de trabajo.

Ahora bien, ¿el séptimo? No se podía creer que hubiera otros seis colegas aún más pringados que él. ¿Cómo era posible que seis abogados hubieran facturado más de 2.714 horas en un año? En cierto modo también le fastidiaba. Si al menos ese inhumano ritmo de trabajo le hubiera catapultado al primer puesto... Y lo peor era que esa barbaridad de tiempo facturado, duramente trabajado, no iba a tener impacto alguno en su remuneración en forma de *bonus*. Tendría que darse como mucho por satisfecho con pasar de ser abogado de segundo año a abogado de tercer año, salvando de esa manera el riesgo de perder el sitio tras las rotaciones y ser despedido por la firma.

Al menos eso era lo que a don Ramón le gustaba que temieran todos y cada uno de sus asociados, pues era la mejor receta para evitar molestas reivindicaciones salariales. La permanente sensación de estar en deuda con el patrón producía un efecto paralizante incluso en las muy desarrolladas y preparadas mentes de esos abogados que podrían encontrar acomodo en cualquier otro bufete o empresa y por más dinero del que les ofrecía El Gran Bufete. Se trataba sin duda de un sistema brillante, especialmente teniendo en cuenta que ni siquiera eran empleados, sino que mantenían una relación mercantil con el despacho de abogados. Bajo la romántica excusa de que eran en realidad profesionales liberales que mantenían la independencia, lo que se escondía era la pérdida de cualquiera de los derechos que, como la pensión, el subsidio por desempleo o el simple derecho a disfrutar de vacaciones, llevaban décadas adornando las condiciones salariales de cualquier empleado por cuenta ajena teóricamente mucho menos capaz e inteligente que ellos.

Así que, ¿un *bonus*? ¿En que estaría pensando? Suficiente era seguir vivo en ese campo de batalla a pesar de los tremendos y frecuentes errores que aún cometería pese a acumular ya dos intensos años de experiencia. Esos dobles espacios entre palabras, esas comas mal ubicadas, todos ellos graves atentados contra el grueso manual de *house style* del Gran Bufete. Como para encima pensar en medallas.

–Oye, Álvaro, ¿te has dado cuenta de que con el dinero que El Gran Bufete cobra por las horas que he trabajado este año se podría pagar más de diez veces mi sueldo? –le preguntó divertido a su amigo mientras levantaba la vista de la certificación.

Álvaro hizo el cálculo rápidamente en su cabeza.

–No es bueno pensar en esas cosas, gordo, que bastante suerte tenemos de seguir aquí –contestó el interpelado a su compañero evitando que su cabeza se intoxicara con tales pensamientos impuros que no podían llevarle a ninguna parte.

Pensar demasiado no llevaba a nada bueno. Bernardo no acababa de entender ni de compartir esos miedos atávicos, pero lo que realmente lo descorazonaba era que cada vez que encontraba la manera de acercarse a ese ideal iniciático que tanto lo cautivó al incorporarse dos años atrás al mundo profesional, a esa aspiración avivada por don Ramón de convertirse en un innovador jurista-asesor-abogado, el frontal rechazo que experimentaba lo sumía en el más profundo de los desánimos.

Todavía tenía fresca en su mente aquella ocasión, meses después de la operación de Gasística. «Henry» se encontraba por aquel entonces inmerso en el asesoramiento de una complicadísima Oferta Pública de Adquisición (las denominadas OPAs en la jerga empresarial, adquisiciones de grandes cantidades de acciones de una sociedad cotizada que implicaban la toma de control de la misma) que lo llevaban de cabeza a él y a don Ramón. Miguel Stravssen, una de las mayores fortunas de la Nación, les había realizado el encargo de asesorarle en la adquisición de un importante paquete accionarial de determinada sociedad cotizada eludiendo la obligación de formular una OPA, si es que esto era factible. Pese a las reticencias que en «Henry» despertaba el díscolo Bernardo, a quien Tomás había aconsejado probar en su equipo, apreciaba su capacidad de razonamiento diferente, por lo que, aunque dudara de la solidez de sus conocimientos, le había pedido darle al *cocumen* para tratar de encontrar la manera de realizar la compra de esas acciones evitando pasar por la temida OPA. Bernardo sintió que se le abrían las puertas del cielo de par en par. El socio más joven de la historia del

Gran Bufete le había pedido nada menos que a él que idease una solución a un delicado problema jurídico, ¡encima en relación con una de las operaciones de más relumbrón de la temporada empresarial! Se trataba de hallar una manera de estructurar la adquisición que consiguiera convencer al regulador del mercado de valores de que la operación no implicaba en realidad un cambio en el control de la compañía.

Bernardo se puso manos a la obra, revisando todos los informes, dictámenes, *memoranda* y precedentes, tanto nacionales como del resto de Europa, todo lo escrito en español, inglés, italiano, alemán y francés, hasta corroborar que la estructura que había ideado tenía un sustento basado en otros entramados jurídicos previamente testados y que habían resultado aprobados por los respectivos supervisores de cada uno de esos mercados. Dedicó semanas al estudio, concentrado al máximo, totalmente motivado ante la idea de ser capaz de encontrar la manera de desbloquear la operación, hasta que finalmente completó la redacción de un extremadamente complejo informe de Derecho Comparado. Treinta densas páginas de razonamiento jurídico del que el propio Karl Popper se habría sentido orgulloso, planteando una hipótesis, poniéndola a prueba con otra contra-hipótesis, para finalmente de esa manera ir matizándola y acabar logrando un pleno acomodo jurídico.

Tras revisarlo una y mil veces, no fuera a ser que tanto trabajo se viera empañado por un par de espacios seguidos imprevistos, un sangrado mal justificado o una enumeración con números árabes y no romanos, dejó el informe sobre la mesa de «Henry» con las hojas impresas a una cara y unidas con un clip por la esquina superior izquierda, sin grapar, como se estilaba en las normas de presentación del Gran Bufete, el famoso *house style*. En el pequeño adhesivo amarillo pegado sobre la primera página puso, como era la costumbre, un breve mensaje para «Henry», tras dedicar casi media hora a pensar con detenimiento un texto que fuera una perfecta mezcla de contenido, asepsia e información no confidencial:

> PARA: Enrique Garmendia
> DE: Bernardo Fernández Pinto
>
> Te dejo el informe sobre toma de control. Cuando lo hayas podido revisar me avisas.

Le parecía que había realizado un trabajo concienzudo. Y, además, había conseguido dar con una estructura que solucionaba el problema y desbloqueaba la operación. «Henry» iba a estar encantado. Ahora solo faltaba esperar a que lo revisara e hiciera sus comentarios. Bernardo estaba expectante por conocer la reacción del socio.

A los pocos días recibió una llamada de la extensión 1723. Era el número directo de «Henry». No le había llamado a través de su secretario. Buena señal. Eso es que le había realmente gustado el informe, se ilusionó Bernardo.

–Bernardo, ¿puedes bajar a mi despacho, por favor?

–Enseguida, «Henry» –contestó saltándose de la emoción su regla de no llamar por su apelativo apocopado a Enrique. Bajó de dos en dos los escalones hasta la primera planta, corrió hacia el despacho de «Henry» y... se encontró la puerta cerrada. Prudente, se dirigió a la mesa de Gabriel Martín, su secretario, y le preguntó:

–¡Hola, Gabriel! Había bajado a ver a «Henry» pero tiene la puerta cerrada, ¿sabes si está hablando por teléfono? –extremó la prudencia.

Gabriel miró al teléfono y vio la luz de la extensión de «Henry» apagada.

–No, no está hablando. Y no he visto entrar a nadie, así que puedes pasar. Llama antes, por favor.

Así lo hizo Bernardo. Llamó a la puerta con la fuerza precisa para que se oyera bien pero al mismo tiempo sin denotar la ansiedad que lo inundaba.

–Pasa, pasa, Bernardo, y siéntate.

Muy seco, pensó el aludido, que prefirió no darle muchas más vueltas y sentarse enfrente de la mesa de «Henry», tal y como éste le había indicado. Y ahí estaba, inquieto, a punto de preguntarle al socio qué le había parecido el informe cuando, de un rápido vistazo a la mesa del socio, se percató de que ni siquiera le había quitado el adhesivo amarillo.

Siguió sentado en silencio mientras «Henry» retiraba el adhesivo y comenzaba parsimoniosamente a leer la primera página del documento preparado con tanto esmero por Bernardo, quien no podía evitar una sensación extraña. Eso de revisar su trabajo delante de él le parecía extremadamente peculiar. ¿Acaso se iba a leer las treinta páginas con él presente? ¿Y le iba a ir haciendo preguntas a medida que le fueran surgiendo dudas?

Al cabo de pocos minutos, levantó la vista del papel, miró al horizonte con los ojos entornados como tratando de buscar una referencia, volvió al papel, de nuevo vista al horizonte. Bernardo estaba comenzando a desesperarse. Le parecía todo muy teatral. Pero la función no había hecho más que comenzar. De sopetón, el brillante y joven socio se levantó de su silla dando un golpe en la mesa y lanzó el informe en dirección a donde estaba Bernardo, que sintió cómo súbitamente le temblaban las manos mientras la boca se le iba secando progresivamente. Era increíble la sensación de desasosiego que podía llegar a experimentarse sin motivo alguno, tan solo a raíz de un simple gesto y sin que hubiera nada realmente que a uno se le pudiera reprochar. Edad adulta le llaman. Esa en la que la correlación entre mérito, esfuerzo y recompensa se ve turbada por el sesgo de la autoridad mal ejercida, los intereses creados, las envidias, los recelos, o sencillamente, la maldad. Esa clase de maldad en apariencia inocua que poco a poco se va instalando en el alma de todos y cada uno de nosotros, en muchas ocasiones fruto involuntario de cicatrices del pasado.

–«No existen en apariencia motivos sólidos que debieran impedir la adquisición pretendida» –leyó en voz alta «Henry» tras recoger de nuevo el informe mientras miraba fijamente al joven abogado apoyado en su retorcida sonrisa–. ¿Tú qué crees que pensará Miguel Stravssen cuando lea esto? ¿Qué va a pensar un importante hombre de negocios como él, que pone en manos del Gran Bufete su futuro empresarial, esa tarde otoñal al hojear este informe?

Bernardo no sabía qué contestar. «Joder, imagino que al menos antes de opinar se lo habría leído entero, no como tú», pensó.

–Así, de sopetón, un grandísimo problema jurídico se resuelve de un plumazo ¡en la primera línea de un informe! Cientos de miles gastados en asesores para concluir que «en apariencia» no existen impedimentos –continuó su furibundo ataque «Henry».

–Bueno, podemos eliminar esa frase y ponerla de otra manera en el apartado de conclusiones. Yo tan solo quería adelantar que existe una manera de...

–¡¡Ya está bien!! –le interrumpió «Henry» dando un segundo manotazo sobre la mesa con la cara teatralmente descompuesta por la ira.

–¡Acompáñame! –ordenó a Bernardo, que ya estaba bastante acojonado, mientras se dirigía en dirección a la puerta de su despacho empujando al júnior levemente con la mano derecha sobre su espalda.

Salieron juntos al pasillo, donde «Henry» le señaló el pequeño cartelito a la izquierda del marco de la puerta en el que aparecía en letras grandes el nombre del socio que lo ocupaba: Enrique Garmendia.

–Mira, Bernardo, no sabes la suerte que tienes. Si en este cartelito, en vez de Enrique Garmendia pusiera Tomás Cantalapiedra ya te habrían follado.

A Bernardo le parecía todo tan absurdo e irreal que se quedó sin palabras. Por un momento las lágrimas se le agolparon en los ojos, luchando por brotar, pero era más por rabia que por temor o vergüenza. ¡Si tan solo se había leído los primeros dos párrafos de un informe de treinta páginas! Había dedicado semanas a diseñar una solución que ni siquiera se dignaba a leer. Entonces, ¿para qué le había pedido el *memorándum*?

No supo qué decir. Ni tampoco llegó nunca a saber cómo consiguió «Henry» resolver el problema y lograr que finalmente Miguel Stravssen se saliera con la suya.

Bernardo tardaría aún unos años en volver a ver su informe. Buscando monografías para prepararse para otra OPA encontró una en apariencia muy sugerente de la Editorial Roman Law. En el capítulo seis aparecía un caso de estudio:

«Toma indirecta de control de sociedad cotizada: Derecho Comparado». Se trataba de la estructura diseñada por él años atrás para el Gran Bufete. Su autor: Enrique Garmendia.

* * *

Tanto a Bernardo como a Álvaro les acabarían finalmente promocionando de abogados de segundo a abogados de tercer año, como no podía ser menos por mucho que quisieran hacerles creer lo contrario. Habían trabajado como mulas y los clientes estaban satisfechos con su trabajo. Incluso algunos los llamaban a ellos directamente para pequeños nuevos encargos. Ese era un indicativo claro de estar haciendo las cosas bien.

Por supuesto, de *bonus* ni hablar. Aunque se movieran cómodamente entre los abogados que más horas facturaban al año. La sensación que los socios les trasladaban en las evaluaciones era que no podían confiarse lo más mínimo porque allí había otros jóvenes tan buenos o mejores que ellos. Que no habían ascendido, sino que más bien habían sobrevivido. Que iban raspados y seguían cometiendo errores imperdonables que los realmente buenos (¿quiénes serían esos?) nunca cometían. Así que vete tú a pedir un *bonus*.

Aun así, en definitiva se trataba de una promoción importante porque significaba el fin de las rotaciones y la asignación definitiva a un departamento. Al incorporarse al Gran Bufete, los novatos pasaban sus primeros dos años rotando durante estancias de ocho meses por diversos departamentos. Era como un período de prueba en el que El Gran Bufete podía valorar sus capacidades y en qué áreas del Derecho serían más útiles, y ellos mismos decidir qué materias eran las que más los atraían. Era una buena manera de aterrizar en el mundo laboral. Al final de cada una de las tres rotaciones el socio responsable del área en que había trabajado el júnior cumplimentaba una evaluación escrita en la que valoraba las capacidades del tutelado. Allí se juzgaba todo, desde los conocimientos técnicos hasta el aspecto físico. Con puntuaciones del uno al diez.

ORGANIZACIÓN DEL ESPACIO DE TRABAJO: 9

- Comentario del evaluador: Mesa de trabajo extremadamente ordenada, pero no etiqueta los códigos legislativos de acuerdo con las normas de *house style* del Gran Bufete.
- Comentario del evaluado: No me llegaron a tiempo las etiquetas y no pude ponerlas. En cuanto lleguen las coloco. Mis disculpas por ello.

Y así todos los apartados. Al final de la evaluación había una última casilla en la que el evaluador indicaba si, una vez completados los dos años de rotaciones, deseaba que le asignasen al abogado evaluado. Las opciones eran tres: SÍ, NO y NO DECIDIDO. Lo ideal era tener tres SÍ, aunque algún NO DECIDIDO no influía demasiado. Sin embargo, lo que provocaba la inmediata salida del joven abogado de la firma era recabar un NO por parte de alguno de los tres socios evaluadores.

Álvaro recibió el tercero de sus tres SÍ y llamó raudo a Bernardo, que acababa de terminar su tercera rotación con Pier Águila, uno de los socios recién nombrados en la última Junta anual del Gran Bufete.

–¿Qué pasa, gordo? ¿Te han hecho ya la evaluación? A mí me la acaba de hacer «Henry».

–Pues todavía no. Me ha citado Pier para dármela esta tarde. ¿Qué tal te ha ido?

–Muy bien. También me ha puesto un SÍ. Prueba superada. Ya estoy a salvo. A esperar ahora a ver dónde me asignan.

Al recabar tres SÍ Álvaro sabía que había superado el período de prueba y que formaba parte de ese cincuenta por ciento de la promoción que conseguía seguir en El Gran Bufete tras las rotaciones. Ahora solo le tocaba esperar a saber con qué socio lo asignaban finalmente para continuar su carrera profesional.

–¡Qué bien! ¡Enhorabuena!

–Gracias, gordo. Seguro que a ti Pier también te pone un SÍ. Con eso pasas el corte seguro.

Y es que Bernardo por el momento llevaba un SÍ de Tomás y un NO DECIDIDO de «Henry». Sabía tan bien como Álvaro que estaba al borde. Con un NO estaba fuera, aunque era imposible que Pier le pusiera un NO. El riesgo era que en lugar del SÍ, en la última casilla de su evaluación apareciera un NO DECIDIDO. Eso le dejaría al límite, en la frontera de los que pasan el filtro y los que no. Así que esa tarde, cuando recibió el formulario de evaluación de Pier, lo primero que hizo fue ir a la última página con el corazón acelerado. Cuando vio el deseado SÍ respiró tranquilo.

No solo le había dado su SÍ. Además de eso Pier había pedido expresamente que le asignasen a Bernardo, como finalmente ocurrió. Él habría preferido haber acabado en el departamento de Tomás, que era la gran estrella del Gran Bufete. Además, eso le habría permitido trabajar cerca de Álvaro, que finalmente había sido asignado a Henry, que había visto en él a un buen y dócil soldado. Sin embargo, Bernardo disfrutó así de su etapa más tranquila y cómoda en El Gran Bufete.

Su tercer año, el primero tras la asignación, su primero completo con Pier, le iba a permitir encontrar poco a poco su papel como segundo de a bordo de un socio. Con un *rotante* a su disposición. Y sin sobresaltos. Trabajando tan intensamente como antes pero sin tener la espada de Damocles de las evaluaciones permanentemente sobre la cabeza.

Fue uno de sus mejores años. Trabajó en multitud de medianas operaciones de *M&A* en las que pudo operar *de facto* como responsable del asesoramiento, al mismo tiempo que participaba codo con codo con Pier en un puñado de grandes transacciones en las que lo acompañaba haciendo las funciones de mano derecha. Pier era mucho más tranquilo y mucho menos estresado que Tomás. Además, confiaba en Bernardo y le daba cancha. No lo agobiaba con estupideces. Le dejaba volar solo y así él comenzar a tener sus propios clientes, pero al mismo tiempo le enseñaba la profesión. Bernardo se iba dando cuenta con el transcurso de los meses de que no era tan torpe como le habían intentado hacer creer. Le faltaba todavía mucha experiencia, aunque al acercarse al final de su tercer año en El Gran Bufete ya era consciente de que tenía las cualidades necesarias para dedicarse a esa profesión. Por fin comenzaba a tener claros sus objetivos. Aspiraba a acabar por ser él quien liderase el asesoramiento de las grandes operaciones, con una lista de clientes deseosos de recibir su sagaz asesoramiento. Ese era sueño, ser un abogado de campanillas. El nuevo Tomás.

* * *

La camada de abogados de tercer año, entre los que aún se contaban Álvaro y Bernardo, iba adelgazando progresivamente. De una forma lenta pero segura. Por una u otra razón, a esas alturas eran escasos los abogados que resistían y conseguían llegar al cuarto año. Algo menos de la cuarta parte de los que comenzaron juntos esa aventura. Y no necesariamente los mejores. Quizá sí los más preparados para aguantar esa mezcla de ritmo inhumano de trabajo y excelencia, aunque por supuesto siempre lo suficientemente cualificados. En El Gran Bufete nadie sobrevivía sin ser un excelente abogado, de eso no cabía ninguna duda.

Álvaro no estaba teniendo problema alguno en seguir en esa intensa carrera. Las cualidades requeridas, resiliencia y solidez jurídica, las poseía de sobra. Pero es que además atesoraba las virtudes de la alienación y la discreción. No desentonaba en absoluto en el grupo ni generaba ninguna desconfianza en sus mayores. Por eso había logrado ser asignado al equipo de «Henry». Álvaro era feliz quemando poco a poco las etapas hasta llegar a socio. Cada vez estaba más mimetizado con su entorno y más integrado en El Gran Bufete. Esto era evidente para cualquiera menos para su colega, la otra mitad de «Los Chaquetas», que una mañana de septiembre, recién superada por los dos la barrera del tercer año en El Gran Bufete y conculcando las más elementales normas de la prudencia, rompió una de los principios más básicos del Arte de la Guerra: «Nunca desveles tus intenciones».

–Gordo, ¿has visto que Templeton & Smith va a abrir oficina en la Nación, no? –disparó Álvaro sin previo aviso.

A Bernardo una descarga le sacudió el espinazo.

–¡Y dicen que se llevan a un socio del Gran Bufete como socio director! –añadió.

Por supuesto que lo sabía. Lo primero porque había salido en toda la prensa especializada. El desembarco de los bufetes ingleses en la Nación. En particular, el más grande de los radicados en Londres. Lo segundo porque Pablo Pastor, socio del área de Derecho Mercantil del Gran Bufete, se lo había confirmado días atrás en persona, cuando se reunió con él en una discreta y céntrica cafetería para proponerle su incorporación a Templeton & Smith como primer (y único por el momento) asociado de la flamante nueva oficina en la Gran Capital del gigante anglosajón.

–Sí, ya lo sabía –replicó Bernardo de manera lo suficientemente confusa como para levantar las sospechas de Álvaro, logrando que le hiciese la pregunta que, en el fondo, estaba deseando escuchar.

–¿Cómo que lo sabías, perro? Vaciló un momento.

–¿No me jodas que te han llamado para irte con ellos? ¿Y no me has contado nada?

Bernardo puso cara de póker. O al menos lo intentó.

Torpemente.

–Es un despacho cojonudo, las grandes ligas... ¡Qué cabrón eres!

Álvaro lo presionaba sin quitarle la mirada de encima.

–Bueno, todavía no he aceptado la oferta, es un proceso largo –confesó finalmente Bernardo lleno de orgullo.

–Joder, ¿y no podríamos irnos los dos? Sería increíble.

Sería como empezar nuestro propio despacho de cero.

–Se lo puedo preguntar a Pablo si quieres.

–Claro que quiero, gordo. Díselo enseguida –le pidió a Bernardo mientras le pasaba el brazo por encima del hombro dándole unas palmadas sonoras–. ¡Vamos a ser los putos amos!

Estas eran las cosas que María no alcanzaba a comprender. Tras tres años de noviazgo con Bernardo y estando ya formalmente comprometidos para casarse a finales de año, todavía había momentos en que la dejaban perpleja las pocas luces de su prometido. ¿Seguro que era tan inteligente?

María y Bernardo se habían conocido al mes de incorporarse este al Gran Bufete. Fue en la primera cena de despedida de un abogado que abandonaba la firma a la que acudía Bernardo. Era la primera ocasión en la que iba a socializar con sus nuevos compañeros de trabajo fuera del despacho. Llegó tarde a la cena puesto que ser el nuevo implicaba irse el último de la oficina, así que no tuvo más remedio que sentarse en el único espacio que quedaba libre en la larga mesa. No conocía prácticamente a nadie. Frente a él había un asiento vacío. Al parecer alguien iba a llegar todavía más tarde que él. Era María. Se había tomado las vacaciones el mes de julio e iba a llegar tarde a la cena pues venía directa-mente del aeropuerto. Estaban aún con los entrantes y Bernardo no tenía con quién hablar. Entre que a izquierda y derecha tenía a dos perfectos desconocidos y la silla que tenía enfrente estaba vacía, su aburrimiento, unido al cansancio del día, le estaba provocando un intenso sopor.

Prácticamente ni se dio cuenta del momento en que María llegaba azorada y se sentaba frente a él. Hasta que levantó la mirada. Desde el primer momento en que la vio supo que iba a ser la mujer de su vida. Morena de piel, pecosa con un pelo zaíno recogido en un moño alto, iluminaban su cara dos grandes ojos verdes que parecían no tener fin ni dudas. Aunque sentada, Bernardo podía vislumbrar su cuerpo menudo, femeninamente coqueto, embutido en un escotado y veraniego vestido blanco corto. El contraste entre el moreno y el blanco era tremendo. La miró a los ojos y ella le devolvió la mirada. Intensa y confiada. Los dos estaban pensando lo mismo. Bernardo quiso preguntarle cómo se llamaba, quién era, por qué no la había visto antes en El Gran Bufete, en qué departamento trabajaba, desde cuándo, qué hacía. Pero no se atrevió. Ni le dio tiempo.

–Me llamo María. Tú debes de ser Bernardo, uno de los nuevos, ¿verdad?

Su voz acabó de subyugar a Bernardo. Dulce, pausada, producía el efecto embriagador de decelerar el paso del tiempo.

El idilio fue inevitable.

Tras unos meses comenzaron a salir, conculcando la norma no escrita del Gran Bufete de no tolerar las relaciones entre miembros de la firma, hasta que, al poco tiempo, María aceptó una oferta de Gran Telecom.

Así que ella conocía bien los resortes del Gran Bufete. Y, por supuesto, también conocía muy bien a Álvaro, en parte a través de Bernardo y en parte a través de sus antiguos colegas del despacho. Sobre todo gozaba de esa intuición, de esa innata inteligencia de la que solo disfrutan algunas mujeres. Un sexto sentido que siempre le había advertido claramente de las intenciones de la otra mitad de «Los Chaquetas».

–Hoy he estado hablando con Álvaro, peque.

–¿Con Álvaro? ¿De qué?

María se estaba temiendo lo peor.

–De Templeton. Se quiere venir, ¿sabes? Sería estupendo arrancar los dos de cero desde allí. Como un equipo. Con todo el camino por delante.

María dudaba de si trasladar o no sus temores a Bernardo, pues sabía que pese esa externa apariencia de extrema auto-confianza se escondía una enfermiza necesidad de aprobación. Y nada podía certificar de mejor manera el acierto de dejar El Gran Bufete que el hecho de que Álvaro decidiera acompañarlo. Así que, muy a su pesar, decidió no decir nada y dejar que siguiera fluyendo el curso natural de los acontecimientos, lo que llevaba a gala como filosofía de vida.

De todas formas, Bernardo tampoco acababa de estar convencido del todo del cambio de aires. Al fin y al cabo El Gran Bufete era el mejor despacho de abogados de la Nación. Y haber llegado a abogado de cuarto año era un indudable mérito que nadie podía negarle. Estaba totalmente encauzado en su carrera trabajando para Pier. Llevaba ya varias operaciones en que había ido ganándose la confianza del joven socio y con ello cada vez más independencia en operaciones relativamente importantes.

Paradójicamente, sería Pier quien terminaría de manera involuntaria, lo que acabó por ayudar a decidirse a Bernardo.

–Bernardo, campeón, pásate por mi despacho –le ordenó telefónicamente Pier, pese a que los despachos de ambos colindaban y lo más sencillo habría sido asomar la cabeza por la puerta.

–Voy enseguida, que estoy acabando de rellenar las hojas de tiempos.

Pasó al despacho de Pier sin llamar a la puerta; la camaradería tras casi dos años juntos lo permitía de sobra.

–Dime, Pier, ¿qué necesitas?

–¿Cómo vas de lío?

«Joder, ya estamos», se dijo Bernardo.

–Pues la verdad es que bastante hasta arriba. Tengo que acabar el informe de *due diligence* de la compra de Ingeniería Pequeña por Ingeniería Grande. Y además estoy preparando el calendario para la OPV de Energética.

–No te preocupes, campeón, que para eso se ha inventado la clonación.

«Qué gracioso», pensó Bernardo, que no sabía si se trataba de una mala gracia o de un intento de inculcar disciplina castrense.

Pier era un reputado experto en una rama poco común del Derecho Mercantil, el Derecho Logístico, sector regulado concerniente a las empresas que se dedicaban al comercio internacional de mercancías. Tras muchas operaciones de modesta dimensión, Logística USA le había confiado a Pier el asesoramiento de la adquisición de un porcentaje relevante en el capital de Logística de la Nación, sociedad de titularidad estatal que ostentaba el monopolio de la distribución logística del país y que el Gobierno de la Nación había decidido privatizar parcialmente.

–¿Te suena Proyecto Cargo?

Esta vez Bernardo, aunque sabía perfectamente de qué iba la operación, no pensaba volver a picar como con Átomo.

–No me suena de nada.

–¿Cómo no te va a sonar de nada, campeón? Si llevo tres meses sepultado en el Ministerio de Industria y viajando a Estados Unidos cada semana...

–Ni idea, Pier, de verdad, yo a lo mío.

«Este chico no es malo, pero a veces parece tonto», pensó Pier.

–Pues nada, Bernardo, te lo contaré. Se trata de la compra del 10% de Logística de la Nación por parte de Logística USA, nuestro cliente. La Nación va a privatizar parcialmente la compañía mediante la venta de ese 10% para posteriormente sacar a Bolsa el resto.

–Entendido, Pier. ¿Y tú estás negociando para Logística USA el contrato de compraventa con el Gobierno?

–Eso es, pero de manera muy limitada, porque las restricciones son muchas y el poder negociador de nuestro cliente no es grande. De hecho, ahora mismo estamos discutiendo qué garantías nos dan de que finalmente efectivamente salga a Bolsa Logística de la Nación, porque, como comprenderás, quedarse de minoritario y con un valor ilíquido mataría totalmente el valor de la inversión.

–Vale. ¿Y en qué te puedo ayudar?

–Pues mira, campeón, la cosa es que me ausento dos semanas de vacaciones y necesito que me cubras.

–¿Que te cubra? No entiendo.

–Pues que me sustituyas estas dos semanas. Léete los borradores de los contratos que te acabo de imprimir; mañana los vemos juntos y te llevo a la reunión que tenemos por la tarde con los abogados del Gobierno y con nuestro cliente y te presento a todo el mundo.

Así de fácil. Tomar los mandos de una negociación con el Gobierno para una privatización parcial que llevaba en marcha tres meses. Y encima en un sector tremendamente regulado, en el que era casi imposible encontrar resquicios para llegar a acuerdos sin colidir con algún impedimento legal. Bernardo no sabía si sentirse halagado, asustado o abrumado. Lo que seguro que estaba era totalmente descolocado, inquieto por si sería capaz de aterrizar en un asunto tan importante sin tener conocimiento previo de la materia, ni de la operación y ni tan siquiera haber hablado en su vida con el cliente.

–Es que yo no tengo ni idea de Derecho Logístico, ni he estado nunca involucrado en una privatización –se quejó.

–Pues estudia. Me tienes que echar una mano, campeón. Andamos desbordados de trabajo y escasos de socios. Además, tú tranquilo, que te aseguro que estas dos semanas no va a ocurrir gran cosa.

Para Pier los pros eran siempre mucho mayores que los contras. Si Bernardo, como ya le había demostrado en el pasado, era capaz de dar la talla ese tiempo, ningún otro socio tendría la posibilidad de meter las narices en la operación y quitarle esa presa, ese preciado *tombstone* y las no menos jugosas horas *facturables*. Y si pasaba algo gordo, ya lo localizaría Bernardo.

Así que, como estaba previsto, se lo llevó al día siguiente al Ministerio de Industria a continuar la negociación. Lo presentó a todos como su segundo, alguien que había estado todo el tiempo trabajando con él en la sombra y que naturalmente era plenamente capaz de tomar el testigo esas dos semanas.

Al cabo de dos días, con Pier ya de viaje, allí apareció Bernardo solo, como si fuera lo más normal del mundo. Tanto los clientes como los abogados de la Nación pensaron todos lo mismo, sin embargo no dijeron nada como voto de confianza al recién llegado (era El Gran Bufete, a fin de cuentas, quien lo enviaba) y por pura deferencia profesional. Y también, por qué no reconocerlo, por un algo de compasión.

Bernardo se había preparado a conciencia los puntos que quedaban abiertos, pero sobre todo era consciente de que él no estaba ahí para cerrar nada sino para cubrirle las espaldas a Pier esas dos largas semanas. Había que hacer lo posible por pasar desapercibido.

No iba a resultar tan sencillo. Precisamente tenía que reabrirse uno de los puntos más delicados del contrato y que justamente era el que Pier acababa de dejar cerrado, o eso creía él: el compromiso por parte de la Nación de votar a favor de la salida a Bolsa transcurridos tres años. Dicha obligación se iba a instrumentar a través de una norma con rango de ley, mediante un procedimiento cuya validez Bernardo, tras haberlo estudiado en profundidad, había confirmado a Logística USA.

Obviamente los ejecutivos estadounidenses necesitaban algo más que la confirmación por parte del que a sus ojos no era más que un niño, por lo que le habían pedido con urgencia a Bernardo la ratificación de su opinión por parte de algún otro socio de El Gran Bufete, pues eran conscientes de que a Pier le faltaba una semana para volver y estaba incomunicado. Para empeorar las cosas, Bernardo ni siquiera se encontraba en la Gran Capital de la Nación, sino a seiscientos kilómetros de distancia, encerrado en una notaría de provincias firmando la compra de Ingeniería Pequeña por Ingeniería Grande.

Así que, en medio de la ceremonia de firma y tras recibir tres llamadas del *General Counsel* de Logística USA, no tuvo más remedio que llamar a Gabriel Martín, secretario de «Henry». No se le ocurría otra manera para poder dar rápidamente con un socio de primer nivel. Gabriel era el salvoconducto para localizar a cualquiera.

–Gabriel, soy Bernardo. Perdona que te llame así pero es que estoy en una firma en Ciudad de Provincias y necesito urgentemente hablar con un socio experto en Mercado de Capitales.

–¿De qué se trata? No puedo pasarte con nadie así por las buenas.

–Se trata de Project Cargo. Me está llamando con urgencia el cliente para que un socio le confirme la opinión que le he dado sobre la validez de un borrador de proyecto de ley.

–¿Y por qué no preguntas al socio que lleva Cargo? Es Pier, ¿no?

–Pier está de vacaciones y sin cobertura. Ya lo he intentado varias veces y el cliente está comenzando a ponerse nervioso.

–¡Pero habrá otro socio que le haya sustituido mientras él está de vacaciones!

–Eh... pues la verdad es que eran solo dos semanas y el tema estaba bastante parado –trató de defender Bernardo a su jefe.

–Pufff. Bueno, te intento pasar con «Henry», que no hay nadie más por aquí.

Joder, ¿y no podía ser otro?, pensó Bernardo.

Pues no, no podía ser otro. «Henry» cogió el teléfono entre divertido y cabreado.

–¡Buenos días, Bernardo! ¿Qué necesitas de mí?

–¡Buenos días, Enrique! Muchas gracias por ponerte al teléfono. Es que estoy fuera de la Gran Capital y me está llamando el *General Counsel* de Logística USA porque necesita hablar con un socio experto en Mercado de Capitales que le ratifique lo que les he dicho. Es con relación a Cargo –le soltó sin más rodeos; en esta ocasión no había margen para andarse con prudentes circunloquios, aunque pudiera pasarle factura en su cada vez más cercana promoción a abogado sénior.

Obviamente «Henry» no iba a dejar pasar la ocasión.

–¿Pero tú quién te crees que eres? ¿Cómo se te ocurre llamar a un socio del Gran Bufete para que, como si nada, se ponga al teléfono con un cliente?

«Pues lo mismo que he hecho yo», «Henry», pensó Bernardo, al que, encima de haber tenido que encargarse de un asunto que le venía grande durante dos semanas mientras estaba cerrando él solo otra operación y había logrado manejar la situación con Logística USA, le iban a acabar reprendiendo.

–«Henry», los tengo al teléfono. Están muy nerviosos. Necesitan hablar contigo ya. Si no puedes llamo a Tomás.

–Anda, pásamelo. Ya hablaremos con calma. Con alivio, Bernardo le pasó la llamada.

Y con alivio también acabó de tomar la decisión que rondaba desde hacía tiempo su cabeza y que cambiaría su futuro profesional. Tras esa conversación decidió que aceptaría la oferta de Templeton.

* * *

Llegó el día señalado. Pero un mes más tarde de lo previsto. Tras sus iniciales conversaciones con Pablo Pastor para incorporarse a Templeton, Bernardo había pedido un tiempo antes de comunicarle su decisión final con la excusa de poder concentrarse en la operación de Logística. En realidad, necesitaba ese último empujón que le habían dado «Henry» y Pier. El primero al recordarle la cara más áspera del Gran Bufete, que durante más de un año Pier había conseguido que olvidase. El segundo, al demostrarle que era capaz de asumir más responsabilidades, cosa que no iba a ocurrir en condiciones normales hasta dentro de unos cuantos años en el Gran Bufete.

Los ritmos en los despachos profesionales de abogados están muy bien medidos por parte de los socios. Una evolución lo suficientemente apreciable como para mantener incentivado al asociado, pero al mismo tiempo lo adecuadamente ralentizada para, por un lado, evitar la saturación en el número de socios como, por otro, permitir disfrutar del trabajo a destajo de brillantes empleados por un salario mucho menor que el del que alcanza la «sociatura». Este sistema de «gestión por tapón» era posible puesto que en el mercado jurídico de la Nación eran pocos los grandes bufetes al no haber desembarcado aún los grandes despachos anglosajones ni americanos, líderes del mercado mundial, y en los que los sueldos de los abogados eran dos o tres veces más altos.

–Pablo, creo que ya he tomado mi decisión. Voy a aceptar vuestra oferta.

–¡Qué gran noticia!

–Me gustaría notificárselo a Pier enseguida. Ahora es un buen momento. Se acaba de firmar Cargo y dentro de una semana es Navidad, por lo que habrá un parón y tendrá tiempo de digerir mi marcha.

–Me temo que vas a tener que esperar un poco. Porque te encantará saber que tu compinche Álvaro también se viene. Tiene todavía pendiente acabar el proceso de selección. En pocas semanas lo habrá completado.

Se lo merecía por tonto.

Así que, finalmente un mes después de lo previsto, llegó el momento de comunicar la salida de ambos del Gran Bufete. Iba a ser todo un bombazo. Nunca antes se había ido nadie relativamente sénior del despacho de manera voluntaria, y a la competencia. Y ahora, en poco tiempo, eran tres. Y todos a Templeton. Por eso era preciso preparar minuciosamente la estrategia de salida. Cómo comunicarlo y a quién. Cuándo hacerlo y, sobre todo, que el mensaje transmitido por Álvaro y Bernardo fuera congruente, que ambos contaran lo mismo, lo cual no era sino la verdad: que los dos habían decidido aceptar la oferta de Templeton porque era la manera más veloz de seguir evolucionando como asesores legales. Que convertirse en los primeros asociados en la Nación del gran despacho inglés era una oportunidad que no podían rechazar. Y no por dinero. De hecho, ni siquiera habían acordado su salario. Era la posibilidad de vivir la apertura de un bufete internacional desde cero lo que los seducía. Un bufete con una lista de clientes por la que incluso El Gran Bufete mataría. Asuntos además de dimensión internacional, con múltiples jurisdicciones involucradas. Y todo ese trabajo no podía sino caer en sus manos, pues no habría más asociados en un primer momento. Estarían metidos en todas las grandes operaciones. Nadie podría aplicarles la «gestión por tapón»... O eso creían ellos.

El plan de acción para el día de autos estaba claro. A las diez en punto de la mañana del viernes, así el fin de semana amortiguaría el impacto de la noticia, Bernardo comunicaría su salida a Pier y, a la misma hora, Álvaro haría lo propio con «Henry». Cada uno a su superior inmediato, al socio con quien trabajaban a diario y al que más podía afectarle su salida. Informados estos, hablarían con Tomás (Bernardo) y don Ramón (Álvaro), en calidad de socios responsables de los departamentos a los que estaban asignados. Finalmente, ambos acudirían a hablar con Olga Gracia, la responsable de asuntos internos del Gran Bufete. Evidentemente a nadie se le ocurría llamar a Olga directora de Recursos Humanos.

Nada salió según lo previsto. Ambos entraron a las 10 en punto en los despachos de «Henry»y Pier. A partir de ahí, cualquier similitud con lo planeado debió de ser pura coincidencia, al menos a ojos de Bernardo.

–Pier, ¿tienes un momento? –le preguntó Bernardo mientras entraba en el despacho del socio.

–Claro, campeón, pasa.

–Pier, tengo que darte una mala noticia, bueno, para mí espero que no. He decidido aceptar la oferta de Templeton para incorporarme a su oficina de la Gran Capital.

–¿Y eso? Acabamos de hacer las evaluaciones de fin de año y te había conseguido un aumento mayor que el del resto de tu promoción –mintió Pier–. ¡Me dejas a los pies de los caballos! ¡Me van a colgar!

–Lo siento, Pier. Yo he trabajado fenomenal contigo, pero se trata de una oportunidad única. Y no es por dinero; de hecho ni sé a ciencia cierta cuánto voy a ganar.

–¿Se lo has dicho a alguien antes que a mí?

–No, Pier.

–No hables con nadie, déjame que gestione la comunicación.

–Pero Pier, eso no es posible...

Bernardo dudó si desvelarle la marcha de Álvaro, pero consideró que no era apropiado hacerlo; de hecho habían acordado no mencionar nada de la salida del otro. Se sabría inmediatamente, pero lo mejor era desvincular la salida de ambos y, en todo caso, que cada uno que hablase solo de lo suyo, sin interferencias.

–¿Por qué no?

–Pues porque para poder dar mi preaviso formalmente he de comunicárselo a Olga.

–¿Cuándo te han dicho que te incorpores?

–Cuanto antes; yo había pensado que dentro de un mes.

–¿Un mes? Te necesito aquí como mínimo tres meses. Hay multitud de asuntos que estás gestionando tú solo.

–A ver qué dice Templeton. Ellos no tienen a nadie y en estos momentos necesitan mucho más a un asociado que El Gran Bufete.

Pier se tomó un momento. La situación era peliaguda.

–Déjame que hable con los socios y te decimos algo hoy mismo.

–Vale, pero al menos querría subir a la tercera a hablar con Tomás.

–Me parece bien; déjame que lo llame antes por teléfono –le pidió Pier mientras marcaba la extensión.

«Pues no ha ido tan mal, se dijo Bernardo», que se sorprendió a sí mismo sudando copiosamente. Ahora a ver a Tomás.

Al llegar al despacho del socio este ya estaba colgando el teléfono.

«Pier se ha dado prisa –reflexionó Bernardo–. Mejor así».

En efecto, Tomás estaba hablando de la salida de Bernardo de El Gran Bufete, pero no con Pier.

–Pasa, Bernardo. ¿Cuántos más os vais? Más directo no podía ser.

–¿Cómo que cuántos más?

–Álvaro, tú ¿y quién más? Me acaba de llamar «Henry» –le aclaró Tomás de manera firme pero todo lo cariñosa que le permitían las circunstancias. Bernardo siempre había sido de su agrado.

–Que yo sepa, Templeton nos ha hecho oferta solo a los dos.

–Bueno, Bernardo, está claro que no hemos conseguido que sientas los colores del Gran Bufete. Espero que te vaya bien. Seguro que sí. No puedo decirte nada más.

–Yo sí, Tomás. Te quería decir que he trabajado muy a gusto contigo. Te echaré de menos. He aprendido mucho de ti.

Tomás sonrió agradecido y le estrechó la mano mientras se dirigía a la puerta de su despacho despidiéndose de manera elegante de su pupilo. Bernardo salió del despacho dudando si por su parte El Gran Bufete habría sentido esos años sus colores. No le parecía un comentario justo. No se trataba más que de una profesión, no de un equipo de fútbol. Por mucha sintonía que uno pudiera sentir con su empleador ninguno de los dos podía esperar sacrificios por parte del otro más allá de lo meramente profesional.

En años venideros Bernardo olvidaría muy a su pesar esa reflexión.

Habían ya transcurrido tres horas desde que anunciaron su marcha y Bernardo estaba agotado, así que decidió irse pronto a comer. Llamó a Álvaro para ir juntos a tomar algo. Era el único con el que podía hablar libremente.

–Álvaro, ¿cómo ha ido, tío? Yo estoy agotado. ¿Comemos juntos y comentamos?

–Todo de puta madre, pero no puedo comer. Ya he quedado. Luego hablamos.

Bernardo se compró un bocata y se fue a un parque cercano a relajarse. Allí sería mucho más fácil no coincidir con nadie. Lo necesitaba. Volvió a primera hora de la tarde y se encontró encima de la mesa del despacho dos cajas vacías de cartón y una nota:

PARA: Bernardo Fernández Pinto
DE: Pier Águila

Ven a verme en cuanto llegues.

Se dirigió raudo al despacho de Pier con un nudo en el estómago. Desde luego, la cosa pintaba mal.

–Buenas tardes, Pier. He visto tu nota (y las cajas). Dime.

–Bernardo, prepárame un informe con todos los temas que estás llevando tú solo para ponerme al día, recoge todas tus cosas inmediatamente y no vuelvas. Tienes de plazo esta tarde.

Bernardo titubeó.

–¡Pero si esta mañana me pediste que me quedase tres meses!

–Eso era esta mañana. Esta es la decisión definitiva de los socios.

–¿Y qué ha pasado desde esta mañana?

–No puedo decirte nada más que tienes que irte esta misma tarde.

–Pues yo no pienso irme deprisa y corriendo sin despedirme de nadie como si hubiera hecho algo malo. No entiendo este cambio de actitud, Pier. Llevo dejándome la piel en beneficio de los socios más de tres años. Es viernes por la tarde y no podré despedirme en persona de mis compañeros. El lunes vuelvo y lo recojo todo.

–Como quieras. Pero podrías haberme dicho que Álvaro se iba contigo.

Ahora entendía lo que había ocurrido.

–¿Cómo que se va conmigo? Querrás decir que nos vamos los dos.

–Pues no es eso lo que me han dicho. Parece que tú le has convencido de que se fuera contigo a Templeton.

–¡¡Eso es totalmente falso!! –gritó Bernardo. En ese instante sonó el teléfono de Pier.

–Lo siento, Bernardo, no tengo tiempo para ti ahora.

Bernardo salió del despacho de Pier y se fue a casa dándole vueltas a la cabeza. Era imposible que su amigo Álvaro hubiera dicho algo así. ¡Pero si era él quien había tenido que esperar un mes entero hasta que él completase su proceso de selección! ¡Si Álvaro le había pedido expresamente que le comunicase su candidatura a Pablo Pastor! Nada más llegar a casa, donde le esperaba inquieta su recién desposada María para que le contase cómo se había desarrollado un día tan importante, cogió el teléfono y llamó sin demora a Álvaro.

–Hola, Álvaro. ¿Qué ha pasado? Me están diciendo que soy yo quien te ha convencido de irte a Templeton.

–Gordo, no sé si ha sido buena idea lo de Templeton. He quedado con «Henry» en darle una vuelta.

–¿Cómo que una vuelta? ¿No has tenido un mes para eso? ¿No ves que de esa manera estás confirmando la sensación de que he sido yo el que te había convencido? ¡Si me habías pedido que te esperase para comunicarlo juntos! Si tenías dudas, haberme dejado irme primero y luego te lo pensabas. ¿Por qué no quedamos a cenar y lo hablamos con calma?

–No puedo, don Ramón me ha pedido que me tome unos días y me he venido a Ciudad Costera con Gadea. Lo siento, gordo.

Y colgó.

María escuchaba desde el fondo del salón, arrepintiéndose de no haber advertido a su inocente marido y haberlo dejado así caer por primera vez.

El lunes Bernardo acudió al Gran Bufete y dedicó cinco horas a imprimir todos los documentos de cada uno de los seis asuntos que llevaba de manera autónoma, junto con una nota explicativa de dos páginas que dejó, junto con los documentos impresos, sobre la mesa de Pier.

Al acabar, allí no había ganas de despedirse de nadie, ni suyas ni del resto de miembros del Gran Bufete.

ENCUENTRA A MARÍA

Álvaro apuró sus días de reflexión junto a Gadea en la playa y volvió a la Gran Capital de la Nación para aceptar la oferta de don Ramón de trasladarse por un tiempo a la pequeña oficina del Gran Bufete en Nueva York.

Un buen premio. Era evidente que él era la estrella a quien querían retener. Bernardo era bueno, pero no una estrella, y por eso se había querido ir del Gran Bufete. Menos mal que se había dado cuenta a tiempo y de manera astuta pudo dejar entrever que a él en realidad lo habían tratado de convencer. De esa forma nadie podría reprocharle nunca nada. Nadie salvo Bernardo, claro está.

Después de todo, Álvaro era el que de verdad sentía los colores. Ese era en realidad el relato que le convenía propagar en El Gran Bufete: la historia del bueno y el malo. El que se iba era el malo y el que se quedaba era en realidad el que valía. Una víctima de las ambiciones de su compañero. Y ante los ojos de todos los socios y asociados de la firma esto había que remarcarlo bien. «Los Chaquetas» habían separado sus caminos para siempre.

No habían transcurrido sino unas semanas desde que Bernardo se había incorporado a Templeton cuando una tranquila tarde recibió una llamada de la recepción de las oficinas temporales que ocupaba la recién inaugurada oficina del despacho inglés en un piso de un céntrico barrio de la Gran Capital.

–Bernardo, ha venido un señor muy serio que te quiere entregar un sobre en mano –le indicó el portero del inmueble–. Dice que te lo tiene que dar en persona.

–Ahora mismo bajo.

Descendió despreocupado por las escaleras los tres pisos hasta la recepción, donde, para su sorpresa, se encontró con Emilio y su bigote. Emilio era el hombre de confianza de don Ramón, mezcla de escolta, conductor y correveidile. Todo un personaje. Emilio le entregó el sobre sin mediar palabra y se fue raudo. Bernardo lo cogió y subió preocupado por las escaleras los tres pisos de vuelta a su despacho. Algo no iba bien y, tal como hacía en estas situaciones, abrió el sobre rápidamente sin darle muchas vueltas nada más llegar a su mesa. Mejor no andarse con elucubraciones. Contenía una misiva con membrete del Gran Bufete. El remitente era el mismo don Ramón en persona.

Estimado Bernardo,

Como sabes, el pasado 24 de enero, lunes, fue tu último día como colaborador del Gran Bufete en calidad de profesional independiente. De acuerdo con la auditoría informática realizada con relación a la actividad registrada en tu ordenador durante la referida fecha, ha resultado probado que entre las 9 horas y las 14 horas del día de autos realizaste las siguientes actuaciones:

- *Veinticinco descargas de documentos*
- *Impresión de veintidós de dichos documentos*

Los actos descritos son constitutivos de una infracción contra los derechos de propiedad industrial e intelectual del Gran Bufete, por lo que te requerimos para que procedas a la devolución inmediata de los mencionados documentos, tanto en formato electrónico como físico, a la mayor brevedad. El

Gran Bufete se reserva todas las acciones, tanto civiles como penales, que pudieran corresponderle en defensa de sus derechos.
Enviamos copia de la presente comunicación a D. Park Bend, managing partner de Templeton en la Gran Capital, con el objeto de que, por su inacción, no resulte cómplice del comportamiento descrito anteriormente.

Sin otro particular,
D. Ramón Socio Director
C/c D. Park Bend

Bernardo no podía creerse lo que estaba leyendo. Precisó releer varias veces la carta para comprender su alcance. ¡Si esos documentos eran los que le había pedido Pier que imprimiera el último día para ponerse al día de los asuntos que llevaba! ¡Si los había dejado todos ordenados en carpetas encima de su mesa! Si incluso durante las últimas semanas Pier le había llamado varias veces para consultarle dudas ¡sobre esos mismos documentos!

«¡Qué canallas!», pensó. Además, habían copiado a Park, claramente con la intención de que lo despidiera. Park, el *managing partner* de Templeton en la Gran Capital, compartiendo la labores de gestión con Pablo Pastor, había sido hasta ese momento un socio más de la oficina de Londres de la firma inglesa. Pero gracias a que conocía el idioma, y además, tenía una casa de veraneo en la Nación, ambos muy relevantes y nada despreciables indicadores de grandes cualidades como gestor de un despacho de abogados, había visto cómo su carrera profesional se catapultaba con la promoción a *managing partner* de la oficina recién abierta, un puesto que poquísimos abogados nacionales lograrían alcanzar tras una brillantísima carrera profesional como abogados y tras demostrar indudables dotes de liderazgo. Lo cierto era que poner su futuro profesional y personal en manos de Park le parecía una pésima idea. Él realmente se había ido a Templeton por la fuerza del nombre del despacho internacional y por su confianza en Pablo Pastor, no por Park, y ahora, por culpa de haberle copiado don Ramón en su carta-amenaza, no tendría más remedio que darle voz y voto. Bonita jugada.

Bernardo no se veía con fuerzas en esos momentos más que para volver a casa. ¡Cómo se había complicado todo! De irse a Templeton tranquilamente y por la puerta grande a ser traicionado por Álvaro, salir del Gran Bufete por la puerta de atrás y encima recibir esa carta que claramente comprometía su futuro antes siquiera de haber comenzado a construirlo... Su cabeza hervía al abrir la puerta de su pequeño apartamento, lo que, pese a sus esfuerzos por ocultarlo, no le pasó desapercibido a María, especialmente cuando esas primeras semanas en Templeton habían sido en las que más feliz había visto con su trabajo a Bernardo desde que se conocieron.

–¿Qué ha pasado, cariño? Traes mala cara.

Le fastidió no haber sido capaz de disimular la inquietud provocada por la carta.

–Ya. Es que por la tarde Emilio me ha entregado en mano esta carta de parte de don Ramón –confesó Bernardo consciente de que resultaría de todo punto inútil tratar de ocultar la cuestión a su esposa.

María la leyó con una atenta calma, sin alterarse. Pese a no ser abogada, comprendió inmediatamente la gravedad del asunto. Era un momento delicado. «Qué canallas –pensó también–. ¿Qué necesidad tiene El Gran Bufete de intimidar de esta manera a alguien que no ha hecho más que trabajar a destajo?». La anonadaba sobre todo el que hubieran activado un rastreo informático el último día de Bernardo en el bufete. Era tremendo.

María era consciente de lo pequeño que era el mercado legal de la Gran Capital. Si Templeton decidía hacer lo más sencillo, que era repudiar a su marido, eso significaría el final de la carrera de abogado de Bernardo, al menos en las «grandes ligas». Un derrumbe en toda regla sin casi haber comenzado. Para colmo, la decisión estaba en manos de Park. Pese a lo angustioso de la situación, consiguió mantener la calma.

–Tienes que llamar inmediatamente a Pier. Él tiene todos esos documentos sobre la mesa, ¿no?

–No va a servir de nada; seguro que es una estrategia que han diseñado entre todos los socios para evitar que más gente se les acabe yendo a Templeton.

–No puedes dejar de hacerlo –insistió María–. De esa manera, cuando contestes a la carta, que es lo segundo que tienes que hacer, podrás referirte a esa conversación.

María tenía razón y esa sería tan solo la primera de muchas veces que su sentido común, su natural inteligencia, iluminaría el camino a Bernardo. Pese a llevar juntos varios años, esa tarde invernal Bernardo encontraba de verdad por primera vez a María, la que sería la piedra angular de la carrera que estaba intentado construir.

–Tienes toda la razón, voy a llamarlo ahora mismo. Marcó el número de Pier.

–Pier, soy Bernardo.

–¡Hola, campeón! ¿Cómo va esa vida?

«Este tío es imbécil», pensó de manera casi audible.

–Pues para serte sincero, hasta esta tarde de fábula. Imagino que sabrás a lo que me estoy refiriendo.

–No tengo ni idea –mintió Pier.

–Lo sabes seguro. He recibido una carta de don Ramón. Me la ha entregado en mano Emilio. Dice que mi último día he descargado e impreso más de veinte documentos. Me pide que los devuelva inmediatamente. ¿Tú sabías algo de esto?

–Pues ahora que lo dices, lo cierto es que el otro día vino a mi despacho Bárbara, la jefa de informáticos, y me enseñó una lista de descargas, pero no tenía ni idea de que te fueran a enviar una carta.

–¿Y no te resultaban familiares los documentos del listado?

–Ni idea. Eran todos nombres de archivos. Imposibles de identificar.

–¿Y no se te ocurrió pensar que se trataba precisamente de los documentos archivados y ordenados en carpetas que había dejado sobre tu mesa? Esos que tú me pediste que imprimiera y de los que me has estado consultando dudas desde que me marché.

–Es verdad que alguno me sonaba, pero era una lista muy larga –trató de justificarse Pier de manera bastante poco convincente.

Bernardo no aguantó más y estalló.

–Eres un auténtico cabrón. Y encima llamándome todas estas semanas para preguntarme sobre esos mismos documentos. ¡No quiero volver a hablar contigo en mi vida!

Colgó el teléfono entre satisfecho por haber dejado las cosas claras y fastidiado por no haber sabido guardar la compostura. Pese a todo, durmió bien. Haber dejado las cosas claras y tener un plan ciertamente ayudaba. Además, en cierto modo siempre le había ido la marcha, así que esta no era sino una prueba más que superar. Y estaba seguro de hacerlo.

Se levantó pronto, casi antes de la madrugada, como había tomado por costumbre desde que trabajaba en Templeton. El hecho de ser el único asociado de la plantilla le obligaba a hacerse cargo de todos los departamentos: mercantil, procesal, laboral... y eso conllevaba una enorme carga de trabajo. Llegó a la oficina a eso de las ocho y ensayó mentalmente unas cuantas docenas de veces qué les iba a contar a Park y a Pablo. Quería sonar convincente, serio, al mismo tiempo despreocupado, como le había aconsejado María. No fuera encima él quien magnificase el asunto a los ojos de los dos socios gestores.

Pablo y Park llegaron juntos a las nueve y media. Venían de una reunión con un potencial cliente. Parecían contentos. Eso era bueno.

–¡Hola, Pablo! ¿Qué tal, Park? ¿Cómo ha ido la reunión?

–Muy bien, *Bernardou*. De p-puta madre –contestó Park, que seguía a pies juntillas esa arraigada manía de los no nativos que hablan bien una lengua de usar más giros coloquiales de los necesarios para mostrar su conocimiento del idioma.

–Me alegro. Tenía que comentaros a los dos un tema en cuanto tengáis un momento.

–¿Te refieres a la carta de Ramón? La hemos recibido. Pasa a mi despacho y hablamos –le indicó Pablo.

Bernardo obedeció. Pablo tomó la palabra el primero.

–Yo confío totalmente en ti, pero tengo que preguntártelo: ¿es cierto lo que dice la carta?

–Por supuesto que es cierto –contestó Bernardo. Los dos socios se miraron estupefactos.

–Son los documentos que imprimí a petición de Pier para ponerle al día de los asuntos que estaba llevando yo solo. Los dejé sobre su mesa mi último día en El Gran Bufete.

La estupefacción se tornó en alivio. Y más aún cuando Bernardo remachó:

–Ayer llamé a Pier para confirmarlo. –La estrategia de María al pie de la letra.

Park guardó silencio unos instantes que a Bernardo le parecieron eternos hasta que, con el típico tartamudeo posh, dijo:

–P-p-p-p-pues menudo cabrón Pier. Y menudos cabrones los del Gran Bufete. Si quieren lucha la tendrán.

La moneda había salido cara, de la misma forma que podría haber salido cruz. Pero Bernardo no quería lucha. No le convenía.

–Creo que lo que tendría que hacer es redactar una carta de contestación –intervino Bernardo–, y cuando la tenga preparada os la enseño.

–OK. Buena idea. Redáctala y la vemos –convinieron Pablo y Park.

«Pues menos mal», pensó Bernardo, quien claramente se sentía mucho más seguro y confiado si el asunto quedaba en sus manos. Así que se puso manos a la obra. El objetivo era ser todo lo aséptico posible pero al mismo tiempo firme. Era preciso hacerles caer en su error, si es que no eran ya conscientes, y, por si acaso, mostrar sus armas. Todo ello dejando claro el apoyo de Templeton.

El resultado fue el siguiente texto:

Estimado Ramón,

Acuso recibo de tu carta de fecha 13 de este mes, entregada en mano el día 14 por Emilio Pérez.
En la misma se contienen acusaciones falsas con relación a mi actuación el día 24 de enero pasado que, al haber sido realizadas por escrito y copiando a terceras personas, podrían ser constitutivas de un ilícito penal.
Los documentos mencionados en la carta se encuentran en poder de tu socio Pier Águila, que me había solicitado los mismos para ponerse al día de los asuntos que llevaba yo de manera independiente. Acabo de contrastarlo con Pier telefónicamente y es así.

Sinceramente es bastante decepcionante que antes de enviar la carta no hayáis tratado de comprobar con él este extremo.

He comentado estas actuaciones con Park Bend y Pablo Pastor, y, caso de ser necesario, apoyarán cualesquiera acciones civiles o penales que me asistan en caso de necesitar emprenderlas.

Sin otro particular, recibe un cordial saludo,
Bernardo Fernández Pinto

A Park y Pablo les pareció una buena contestación. Semanas después, caminando por la Gran Capital, Bernardo se cruzó con Tomás Cantalapiedra.

–¡Hombre, Bernardo! ¿Cómo va todo por Templeton? Tomás siempre había sido muy cariñoso con él.

–Muy bien, salvo por la famosa cartita de Ramón.

–¿Qué carta? –se hizo el sorprendido Tomás.

Bernardo, inocente, le explicó toda la situación como si no la conociera ya, y él no desperdició la oportunidad de ofrecerle su ayuda.

–No te preocupes. Tengo un viaje largo la próxima semana con Ramón. Estaremos mucho tiempo juntos durante el vuelo. Tendré tiempo de comentarlo con él. Déjalo en mis manos.

Pasados unos días, a la vuelta del viaje, Bernardo recibió una llamada de Tomás.

–Todo resuelto, Bernardo.

Y, sin más, colgó.

* * *

La vida en Templeton era muy diferente a lo que Bernardo había vivido en El Gran Bufete. Por un lado, la organización era inmensa. Una verdadera empresa de un tamaño unas veinte veces mayor que el del Gran Bufete. Contaba con oficinas en los cinco continentes y estaba metida en las operaciones internacionales más destacadas. La gestión resultaba de lo más aséptica y profesional, aunque no necesariamente brillante.

Sin embargo, al mismo tiempo, la oficina de la Gran Capital en la que trabajaba Bernardo no era más que un pisito en el que se reunían a diario cuatro personas: Park, Pablo, una secretaria y él a trabajar como mulas, y sobre todo él. Porque todos los inmensos medios y facilidades de que disfrutaba la organización se tornaban en tremendas carencias a nivel local. La sensación de pedaleo artesanal era diaria. Si no era un problema informático un día, el otro era la falta de expertos apropiados en tal o cual materia, por no hablar de la ausencia de precedentes, de trabajos previos en los que apoyarse a la hora de asesorar a un cliente en un asunto nuevo, lo que aumentaba de manera exponencial el esfuerzo requerido para la realización de cualquier informe o la redacción de cualquier contrato. Además, no tenía a nadie a quien poder consultar. Ni por supuesto en quien delegar.

Esta dicotomía se reflejaría con el paso de los meses de manera casi cartesiana en la composición de la plantilla de profesionales de Templeton en la Gran Capital. De una parte se incorporaría un grupo de abogados muy brillantes, ambiciosos, acordes con la calidad internacional que uno esperaría de la marca Templeton. Conocedores de la tremenda oportunidad que suponía ocupar un puesto de «fundador» en la oficina nacional del gigante inglés, se habían dejado seducir casi de manera inmediata. De otra, concurrirían letrados que en condiciones normales nunca habrían formado parte del equipo profesional de los despachos top, pero que Templeton se había visto obligado a contratar rápidamente para lograr la deseada masa crítica, la cantidad mínima de abogados que haría creíble la oficina a ojos de los clientes a los efectos de competir con los grandes despachos nacionales.

Alberto Antúnez formaba parte de la primera de las tipologías. Alberto era un muy prometedor socio de nueva hornada de Parmenter, el segundo despacho en importancia por tamaño y calidad de la Nación tras El Gran Bufete. En cuanto supo de la apertura de la oficina de Templeton en la Gran Capital fue de los primeros en postularse, evidentemente no de manera directa, sino a través de un *headhunter*, un cazatalentos, esos profesionales que se dedican a mover a otros profesionales de una empresa a otra. Los *headhunters* iban a convertirse en una de las profesiones más beneficiadas por el desembarco de los despachos extranjeros en la Nación, debido a la ruptura del hasta entonces tácito oligopolio que estrangulaba el mercado legal y que había producido, entre otros, el efecto de hacer casi incapaces a los abogados de buscarse la vida en otros despachos diferentes a aquel en el que iniciaban su carrera.

El mercado laboral de letrados de bufete grande hasta ese momento había sido casi yermo. Ninguna gran firma se habría atrevido nunca a contratar a un abogado de otra firma líder. Ahora sí que era posible, aunque el salto profesional continuaba siendo bastante tabú, por lo que si alguien deseaba moverse no le quedaba otra que acudir a uno de dichos colocadores para que, de manera discreta, le pusiera en contacto con la firma a la que deseaba incorporarse.

Alberto radiografió perfectamente la situación. Su capacidad de exposición en Parmenter tardaría lustros en ser la que tendría de manera inmediata en Templeton. Y sus múltiples contactos tendrían mucho más valor. En definitiva, concluyó lo mismo que Bernardo había concluido muchos meses antes, aunque a otro nivel. Así que, efectivamente, nada más anunciarse que Pablo Pastor abriría las puertas de Templeton en la ciudad, llamó a su amigo Andrés Jero para que incluyera su *currículum* en el dosier de la búsqueda que Templeton había iniciado en la Gran Capital para el puesto de socio de *M&A*. Andrés era el cazatalentos más reputado del mercado. Por sus manos pasaban las búsquedas más relevantes para cubrir el puesto de socio de los grandes despachos. Nunca colocaba a nadie por debajo de dicho estatus ni trabajaba con bufetes de pequeño tamaño. A cambio de una comisión equivalente al 30% del que fuera a ser el sueldo del primer año del socio fichado era capaz de montarte un despacho desde cero. Gracias a él, Alberto desembarcó en Templeton con todo su equipo, tres abogados asociados de seis, cuatro y dos años de experiencia. Era muy importante tener una nutrida guardia pretoriana. Si los protegía lo suficiente y lograba que les acabaran promocionando a la «sociatura» antes que al resto, su propio peso en las reuniones de socios acabaría aumentando.

A Bernardo la llegada de Alberto y su equipo no le inquietaba. Antes bien, cuantos más socios de primera línea se incorporasen, pensaba, mejor. Había sitio para todos. Era la otra tipología de nuevas incorporaciones la que no le convencía en absoluto. Por llegar a la dichosa masa crítica se había contratado a muchos que él conceptuaba como inútiles y que iban a ralentizar su carrera sin aportar nada reseñable. El margen que él calculaba que tendría para llegar a socio se consumía de manera absurda ante sus ojos.

Y es que Bernardo había hecho sus cálculos. Normalmente, la proporción entre socios y asociados en un bufete de primera fila era de uno a tres. Si Templeton alcanzaba la anunciada masa crítica de sesenta abogados, habría hueco para quince socios. Ni uno más. Alberto no consumía *ratio* porque había venido con tres asociados. Pero sí lo hacían aquellos que se incorporaban sin equipo, y encima lo hacían como asociados más sénior que él. Estos acabarían ascendiendo sin aportar ni masa crítica ni facturación. De esa forma, pese a haber sido el primer fichaje de Templeton en la Nación tendría muy difícil llegar a alcanzar la «sociatura», al menos tan rápido como él creía merecer.

Sin embargo, muchos de estos que a sus ojos eran arribistas acabarían abriéndole la mente. Daniel D. era uno de ellos. Pese a su aspecto juvenil contaba con edad de sobra para haberse incorporado como socio, pero había sido contratado como asociado sénior con promesa de pronta «sociatura» si lograba desarrollar el departamento de Derecho de la Competencia con una facturación mínima. A Pablo y Park les permitía poder afirmar que eran un despacho multidisciplinar que cubría también ese área a un precio muy razonable, y también con una mínima calidad; aunada a la marca de que gozaba Templeton internacionalmente, sería suficiente. A Daniel también le encajaba perfectamente el acuerdo. Él nunca había sido un abogado de los de primerísima fila. De esta manera podría disfrutar de la oportunidad de serlo, al menos de intentarlo o de aparentarlo; y, en el peor de los casos, serían dos o tres años con un sueldo mucho mejor que el que en ese momento estaba ganando.

Tampoco pretendía dejarse la vida en el intento. Consideraba que la lista de clientes referidos por Templeton tanto por sus oficinas internacionales como domésticamente por los socios de la Gran Capital le generarían los suficientes ingresos sin necesidad de realizar grandes esfuerzos. Y es que valoraba mucho su vida fuera de la oficina. Casado y con tres hijos pequeños, cualquier imprevisto que le obligase a llegar a casa más tarde de las ocho le suponía un gran incordio. Pensaba que la mejor manera de asegurarse un cierto orden en su vida siendo abogado era ser el responsable de un departamento en el que, dadas las características de la oficina, lo más probable es que tuviera un trabajo mucho más de redacción de informes que otra cosa, lo que resultaba mucho más sencillo de acomodar a un horario. Tenía bien claro que por muy buena oportunidad que fuera Templeton no pensaba renunciar ni a su familia ni a sus múltiples aficiones.

Bernardo y Daniel hicieron buenas migas enseguida. A pesar de todas las reticencias profesionales con las que Bernardo había recibido a Daniel, simplemente se caían bien. Bernardo se daba cuenta de que la escasa ambición profesional de su compañero no se debía a falta de capacidad, sino que derivaba de su fuerte personalidad. Finalmente acabó pesando mucho más el carácter abierto y vitalista del abogado experto en Competencia que sus prejuicios iniciales. Daniel acabaría siendo para Bernardo el haz de luz que iluminaba la cara oscura del mundo profesional en el que poco a poco se había ido metiendo. Esa burocracia que progresivamente iba a crear una cárcel que lentamente absorbería la ilusión que había conseguido al principio despertar en Bernardo el lado amable del mundo de la abogacía profesional.

Al incorporarse a Templeton, pensó que iba a poder lograr alcanzar más fácilmente su sueño de convertirse en un abogado brillante, de primer nivel, miembro de un despacho colegiado en el que otros letrados también de primer nivel colaborarían estrechamente con él para acometer los encargos más complejos y estimulantes. No es que esos elementos faltasen en El Gran Bufete, pero los disfrutaban los socios de la generación de Tomás o de «Henry», que se habían incorporado probablemente a un ambiente similar al que Bernardo. De manera idealizada pensaba que se los encontraría en Templeton al ser casi el primero en llegar.

En sus primeros meses en Templeton, embriagado por la tremenda emoción derivada de sus sueños y aspiraciones había acometido con todas sus fuerzas el trabajo que en condiciones normales realizarían dos o tres personas. Había logrado meses de casi cuatrocientas horas facturables, un régimen de trabajo de más de cien horas semanales, casi quince diarias de lunes a domingo. Un día era el asociado de Mercado de Capitales y al siguiente un experto procesalista. La situación llegaba a ser cómica en ocasiones. Como cuando acudía a los *data rooms*, esas habitaciones en las que se ponía toda la información de una empresa que se vendía en un proceso de subasta a disposición de los asesores de todos los potenciales compradores de manera simultánea. Allí desembarcaban equipos de trabajo de seis, siete u ocho personas, y por parte de Templeton acudía solo él para revisar todos los papeles. Bernardo no sentía ninguna vergüenza por ello. Todo lo contrario; se consideraba afortunado de poder organizar él el trabajo a su aire. Se ahorraba la coordinación con otros profesionales, las horas de revisión y así conseguía optimizar el proceso. Era además la mejor manera de consolidar su carrera y de dirigirse con paso firme a la consecución de su objetivo. A mayor responsabilidad, más experiencia y más rápida evolución profesional. Consideraba que todo ese trabajo sería valorado adecuadamente por Pablo y por Park.

Por supuesto no iba a ser así.

* * *

–Bernardo, ven a mi despacho, por favor, que ya tengo las escalas.

–Voy, Pablo.

Bernardo cruzó raudo el pisito y entró sin llamar en el despacho de Pablo.

Llevaba meses esperando este momento. Desde que se incorporó nadie le había comunicado ni su posición ni su sueldo. Simplemente le habían mantenido el que le estaban pagando en El Gran Bufete de manera provisional a la espera de acabar de diseñar las escalas salariales (perdón, remuneratorias).

–Siéntate –le pidió Pablo con la mejor de sus sonrisas. Sobre la mesa había unas hojas boca abajo que Bernardo interpretó que contendrían la remuneración que iba a cobrar finalmente. Las famosas escalas.

–La verdad es que tu caso es raro –comenzó.

«¿Raro? Pues yo lo llamaría más bien especial –reflexionó Bernardo–. Llevo aquí desde el principio trabajando como un mulo, os he ayudado a montar el despacho y en ningún momento os he exigido ni que me comunicaseis mi remuneración. He confiado muchísimo en vosotros».

–¿Tú cuándo comenzaste a trabajar?

La pregunta ya era una mala señal. Si después de todo lo que había hecho por Templeton su remuneración iba a depender del cálculo de los trienios como si fuera un funcionario es que algo no marchaba bien.

–Pues hace algo más de cuatro años.

–Ya, ya, eso ya lo sé. Me refería a en qué mes.

«Estamos buenos –se dijo para sus adentros–. Ahora resulta que es una cuestión de meses, ni siquiera de años».

–En julio.

Pablo parecía estar reflexionando por un momento. Era todo bastante ridículo.

–Sí, eso pone en tu *currículum*. Me resultaba extraño porque todo el mundo suele incorporarse en septiembre.

–Es que había un pico de trabajo y me solicitaron incorporarme antes del verano. Pero, Pablo, de verdad, no acabo de entender muy bien qué importancia puede tener eso.

–La cuestión es que en Londres los abogados de Templeton comienzan a trabajar en mayo, por lo que en la escala de Templeton se asciende y se pasa de un año al siguiente en mayo. Así que para solucionar ese problema, en la escala de la Gran Capital hemos creado los medios años.

–¿Los medios años?

«¡Qué cosa más absurda!», pensó Bernardo.

–Sí, para acomodar la realidad del mercado nacional a la británica a los abogados los ascendemos en mayo al medio escalón siguiente. Por ejemplo, tú pasarías en mayo al escalón 5.5. Pero como comenzaste a trabajar en julio la duda es si pasarte al escalón 6 directamente, puesto que en ese momento llevarías cuatro años y diez meses trabajados en vez de cuatro años y ocho meses, como el resto de la promoción.

Alucinante. Sinceramente alucinante. No solo lo trataban como a un funcionario. No solo creaban un sistema absurdamente complejo, sino que encima, pudiendo favorecerlo fácilmente después de todo lo que había hecho por Templeton, por Park y por el mismo Pablo tan solo adelantándole ¡dos meses! la carrera, todavía lo estaban dudando.

–¿Y qué es lo que habéis decidido hacer? –preguntó con más miedo a la respuesta que esperanza.

–Déjame que lo hable con Park y te digo.

La conversación ya de por sí le dejó un regusto amargo. Pero la decisión final supuso una gran desilusión. No era una cuestión del mayor sueldo que habría implicado, ni del efecto que pudiera tener o no en su carrera. Se trataba, sobre todo, de una cuestión de concepto, de principios. Este trato que recibía le dejaba a las claras que él no era sino uno más en la estructura, y además ponía de manifiesto una torpeza en la gestión por parte de Pablo y Park que no esperaba. Quizá no fuera el sitio que había idealizado para llevar a cabo sus sueños.

A partir de ese momento, Bernardo estaría algo más apagado. Trabajaría lo mismo e igual de bien, aunque con menos ilusión. Se habían roto los *honeymoon feelings*. Y nunca más volverían.

* * *

–Bernardo, ¿te vienes al cine?

–¿Cuándo?

–Pues ahora.

–¡Si son las seis de la tarde!

–Ya, pero yo no tengo nada urgente que hacer y aquí al lado ponen la última de los Coen. A los dos nos encantan los Coen. ¿Tienes mucho follón? Pensaba que justo acababas de entregar el informe de la *due* de Proyecto Cóndor a Alberto y hoy está en Londres. No lo va a revisar hasta que vuelva.

Daniel tenía razón. No había nada que le impidiera a ir al cine. Aunque tenía todavía pendiente revisar un borrador de contrato de compraventa con Darío, otro de los socios de mercantil que se habían incorporado a Templeton asimismo de Parmenter, era algo que sabía que tenía que hacer a primera hora de la mañana y nunca a última de la tarde. Porque, aunque el borrador estuviera impecable, Darío lo retendría horas y horas con preguntas del tipo «¿Y has previsto qué consecuencias tendría en el contrato el que Prusia declarase la guerra a Rusia?».

Pero, ¡joroba!, es que eran tan solo las seis de la tarde.

Daniel insistió.

–Veeeeenga, vamos a aprovechar, que luego nos engancharán con la siguiente y estaremos pringados hasta las tantas.

El argumento era irrebatible, así que a la media hora allí estaban Bernardo y Daniel, en una sala vacía, los dos solos partiéndose de risa con las ocurrencias de los hermanos Coen. Tras dos horas de auténtica evasión volvieron caminando despreocupadamente al despacho. Bernardo caminaba con una mezcla rara de satisfacción e intranquilidad, sin poder relajarse del todo, como si estuviera defraudando la confianza de Templeton. Como si trabajar en la oficina de una a tres de la madrugada fuera lo normal y escaparse un día de seis a ocho de la tarde una aberración.

–Daniel, me siento raro yendo a estas horas al cine.

El abogado se detuvo y se paró frente a él, agarrándolo de frente por los hombros como si fuera a clavarlo al suelo.

–¿Raro? ¿Pero tú cuántos años tienes? ¿Crees acaso que tienes que seguir toda la vida pidiendo permiso para ir al baño como cuando estabas en el cole?

Bernardo no sabía qué decir. La charla le había cogido por sorpresa.

–A ver, Bernardo, ¿de verdad no sabes distinguir cuándo tienes un momento para trabajar de otro para relajarte?

–Claro que lo sé, Daniel, pero ya has visto que aquí a nadie se le ocurre marcharse a las seis. ¡Ni siquiera a las ocho!

–¿Y qué importa eso? ¿Va a afectar en algo a tu trabajo el que te tomes un rato libre en el momento adecuado? ¿Crees que alguien se va a acordar de esta tarde de cine cuando te evalúen dentro de unos meses?

–Pues no creo que se vaya a acordar nadie, la verdad.

–Falso. Tú sí que te vas a acordar. Te vas a acordar de que has sido libre para decidir cómo organizarte. Y te acordarás de que, aunque hayas tenido que pringar multitud de noches, al menos habrás disfrutado en esas contadas ocasiones en las que no tenía ningún sentido seguir atrapado en la oficina.

–Tienes razón, en el fondo tienes toda la razón. Además, a mí hace ya unos meses que este sitio no me hace tanta ilusión.

Daniel había conseguido que Bernardo se abriera por fin. Le dejó continuar, tal y como haría un buen terapeuta. Reemprendieron la marcha.

–Es que al final todos los despachos son iguales. Por mucha ilusión que uno le ponga, por muy prometedor que parezca todo al principio, al final la burocracia interna puede con todo. Nada puede con el escalafón.

–¿A qué te refieres?

Bernardo le contó su decepción por la conversación con Pablo Pastor acerca de las escalas.

–¿Y qué te creías, que porque habías llegado aquí el primero, porque habías arriesgado tu carrera y trabajado como una bestia te iban a reconocer algo? –preguntó retóricamente Daniel, buscando provocar la reacción de su colega, ya más bien su amigo.

–¡Pues sí! ¡Claro que sí! Estaba convencido de que todo eso me permitiría acelerar mi carrera, evitar tener que pasar por todos los pasos previos y llegar antes a socio. Porque es una cuestión de aprendizaje, no de trienios. Y en Templeton, en estas condiciones, está claro que he evolucionado más rápido de lo que lo habría hecho en El Gran Bufete. ¡No puede ser que eso no se valore!

Daniel lo miró con una mezcla de lástima y ternura.

–¿Y eso es lo que de verdad quieres en la vida? ¿Ese es tu sueño? ¿Ser socio de Templeton?

Bernardo reflexionó unos instantes antes de contestar.

–No es exactamente eso. Mi sueño es poder dedicarme a esta profesión de una manera lo más independiente posible. Sin depender de alguien que me tenga dos horas en su despacho preguntándome qué pasaría si Prusia invadiese Rusia.

–Jajajajajá –Daniel estalló en una sincera carcajada–. Ese es Darío, ¿a que sí?

Bernardo no contestó. Continuó con su argumentación.

–Y eso solo es posible llegando a socio.

Daniel dudó de si romper esa ilusión juvenil. Finalmente se decidió por el bien de su querido colega.

–¿Cómo sabes que eso va a ser así? ¿Te crees que en cuanto te hagan socio de repente vas a tener el control sobre tu vida?

–Bueno, seguramente lo suficiente.

–No te creas. Puede que de tu vida profesional algo más, quizá mucho. Sin embargo, ¿qué pasa con tu vida personal?

Bernardo nunca había pensado en ello.

–Mira, Bernardo, hace unos cuantos años, teniendo yo más o menos la misma edad que tú ahora, me fui de vacaciones con mi mujer a una de esas playas paradisíacas de anuncio. Allí, en el hotel, mientras desayunábamos una mañana vimos en la piscina a una chica de mediana edad con un joven que debía de ser su hijo. Iban acompañando a un anciano que aparentaba tener mil años. Muy mal conservado. No podía ni siquiera caminar solo. Le tenía que ayudar uno de los trabajadores del hotel. Llegaron al borde de la piscina y mientras el chico joven y su madre se zambullían, el anciano, con la ayuda del empleado del hotel, se sentaba con grandes dificultades al borde de la piscina para al menos poder remojarse los pies. La escena me llamó la atención, así que mientras el empleado volvía a por unas bebidas que el anciano le había encargado le pregunté quiénes eran esos huéspedes. Me dijo: «Ese señor se acaba de jubilar. Era socio de un despacho de abogados muy importante. Está forrado. Ha venido a celebrar su retiro con su mujer y su hijo de dieciocho años, que son los que se están bañando en la piscina». Yo me quedé atónito y le pregunté: «Pero, ¿cuántos años tiene ese señor?»

–¿Y cuántos tenía? –intervino Bernardo.

–¿Cuántos crees?

–No sé, unos sesenta y cinco o setenta, por lo que cuentas.

–Cincuenta y cinco, Bernardo, tenía cincuenta y cinco años.

–Pues pobre hombre.

–Y tanto. Al parecer tenía el corazón hecho polvo de tanto estrés. Noches y noches trabajando y, ahora que por fin podría disfrutar de la vida, ni siquiera podía darse un baño con su hijo.

Daniel miró fijamente a su interlocutor.

–¿Sabes lo que hice? Le dije a mi mujer que si alguna vez veía que iba por ese camino, que por favor me encerrase en casa y no me dejase ir a la oficina hasta que me echasen del trabajo.

En ese momento estaban ya casi en la puerta de Templeton. Allí se cruzaron con Pablo, que ya se marchaba a casa.

Algo debió de notar Pablo en la cara de Bernardo cuando se los cruzó porque a la mañana siguiente lo llamó a primera hora.

–Bernardo, ¿estás ya por aquí?

–Claro.

–¿Nos bajamos al bar a tomar un café? ¿Tienes tiempo?

–Sin problema.

–Perfecto, nos vemos en cinco minutos en el *hall*.

Allí estuvo esperando Bernardo sus buenos diez minutos hasta que apareció Pablo. Se dirigieron al bar de la esquina, al que iban a veces a tomar un pincho rápido cuando se quedaban a trabajar a mediodía. Pidieron dos cafés con leche en taza grande y se sentaron en una de las mesas del rincón.

Bernardo estaba intrigado. Todavía conservaba dentro de sí la desazón provocada por las pellas de la tarde anterior. Era todo muy parecido a cuando de niño a uno lo pillaba el profesor haciendo algo incorrecto y lo llevaba luego al despacho del director. El regusto metálico en la garganta era el mismo.

–¿Estás contento en Templeton, Bernardo?

Joder con la preguntita.

–Claro que sí. He aprendido mucho estos dos años. He pasado prácticamente por todas las áreas del Derecho. He trabajado en Londres. He realizado multitud de cursos de formación. Incluso he impartido yo unos cuantos. He trabajado como un animal, es cierto, pero también he logrado enterarme mejor de cómo se gestiona un despacho.

La realidad era que Bernardo, como acabaría descubriendo al cabo de no tanto tiempo, no tenía ni siquiera una idea aproximada de cómo funcionaba el negocio de la abogacía.

–Me alegro mucho, Bernardo. Porque nosotros también estamos muy satisfechos con tu rendimiento.

Era fácil decirlo y agradable escucharlo, y sin embargo Bernardo no había sentido en ningún momento dicha satisfacción de manera palpable. Pero Pablo le tenía que haber llevado allí para algo, pensó, así que dejándose llevar por esa atmósfera de confianza se lanzó.

–Pablo, me ha decepcionado lo que habéis hecho con las escalas. El sistema ya de por sí no lo entiendo, pero que teniendo la opción de situarme en el escalón 6 en vez de en el 5.5 no lo hayáis hecho me parece fatal con todo lo que he trabajado por Templeton. Y por ti personalmente.

–No te preocupes por eso. Con el *bonus* lo solucionamos fácilmente en la próxima evaluación.

–No es una cuestión de dinero.

–Ah, ¿no? Y entonces ¿de qué si no?

–Mira, Pablo, lo cierto es que me preocupa mi carrera para socio. Creo que voy por buen camino, pero no tengo nada de visibilidad. Y en vez de acelerar mi carrera, a la primera ocasión que habéis tenido la habéis ralentizado, aunque sea medio año.

Las palabras de Daniel claramente no habían hecho la suficiente mella.

A Pablo no le sorprendió la inquietud de Bernardo. No le consideraba un caso de simple ambición como tantos otros que había visto en el pasado. Era más bien la justa aspiración de alguien que era consciente de ser bueno en su trabajo. Pero, al mismo tiempo, le parecía pronto para un abogado que no llegaba a la treintena el tener esa preocupación. Así que tiró de manual de buen gestor y le dijo a Bernardo algo que a él le pareció definitivo.

–No te preocupes, Bernardo, que tú vas a ser socio.

Bernardo miró a Pablo y, sin pensarlo, contestó:

–Eso ya lo sé, Pablo; aquí las únicas incógnitas son cuándo y dónde.

D. LE AYUDA A LLEVAR LA CRUZ

Alberto Antúnez era un hombre de costumbres. Jamás llegaba a trabajar antes de las once de la mañana. Aparcaba su todoterreno en el *parking* de las flamantes nuevas oficinas de Templeton y subía a la segunda planta, donde se encontraba su despacho. Allí le esperaba sobre su desordenada mesa la prensa diaria en perfecto orden. Hojeaba los periódicos generalistas sin gran interés, ignoraba con desprecio la prensa deportiva y, con el diario económico bajo el brazo, se dirigía sin demora al aseo que se encontraba al fondo del pasillo. Y es que Alberto era un reloj.

A las once y media bien pasadas, tras detallada y reposada lectura salvo por los inevitables apretones, salía del baño con los deberes hechos y dejaba el periódico sobre los estantes de la zona común de la planta por si alguien más quería leerlo, cosa que nunca ocurría. Mejor irse a la primera o a la tercera planta a buscar otro ejemplar con menos mundo.

Rozando las doce se dirigía a la cocina, donde se encontraban algunos de los abogados asociados y el resto del personal prácticamente tomando ya el aperitivo. Allí se preparaba su té *rooibos* parsimoniosamente y lo degustaba mientras deleitaba con sus batallitas a los incautos allí presentes y a los pelotas irredentos que se iban congregando. Que si la noche anterior se había quedado hasta las tres, que si llevaba ya dos meses sin llegar a casa nunca antes de la una, que si esa noche seguramente no podría irse antes de las cuatro...

Sobrepasada la una del mediodía volvía a su despacho, no sin antes tontear con su secretaria mientras le preguntaba dónde estaba el restaurante en el que había quedado a comer con alguno de sus amigos. Esencial era que pudieran pasar por contactos profesionales para poder cargar la cuenta a marketing bajo el epígrafe «comidas con clientes». Dadas las horas, directamente se dirigía al lugar acordado para el almuerzo, no fuera a ser que llegase tarde.

Una vez allí, raro era no emplear al menos dos horas y media en la ceremonia del *working lunch*. Las comidas había que tomárselas con calma. No estaba bien visto quedar con alguien y meterle prisa a la hora del postre, así que rara vez estaba de vuelta antes de las cinco. Se pasaba por la cocina y repetía el anterior ritual, su té *rooibos* y sus batallitas, esta vez comentando lo importante que era la gente con la que acababa de disfrutar del almuerzo y cuán importantes eran los encargos profesionales que le iban a encomendar. Hacia las seis se sentaba finalmente en su sillón ergonómico, que habían tenido que encargar a una fábrica noruega de sillones de diseño especialmente para él. Era entonces cuando comenzaba su jornada de trabajo. Revisaba los mensajes recibidos, hacía un par de llamadas a clientes, a los que pillaba a esas horas de milagro en el trabajo, otro par de llamadas a colegas, leía los borradores de contratos e informes preparados por sus asociados y, finalmente, reunía a su equipo.

–Reunión de equipo a las ocho en mi despacho. Y allí que iban todos a escuchar al maestro.

De nuevo repaso de pretendidas hazañas previas y de importantísimos encargos inminentes, hasta que, pasadas con holgura las nueve, distribuía entre sus incondicionales, que siempre tiene que haber de todo, el trabajo a realizar. Inevitable era no tener gazuza a esas horas, por lo que dedicaban otra media hora a decidir qué pizza les apetecía esa noche, barbacoa o cuatro estaciones, tras emplear otros veinte minutos en descartar el sushi por imposición democrática.

En definitiva, salían todos de Templeton agotados pasadas las tres de la madrugada de vuelta a sus casas. Las cuatro horas de trabajo menos eficientes de la historia. Y a la mañana siguiente vuelta a lo mismo. Park estaba encantado. Se le hacía la boca agua calculando las horas facturables que supondría ese permanente trasnoche. ¡Qué gran acierto había sido el fichaje de Alberto!

Una de esas tarde-noches, a eso de las ocho y media Alberto llamó a Bernardo.

«¡Mierda! Ya me ha cazado este pesado».

No le quedó otra que pasarse por la segunda planta al despacho de Alberto. Muy a regañadientes. Conociéndolo y siendo ya las ocho y media, todo apuntaba a que esa noche María cenaría sola. De manera en todo punto innecesaria.

–Hola Alberto. ¿Qué necesitas?

–No te lo vas a creer, macho. ¿A que no sabes con quién he comido hoy?

–No tengo ni idea –contestó Bernardo deseando que se lo dijera de una vez. A esas horas lo último que le apetecía era una sesión de compadreo con Alberto.

–Venga, venga, dime un nombre. Es el tío más importante del mundo empresarial de la Nación.

«Joder, ¡qué plasta! –pensó Bernardo–. Espera, espera, que ya sé quién es: Leopoldo Pérez, dueño de Banco Capital, el tercer banco de la Nación. Y cuñado de Alberto».

–No lo sé, de verdad, Alberto. –Ni en siglos iba a regalarle el oído, aunque eso le costara no cenar en casa esa noche.

–¡Leopoldo Pérez!

«¡Qué sorpresa!».

–¡Y me ha dicho confidencialmente que están comenzando a analizar seriamente la compra de Banco Menor!

«Qué bien. O sea que Banco Capital quiere comprar Banco Menor. Tiene sentido».

–¿Y qué tenemos que hacer ahora para él? Bernardo quería ir definitivamente al grano.

–Espera, que le llamamos ahora y así te lo presento.

«Noooooooooo. Tú solo dime lo que hay que hacer y ya está. Pero no me tengas una hora de preliminares, que ya son casi las nueve».

–Creo que no hace falta, Alberto. Si ya te ha dicho lo que necesita, mejor le llamamos cuando se lo hayamos enviado, ¿no?

Alberto estaba desconcertado. ¿Quién no se moriría por poder hablar con Leopoldo Pérez?

El desconcierto le duró cinco segundos. En su particular mundo no había mucho tiempo para la reflexión, y antes de que pudiera ni siquiera darse cuenta él mismo, sus dedos estaban marcando el teléfono de Leo.

Por suerte, en su oficina no había nadie. Saltaba el contestador. Sin embargo Alberto no se daba por vencido y llamó al móvil antes de que Bernardo pudiera impedirlo.

Desconectado. Bueno, solo se habían malgastado cinco minutos.

–No te preocupes, Bernardo, que otro día te lo presento.

«Si no me preocupo...».

–Te lo agradezco, Alberto. ¿Pero ahora mismo qué tenemos que hacer?

–Lo primero que tenemos es que redactar es una propuesta de servicios para asesorarlos en la compra. Tiene que ser una propuesta brutal, con todos los precedentes y premios de Templeton a nivel mundial. Tenemos que dar una impresión de primera. Mete también todos los *curriculums vitae* de los socios... y el tuyo también.

–*Curriculum.*

–¿Cómo?

–*Curriculum*, Alberto, el plural de *curriculum* es *curriculum*.

–Me descojono contigo, Bernardo, la de cosas raras que sabes.

A Alberto esos comentarios imprudentes no le hacían nada de mella. No alteraban en absoluto su imagen de la escena que estaba viviendo en ese momento en la película de su vida. Era sencillamente algo totalmente irrelevante.

–Perfecto, pues mañana por la mañana lo preparo y lo dejo sobre tu mesa.

–¿Mañana? ¿Por qué no lo preparamos ahora? Puedes pedir algo de cena si tienes hambre.

–Pues porque es una propuesta de honorarios, no es tan urgente. Y ya son las nueve y media. No es cuestión de tener o no hambre; prefiero cenar en casa con María, no quiero que se quede sola.

–Es una propuesta súper importante, no como las que te pide Park.

–Alberto, Leopoldo no la va a leer esta noche. Mañana la tendrás sobre la mesa antes de que hayas llegado –zanjó Bernardo mientras salía por la puerta.

–¡Qué cabrón! –acertaba Bernardo a oír decir a Alberto riéndose mientras se alejaba–. ¡Qué cabrón!

* * *

El tiempo que coincidieron en Templeton, Daniel y Bernardo nunca abandonaron su costumbre de escaparse al cine los jueves, salvo fuerza mayor. Tenía que ser realmente un caso de vida o muerte lo que los obligase a no respetar su costumbre, porque no solo es que su cinefilia fuera innegable, sino que esas dos horas representaban su manera de gritarle en silencio al *establishment* que eran diferentes. Que podían encargarse perfectamente de su trabajo aun dedicando una tarde entre semana a ellos mismos. Que había más caminos que dejarse llevar y quedarse a trasnochar sin sentido como hacían Alberto y su equipo.

Esos oscuros atardeceres otoñales, esas gélidas noches invernales o luminosas tardes primaverales, sentían que se quitaban los grilletes y caminaban descalzos por la arena. La taquillera del cine, siempre discreta, nunca les preguntó nada. Ni si eran pareja, ni a qué se dedicaban, ni por qué siempre iban de traje oscuro hasta en verano. Lisa y llanamente les dejaba en paz. De todas formas, a ellos les traía al fresco. No pensaban en nada. En eso consistía precisamente la escapada de los jueves. En no pensar. Demasiado secuestrado por Templeton tenían ya el cerebro el resto del tiempo como para seguir pensando en otra cosa que no fuera no pensar.

De vuelta a la oficina uno de esos jueves veraniegos tardíos, Daniel y Bernardo se toparon de bruces con Débora D., asociada sénior del departamento de procesal, que no pudo evitar sonrojarse al sentirse descubierta saliendo antes de lo habitual. Y eso que la unía con Daniel una sincera amistad, al menos lo más cercana que puede resultar una relación entre dos personas que tan solo se encuentran en el ámbito de una oficina.

–¡Hola, Débora! ¡Te hemos pillado! ¿Adónde vas? –la abordó jocoso Daniel.

–A los cursos de preparación del parto –contestó azorada, innecesariamente invadida por un sentimiento de culpabilidad largo tiempo incubado, más acentuado aún por la cercanía, o eso creía ella, de su promoción a socia.

–¿A estas horas? –insistió Daniel– ¿Hay cursos de preparación al parto a las ocho y media de la noche?

–Bueno... En realidad son a las ocho, pero no me atrevo a salir antes de esa hora. Prefiero llegar un poco tarde.

Débora estaba de siete meses, treinta semanas si estás hablando con otras embarazadas o con madres recientes, y llevaba todo ese tiempo compaginando su embarazo con el trabajo en Templeton, tratando de que su rendimiento no se viera afectado. Un esfuerzo brutal. E injusto. No había podido bajar el pistón lo más mínimo. Los padres de Débora no lo entendían. Eran dueños de una de las cadenas de supermercados más exitosas de la Nación, por lo que, si ya en condiciones normales el bienestar de una hija y el de su futuro nieto habrían estado muy por encima de cualquier ocupación profesional, el hecho de no tener Débora necesidad alguna de un sueldo hacía la situación aún más absurda.

Pero Débora siguió acudiendo puntualmente a trabajar a Templeton hasta dos días antes del parto. Sus semanas laborales siguieron siendo de más de sesenta horas, sin rechistar en ningún momento. Más aún, su intención era tener el bebé, su primer bebé y el primer nieto de la saga familiar, y volver a la oficina a la semana siguiente. Por suerte sus padres y un parto por cesárea la disuadieron de ello y acabó tomándose la baja maternal completa.

Volvió finalmente un lunes de marzo y, tras una semana de duelo como muestra de deferencia y respeto, la responsable de Recursos Humanos de Templeton le envió un cálido *mail* de bienvenida:

De: Paula Chamorro A: Débora
Fecha: Lunes, 14 de marzo
Asunto: FW: FW: RE: RE: RE: RE: Débora

Estimada Débora,
Lamento comunicarte que, por razón de la reestructuración del departamento de Derecho Procesal, nos vemos obligados a la resolución de tu contrato de prestación de servicios (el «Contrato»). La resolución se producirá a los

dos meses de la recepción del presente correo electrónico, tal como establece el Contrato en su cláusula séptima. Te adjunto carta de resolución firmada por Park Bend.

Te agradecemos profundamente tu contribución al éxito de Templeton y te deseamos el mayor de los éxitos en tu nueva etapa profesional.

Atentamente, Paula Chamorro
Adjunto: CartaDébora001.doc

Dos lagrimones de rabia cayeron sobre el teclado del ordenador de Débora. Dos ríos nacidos de sus años de esfuerzos y desbordados al recordar que había permanecido al pie del cañón hasta prácticamente comenzar a dilatar. Dos ríos que se desbocaban ahora que desaparecían las esclusas que los habían retenido, promesas de «sociatura» que ahora se verían definitivamente incumplidas.

¡Pero si se había reincorporado hacía tan solo una semana!

¡Y encima eran tan cobardes que le comunicaban su despido por *mail*! La indignación mezclada con sorpresa y desprecio fue aún mayor cuando, más tranquila y tras releer unas cuentas veces el mensaje, cayó en la cuenta del asunto del *mail*: FW: FW: RE: RE: RE: RE: Débora.

Desplazó rápidamente el ratón a la parte inferior del texto y se percató de que aquello continuaba. Debajo de la firma de Paula y de la habitual parrafada acerca de que el *mail* iba dirigido tan solo a sus destinatario y demás palabrería legal comenzaba un nuevo mensaje.

De: Park Bend
A: Paula Chamorro C/c: Pablo Pastor
Fecha: Viernes, 11 de marzo

Asunto: FW: RE: RE: RE: RE: Débora

Paula,
Me parece correcto el texto con los pequeños cambios que he metido. Puedes enviárselo a Débora el lunes.
Adjunto: CartaDébora001.doc

Pero la cosa no quedaba ahí. Siguió bajando el cursor.

De: Paula Chamorro A: Park Bend
C/c: Pablo Pastor
Fecha: Martes, 8 de marzo
Asunto: RE: RE: RE: RE: Débora Park,

Como sabes, Débora se reincorporó ayer de su baja maternal. Tal como quedamos, he preparado el siguiente texto, a ver qué te parece. Yo no soy abogada y no quiero meter la pata. He tomado como modelo la carta que le enviamos a Tomás Luque.
Me decís en cuanto podáis.
Adjunto: CartaTomás013.doc

La cosa se ponía interesante. ¡Se les había olvidado borrar el rastro de *mails*! ¡Qué error de principiantes! ¡Menudos inútiles! Casi mejor no ser socia de gente tan poco profesional. Mientras Débora se consolaba lamiéndose las heridas con el tremendo error cometido por Paula, de repente se le iluminó la cara: «A ver si... No, no puede ser. Eso ya no sería un simple error. No, no, imposible».

Siguió bajando el cursor. Otro mensaje en la cadena, y luego otro, y otro más... la cara se le iba encendiendo gradualmente, alternando la ira y la vergüenza ajena. Hasta que llegó al último *mail* de la cola. No se podía creer lo que estaba leyendo.

De: Park Bend
A: Paula Chamorro
C/c: Pablo Pastor
Fecha: 11 de enero
Asunto: Débora

Buenas tardes,
Esta mañana en la reunión semanal de socios hemos decidido resolver el contrato de Débora cuando vuelva de su baja maternal. Te contaré los detalles más tarde. Pásate por mi despacho.

Por supuesto, máxima discreción.
Park

¡¡¡11 de enero!!! ¡Si entonces prácticamente se acababa de recuperar de la cesárea y estaba a la mitad de su baja maternal! Ya no se trataba de un simple error, sino de una monumental cagada. Histórica. ¡El despido era nulo de pleno derecho! Habían tomado la decisión de despedirla cuando se encontraba de baja maternal. Era de primero de Derecho Laboral. Cualquier estudiante mediocre lo sabría. Lo mejor, pensó, es que tenía una prueba perfecta para el juicio. Se apresuró a reenviar el mensaje a su dirección personal de correo electrónico y, por si eso no fuera suficiente, lo imprimió.

Sabía perfectamente cuál iba a ser la defensa de Templeton. Iban a argumentar que la relación que la unía con la firma era de carácter mercantil y no laboral, por lo que no resultarían de aplicación las causas de despido nulo previstas en el Estatuto de los Trabajadores. Pero su relación, dijera lo que dijera el contrato que firmó en el momento de incorporarse a la firma, era claramente de tipo laboral. Horario, sometimiento a órdenes, salario, vacaciones, lugar de trabajo... Concurrían todos los elementos informadores de una relación laboral.

Lo malo era que emprender ese camino suponía de *facto* un suicidio profesional. Nadie la volvería a contratar nunca jamás en un despacho de abogados. Ni en Templeton ni en ningún otro. Por eso, pese a los evidentes indicios de laboralidad de la relación entre los abogados y las firmas de abogados, ningún profesional había llegado a demandar a ningún bufete. Hasta entonces. Se trataba de una *omertà* en toda regla. Por esa razón, Débora, por muy dolida que estuviera, tenía sus dudas. Así que, el sábado siguiente, durante la habitual comida familiar con sus padres en el inmenso chalet en que estos vivían, pensó que sería bueno pedir consejo a sus progenitores, pese a la incomodidad que esto siempre provocaba en su esposo. En realidad tampoco iba a ser preciso; con comprobar la reacción de su padre al contarle lo del despido ya sabría lo que tenía que hacer, así que no se anduvo con rodeos.

–Papi, me han echado del trabajo.

El patriarca levantó la vista del plato con cara de sorpresa.

–¿Del trabajo? ¡Pero si acabas de reincorporarte!

–Me enviaron un *mail* a la semana de volver de la baja maternal comunicándomelo.

–¿Un *mail*? ¿Ni siquiera han hablado contigo?

–No, es mejor así.

El padre de Débora no entendía nada.

–¿Cómo que mejor así? Es una auténtica falta de respeto. Te deben al menos una disculpa y una explicación cara a cara. ¡Es inaceptable! ¡Menudos golfos!

Ya tenía el consejo que buscaba.

–Me deben mucho más que una explicación, papi, mucho más. Se van a enterar.

* * *

Templeton no paraba de crecer. Tras cuatro años de su apertura, su importancia en la Gran Capital cada vez se acercaba más a lo que cabría esperar de un bufete líder mundial. Las incorporaciones eran constantes y cada vez de más calidad. Los cálculos de Bernardo sobre los *ratios* de número de abogados por socio iban cuadrando. Templeton se aproximaba a la mágica masa crítica de sesenta letrados y no había más de diez socios.

Además, en su departamento, el de *M&A*, había tenido la suerte de trabajar para dos socios que le dejaban muchísima independencia. A veces demasiada, como ocurría con Darío, que caía en muchas ocasiones en la más absoluta dejadez y Bernardo acababa por ejercer de socio en operaciones gigantescas. Más o menos lo que ya había experimentado con Pier y Project Cargo en El Gran Bufete, pero ahora con mucha más experiencia. Todo ello le había demostrado que, al menos profesionalmente, podía hacer de socio. Y así se lo reconocían los clientes, que no requerían la presencia de sus mayores.

Y eso que, gracias en parte a la jugarreta que le habían hecho con las escalas, todavía no había sido promovido siquiera a abogado sénior. Así que, pese a toda esa contrastada valía y a llevar desde el principio en Templeton, siempre con evaluaciones óptimas, tendría que rellenar su autoevaluación para defender su ascenso. Como uno más.

En eso andaba cuando recibió la llamada de Daniel. Miró el reloj. Jueves a las cinco menos cuarto.

–¿Qué tal, Daniel? Un poquito temprano para el cine, ¿no?

–Jajajaja. No te llamaba por eso. ¿Te has enterado de lo de Débora?

–¿Débora?

–Sí, Débora. ¿No te acuerdas de ella? La asociada de procesal a la que echaron nada más reincorporarse tras su baja maternal hace casi un año.

–Claro que me acuerdo. Es que pensaba que te referías a alguien que seguía en Templeton. ¿Qué está haciendo ahora?

–Pues por el momento demandar al despacho por despido nulo.

–¿Nulo? ¿Por qué motivo? Lo que le hicieron fue muy poco elegante, pero de ahí a despido nulo...

–Eso es lo más alucinante. Resulta que a Paula, al mandarle el *mail* comunicando que la echaban, se le olvidó borrar el rastro de *mails*. Y ahí aparecen mensajes que demuestran que la decisión se tomó cuando seguía de baja.

–¡No te creo! Jajajajaja. ¡Menuda cagada!

–De las grandes.

–Pero para eso tiene que aducir que la relación es laboral, porque a las relaciones mercantiles no se les aplica el Estatuto de los Trabajadores –razonó Bernardo.

–Es que eso es lo que ha hecho.

–Pues la van a estar esperando con los brazos abiertos en los despachos de toda la Gran Capital... Le va a costar encontrar trabajo en el sector.

–Le da igual.

–¿Por?

–Sus padres son los dueños de Alimentaria de la Nación, ¿no lo sabías? Podría no trabajar el resto de su vida si quisiera.

–Pues entonces quien lo tiene crudo es el despacho. Bolsillo ilimitado para litigar y nada que perder.

No era un buen momento para que a Bernardo le viniera Daniel con esas historias. Estaba en un momento delicado, felizmente delicado, en realidad. Tan solo unos días antes había recibido una llamada de Andrés Jero. Lo convocaba a una reunión en su despacho. No podía ser otra cosa que una oferta de algún bufete. Y tratándose de Andrés solo podía ser para socio. Bernardo era todavía excesivamente joven para asumir las responsabilidades de ese nivel por mucho que él creyera en sus capacidades. Acababa de cumplir los treinta y la edad media de los que accedían a la «sociatura» por primera vez estaba bien por encima de los treinta y cinco años.

Sin embargo, al haber conseguido estar en primera línea de grandes proyectos, en ocasiones por su talento y en otras por la dejadez de sus mayores, había ido granjeándose en el mercado legal una imagen de pujante asociado sénior aun sin serlo, de los de a punto de dar el salto al deseado estatus de *partner*. Estos eran los candidatos más apetecibles para los *headhunters*. Asociados con experiencia hartos de esperar a ser nombrados socios y por tanto con los oídos abiertos a lo que les pudieran ofrecer.

De hecho, no era la primera vez que lo llamaban de una firma de cazatalentos en los últimos meses para optar al puestos de socio, aunque en cuanto confirmaban su edad paraban el proceso y lo excluían de la lista de candidatos.

Así que acudió a la reunión con Andrés sin hacerse muchas ilusiones.

–¿Qué tal, Bernardo? ¿Cómo va ese mundo del *M&A*? Hay una actividad tremenda ahora, ¿no?

Era la típica pregunta sin respuesta, la clásica pregunta de ascensor de oficina cuando te cruzas con alguien sin saber muy bien de qué hablar ni quién es la persona a la que te estás dirigiendo.

–Claro. Estamos muy ocupados.

No cabía otra respuesta a un lugar común que otro lugar común. El arte del *small talk*.

–Ya me imagino, más liados que la pata de un romano –sentenció Andrés.

Las oficinas de Andrés estaban situadas en el centro neurálgico de la Gran Capital y conservaban un intencionado aspecto clásico-elegante, en realidad impostado y algo cutre, como una pretendida imagen de marca que reflejase seriedad, poder y posibles. Andrés fue directo al grano.

–Bernardo, hay un despacho que se ha enamorado de ti. Eres su hombre. Quieren ficharte como socio de *M&A*.

Pese a las cautelas previas y a una progresiva pero insuficientemente adquirida desconfianza vestida de prudencia, Bernardo no pudo evitar sentirse adulado.

–¿Qué despacho?

–Como comprenderás eso no te lo puedo decir todavía. Es un despacho internacional con oficina en la Gran Capital que ha coincidido contigo en varias operaciones. Por eso te conocen y me han pedido tantearte.

«Por fin, ya sabía yo que era cuestión de tiempo el que alguien se fijase en mi talento», pensó Bernardo, cuya inocencia todavía no le permitía detectar las estrategias de atracción de un buen cazatalentos en plena faena.

–Eso es muy halagador y tentador a la vez –concedió Bernardo.

–Les interesa especialmente tu experiencia en *private equity* y *LBOs*.

Ese era el momento en que a un Bernardo unos años mayor se le habrían encendido todas las alarmas. Era un muy buen abogado de *M&A*, pero su experiencia en operaciones de capital riesgo apalancadas era bastante residual. Sin embargo, en esta ocasión el embriagador aroma del halago le impedía pensar con claridad.

–¿Y ahora qué tendría que hacer?

–Muy sencillo. Envíanos tu *currículum* actualizado con un listado de operaciones y clientes habituales a los que crees que podrías arrastrar.

No parecía muy difícil.

Lo de los «clientes a los que podría arrastrar» nunca se lo había planteado, pero lo cierto es que la mayoría de los clientes con los que trabajaba en Templeton habían repetido y ahora tan solo querían trabajar con él.

–En cuanto me lo envíes fijamos una fecha con el Socio Director del despacho americano.

¿Americano? Bernardo repasó rápidamente los despachos americanos presentes en la Gran Capital. No eran tantos.

–Perfecto –contestó mientras continuaba repasando nombres mentalmente.

–Por cierto, otra cosa, tenemos que hablar de tu remuneración. ¿Por cuánto estarías dispuesto a moverte?

Evidentemente, para Andrés y su 30% de comisión este era un punto importante y, aunque Bernardo no lo hubiera mencionado, había que tener clara la cifra que se iba a pedir.

–Pues no me lo había planteado nunca. ¿Cuánto gana un socio en ese despacho? –preguntó Bernardo que, tierno como era para unas cosas, en una negociación no le iban a coger con el paso cambiado.

–Depende de si se trata de socios *equity* o *salaried*.

–¿Y en mi caso?

Era toda una partida de ajedrez.

–Pues tú estás en un punto intermedio. Se están planteando si entrarías como socio *equity* directamente.

En ese momento, las pocas barreras de prudencia y profesionalidad en la negociación que seguían presentes se evaporaron definitivamente. ¡Menudo salto! Suponía pasar directamente de asociado sénior a socio *equity*. Y eso nada más haber sido ascendido a sénior en Templeton.

–En todo caso seguro que se trata de mucho más de lo que estás cobrando ahora, porque tú ahora estarás en...

La bajada de barreras surtió su efecto y Bernardo desveló su sueldo, redondeándolo ligeramente al alza.

–¡Pues entonces tienes que pedir el doble si vas a ser *salaried* y el triple si eres *equity*! –rugió Andrés.

¡Madre mía! ¡Cuánto interés ponía Andrés en su salario! Era todo tan mareante, tan ensoñadoramente ficticio, que Bernardo decidió dejarse llevar por la situación y no hacer muchas más preguntas. Estrechó con vigor la mano de Andrés y bajó levitando a la calle, donde siguió flotando hasta su apartamento. Por fin sus aspiraciones se iban a hacer realidad. ¡Iba a completar su sueño! Y mucho antes de lo que pensaba.

Al entrar por la puerta abrazó con fuerza a María y la besó. Estaba en una nube. Ambos lo estaban en realidad. Iban a ser padres por primera vez en unos meses. Y ahora esto. Iba a ser verdad eso de que los niños vienen con un pan debajo del brazo. Incluso para María, cautelosa por naturaleza, la oportunidad que se le presentaba a Bernardo le pareció atractivísima. Aunque su marido había sido muy feliz trabajando en Templeton, esto suponía un verdadero salto profesional. Con todo, era preciso poner cabeza aparte de corazón, y para eso estaba ella.

–Tiene muy buena pinta, Bernardo, pero asegúrate antes de tomar una decisión de qué planes tienen para ti en Templeton.

* * *

Era segundo martes de mes y tocaba reunión de asociados sénior en Templeton. Los asociados sénior en Templeton se llamaban *managing associates*. Cada bufete tenía su nomenclatura: gerentes, asociados principales, legal *directors*, *counsels*... pero el concepto era el mismo. A los asociados que acumulaban unos cuantos años de experiencia y empezaba a hacérseles un poco largo el camino a la «sociatura» había que satisfacerlos con algo que impidiera que se hartasen y se marchasen a otro sitio.

Promocionarlos a gerentes, principales, *managing* o *directors*, o lo que narices fuera, era una idea brillante. Y barata. Al bufete no le costaba nada, puesto que en el fondo era lo mismo que pasar de abogado de quinto a sexto o de sexto a séptimo año, que es cuando normalmente se producía el «ascenso». Incluso el aumento de sueldo en algunas firmas era menor que el que habitualmente correspondía al pasar de año, dado que el nuevo título se consideraba suficiente recompensa. Y el abogado tan contento porque su estatus aumentaba con ese título vacío, que en realidad no significaba absolutamente nada. Él o ella seguiría siendo un mandado como hasta entonces.

Los bufetes, para adornar el tema un poco más, solían escoger ese momento para conceder al agraciado el derecho a tener despacho individual. Y para rematar, la cosa no era ni mucho menos automática. Requería de una votación por parte de los socios, lo que hacía el ascenso más dificultoso, y por ello lo convertía en mayor objeto de deseo. De las múltiples estupideces de las grandes firmas de abogados, esta era una de las mayores. Desear que a uno lo engañasen con ese falso premio. Una vez que se había conseguido la promoción, de vez en cuando los bufetes tenían a bien reunir a sus séniores para que sintieran que eran especiales, que se les contaban cosas que a los asociados normales no.

Park dedicaba una hora una vez al mes para relatar a los séniores los aspectos de gestión que no eran ni tan confidencia les como para quedar reservados a los socios ni tan simples como para poder ser objeto de comunicación a toda la plantilla. En esas reuniones el objetivo era que los asociados se sintieran más cerca de «sociatura». Aunque sin estarlo. Era un incentivo muy poco caro; no costaba más que una hora del tiempo de Park. Pero también de toda la plana de séniores. Por eso se convocaba a las ocho de la mañana, una hora antes de la habitual hora de entrada.

Se trataba de la primera reunión de este tipo a las que iba a acudir un recién promocionado Bernardo. En ella se iban a tratar todo tipo de estupideces, de generalidades sin demasiado contenido. En teoría eso tenía que dar igual. Lo realmente importante era poder estar ahí.

No para él. Las pérdidas de tiempo le molestaban profundamente, y esta era una de ellas, aunque viniera con envoltorio dorado. Así que decidió sacarle provecho en el turno de preguntas.

–¿Alguien quiere preguntar algo? –inquirió Park de manera protocolaria mientras recogía sus papeles y comenzaba a levantarse; no en vano se cumplía ya la hora prevista de reunión.

Era su oportunidad.

–Park, tengo una pregunta.

El socio volvió a sentarse de mala gana.

–Dime, *Bernardou*.

–Gracias, Park. La cuestión es que creo que uno de los temas que nos preocupa a todos nosotros es la carrera. Así que me parece que sería interesante que aprovechando estas reuniones nos explicaseis cómo funciona la carrera para socio, qué pasos hay que seguir, plazos...

Park lo miró divertido.

–¿La carrera de socio? ¿Y me lo preguntas tú, *Bernardou*? De todos los que estáis aquí tú eres el único que no puede preguntar por plazos para ser socio. ¡Si acabas de llegar a *managing associate*! –le soltó Park buscando sonriente la complicidad del resto de *managing* presentes.

Bernardo ya tenía la respuesta que necesitaba. Salió de la sala con el resto de sus compañeros. Por un lado humillado y por otro satisfecho. Ya sabía lo que tenía que hacer. Park le había dejado claro lo lejos que estaba todavía de llegar a socio en Templeton. De todas maneras, antes de tomar ninguna determinación definitiva consideró que debía comentarle lo ocurrido a Pablo. No en vano él era quien lo había traído a Templeton. Así que se dirigió hacia su despacho.

No vio a nadie. Efectivamente, siendo poco más de las nueve no era extraño que aún no hubiera llegado. Decidió esperar en el despacho la llegada de Pablo, como había hecho en tantas otras ocasiones. Tomó asiento y esperó paciente.

De repente, sobre la mesa advirtió un informe. Una nota interna dirigida por Park a todos los socios. Llevaba el sello de MUY CONFIDENCIAL. Justamente lo último que hay que poner en un papel que no quieres que nadie vea.

De: Park Bend
A: Socios equity y salaried de Gran Capital de la Nación
Asunto: Débora

Miró el primer párrafo. Se trataba del resumen ejecutivo del documento:

Pese a haber perdido la primera instancia, consideramos que existen argumentos jurídicos de peso para apelar en la siguiente.

Bernardo no salía de su asombro. Habían perdido en primera instancia y decidían apelar. Contra alguien que no tiene nada que perder y con el riesgo de que una potencial sentencia desfavorable en una instancia superior acabase formando parte de los repertorios de jurisprudencia y, por ende, pudiera extender sus efectos a los contratos de los restantes sesenta asociados, que pasarían a ser laborales en vez de mercantiles. Templeton se estaba poniendo en riesgo de sufrir una inspección laboral de aúpa que podía costarles una millonada.

Se levantó de la silla sigilosamente y se fue. Daniel y Débora le habían ayudado a llevar su cruz, enseñándole que las cosas se podían hacer de otra manera. Y Templeton no era el lugar adecuado para hacerlas.

VI
LIMPIAN SU ROSTRO

Así que ya tenía su decisión tomada. Y eso sin saber siquiera de qué despacho americano se trataba. Sin tener oferta en firme. Era como comenzar la casa por el tejado. La única incertidumbre que seguía pendiente en su cabeza era si le acabarían ofreciendo incorporarse como socio de cuota o asalariado. Eso era lo que creía ingenuamente. El proceso apenas acababa de comenzar. En realidad casi no había ni empezado.

Pasaron un par de semanas, que se le hicieron eternas, en las que tuvo que contenerse para no llamar a Andrés y así mostrar la ansiedad que lo embargaba hasta que finalmente recibió la esperada y deseada llamada del afamado *headhunter*.

–¡Hola, Bernardo! ¿Puedes hablar?

–¿Quién es? –disimuló.

–Joder, pues Andrés Jero, tío.

–Sí, espera un momento que cierre la puerta. Se levantó de su silla y cerró.

–Ya está. Dime, Andrés.

–Ya he podido hablar con el *managing partner* del despacho. Llevaba dos semanas en una negociación y hasta esta mañana no ha podido devolverme la llamada. Me dice que te puede recibir este jueves a las siete de la tarde en sus oficinas.

–Creo que no tengo nada ese día. Déjame ver...

Por supuesto que no tenía nada. Y aunque lo hubiera tenido.

–Perfecto. Jueves a las siete sin problemas. ¿Dónde es?

«¡A ver si de una puñetera vez me dice el nombre del despacho!».

–En el número 801 de Calle Principal. Se trata de Pearson Loft.

¡Por fin! Era Pearson. Un despacho bastante decente con el que Bernardo efectivamente había coincidido en dos buenas operaciones los últimos meses. No era muy grande en Estados Unidos comparado con las gigantescas firmas de Nueva York, pero en cualquier caso mucho más grande que El Gran Bufete, por ejemplo, y con una oficina en la Gran Capital de casi treinta abogados liderados por Aitana Verso, una auténtica estrella que había logrado una posición para Pearson en la Nación muy por encima del que cabía esperar.

Aitana le había echado un par de narices y, mostrando una tremenda intuición, había abandonado el calor de las grandes firmas para abrir en la Nación la sede de un bufete hasta entonces totalmente desconocido en una época en que el mercado legal era un claro oligopolio de los grandes despachos nacionales, que dominaban con mano de hierro a la clientela. De las operaciones en las que habían coincidido, Bernardo había sacado la impresión de que Aitana era extremadamente comercial, ambiciosa y lista. Alguien junto a quien merecía la pena trabajar. Y si además se había fijado en él, probablemente era porque tendría un enfoque técnico de la profesión de abogado, que era precisamente el punto por el que destacaba Bernardo. Podía ser una combinación claramente ganadora.

Llegó el jueves y a las siete menos cuarto allí estaba Bernardo, haciendo tiempo a una distancia prudencial del 801 de la Calle Principal hasta que llegaran las en punto, analizando con detenimiento quiénes entraban y salían por la puerta del edificio, imaginándose a sí mismo como socio del despacho siendo saludado por el portero del edificio.

Por fin las siete. Se acercó a la recepción y se identificó, señalando que tenía una cita con Aitana Verso. El encargado de seguridad hizo un par de comprobaciones y le dejó subir, indicándole que debía ir a la sexta planta del edificio compartido de oficinas en que Pearson Loft ocupaba las plantas cinco y seis. Mientras subía repasó rápidamente su trayectoria, tratando de recordar todas las operaciones en las que había participado durante esos siete años de ejercicio. También tuvo tiempo de volver a comprobar mentalmente las tres o cuatro cuestiones técnicas que había estado preparando en casa por si la entrevista derivaba a unos derroteros más jurídicos. Ante todo, como le habían enseñado en El Gran Bufete, había que demostrar solvencia.

Se abrieron las puertas del ascensor y accedió directamente a la recepción de Pearson. Se acercó a la recepcionista, que ya le estaba esperando para hacerle pasar a la sala de reuniones principal. Bernardo entró nervioso en la impresionante sala, presidida por una mesa redonda de roble macizo, esperando encontrarse con una Aitana Verso deseosa de entrevistarlo.

Allí no estaba más que Andrés Jero.

–Pasa, macho.

–Hola, Andrés. ¿Qué tal?

–De puta madre. Aitana se retrasará un poco. Está en un *conference call* que se ha alargado más de lo previsto.

¡Menudo bajón de adrenalina! Transcurrieron treinta y cinco minutos en los que Bernardo y Andrés tocaron religiosamente todos y cada uno de los lugares comunes propios de desconocidos sin demasiadas ganas de conocerse más. Fútbol, el tiempo, vacaciones...

Estaban ya a punto de sentirse realmente incómodos cuando entró Aitana de una manera atronadora por la puerta.

–Buenas tardes. Bernardo, ¿no? –preguntó, olvidándose tanto de disculparse por la tardanza como de saludar a Andrés.

–Claro, Bernardo Fernández Pinto, de Templeton. Estabas en un *call*, me han dicho. No pasa nada por el retraso –trató de arreglar la situación Andrés.

–Encantado de volver a verte, Aitana –señaló educadamente Bernardo, tratando de comenzar a conectar con ella.

–Igualmente, Bernardo. Me acuerdo perfectamente de ti, de las operaciones de Natural Water y Splendid Island. Andrés, ¿me pasaste el *currículum* de Bernardo, no?

–Sí, sí. Te he traído una copia por si acaso.

Aitana revisó de manera acelerada el *curriculum*.

–Andrés, ¿la lista de clientes?

–La tienes en la página del final.

Otra lectura rápida.

–Ya veo... Bernardo, ¿cuál sería tu *intake* de clientes y con qué probabilidad en cada caso?

Bernardo medio entendió lo que le preguntaban, pero estaba tan alerta que consiguió que su confusión no se notara demasiado.

–Evidentemente mis clientes son clientes de Templeton, aunque han trabajado de manera casi exclusiva conmigo, por lo que imagino que un gran porcentaje se vendrían, especialmente aquellos con los que estamos en medio de una operación.

Bernardo claramente no era muy ducho en el *bullshitting*, por lo que su contestación no acabó de convencer a Aitana.

–¿Y de cuánta facturación estaríamos hablando para un primer año, más o menos?

Pregunta difícil y a las claras insuficientemente preparada. No había hecho bien los deberes y Andrés no le había advertido acerca de esta pregunta.

–Pues al no ser socio es difícil saber con precisión cuánto le estamos facturando a cada cliente –trató de ganar tiempo Bernardo.

–No pasa nada, dime una cifra aproximada.

Bernardo hizo unos cálculos rápidos en función de las horas facturables de cada asunto y dijo una cifra redondeada a la baja para no pillarse los dedos. Nunca se sabe.

Aitana puso cara de circunstancias. Andrés, perro viejo, lo notó.

–Todavía tenemos que depurar el *business case* de Bernardo, Aitana –intervino.

–Ok, pues nos vemos entonces, cuando lo hayáis depurado –dijo Aitana mientras se levantaba y salía por la puerta de la sala de reuniones sin mediar más palabras.

Bernardo se quedó bastante desconcertado. Nadie le había dicho que tuviera que especificar cuánto iba a facturar el primer año. ¡Si eso era imposible de saber! Podía ser cualquier cifra, porque dependía de cuántas operaciones fuera a realizar cada cliente. Su trabajo era por operación; no tenía la ventaja de tener igualas mensuales con los clientes, como ocurría con otros departamentos, y eso quería decir que al comenzar el año no tenía prácticamente ningún ingreso asegurado.

–Bernardo, joder, has estado muy conservador. ¿Por qué le has dicho una cifra tan baja a Aitana?

¿Tan baja? ¿Cómo narices sabía Andrés lo que se podía cobrar o no a sus clientes?

–No es fácil hacer ese cálculo. No quiero engañar a nadie. Andrés movió la cabeza, mostrando su desacuerdo.

–Tienes que echarle un par de cojones. ¿Qué te crees? Todo el mundo hincha sus cifras de facturación prevista.

–¿Y cuánto tendría que poner?

Si era tan listo, que se lo dijera él.

–Pues como mínimo el doble, macho.

¿El doble? ¿Y por qué no el triple? Daría igual, si en cualquier caso iba a ser una estimación sin fundamento alguno.

–Déjame que prepare unos números en casa y te envío una facturación prevista por cliente de la lista –zanjó Bernardo.

–Perfecto. Envíamelo rápido. ¡Pero que sume al menos el doble de lo que has dicho! –le recordó.

Bernardo regresó a casa dando un largo paseo mientras ordenaba sus pensamientos, tratando de que el dolor de cabeza provocado por la tensión no le impidiera pensar con claridad. Se pasó todo el camino alternando los cálculos de cuánto podría realmente facturarles a sus contactos con la digestión de las malas sensaciones derivadas de la extraña entrevista que acababa de tener.

Algo no terminaba de encajar. Se suponía que Aitana le había visto en un par de operaciones y por eso le quería fichar. Entendía que quisiera saber cuáles eran sus clientes, pero no que en la breve reunión hubiera dedicado la totalidad del tiempo a preguntar por la facturación prevista. Ninguna pregunta personal, ni técnica... Nada de nada. Realmente estaba construyendo la casa por el tejado.

Llegó a su apartamento y se puso a la tarea. Escribió a mano los nombres de los clientes que pensaba que podría traer, de más a menos probable, y al lado apuntó la cantidad que creía que Templeton les había facturado ese año. Lo sumó todo y comprobó aliviado que superaba ligeramente la cifra sugerida por Andrés.

«Espera, espera, que habría que asignarle una probabilidad a cada cliente. No todos se vendrán».

Ponderó las cifras con las probabilidades.

¡Mierda! Ahora se quedaba por debajo, aunque se acercaba bastante.

Lo malo era que todo este ejercicio era totalmente teórico y además suponía, en primer lugar, que el ritmo de trabajo con esos clientes continuaría al mismo nivel desde el primer día en un despacho nuevo, y, en segundo lugar, que las tarifas de Pearson serían tan altas como las de Templeton.

Lo más probable era que al cumplirse el primer año no hubiera conseguido alcanzar más que la mitad de esa cifra. Daba igual. El papel, como se suele decir, lo aguanta todo. Además, lo realmente importante era poder organizar un equipo, coordinarse con el resto de socios y aprovechar la base de clientes ya existente de Pearson. En definitiva, todo esto completaría la facturación del primer año hasta alcanzar un nivel bastante decente aunque no acabaran yéndose con él todos los clientes de la lista.

Rellenó el documento y se lo envío por *mail* desde su dirección personal a Andrés Jero, con una sensación mezcla de satisfacción y de angustia.

* * *

Finalmente, tras dos semanas más de espera parecía que todo estaba encaminado. Ese miércoles iba a tener lugar el Comité Ejecutivo mundial de Pearson, del que Aitana formaba parte, y que era el que recomendaba o no los fichajes de socios nuevos. Lo que en la jerga se llamaban *lateral hires*, contrataciones laterales, en contraposición a las promociones internas.

Bernardo había vuelto a estar en contacto en otro par de ocasiones tanto con Aitana como con Andrés y todas las piezas parecían ir encajando. Sueldo, fecha de incorporación... Lo único que quedaba aún por definir, ahora sí, era si se incorporaría como socio asalariado o de cuota.

La diferencia era grande. Los socios asalariados, o *salaried partners*, recibían el título casi de manera testimonial, porque ni tenían derecho de voto ni cobraban dividendos. Tenían un sueldo fijo muy alto, y en ocasiones un componente variable que solía depender de la facturación traída a la firma cada año. Los socios de cuota, o *equity partners*, eran los verdaderos socios. Firmaban un contrato de socios, tenían derecho de voto (que raramente ejercían), cobraban dividendos y, durante el año, un dividendo a cuenta mensual a modo de salario. Pero, a ojos de Bernardo, la diferencia más importante era poder dejar de preocuparse por «hacer carrera». Si entraba como socio de cuota ya no tendría que pasar nunca más por un proceso de aprobación por parte de ningún comité. Era lo que en la jerga de los despachos anglosajones se denominaba estar *running for partnership*, que era el período de tiempo en que un candidato estaba sometido a una inmensa presión pues se tenía que demostrar que cumplía con los requisitos necesarios para ser promocionado. Era una especie de proceso de selección interno para abogados cuando estos llevaban ya lustros, incluso décadas, trabajando para la firma.

Toda esa presión se hacía aún más insoportable por la muy extendida política del *up or out* que se estilaba en los grandes bufetes. Esto quería decir que si al cabo de un determinado número de intentos, dos o tres, no se lograba la ansiada promoción, el candidato sabía que había recibido de manera implícita «bola negra» y tenía que cambiar de aires porque allí le habían cerrado las puertas. Que esto ocurriera después de muchos años de dedicación a un bufete resultaba muy duro. Los años de la «carrera para socio» envejecían el triple que cualquier otro año normal.

Las reglas para poder promocionar a *equity* eran además,diabólicas. En Pearson se aplicaba la regla del 4x4. En primer lugar, era preciso tener una cifra de facturación mínima por los clientes traídos por el candidato aunque no hubiera trabajado con ellos. Esto se llamaba «generación». En segundo lugar, había que alcanzar una facturación mínima en casos dirigidos efectivamente por el socio, fuera o no suyo el cliente. Esto se llamaba «ejecución». En tercer lugar estaban las horas del equipo que trabajaban directamente con el candidato, que sumadas debían suponer asimismo una facturación mínima. Esto se denominaba «gestión». Finalmente, las horas efectiva-mente trabajadas y facturadas por el socio habrían de alcanzar un determinado nivel. Esto era «trabajo personal». Evidentemente, cumplir con las cuatro de manera simultánea era prácticamente imposible. Si aumentaba el «trabajo personal» se reducía la «gestión». Si te centrabas en la «generación» entonces disminuía el tiempo para la «ejecución». Todo esto a lo que conducía era a una competitividad extrema entre candidatos, creando un ecosistema que era todo lo contrario al pretendido espíritu de esa «sociatura» a la que se aspiraba. Además, permitía facilitar el que las decisiones de promoción se adoptasen de manera arbitraria, pues nadie cumplía nunca los mínimos, pero con apariencia científica. El candidato que era promocionado nunca se quejaría y estaría eternamente agradecido pues había sido aceptado sin haber llegado a cumplir lo exigido, mientras que el que no era nombrado socio no tenía posibilidad de queja puesto que no había conseguido superar la prueba. Hay que reconocer que era un sistema cojonudo.

Llegado el miércoles del Comité Ejecutivo mundial de Pearson, Bernardo no podía concentrarse. Deambulaba por Templeton de la cocina a su despacho y vuelta a la cocina como alma en pena. Consumiendo un café tras otro para tratar de hacer tiempo. Intentaba trabajar y no podía. Miraba y remiraba el móvil. No podía hablar con nadie, ni con Daniel, porque después de lo que le había ocurrido en El Gran Bufete con Álvaro había tomado la determinación de no contarle nada a nadie hasta tenerlo todo cerrado. Tampoco podía llamar a María para tranquilizarse, o al menos distraerse, puesto que necesitaba dejar el móvil libre por si lo llamaban.

El teléfono vibró. Un mensaje. Era Aitana.

Estamos en ello ahora. Creo que va bien.

¡Qué alivio! La tensión de Bernardo disminuyó de manera radical. No sabía muy bien qué contestar. Le dio vueltas a qué decir para no parecer indiferente, pero sin parecer que presionaba.

No le dio tiempo a responder. El móvil volvió a vibrar. De nuevo mensaje de Aitana.

The devil is in the detail.

Eso no podía sino significar que el fichaje estaba aprobado y que ahora estaban decidiendo los detalles: sueldo y si se incorporaba como *equity* o *salaried.*

Otro más:

Hecho. Enhorabuena, socio.

Bernardo tenía ganas de saltar y de contárselo a todo el mundo, pero tenía que ser prudente. Pensó en llamar a María y darle la buena noticia, pero lo cierto era que aún no conocía los detalles de la contratación. Ella se los preguntaría y no sabría qué contestar. Y eso le haría parecer bastante estúpido.

Contestó a Aitana:

Muchísimas gracias. Estoy encantado de formar parte del equipo. ¿Cuáles son los siguientes pasos?

La respuesta fue inmediata:

El viernes pásate por la oficina y te entrego la carta-oferta.

¿Todavía hasta el viernes sin conocer los detalles? Dudó de si seguir preguntando, pero no le pareció prudente, así que aceptó mentalmente estar en ascuas cuarenta y ocho horas más.

Ya en casa evitó el tema porque lo que realmente le apetecía era dejar llegar el fin de semana y celebrarlo en condiciones con la información completa, liberando toda la tensión acumulada. Después de todo el tiempo en el que había sido paciente no debía ser tan difícil aguantar un poquito más.

Llegó el viernes y Bernardo estaba agotado. Dos noches prácticamente sin dormir, disimulando para que María no se preocupase por nada. Por suerte había quedado con Aitana a primera hora, así que esa puñetera angustia acabaría pronto. Allí estaba de nuevo en el 801 de la Calle Principal, facilitando sus datos al guarda de seguridad, subiendo en ascensor a la sexta planta y dirigiéndose a la sala de reuniones. Esperó unos minutos. Hecho un flan. Pulsaciones desbocadas. Tratando de que no se le notaran los nervios. Llaman a la puerta. Aitana.

–¡Buenos días, socio! ¡Bienvenido!

Bernardo se sintió agasajado, aunque intentó ser profesional y no emocionarse más de la cuenta hasta haber leído la oferta que Aitana llevaba en una carpeta transparente bajo el brazo.

–Muchas gracias, Aitana. Estoy muy agradecido por vuestra confianza y muy ilusionado con el proyecto.

–Nada que agradecer, Bernardo. Tan solo tienes que firmar esta carta-oferta. Tómate tu tiempo para leerla y, si te parece bien, la firmas y te quedas una copia.

«Jopé, ¡qué rápido va todo de repente!». Bernardo estaba deseando leer la carta, firmarla, irse a celebrarlo con María, comunicar su salida a Pablo y a Park... Por otra parte le inquietaba esa presión, tantas prisas. Leer la carta allí mismo, firmarla. Todo demasiado rápido.

Aitana le entregó la carta-oferta. Ya estaba firmada por ella. Esto significaba que los términos no eran negociables. Dudó de si pedir llevársela a casa y leerla tranquilamente, pero le dio la impresión de que no era eso lo que esperaba Aitana. Se mostraba ahora tan cercana que no quería decepcionarla, así que hizo de tripas corazón y se dispuso a revisarla delante de ella.

Comenzó la lectura. Lo primero que vio fue el sueldo. Era el doble de su salario actual en Templeton y, si conseguía el *bonus*, cerca del triple. Lo importante era ver si le ofrecían ser *salaried partner* o *equity partner*. Siguió leyendo. Pearson le ofrecía incorporarse como socio responsable de *M&A*. Le proponían ser *salaried partner* el primer año y, en caso de llegar a una facturación mínima, lo promocionarían a *equity partner*, al parecer de manera automática. La cifra de facturación que marcaba el salto era justamente la que le había indicado Andrés que debía poner en su *business case*.

Iba a ser difícil conseguir ser *equity* en un año. Dudó por un instante, pero rápidamente se decidió y estampó su firma en las dos copias. Acababa de adelantar su carrera profesional al menos seis o siete años.

* * *

María y Bernardo lo celebraron comedida pero intensamente. La oportunidad era fantástica. Socio de un reputado despacho internacional con tan solo treinta años. Sin embargo quedaba aún lo más duro: comunicar su salida. Tras su experiencia en El Gran Bufete no podía confiarse. Todo lo que hasta entonces habían sido parabienes, halagos y buenas caras en Templeton se convertirían rápidamente en ataques, desprecios y amenazas. Había que estar preparado.

Para empezar, tenía que llevarse su archivo personal antes de que le bloquearan el ordenador y sin dejar un rastro que pudieran seguir. Daba igual que se tratase de sus archivos personales. Daba igual que Templeton hubiera nutrido su archivo de experiencia de todos los precedentes que habían ido aportando progresivamente todos los socios y asociados que venían de otros bufetes. Como se le ocurriera dejar el más mínimo rastro de haber realizado envíos de correos a cuentas personales o de imprimir cualquier documento ya sabía lo que iba a pasar.

Probó a enviarse el borrador del contrato de alquiler de su casa, a ver qué rastro quedaba y si de alguna manera lo podía borrar. Imposible. Después copió el contenido y lo pegó en un documento nuevo y se lo envió a su cuenta personal sin guardarlo antes. Seguía dejando rastro. Iba a ser inviable. Hiciera lo que hiciera siempre quedaba registrado. Y eso que eran sus documentos personales, su experiencia de siete años trabajando. Tampoco los podía dejar ahí y perderlos como si nada.

Estaba a punto de darse por vencido, de afrontar la situación de tener que pedir permiso a Templeton, de quedar a merced de la buena o mala fe de los socios, cuando hizo una última intentona. Abrió desde Internet su correo personal y se envió un mensaje a una segunda cuenta personal. Eso no dejaba rastro. Así que ahora volvió a redactar un nuevo mensaje y fue a la opción de adjuntar documento.

Increíble. Podía escoger cualquier documento que estuviera en el *desktop*, que era donde tenía la inmensa mayoría de su archivo. *Voilà*, ahí lo tenía. De repente se dio cuenta de que ni siquiera era necesario enviar el mensaje, por si acaso eso también dejase rastro. Así que acabó el día con unos cuantos cientos de mensajes en la bandeja de borradores de su cuenta de correo personal. Problema resuelto.

Ahora ya estaba preparado para comunicar su salida. Pero tenía que ser muy cuidadoso. Se iba de socio y eso implicaba competencia directa. Tanto con relación a la clientela como a los abogados de su equipo que quisieran irse con él. Sin saberlo se estaba jugando una demanda por competencia desleal. Años después, muy a su pesar se acabaría convirtiendo en un verdadero experto en ese particular. Por tanto tocaba planificar cuidadosamente y al detalle el día en que lo soltaría en Templeton.

Esta vez era más sencillo que cuando anunció su marcha de El Gran Bufete porque no tenía que coordinarse con nadie. Además, había sido prudente y no había desvelado sus intenciones ni siquiera a Daniel. Ni a Davinia D., su mano derecha, una extremadamente brillante abogada que se había incorporado a Templeton hacía ya tres años, en los que había trabajado casi de manera exclusiva con Bernardo. Davinia había sido una de las primeras abogadas que fichó Templeton directamente desde la universidad y tras un proceso de selección propiamente dicho. Bernardo se encargaba, junto con Pablo y Alberto, del proceso para fichar a los nuevos abogados, y desde el primer día quedó impresionado por ella. El sistema de selección consistía en una sucesión de dos entrevistas personales tras un primer filtro de los *currículum* y expedientes académicos de los candidatos que hacía el departamento de Recursos Humanos, o como quiera que se llamase ese departamento cuando en lugar de empleados se tiene colaboradores. Esta parte era la más mecánica. Se establecían una serie de parámetros mínimos, totalmente objetivos, y los expedientes que pasaban la criba eran entrevistados de manera individual.

La segunda parte, sin embargo, implicaba un trabajo ingente, al tratarse de más de cien entrevistas. Pero a Bernardo le gustaba. Era un trabajo que se aproximaba mucho al mundo de la psicología. Cada entrevista era una especie de acertijo, un enigma a resolver. Aparecía una persona totalmente desconocida y en una hora había que ser capaz de valorar sus conocimientos técnicos, sus aspiraciones, su carácter, su capacidad de soportar la presión. También conllevaba una gran responsabilidad. El futuro de esa persona estaba en cierto modo en sus manos. Equivocarse e impedir la entrada en un gran despacho a un candidato era algo que no podía decidirse a la ligera. Y, por último, era una importante labor de *marketing*. Bernardo era la primera cara de Templeton que ese futuro asociado iba a ver. Y muchos de ellos se estaban postulando para los mejores despachos de la competencia. Conseguir que los mejores aceptasen la oferta de Templeton era un logro, especialmente los primeros años tras la apertura.

Davinia hizo una entrevista valiente en la que dejó entrever todo lo que demostraría a lo largo de los siguientes años. Para comenzar, una inteligencia fuera de lo común, lo que, combinado con su extraordinario sentido del orden y de la responsabilidad hacían de ella una abogada imbatible, la mejor ayuda que se podía tener en un equipo y claramente una gran líder en potencia.

Para ser una mujer menuda tenía un carácter fuerte. No se dejaba amedrentar y si algo no la convencía lo ponía en entredicho. Esto desde el principio fue del agrado de Bernardo, que necesitaba que le pusieran en su sitio de vez en cuando. Encajaron de maravilla desde el principio, comenzando una duradera relación profesional, perfecta simbiosis séniores-júniores. Años atrás, en su etapa en El Gran Bufete, seguro que Bernardo le habría contado a Davinia sus planes, mas no en esta ocasión. Algo había aprendido de sus errores. Dedicó unos cuantos días a elaborar su plan de salida.

Para empezar decidió que, tal como hizo en El Gran Bufete, lo comunicaría un viernes. Esto le daba la posibilidad de no tener que volver a la oficina hasta dos días después, dando tiempo a que todo el mundo se enterase y a que los socios más agresivos atemperasen sus ánimos. Por otro lado, el orden de los receptores de la noticia estaba claro. De socio más amigo a menos próximo. Y contando lo mínimo imprescindible. De esa manera las comunicaciones que él no podía controlar, las llamadas de los socios que ya conocían la noticia de la salida a los socios que aún la desconocían siempre serían con poca información y con esta sesgada positivamente.

Era asimismo importante dar la sensación de que se trataba de una oportunidad irrechazable, que no había nada en Templeton que le hubiera empujado a tomar esta decisión. Aunque todos los socios de la oficina de Templeton en la Gran Capital no llevasen más que unos pocos años trabajando allí, un absurdo sentimiento de pertenencia se acababa instalando en las mentes y los corazones de todo socio a velocidad supersónica. Y esto podía provocar reacciones desmesuradas si se sentían traicionados.

Por último, realizadas las comunicaciones tendría que darse prisa y llamar a los clientes directos con los que estaba trabajando, evitando que se enterasen por terceros. Se iba de socio y el control absoluto del mensaje de su marcha era de vital importancia.

Con todo en la cabeza, dejó pasar la semana hasta el viernes. Comprobó que no había viajes de los socios ni reuniones importantes y llegó bien temprano para tenerlo todo, en la medida de lo posible, controlado. Al llegar, Davinia notó que algo raro pasaba. Bernardo estrenaba traje y no se había quitado la chaqueta. Si no fuera porque conocía perfectamente en qué operaciones estaba metido su jefe habría jurado que Bernardo ese día tenía un cierre.

Y efectivamente lo tenía. El fin de su vida como asociado de bufete de abogados y el comienzo de una etapa que duraría hasta que se retirase: la de socio.

–Bernardo, no sabía que teníamos cierre hoy –tanteó hábilmente Davinia.

Bernardo sonrió.

–Algo parecido. Luego te cuento –le contestó mientras se levantaba apresuradamente de su silla y se dirigía a la puerta.

Acababa de llegar Pablo y era el primero de su lista. Había que aprovechar. La primera conversación era la más importante. Marcaría irremediablemente el tono de su salida. Se despidió de su fiel asociada mientras se iba casi corriendo hacia el despacho del socio al final de la planta.

–Disculpa, Davi, tengo que dejarte. Luego hablamos.

Apretó el paso aún más para que nadie se le colara en el despacho de Pablo y entró justó detrás de él.

–Pablo, ¿tienes un momento?

–Claro, pasa. ¿Necesitas que cierre la puerta? –Pablo ya se estaba temiendo lo peor. La cara de Bernardo le delataba.

–Creo que sí, mejor cerrada –contestó mientras entornaba la puerta.

–Tú dirás.

–Pues nada, vengo a comunicarte que me marcho de Templeton. Acabo de aceptar una oferta de Pearson Loft.

Se hizo un instante de tenso silencio. La cosa podía salir por cualquier sitio.

–¿Pearson? Muy buen despacho. Es el de Aitana Verso, ¿verdad? Pero ya sabes que ahí no vas a conseguir ser socio en la vida.

–Ese es precisamente uno de los atractivos. Me ofrecen incorporarme como socio responsable del departamento de *M&A*.

Llevaba semanas deseando ver la cara de Pablo al escuchar esa frase. Pablo no salía de su asombro. Conocía perfectamente sus capacidades. Era su más firme valedor, pero, ¿socio a los treinta? A él le había costado lograrlo hasta los treinta y cinco. Se tomó unos segundos para digerir la información.

–Pues no te puedo decir más que... gracias. Gracias por todos estos años de duro trabajo, en los que has sido una pieza fundamental en la creación y consolidación de Templeton en la Nación.

Perfecto. Inmejorable. No podía haber ido mejor.

–Te agradezco mucho tus palabras. Eres todo un señor –le dijo de corazón Bernardo, casi con ganas de abrazarlo.

–Nada que agradecer. Te va a ir fenomenal.

¡Menudo alivio!

No podía confiarse. Su salida del Gran Bufete había comenzado muy bien y al final... Así que se dirigió sin perder tiempo a ver a Park. Probablemente antes de que pudiera llegar a su despacho, que estaba en la esquina opuesta de la planta, Pablo le habría advertido, por lo que no podía contar con el efecto sorpresa.

En efecto, llegó al despacho de Park y la puerta ya estaba cerrada. Se asomó por la cristalera y vio a Park con el auricular del teléfono pegado a la oreja, con expresión seria, asintiendo, negando con cara de preocupación. Bernardo intentó hacer contacto visual con él a través del cristal para obtener su implícita autorización para entrar. Finalmente, tras unos minutos, logró que Park lo viera. Ante su sorpresa, se giró sobre la silla y le dio la espalda, mirando por la ventana sin volver a darse la vuelta. El mensaje estaba claro. No quería hablar con él. Aunque no le pareció una reacción muy profesional, Bernardo no podía parar su particular gira por los despachos de los socios. Era imprescindible mantener la inercia del plan de comunicación y difundir su mensaje con claridad.

Se encaminó a la segunda planta. Había que hablar sin falta con Alberto Antúnez. Era el socio más cotilla y, además, compañero de promoción de Aitana Verso de la Gran Universidad unas cuantas promociones antes que Bernardo. Bajó casi corriendo por las escaleras desde la tercera planta para evitar que se repitiera lo sucedido con Park. Tenía la ventaja de que, según su costumbre, Alberto no habría llegado aún, pues faltaban minutos para las once, pero no podía arriesgarse.

Se apostó delante de su puerta mientras disimulaba haciendo como que leía la prensa en el pasillo hasta que le vio entrar. Había que darse prisa en engancharlo porque, en caso contrario, Alberto comenzaría su ritual diario y no habría forma de abordarlo.

Apareció Alberto y Bernardo consiguió entrar en su despacho justo detrás de él. En el momento en que cogía el diario económico para dirigirse a los aseos se encontró con Bernardo pegado a él, quien además había cerrado la puerta.

–¿Qué pasa, Bernardo? –preguntó medio sorprendido, medio intrigado y medio contrariado.

–Necesito hablar contigo. ¿Tienes cinco minutos?

–Ummmmm. Sí, claro, dime.

–Quiero comunicarte que me marcho del despacho. He aceptado una oferta de Pearson Loft.

–¿Pearson? El despacho de Aitana Verso. Jajá, ¡si ahí no te van a hacer socio en tu vida!

Y dale. Otro igual.

–Me incorporo como socio responsable de *M&A* –aclaró una vez más Bernardo.

–¿Responsable de *M&A*? Pero si Aitana hace *M&A*. Y también Jacinto, el otro socio *equity* de Pearson que lleva ahí desde el principio.

–Jacinto hace en realidad Financiero y Aitana dirige toda la oficina. Yo me encargaré del departamento de Mercantil –se defendió Bernardo.

–Lo que tú digas, Bernardo. Se te va a notar que no eres un socio de verdad. Te vas a estrellar.

«Eso ya lo veremos –pensó Bernardo–, eso ya lo veremos...». Se dio la vuelta y salió del despacho de Alberto quien, nada más salir Bernardo, marcó nerviosamente el número de Aitana Verso. No lo cogía. Lo intentó de nuevo. Nada. Probó con la centralita de Pearson.

–Pearson Loft. Buenos días, ¿qué desea?

–Quería hablar con Aitana Verso.

–¿De parte de quién?

–Alberto Antúnez, de Templeton.

–Un momento, por favor. Pasaron unos segundos.

–Don Alberto, Aitana se encuentra reunida en estos momentos y no va a poder atenderlo. ¿Quiere dejar un recado?

–Sí, dígale que la ha llamado Alberto Antúnez para hablar sobre Bernardo Fernández Pinto. Que me llame en cuanto pueda.

En efecto, Aitana se encontraba reunida. Con todos los abogados de la plantilla de Pearson Loft. Les estaba anunciando su flamante nuevo fichaje.

Muy a su estilo, había llevado todo el proceso de incorporación de Bernardo de una manera personal, sin involucrar siquiera a los demás socios *equity* de la oficina de la Gran Capital, ni qué decir tiene a los *salaried*. Así que, muy a su estilo también, había reunido en primer lugar a los socios *equity*, entre los que no encontró gran resistencia al fichaje pues, aunque joven, Bernardo era conocido por su brillantez y a ellos no les entorpecía para nada en sus carreras.

A continuación informó al resto de socios, a los que ya no les hacía tanta gracia el tener un nuevo rival en la lucha por la «sociatura» de cuota. Pero el gran lío se iba a montar al comunicarlo al resto de la oficina.

–¿Bernardo Fernández Pinto? –disparó Adrián Fitzpatrick.

–Ese mismo. ¿Lo conoces?

–Pues claro que lo conozco. Es compañero mío de promoción de la Gran Universidad. ¡Si debe ser incluso más joven que yo! –bramó indignado un Adrián al que le faltaban como poco cinco años para alcanzar esa «sociatura» que le habían ofrecido a Bernardo.

«Se va a enterar. Aquí no pensamos trabajar ninguno con ese paracaidista», pensó.

–Yo también lo conozco –intervino Ainhoa–, era amigo mío del colegio. Es un tío muy listo, pero aquí teníais a gente de sobra para promocionar antes que traer a alguien de fuera.

–Tranquilos, Bernardo trae una lista impresionante de clientes –trató de tranquilizar los ánimos Aitana, que claramente no había tenido en cuenta esa reacción.

«Aunque sea así, que no espere nuestra ayuda», pensaron de manera casi audible tanto Ainhoa como Adrián.

Se avecinaban curvas.

CAE POR SEGUNDA VEZ

Primer día en Pearson. Bernardo estaba genuinamente emocionado. Traje nuevo y estatus nuevo. Ser socio no era cualquier cosa. Desde su primer día en El Gran Bufete le habían inculcado la idea de que llegar a socio era lo máximo, el grado que distinguía a los que realmente tenían galones en un despacho de abogados. Además, en las dos semanas que habían transcurrido desde que anunció su marcha de Templeton hasta este primer día de socio, la noticia de su marcha había tenido una acogida estupenda entre su clientela. Citrax, la gran multinacional farmacéutica, incluso ya había solicitado formalmente a Templeton que trasladase todos sus expedientes a las oficinas de Pearson a nombre de su flamante nueva incorporación.

Citrax era esencial. Para comenzar, le daba a Bernardo la tranquilidad de empezar activo desde el primer día, asegurándole un nivel de trabajo y de facturación mínimo. Era una estupenda primera muestra de capacidad comercial. Aparte de eso, justificaba la contratación de un abogado júnior, aunque en un primer momento, y por muchas ganas que tuviera de llevarse consigo a Davinia, había decidido tratar de hacer equipo con asociados que ya estaban en Pearson.

Sin embargo, la entrada en Pearson fue agridulce.

Lo primero, por las oficinas. Durante sus visitas previas él había tenido la oportunidad de ver tan solo la zona noble, esto es, la dedicada a los clientes y visitas. Esas salas de reuniones, con su madera de roble, sillones de cuero, cuadros abstractos con aspecto de caros y una recepción acristalada con dos grandes televisores sintonizando las noticias del mundo y la evolución de los valores de la Bolsa nacional y de los principales mercados internacionales respectivamente. Los únicos empleados de Pearson que allí había eran los recepcionistas, una chica y un chico jóvenes, estudiantes ambos de penúltimo año de Bellas Artes que de esa manera se costeaban sus gastos mensuales con un trabajo que dejaba infinidad de tiempos muertos para poder estudiar. Por supuesto, ambos eran bilingües en inglés, aparte de saber contestar al teléfono y tomar recados en otros cuatro idiomas: francés, alemán, árabe y chino. Su aspecto era impecable y completaban la aparente imagen de perfección de la marca Pearson.

Toda esta imagen artificialmente perfecta había obviamente inflado las expectativas de Bernardo, que se vieron defraudadas cuando finalmente se adentró en las verdaderas oficinas donde trabajaban los abogados, que ocupaban la otra mitad de la sexta planta y la quinta del edificio. Fue Aitana quien se encargó de dirigir su visita-presentación de despacho en despacho su primer día. En cualquier caso, no podía ser de otra manera. No le habían presentado a nadie más de Pearson en su proceso de fichaje, así que nadie podía hacer esa labor.

Primero de todo, lo llevó al que iba a ser su despacho. Por descontado, individual. Los socios no compartían. Le pareció bastante cutre. Las paredes mugrientas con un par de cuadros horrendos que había dejado su anterior morador. De tamaño estaba bien, pero era bastante oscuro, ya que la única ventana que daba a la calle era muy alargada y solo ocupaba aproximadamente una cuarta parte de la pared.

–¿Qué te parece? Despacho de socio, ¿eh?

En sus años en Pearson Bernardo nunca llegaría a saber distinguir si Aitana estaba de coña o hablaba en serio.

–Está perfecto –mintió Bernardo, que se consolaba pensando que con un par de cuadros y alguna planta la estancia mejoraría sustancialmente.

No fueron las oficinas lo que más le decepcionó.

–Deja tus cosas, que te voy a presentar al resto del equipo.

Salieron al pasillo y llamaron a la puerta contigua, al despacho de Peru, asociado sénior de treinta y seis años, uno de los principales perjudicados por el fichaje de Bernardo. Peru les indicó con grandes aspavientos que pasaran. Aitana y Bernardo lo hicieron. Peru se levantó de un salto y dio un sonoro abrazo a Bernardo, sospechosas y familiares palmadas incluidas.

–¡Qué ganas tenía de conocerte!

–Encantado, Peru. ¿En qué área estás?

–En *M&A*.

–Entonces vamos a trabajar juntos, ¿no?

–Eso parece –contestó el interpelado con su mejor sonrisa falsa.

–Bueno, la verdad es que Peru tiene bastante autonomía y lleva sus propios clientes –intervino Aitana–, y va a ser socio enseguida, ¿verdad, monstruo? –le regaló el oído la directora con nueva tanda de palmadas en la espalda incluidas.

Enseguida quería decir cuatro años, cumplidos ya los cuarenta. Pero eso Peru todavía no lo sabía. Tras unos minutos de impostada cortesía que se le hicieron eternos, Aitana y Bernardo salieron por la puerta.

Nada más verlos salir, marcó con celeridad la extensión de Ainhoa.

–¿Ainhoa?

–Dime, Peru.

–Ya me lo han presentado.

–Ah, ¿sí? Cuenta, cuenta.

–Me descojono. Es un puto crío. No sé qué coño se cree este que va a hacer aquí. Ya puede traer los clientes que sea que yo no pienso trabajar para él en mi puñetera vida –remarcó enfáticamente.

–Totalmente. Eso tenlo por seguro.

«Totalmente» era la palabra Pearson. Estar de acuerdo no se manifestaba de otra forma que no fuera con un «totalmente». No era ni «de acuerdo», ni «pienso lo mismo», ni «me has leído la mente». El uso que se hacía de la palabra «totalmente» era estadísticamente improbable, hasta acabar empleándola por abuso de manera incorrecta. Alguien te decía por la mañana «vaya mierda de tiempo, ¡cómo llueve!» y tú contestabas «totalmente». O «total», que también estaba permitido. El uso de la palabrita de marras distinguía a los «de toda la vida» de los nuevos, que al principio se perdían pero que al intentar integrarse acababan adoptando el término como propio. Cada empresa tenía su palabra. Y esto molestaba sobremanera a Bernardo.

–Espera, espera, que justo lo tengo delante de mi puerta con Aitana. Luego te llamo –colgó Ainhoa.

Bernardo entró en el despacho de Ainhoa contento por ver una cara conocida, alguien en quien apoyarse, un asidero donde comenzar a echar algo de raíces en un ambiente que comenzaba a hacérsele hostil.

–¿Qué tal, Ainhoa? ¡Cuánto tiempo!

–Totalmente, desde el colegio hacía que no nos veíamos. Cuando Aitana nos comunicó hace dos semanas tu incorporación como socio no me lo podía creer –soltó Ainhoa con bastante retranca.

–Así que ya os conocíais. Fantástico –intervino Aitana.

–Pues sí... del cole. Me extrañó que no me hubieras llamado, Bernardo. Te podría haber contado cosas de Pearson.

–Lo pensé, aunque la verdad es que con todos los temas de confidencialidad no quería arriesgarme a hablar con nadie. Ya he tenido malas experiencias en el pasado.

–Total –concluyó Aitana.

Y bien que hizo, porque habérselo contado a Ainhoa habría tenido como consecuencia segura el bloqueo por parte de los asociados sénior de Pearson de su fichaje. De hecho, incluso una vez anunciada la contratación habían intentado que Aitana degradase a Bernardo y le hiciera incorporarse como asociado sénior con promesa de ser socio en un año. Pero eso, habiendo aceptado ya la oferta, era implanteable.

La gira continuó con similar acogida en prácticamente todos los casos, salvo los abogados de menor experiencia, que no veían en Bernardo un peligro sino una oportunidad de aprender de alguien que ellos percibían de alto nivel. Fueron dos horas agotadoras y decepcionantes, en las que ni siquiera había podido saludar a Adrián Fitzpatrick, su compañero de promoción en la Gran Universidad, que había hecho todo lo posible por esquivarlo, pues le seguía corroyendo la rabia por la llegada de su antiguo compañero como socio a un bufete que él sentía como propio tras siete intensos años dedicados a él y en el que no vislumbraba ni de cerca el ascenso a socio.

Se sentó en su nuevo despacho tras cerrar la puerta y respiró profundamente. ¡Menudo recibimiento! La cosa no iba a ser fácil. Bernardo comenzaba a experimentar esa reacción que en los sucesivos años no dejaría de sentir cada vez que se cruzase con abogados más veteranos pero con menor estatus. Daba igual. Él sabía perfectamente lo que tenía que hacer y estaba muy seguro de sus capacidades.

Totalmente.

* * *

A los seis meses de su incorporación a Pearson, había tres cosas que ya estaban claras para Bernardo. La primera, que no iba a llegar a la facturación mínima acordada en su carta-oferta para ser promovido a socio de cuota. La segunda, que sí iba a alcanzar casi de manera exacta la cifra que él había estimado durante su primera reunión con Aitana antes de que Andrés le forzara a incrementarla en el *business case paper*. La tercera, que la primera de sus conclusiones se debía en gran parte a la total falta de apoyo por parte de la firma, y más en particular de los asociados sénior y los socios, puesto que su segunda conclusión era producto prácticamente en exclusiva del trabajo realizado para Citrax.

Citrax había sido su gran cliente. Solo con lo facturado a la multinacional se podía pagar tres veces su sueldo, que era la proporción que de manera casi exacta suponía no haber representado ninguna inversión para Pearson. Efectivamente, las grandes firmas de abogados, pese a la opacidad y tremenda arbitrariedad en el cálculo de sus resultados, operaban con un margen de beneficio de en el entorno de un cuarenta por ciento. Esto quería decir que por cada cien unidades monetarias facturadas cuarenta eran beneficio, así que si un socio traía una facturación equivalente a tres veces su remuneración en realidad al bufete no le estaba costando nada.

Sin embargo eso daba igual. La regla del 4x4 era la que en ningún caso iba a poder llegar a cumplir. La «generación» era quizá el menor problema. Este primer año, aparte de Citrax, Bernardo había traído otro par de clientes con una facturación pequeña pero con mucho potencial, al tratarse de grandes corporaciones. Y eso que abrir un nuevo cliente como propio resultaba una tarea casi imposible en Pearson por la muy extendida costumbre entre los socios de abrir a su nombre nuevos clientes en cuanto surgía la mínima oportunidad. Por ejemplo, si se estaba asesorando a un banco en una financiación sindicada en la que este actuaba como agente, el socio abría como clientes a la docena de entidades que formaban parte del consorcio. Esto era muy importante, porque el socio de la red mundial de Pearson que abría un expediente de un cliente por primera vez se arrogaba de manera perpetua el derecho a que cualquier asunto encargado por dicho cliente a cualquier socio de cualquier oficina del mundo se le computase en su apartado de «generación». Absurdo, sí, pero tremendamente favorable para la «vieja guardia», los primeros en incorporarse al bufete. Por esa razón era una norma inamovible.

En cambio, cumplir la variable «ejecución» era extremadamente difícil para Bernardo, puesto que ningún socio le pasaba tema alguno, y esto provocaba que sus cifras de «generación» y «ejecución» siempre coincidieran, salvo que hubiera materias que no fueran estrictamente de su especialidad y fuera él quien, por pura diligencia profesional, traspasase facturación a otros socios. «Trabajo personal» tampoco le inquietaba. Sus horas de trabajo realizadas eran altas para un socio. Y es que al no disponer de equipo que lo apoyase y al que gestionar, acababa encargándose él solito de todo. Porque precisamente ese era el gran problema. La variable «gestión». Sin poder tirar de nadie para realizar el trabajo, no era posible sumar horas de «gestión». Así iba a ser imposible llegar nunca a cumplir la regla del 4x4 para llegar a socio de cuota. Peor aún, así era una tarea ímproba el poder llevar siquiera una operación en condiciones en cuanto fuera un poco compleja.

No le quedaba otra que traerse a Davinia para poder hacer equipo y así asumir más carga de trabajo. Pero para ello en la filosofía de Pearson era necesario tener un colapso de «gestión» si se quería fichar, tener tantas horas que repartir que se necesitasen más manos para poder distribuirlas. Estaba en un callejón sin salida. No podía encargarse de más trabajo sin ayuda, aunque tampoco podía traer a nadie que lo ayudase y le permitiera coger más asuntos hasta llegar a tener totalmente colapsado a un equipo que no tenía. Era el dilema del huevo y la gallina.

Decidió hablarlo con Aitana. Había que conseguir como fuera que fichase a Davinia utilizando todos los recursos a su alcance. Evidentemente no podía pedir que la fichasen para trabajar con él solo, así que esperó a que el resto de la oficina estuviera desbordada para que en la reunión semanal de socios se incluyera en el orden del día la contratación de abogados júniores. Esa era su oportunidad. Por supuesto, la estrategia no podía pasar por sugerir el nombre de su antigua asistente en la reunión delante del resto de socios. La respuesta ya la sabía. Sería un auténtico suicidio. Había que encontrar otra manera más hábil.

Se fue a ver a Aitana a su despacho.

–Aitana, ¿tienes un momento?

–Claro, pasa, que yo también tenía que hablar contigo.

–Perfecto, dime tú primero si quieres.

Aitana sacó de su escritorio unas hojas llenas de cifras que parecían las estadísticas avanzadas de un partido de baloncesto de la NBA.

–Mira, Bernardo, estos son tus criterios de *performance* a mitad de año. Aquí ves «generación», «ejecución», «trabajo personal» y «gestión». La curva roja eres tú. La curva azul de más arriba es la media de los demás socios de la oficina.

Bernardo echó un vistazo rápido mientras pensaba que una información tan relevante quizá habría sido conveniente haberla recibido con antelación, incluso con una recurrencia temporal determinada. Trimestral, mensual... Miró las gráficas y alguna que otra cifra mientras Aitana le observaba aburrida, como esperando a que terminase rápido el trámite de suministrar información al socio evaluado. Tal y como sospechaba, iba bien en «trabajo personal» y más o menos bien en «generación», en los que la curvita roja casi se solapaba con la azul, aunque flojo en «ejecución» y horrible en «gestión». Aitana le concedió unos segundos más y recogió las hojas.

Nunca era bueno dar demasiada información ni tiempo para analizarla a alguien con dos dedos de frente, capaz de sacar conclusiones. La información era poder y la desinformación su principal arma.

–Como ves, no estás cumpliendo las expectativas. No es ningún desastre, pero ya sabes que yo he apostado personalmente muy fuerte por ti. Necesitaría que metieras otro Citrax cuanto antes.

«Ya me gustaría –se dijo Bernardo para sus adentros–, pero es que tus queridos socios no me dan ni los buenos días y así no puedo ni generar más, ni ejecutar, ni gestionar». Prefirió no decir nada.

Esos socios llevaban mucho tiempo con Aitana, así que ella debía de conocerlos perfectamente. No iba él a descubrirle ahora nada que no supiera.

–Tienes toda la razón, Aitana. En eso estoy. Sabes tan bien como yo que el mundo del *M&A* no es recurrente. El trabajo no fluye de manera continua, pero estoy seguro de que la cosa mejorará.

–Totalmente. Estoy completamente convencida de que será así. No me cabe la menor duda y así se lo he hecho saber al resto de socios.

O sea que había hablado de él con el resto de socios.

¿Cuándo? Si él no se había perdido ninguna de las reuniones semanales.

–Bueno, ¿y tú qué querías contarme?

–¿Yo? Bueno... –vaciló Bernardo, que todavía estaba procesando el alcance de la información que acababa de recibir–. Era en relación al proceso de selección de júniores que he visto en la agenda para la próxima reunión de socios.

–¿Conoces a alguien?

–Sí, aunque estaba dudando de si darte su nombre, porque es muy difícil que se quiera venir a Pearson.

–¿Por?

–Porque es el ojito derecho de Alberto Antúnez y no va a permitir ni de broma que se venga contigo.

–¿Viene de Templeton? ¿Y tú has trabajado antes con él?

–Sí, claro. Con ella. Es buenísima. Se llama Davinia Díaz.

–Pues no te preocupes, que a mi querido Alberto se la levantamos seguro.

A veces Bernardo sabía qué teclas tocar. Y así fue cómo, a los dos meses, los dos abogados volvieron a reencontrarse. Bernardo comenzó a tener un equipo digno de tal nombre.

* * *

Poco a poco se iba asentando en Pearson. La vida de socio no era fácil, sobre todo por la permanente necesidad de generar-ejecutar-gestionar-y-trabajar cuando hasta entonces tan solo había tenido que preocuparse de la última de esas labores. Pero poco a poco iba adaptándose a las exigencias de su nueva posición, para lo cual le resultó de gran ayuda la incorporación de Davinia. Para empezar, con ella a su lado podía ejecutar más trabajo. Aparte de eso, con ella tenía alguien a quien gestionar. Y, sobre todo era un ariete para finalmente ser más o menos aceptado en la familia Pearson. A todos les gustaba Davinia y a nadie le molestaba; antes bien, les descargaba de mucho trabajo. Al menos eso sí que se lo reconocían a Bernardo. Había traído a una asociada de primera.

Sus métricas mejoraban lentamente aunque iba a ser imposible recuperar durante el resto del año el terreno perdido. Así que la cosa iba más o menos bien cuando recibió un inesperado *mail*.

DE: Álvaro Bustos Ramírez-Mingo
A: Bernardo Fernández Pinto
Asunto: Enhorabuena

¿Qué tal va todo, Bernardo?
¡Cuánto tiempo! Deben de haber pasado casi cuatro años desde la última vez que nos vimos en la boda de Antonio. Te vi en Prensa Económica Nacional cuando te incorporaste a Pearson. Mi más sincera enhorabuena. Te lo mereces.
Me gustaría invitarte a comer un día y así nos ponemos al día y me cuentas qué tal la vida de socio.
Yo puedo el próximo martes. Dime si te encaja. Hay una arrocería cerca del Gran Bufete que te va a encantar.
Un abrazo fuerte,
Álvaro

Efectivamente, hacía unos cuantos años que Bernardo no tenía noticias de Álvaro. No le habían quedado demasiadas ganas de seguir en contacto con alguien que le había traicionado de esa manera.

Así que no sabía cómo tomarse ese *mail*. ¿Qué querría ahora? Por una parte era bastante tentador volver a reencontrarse con Álvaro en un momento en el que el «bueno» del Gran Bufete continuaba como asociado sénior mientras que el «malo» había logrado llegar tan rápidamente a socio.

Pero, por otra parte, no le interesaba lo más mínimo lo que pudiera contarle. Todo lo que necesitaba conocer de él ya le había quedado bastante claro hacía cuatro años. Al final pudo más el revanchismo que la indiferencia y aceptó la invitación.

Cuando entró en la arrocería y Álvaro lo recibió con el ya olvidado abrazo acompañado de palmaditas en la espalda, comenzó a arrepentirse de haber accedido al encuentro.

–¿Cómo estás, gordo? ¡Cuánto tiempo!...

«Gordo». Hacía siglos que nadie le llamaba así. Cada vez se encontraba más incómodo.

–Bien, muy bien. ¿Cómo estás tú? ¿Gadea y los niños bien? –acertó a preguntar para romper la gruesa capa de hielo que los separaba aunque sin llegar al estadio de las palmadas. La época de llamarse mutuamente «gordo» había quedado muy lejos ya.

–Casado y con dos niños. A tope. ¿Tú? ¿Acabaste casándote con María?

–Sí. Tenemos un bebé.

No sabía si la conversación personal le incomodaba más que la profesional. ¿Sería capaz Álvaro de seguir como si nada? ¿Ni una disculpa? ¿Ni una explicación, al menos, aunque fuese mentira?

–Ya he visto que te han hecho socio de Pearson. ¡Y con solo treinta años! ¡Qué crack, gordo, qué crack!

Pues sí, iba a seguir como si nunca le hubiera clavado una puñalada en la espalda.

Bernardo decidió lanzar su dardo ante el silencio de su antiguo amigo.

–La verdad es que sí. Me arriesgué y me ha salido bien, pero ha sido un camino nada fácil.

«Entre otras cosas por tu culpa», le faltó añadir.

–¡Y bien qué hiciste! Porque lo que nos contaron al incorporarnos al Gran Bufete no era cierto.

La cosa se ponía interesante.

–¿Por qué lo dices?

–¿Recuerdas eso que nos dijo don Ramón el día que nos incorporamos de «diez años trabajando como animales y después socios»?

–Claro que me acuerdo.

–Pues ahora resulta que hay que comprar la promoción. ¡Te obligan a traer clientes nuevos con una facturación mínima!

«¡En qué mundo vive este hombre!», pensó casi de manera audible. No podía creer lo que estaba oyendo. ¡Menuda ingenuidad la de su antiguo amigo! ¿Acaso pensaba que iba a llegar a socio así porque sí, solo trabajando? Y, por otra parte, ¿no se había dado cuenta de que su amago de traición al Gran Bufete le acabaría pasando factura? ¿De qué se extrañaba ahora? En parte le daba cierta lástima, pero Álvaro consiguió que esa sensación durase poco tiempo.

–¿Sabes lo que he pensado? –continuó–, que los dos juntos en Pearson formaríamos un gran equipo. Tú en *M&A* y yo en Financiero. Sería como en los viejos tiempos.

«¿Quéééé?». Debía de tratarse de una broma.

–Podrías presentarme a Aitana Verso. Estoy seguro de que llevarse a alguien del Gran Bufete sería un puntazo para un despacho como Pearson –remachó Álvaro, acabando de arreglarlo–, y a ti seguro que te lo valoran.

¡Pues no, parecía que no iba en broma!

Ni disculpa, ni explicación. ¡Le estaba pidiendo ayuda porque no le hacían socio del Gran Bufete! La situación era tan surrealista que era difícil dar una contestación adecuada. Reflexionó unos instantes y finalmente replicó.

–Me encantaría ayudarte, pero justamente acabamos de fichar a un socio para el área de Financiero. ¡Qué rabia que no me hubieras llamado antes! –mintió sin gran disimulo.

Por los viejos tiempos.

* * *

Bernardo recibió una llamada de Templeton desde un número que le resultaba familiar.

–Bernardo, ¿cómo va todo por ahí, socio joven?

–Hombre, Daniel, ¡qué alegría! Hacía meses que no hablábamos. ¡No sabes cuánto echo de menos nuestros jueves de pellas!

–Ni que lo digas. Pero es que tenéis las oficinas en el fin del mundo. Dile a tu jefa que se estire y se alquile unas oficinas más céntricas y así podremos volver a ir al cine.

–Sí. Le va a encantar la idea.

–Oye, te llamo con un notición. ¿Te acuerdas de lo de Débora?

–Claro que me acuerdo. ¿Qué ha pasado?

–Pues que Templeton la ha cagado a lo grande. No sé si sabes que Débora había reclamado por la vía laboral.

–Sí, lo sabía.

Vaya que si lo sabía. De hecho, la torpeza de Templeton en la gestión de la reclamación era una de las principales razones por las que había decidido irse y aceptar la oferta de Pearson.

–Pero lo que seguro que no sabías es que en vez de llegar a un acuerdo en el acto de conciliación habían decidido ir a juicio. Incorrecto. También era conocedor de ese extremo, mas no podía decir nada porque lo había visto en el informe que leyó a hurtadillas en el despacho de Pablo. Así que no le quedaba otra que hacerse el sorprendido.

–Ah, ¿sí? ¿Es que no sabían que Débora es hija de los dueños de Alimentaria de la Nación y que no iba a rajarse?

–Espera, espera, que no acaba ahí la cosa. Resulta que perdieron en primera instancia y aun así decidieron seguir apelando.

–¡No fastidies! –continuó disimulando Bernardo.

–Ya ves. Hasta que a base de apelar finalmente han tenido una sentencia firme en contra: despido nulo, pero, sobre todo, confirmación de que la relación de Débora era de carácter laboral y no mercantil.

–¿Y la sentencia es pública?

–Aún no, pero lo será en breve. Y los repertorios de jurisprudencia la van a recoger en cuanto lo sea.

–¿Y qué van a hacer ahora? Estarán acojonados, porque como les venga una inspección laboral se les va a caer el pelo.

–No solo eso. También es un fraude fiscal.

–¡Madre mía! ¡Qué gente más estúpida!

–Ya te digo. Pero a mí me va a dar igual, porque me piro de Templeton. Ese era en realidad el notición que quería darte.

–¡¡¡Qué bien!!! ¡Ya era hora! Seguro que te han fichado en algún despacho.

–¡Qué va, Bernardo! ¿Otro perro con distinto collar? Ni de broma. Me he montado una pequeña empresa de traducciones.

Bernardo se quedó sin palabras. Tenía todo el sentido del mundo. Daniel era bilingüe por haber estudiado en Londres dos años de colegio y uno de carrera. Y escribía como los ángeles. Como traductor jurídico no iba a tener rival. Lo que dejaba a Bernardo atónito era esa manera de triunfar desistiendo. La valentía de abandonar un sector próspero, a punto de ser socio, de convertir una aparente derrota en una victoria. Había que tenerlos muy bien puestos.

–Mi más sincera enhorabuena, Daniel. Te envidio sinceramente.

Tras colgar, Bernardo se quedó unos minutos pensativo. Daniel había sido capaz de llevar al extremo la filosofía de las «tardes de los jueves». Le daba verdadera pero sana envidia. Y un poco de rabia y frustración contenida. Igual que en su día le había pasado al descartar la carrera de Filosofía y Letras, en su fuero interno reconocía ser un cobarde incapaz de dirigirse a donde realmente deseaba ir, mientras que los demás sí que lo hacían.

En fin, estaba donde estaba y a lo que estaba, así que tenía que darse prisa e ir a hablar con Aitana sin falta. La sentencia de Débora era una bomba de relojería que podía reventar todo el mercado legal, en el que todos, absolutamente todos los abogados mantenían una teórica relación mercantil con los despachos que los empleaban. Esto suponía un gran ahorro para los despachos y un gran perjuicio para las arcas de la Nación, aparte de conculcar los más elementales derechos de los empleados, que se veían obligados a aceptar trabajar sin pensión, sin paro, vacaciones o bajas remuneradas. Era una situación que todos conocían y que nadie denunciaba. Era el elefante en la habitación. Las firmas se veían favorecidas, los empleados temían perder sus puestos de trabajo si se quejaban y la Nación hacía la vista gorda. Hasta ahora, porque con una sentencia como la de Débora era imposible mirar para otro lado. Solo cabía cruzar los dedos confiando en que pasara desapercibida.

Bernardo pensó que lo prudente como socio de Pearson era comunicar ese riesgo a Aitana como responsable de la oficina, para poder preparar un plan de contingencia por si acababan viéndose obligados a reconvertir a sus abogados, teóricamente profesionales liberales, en empleados. El coste anual de la masa salarial se iba a disparar y había que estar listos para hacer los ajustes que fueran necesarios.

Cruzó el pasillo y llamó a la puerta de Aitana, que estaba preparándose un batido energético.

–Perdona, Aitana, ¿te interrumpo?

–Para nada. Dime.

–Acabo de recibir una llamada de Templeton. Acaban de palmar un pleito contra una asociada sénior que reclamaba que su relación era laboral.

–¿Sí? No pasa nada, llegarán a un acuerdo y punto.

–Ese es precisamente el tema. No llegaron a un acuerdo, Templeton siguió apelando y ahora han sido condenados en sentencia firme.

–¡No jodas! ¿Y la sentencia se ha hecho pública?

–La conocen solo las partes, pero dentro de unas semanas aparecerá en los repertorios de jurisprudencia.

–¿Y puedes conseguir una copia?

–Seguro que sí. Sería bueno revisarla para poder estar preparados si se hace pública y tenemos que provisionar ese nuevo coste. Habría que ir advirtiendo a Pearson en Estados Unidos.

–¡Pues claro que se va a hacer pública! Ahora mismo voy a llamar a mi amigo Anselmo, de Prensa Económica Nacional, y se la envío.

A Bernardo le parecía una idea horrenda.

–¿Estás segura de enviarla a la prensa?

–No te preocupes tanto, Bernardo. A vivir que son dos días. Además, el impacto para la competencia va a ser mucho mayor que para nosotros –zanjó ufana Aitana con los ojos iluminados.

Debían ser los efectos del batido.

* * *

A los pocos días de salir publicada la noticia de la sentencia de Débora en Prensa Económica Nacional, Bernardo recibió una llamada telefónica a su despacho. De nuevo, un número conocido. Contestó mientras trataba de recordar a quién podía corresponder la familiar extensión.

–¿Sí?

–¡Hola, Bernardo! Soy Tomás. Tomás Cantalapiedra. Te acordarás de mí, ¿no?

–¡Tomás! ¡Pues claro que me acuerdo! ¡Vaya pregunta! Si te debo una comida. Gracias a ti se resolvió lo de la carta de Ramón.

–¡Qué va! No fue para tanto. Pero te agradezco la comida, que tenía ganas de hablar contigo con calma desde hace tiempo. Socio a los treinta, ¡menuda carrera!

–En gran parte gracias a todo lo que aprendí de ti –le confesó con toda sinceridad Bernardo.

–Ni mucho menos, ni mucho menos, amigo... Venga, vamos a fijar fecha, que si no al final nunca quedamos. Le pido a Amaya que coordine agendas y busque un sitio agradable.

–Hecho. Me apetece un montón.

Al cabo de un par de semanas, que es lo más pronto que una agenda de estrella del Gran Bufete tiene un hueco, Tomás y Bernardo se reencontraron tras cuatro años sin verse. Una comida entre dos socios de despachos de prestigio que dejaron de tener contacto cuando el uno ya era un gran nombre en el mundillo de los bufetes y el otro un imberbe júnior. La situación era cuando menos curiosa. Incluso incómoda para Bernardo, que no sabía muy bien cómo tratar a Tomás. Si de tú a tú o con la misma relación subordinado-jefe que los había unido antaño.

Cuando llegó al restaurante convenido allí estaba ya Tomás, que había pedido una copa de vino y un aperitivo.

«¡Qué crack!», reconoció admirado Bernardo por la habilidad de su exjefe para ganar ventaja en cualquier reunión.

Nada más ver a su ex-pupilo, Tomás se levantó y le dio un efusivo abrazo. Sin palmaditas.

–¡Cuánto tiempo! Se te ve genial, Bernardo.

–A ti también –mintió educadamente Bernardo a un Tomás al que las largas noches de trabajo le habían cobrado un indudable peaje.

Se sentaron y departieron tranquilamente, poniéndose al día de lo sucedido esos años, especialmente Bernardo, por cuyo periplo profesional Tomás mostraba un sincero interés.

–Lo que no entiendo, Bernardo, es de quién has aprendido todos estos años fuera del Gran Bufete. Cuando te surgía una duda, ¿a quién acudías? Yo sigo preguntando constantemente a los catedráticos.

«¡Guau!», pensó Bernardo, así, sin anestesia.

–Pues la verdad, Tomás, es que no todo consiste en tener precedentes ni en consultar a catedráticos contratados por el despacho. Uno también puede estudiar por su cuenta, seguir formándose en la universidad, dar clases... e ir ganando experiencia propia.

Decidido sobre la marcha. Hablarían de tú a tú.

–Claro que sí, Bernardo. Tienes toda la razón. Es perfectamente posible, pero mucho más difícil. Y arriesgado.

–Estoy plenamente de acuerdo –concluyó Bernardo, que evitaba a toda costa usar la palabra Pearson–, aunque sin riesgo tú tampoco habrías llegado adonde has llegado.

–En eso no te puedo dar la razón. Yo he sido bastante más conservador de lo que has sido tú.

Siguieron departiendo amigablemente plato tras plato mientras Bernardo se preguntaba por la razón del interés de Tomás en comer con él. Alguien con tanto trabajo era raro que emplease tamaña cantidad de tiempo en una reunión tan agradable como vacía.

Finalmente se desveló la incógnita.

–Oye, Bernardo, ¿qué opinas de la sentencia que ha publicado Prensa Económica Nacional?

–¿La de Débora?

–¿Cuál si no?

–No sé. Creo que va a traer cola, la verdad.

–Pero Débora era una asociada de tu antiguo despacho, ¿verdad?

–Pues sí. Coincidimos en Templeton un tiempo hasta que la despidieron.

–¿Y cómo se les ocurrió a los de Templeton no llegar a un acuerdo con ella antes que provocar esta situación? En El Gran Bufete tenemos la teoría de que es un montaje para provocar un coste inasumible a los grandes despachos nacionales y de esa manera ganar ventaja en el mercado.

Bernardo no pudo contener una carcajada.

–¿De veras piensas que Park y Pablo son capaces de diseñar una jugada maestra estratégica como esa? Claramente no los conoces bien –contestó Bernardo, mientras se acordaba de las palabras de Aitana, que obviamente no pensaba desvelar a Tomás.

–Es imposible que no hayan tenido todos los factores en cuenta. A todos los despachos los han demandado en alguna ocasión aduciendo relación laboral, y todo el mundo ha llegado a un acuerdo. Es de cajón de madera de pino.

Ahora comprendía Bernardo por qué El Gran Bufete se afanaba tanto en ayudar a todos los asociados a los que invitaba a marcharse a encontrar un nuevo destino profesional.

–Yo creo que simplemente pensaron que Débora no se atrevería a llegar tan lejos por miedo a no volver a ser contratada en el sector, pero no tuvieron en cuenta que es la hija de los dueños de Alimentaria de la Nación y no tenía necesidad de ser contratada en ningún otro despacho.

–Claro. Así se entiende la cosa, así se entiende la cosa. Menuda falta de preparación y empatía por parte de nuestros queridos Park y Pablo.

–Estoy de acuerdo.

Acabaron la comida, pagó Bernardo y se despidieron cariñosamente. Los dos se apreciaban y se lo habían demostrado siempre el uno al otro.

Bernardo volvía a la oficina lentamente tras la comida, repasando lo hablado, con una extraña sensación de haber sido utilizado, aunque al mismo tiempo orgulloso de sí mismo por haber sido capaz de aguantar el tipo ante un socio de primera y al que tanto respetaba. Subió a su despacho, encendió el ordenador y lo primero que vio fue un mensaje urgente de Aitana.

A: todos los socios de Pearson de Gran Capital de la Nación
DE: Aitana Verso
Asunto: Inspección laboral

Por favor, acudid todos a las cinco en punto a la sala de reuniones de la sexta. Dejad todo lo que estéis haciendo. Prioridad máxima.

Bernardo releyó el mensaje un par de veces hasta caer en la cuenta de la gravedad del mismo: Inspección laboral.

«¡No fastidies! –pensó–. ¡Me parto! Al final vamos a ser nosotros los primeros a los que inspeccionen. Pues a vivir que son dos días, ¿no?».

A las cinco en punto se dirigió a la sala de reuniones de la sexta, como solicitaba el mensaje, donde se encontró a los otros diez socios de Pearson, tres *equity* y siete asalariados con cara de circunstancias, por no decir que de pocos amigos.

–Menuda gracia la que nos han hecho tus amigos de Templeton –arrancó Aitana–. ¿A quién se le ocurre llevar hasta la última instancia la reclamación de una asociada?

¿Estaba de broma? Bernardo no pudo evitar esbozar una leve sonrisa irónica, lo que, por suerte, ninguno de sus demás socios percibió.

–Y ahora lo pagamos nosotros con una inspección laboral –continuó Aitana, teatralmente indignada y sorprendida.

Luego les explicó el procedimiento de inspección. Recibirían la visita de un funcionario del Ministerio de Trabajo, que entrevistaría uno a uno a todos los asociados y socios de Pearson para tratar de determinar si la relación que mantenían era de carácter laboral o mercantil.

La cosa era bastante sencilla. Si el inspector llegaba a la conclusión de que todos los socios y asociados que habían suscrito un contrato mercantil con Pearson eran realmente empleados, es decir, que su relación con Pearson era laboral, el Ministerio impondría a Pearson una multa millonaria, aparte de la obligación de ingresar las cuotas atrasadas de los anteriores cuatro años. Además, todos pasarían a tener un contrato laboral, lo que aumentaba un 30% el coste de cada empleado para Pearson.

Y tras la inspección laboral seguiría con toda certeza una fiscal de parecidas consecuencias económicas. No era ninguna broma precisamente. Bernardo, de manera casi temeraria, tomó la palabra.

–Creo que va a ser imposible que no consideren que la relación de los asociados sea laboral. La clave es que a los socios no nos incluyan en el mismo saco. Todos los socios sumamos en salario más que todos los asociados juntos, por lo que la contingencia se reduciría a menos de la mitad.

–¿Y cómo vas a convencer de eso al inspector? –preguntó socarronamente Aitana aunque algo esperanzada.

–Pues mira, hay una clara diferencia entre la situación de los asociados, que no tienen la obligación de traer facturación y que no tienen ninguna independencia, y la de los socios, que tenemos un grado mucho mayor de libertad y que cobramos mucho menos si no traemos clientes. Yo intentaría que los asociados contestaran de manera que su laboralidad fuera evidente para crear el mayor contraste posible con nuestra situación –se explayó Bernardo.

Se hizo un incómodo silencio.

–Me parece buena idea –rompió el hielo Aitana–. Prepara a los asociados para que respondan lo que más nos convenga, que yo me encargo de preparar a los socios.

La fórmula finalmente sirvió a medias. Los asociados fueron considerados, como esperaban, empleados. Los socios de cuota, no empleados. Pero los socios asalariados cayeron en el grupo de los empleados. Claramente, alguien no había seguido bien las indicaciones.

* * *

Durante las semanas siguientes, las inspecciones laborales fueron la norma en todos y cada uno de los despachos profesionales de la Gran Capital, hasta que finalmente, tras varios meses de *lobby*, el Gobierno de la Nación y el sector legal acordaron una regulación específica, que resultó ser una relación laboral *light*. Se condonaron cuotas atrasadas y se estableció una menor carga social. Todos contentos.

Por aquel entonces se cumplía un año desde la incorporación de Bernardo como socio de Pearson y llegaba el momento de las evaluaciones del desempeño. Esta era una práctica habitual en todos los despachos de abogados, en los que al final de cada año los asociados recibían una evaluación escrita completada por su socio responsable, y posteriormente mantenían una reunión en la que además se les comunicaba su *bonus* y su nuevo salario.

Sin embargo, Bernardo no tenía ni idea de cómo era el proceso de valoración de un socio, si había algún procedimiento reglado o si tenía que preparar algo. Por el momento, nadie le había explicado nada. Tan solo disponía de las cifras que eran públicas en el apartado de socios de la *web* de Pearson y según las cuales, tal como preveía, no había alcanzado la facturación acordada para dar el salto a socio de cuota, aunque había traído el suficiente negocio como para pagar tres veces su sueldo, que es lo que él creía que se consideraría el mínimo aceptable.

El resto de métricas, «gestión» y «ejecución» sobre todo, aunque habían mejorado tras la incorporación de Davinia, aún se encontraban lejos de las medias del resto de los socios. Sin embargo, había tenido una participación bastante activa y productiva a su modo de ver en los asuntos de gestión interna de la oficina, especialmente en relación a la inspección laboral, lo que había supuesto un ahorro cierto, si bien podría haber sido mayor. Por todo ello no le inquietaba en demasía su inminente evaluación.

Aitana lo citó junto con Jacinto. Era norma la realización de las evaluaciones de socio por al menos otros dos socios, para evitar sesgos, así que a Bernardo le pareció lo más natural del mundo. Acudió a la cita con los deberes sin hacer, pensando que la evaluación iba a ser un mero trámite. Grave error que nunca más en su vida volvería a cometer. Las reuniones, sean para lo que sean, siempre se preparan.

Llamó a la puerta del despacho de Aitana, que ya lo esperaba con Jacinto, ambos muy sonrientes, detalle que más que tranquilizar inquietó sobremanera a Bernardo.

–Siéntate, Bernardo.

–Gracias. No he traído nada preparado. No sé si hay algún formulario que los socios rellenen para estas sesiones.

–Nada, no te preocupes. Es todo muy simple.

–Pues vosotros diréis.

–Bernardo, ¿tú cómo has visto tu año? –comenzó Jacinto.

–¿Mi año? Pues difícil, la verdad. ¿Cómo va a ser el primer año de un socio? He podido traerme algunos clientes y estar involucrado en algunos temas relevantes. Aparte de eso he ayudado a hacer crecer la oficina con fichajes, y considero que he aportado mi granito de arena con la gestión –resumió del modo que le pareció más justo posible, sin exagerar ni quedarse corto.

–Pero tus métricas no son buenas –lo interrumpió Aitana.

Bernardo empezó a preocuparse y a sentirse algo incómodo. La cosa no iba bien.

–Es cierto. Podrían ser mejores –aceptó.

–El problema no son las cifras absolutas, sino las relativas, Bernardo –continuó Aitana–, porque hay otros socios con mejores métricas que están cobrando menos que tú.

Bernardo no entendía qué tenía que ver el caso de socios ya consolidados con el suyo y, de todas maneras, si era cierto eso que decían, lo que tenían que hacer era subirles el sueldo a esos socios, porque si era verdad que facturaban más que él y ganaban menos entonces debían estar cubriendo mucho más de tres veces su sueldo con su facturación.

–Además, tras las inspecciones laborales han subido los costes fijos de la oficina y tenemos que hacer recortes –le anunció Jacinto sin levantar los ojos del papel que tenía delante.

Bernardo volvió la mirada a Aitana. ¡Pero si ella había sido la que había provocado todo el lío! ¡Y ahora, después de que él le aconsejara no hacer pública la noticia, después de haber conseguido reducir el coste de la inspección, Jacinto le venía con esto!

Estaba convencido de que Aitana lo defendería. Sin embargo ella rehuyó su mirada y se mantuvo en silencio. Un hilo de sudor frío le recorrió el espinazo.

«¡Ya está, ahora es cuando me despiden!...».

–Bernardo, vamos a tener que acordar un *haircut* para ajustar tu salario al de los otros socios –intervino finalmente Aitana.

Un *haircut*... ¡Ah! ¿Un recorte? Bernardo respiró aliviado porque tras el derrotero que estaba tomando la reunión consideraba que ganar algo menos era el menor de los males.

–¿Y de cuánto estamos hablando? –inquirió.

–No lo sabemos seguro, pero no creo que sea más de un diez por ciento.

Bernardo se volvió a su despacho, aliviado en parte pero al mismo tiempo con la sensación de haber sido tratado injustamente. Lo peor era que, pese a todas las señales que durante ese año había recibido, no había sido capaz de leer la situación. No estaba demostrando ser un gran experto en semiótica. Los cimientos de su edificio no eran tan sólidos como él había creído. Se sentía tan desdichado, sorprendido y decepcionado como cuando abandonó El Gran Bufete años atrás. No había aprendido nada. A sus ojos se desmoronaba el edificio que tan lentamente había logrado levantar. Caía por segunda vez. Y no sería la última.

BERNARDO CONSUELA A LAS MUJERES

No había pasado ni un mes desde su primera evaluación de socio cuando, en pleno sábado, Bernardo recibió una llamada de Aitana.

–¡Buenas tardes, socio! ¿Te pillo bien?

Algo se cocía. Aitana llevaba meses sin llamar a Bernardo «socio». Solo lo había hecho muy al principio, en el momento de incorporarse, o cuando quería algo de él. En esta ocasión era una mezcla de ambas cosas.

–Buenas. Sí, claro que me pillas bien; tú dirás.

–Tengo que darte una noticia cojonuda. Los socios de cuota hemos recibido una oferta del despacho más grande del mundo para relanzar su oficina en la Gran Capital de la Nación. Y hemos conseguido que la oferta os la hagan extensible a todos los socios *salaried* en las mismas condiciones que teníais en Pearson, así que en tu caso no será necesario el *haircut* del que habíamos hablado.

Eso era una buena noticia. Bernardo llevaba semanas dando vueltas a cómo iba a decirle a María que, por primera vez en su vida, no solo no le iban a subir el sueldo sino que se lo iban a bajar. Estaba esperando a saber de qué cuantía se trataba para tener esa conversación, que en realidad era más dura para él que para su mujer, que nunca le había dado ninguna importancia a lo que ganase o dejase de ganar. Pero para Bernardo era una cuestión de orgullo. De orgullo mal entendido.

–¿Y de qué despacho se trata? –preguntó Bernardo, puesto que había al menos media docena de ellos que se vanagloriaban de ser «el despacho más grande del mundo».

–¿Pues cuál va a ser? ¡Sandwich Panel!

¿¿¿Sandwich Panel???

Grande sí, pero cutre a más no poder. Y su oficina en la Gran Capital era de lo más flojo que podía encontrarse en toda la ciudad. Evidentemente la integración del equipo de Pearson era un refuerzo de primera teniendo en cuenta de lo que disponía actualmente, aunque no iba a ser nada fácil relanzar esa marca en la Nación. No obstante, si alguien era capaz de hacerlo, esa era Aitana.

–Necesito que me des una respuesta sobre la marcha. Eres el último con el que hablo y todos tus socios han dicho ya que sí. –Le estaba presionando sin contemplaciones ni miramientos.

Joder, parecía un ejemplo sacado de un libro de texto de Teoría de Juegos. Llamadas individuales a todos los miembros de un grupo que ha de tomar una decisión y a todos ellos les dices que son los últimos a los que llamas y que el resto ya han dicho que sí, pidiendo una respuesta inmediata sin dar ninguna opción a que los unos hablen con los otros.

Pues qué le iba a decir. Que sí. No había otra alternativa, así que en el fondo no se trataba de ninguna decisión. Y podría servirle para apuntalar su condición de socio. Sería como empezar de cero.

–Por supuesto; cuenta conmigo, Aitana. Va a ser un reto impresionante. –Trató de sonar lo más entusiasmado posible.

–Totalmente.

Pues eso.

* * *

Al lunes siguiente tocaba reunión de socios. Se notaba que todos habían tenido un fin de semana de novedades. Y de búsqueda rápida de a qué narices se dedicaba y en qué se especializaba concretamente Sandwich Panel. Y es que era efectivamente el despacho con mayor número de abogados y oficinas del mundo, pero ni de lejos el que más facturación tenía ni el más rentable. Y eso no podía sino significar que los encargos que recibía no eran de gran nivel sino trabajos con un precio/hora muy bajo.

La facturación de las firmas jurídicas era el resultado de multiplicar un determinado precio asignado a cada hora de trabajo del abogado por el número de horas trabajadas y por el número de abogados. Como más o menos todos abogados de todos los despachos trabajaban las mismas horas, si Sandwich Panel, teniendo el mayor número de empleados y por tanto más horas trabajadas, no era el que más ingresos tenía, eso no podía indicar más que esas horas representaban un menor precio que las trabajadas por la competencia, esto es, que se trataba de temas de menor valor añadido.

En la reunión se iba a decidir el plan de comunicación de la oferta de Sandwich Panel al resto de la oficina, a los asociados y al personal administrativo. Había muchas implicaciones legales y de negocio que tener en cuenta. Y el orden en que se hicieran las cosas era crucial. Los socios se podían estar jugando una demanda por competencia desleal por parte de Pearson, al estar esquilmando la oficina de un competidor, quedándose con todos sus recursos y con su fondo de comercio sin abonar nada a cambio.

El primer paso era que todos los socios no de cuota, los de segunda, como Bernardo, viajaran a Londres a las oficinas centrales de Sandwich Panel para ser entrevistados por los principales socios de la que iba a ser su nueva firma. Esto era realmente importante, porque había que dar la apariencia de que cada uno de los antiguos socios de Pearson Loft había sido fichado siguiendo un proceso de selección individualizado. De esta manera se evitaban problemas de competencia desleal, ya que nadie podría decir que habían sido los socios de cuota, con Aitana al frente, los que habían arrastrado al resto, que era lo que realmente había ocurrido.

Una vez cumplimentado ese trámite, todos los socios comunicarían a Pearson Loft su decisión de abandonar la firma para aceptar la oferta que habían recibido de Sandwich Panel. Por último se lo comunicarían a todos los asociados y resto de empleados, ofreciéndoles la oportunidad de decidir «libremente» lo que querían hacer, si quedarse en Pearson Loft solos y desamparados o marcharse con todos los socios a Sandwich Panel.

* * *

Primer paso: viaje a Londres. Un batiburrillo de socios de diverso origen esperando a embarcar en el aeropuerto. Algunos de ellos eran amigos profesionales desde hacía bastantes años. Otros casi ni se conocían ni se hablaban. Para enrarecer aún más la situación, el que hasta el momento había sido socio director de la oficina de la Gran Capital de Sandwich Panel los acompañaría en el viaje para hacer de embajador del nuevo grupo que venía a reflotar la oficina que él mismo había llevado al desastre. Era un preso en el corredor de la muerte, un *dead man walking* acompañando a su verdugo a ver al juez que le había condenado. Era cuando menos paradójico.

Bernardo estaba bastante incómodo. Se encontraba en la sala de espera para coger el vuelo sin saber muy bien dónde sentarse, si junto al grupo Pearson o junto al sentenciado jefe de Sandwich Panel.

Escogió lo segundo. Para él todo esto era una segunda oportunidad. Vida nueva. Y todo lo que fuera aprender de qué iba lo nuevo le convenía.

–¿Qué tal, José Luis? –Abordó al todavía formalmente director de Sandwich Panel en la Gran Capital mientras se sentaba a su lado junto a la puerta de embarque 4F.

–Muy bien, muy bien –respondió agradecido el abogado al ver que alguien se le acercaba y reducía su sensación de desamparo–. Tú debes ser Bernardo, ¿no?

–Sí, Bernardo Fernández Pinto.

–Me han hablado de ti. Experto en *M&A*, ¿verdad?

–Efectivamente.

–Así que tú te repartirás el pastel con Matías, nuestro socio de Mercantil. ¿Conoces a Matías?

–Lo conozco; hemos coincidido en un par de operaciones.

Es muy brillante.

–Él es experto en *private equity* y tú más en grandes

corporates industriales, las *blue chips*. Os llevaréis bien.

Bernardo se animó. Percibió un posible cambio de perspectiva. Además, lo de repartirse el pastel le había sonado a trabajo en equipo y explotación conjunta de la clientela de Sandwich Panel. Pero para eso antes había que saber qué clientes tenía Sandwich Panel, claro.

–José Luis, ¿cómo es la clientela de Sandwich Panel?

¿Cuáles son sus especialidades por las que os, perdón, nos distingue el mercado frente a otros?

–Muy buena pregunta, Bernardo. Muy buena pregunta. No te sabría decir. Históricamente hemos sido un despacho experto en financiación de aeronaves. Últimamente somos muy generalistas. Nuestra ventaja es que al tener oficinas donde otros no las tienen somos capaces de acumular el trabajo que nadie más de los grandes despachos recibe.

Tremendamente esperanzador.

Llegaron a Londres, donde estuvieron el día entero de entrevistas. A Bernardo le iban a ver el responsable mundial de *M&A* de la firma y la jefa de Financiero. El mercado legal había ido evolucionando desde sus días primeros en El Gran Bufete, donde los abogados eran mercantilistas o procesalistas. Ahora había una doble adscripción. Por una parte estaba el área de práctica, que se había hiperespecializado hasta el punto de que donde antes solo cabía el término mercantilista ahora podían encontrarse más de una docena larga de subdivisiones: *M&A*, mercado de capitales, financiero bancario, seguros, inmobiliario, competencia, *private equity*, deuda... Por otra parte se encontraba el sector. Ahora los abogados necesitaban ser expertos en algún sector económico específico: energía, bancario, consumo, infraestructuras.

A Bernardo, por tanto, le habían encasillado en *M&A* y en Financiero. No estaba mal. *M&A* no solo era su área de práctica natural sino que además era muy amplia, y esto era muy importante, ya que en caso de que el mercado legal cambiase con el paso de los años al albur de la evolución de la economía, si el área en el que uno se había especializado era excesivamente estrecha corría el riesgo de quedarse colgado, teniendo muy complicada la migración a otra nueva práctica jurídica. Lo mismo podía predicarse del sector financiero que, por esa misma razón, placía a Bernardo.

Las entrevistas fueron de lo más insustanciales. Trató de que alguno de los dos gerifaltes le contestase a la misma pregunta que le había planteado a José Luis en el aeropuerto y la respuesta resultó ser igual de vaga. No parecía que nadie en Sandwich supiera muy bien a dónde querían dirigirse. Sabían que querían crecer y tener un mayor peso específico en el mercado legal de la Nación, pero ahí acababa todo su plan estratégico.

Ya de vuelta, pensó en recabar las impresiones de sus compañeros, a ver si alguno había tenido más suerte en su proceso de *due diligence* inverso, así que aprovechó el que se hubiera que-dado a solas con Bartolo, el socio de fiscal, para abordarlo al gerifaltes tras pasar el control de seguridad del aeropuerto.

–Ya que tenemos tiempo podríamos acercarnos a la tienda de *souvenirs* a comprar unas mermeladas. Son excelentes aquí.

–¿Mermeladas? Pero, ¿a ti te da tiempo a prepararte tostadas para desayunar por la mañana?

Bernardo pensó que se trataba de una broma.

–Jajajaja. Tostadas y huevos revueltos, por supuesto. Un *English breakfast* en toda regla –replicó divertido.

–Pues a mí me resulta imposible. Si pierdo esa media hora no llego a las nueve al despacho y Aitana podría necesitarme. No puedo permitirme no estar puntual en mi sitio. Que me llame y no estar ahí.

Pues no era broma. Y eso que Bartolo llevaba casi diez años trabajando para Aitana, tres de ellos como socio.

Desechó automáticamente la idea de preguntarle a Bartolo por sus impresiones acerca de Sandwich Panel. En qué estaría pensando...

La anécdota era harto reveladora. Estaba claro que la idea que se había hecho Bernardo de lo que implicaba ser socio de despacho de abogados no era correcta. Porque, por lo que estaba viendo, al menos en Pearson Loft y en Sandwich Panel lo que se esperaba de un socio era ser un asociado con tarjeta de socio, aunque sin ninguna libertad para organizar su tiempo ni para diseñar una estrategia propia de desarrollo de negocio. Ser socio no significaba nada. Al menos ser socio *salaried*. Así que habría que continuar remando. Porque aún le faltaba camino por recorrer.

Segundo paso: comunicar la salida a Pearson Loft. Este era el paso más delicado y, por consiguiente, el que más consideraba Bernardo que había que cuidar y preparar. Ya tenía cierta experiencia en esas lides y era perfectamente consciente de los riesgos que entrañaba un cambio de bufete por parte de un simple júnior, así que no digamos la salida de un grupo de socios, de todos los socios de una oficina con destino a la de un competidor directo. Por esta razón, al día siguiente de llegar de Londres decidió ir a hablar con Aitana de ello.

Le sugeriría la idea de un plan de comunicación diferido en el momento en que los socios *equity* ya se hubieran marchado. Ante su salida, habrían sido el resto de socios los que se habrían ofrecido a irse con ellos al considerar que el proyecto de Pearson en la Gran Capital no era viable sin sus líderes. Se trataría de una decisión personal e individual de cada uno de ellos, por lo que nadie estaría vulnerando ningún pacto de no competencia o la regulación de competencia desleal, ni Sandwich Panel, ni Aitana Verso, ni el resto de socios. Y era una historia creíble. Porque por supuesto que se iban para competir, aunque no incentivados por Aitana ni por su nuevo despacho.

Con esa propuesta de plan en la cabeza llamó a la puerta de Aitana.

–Pasa, socio.

De nuevo, batido en la mano.

–¿Qué tal os ha ido por Londres?

–Muy bien –contestó Bernardo disimulando su decepción–. ¿Qué les hemos parecido a la gente de Sandwich?

–Bien, bien. No nos han comentado nada en particular. «No me extraña«, pensó Bernardo, a quien le habría sorprendido sobremanera que esos mediocres socios incapaces hasta de explicar de manera inteligible su estrategia hubieran podido sacar conclusiones decentes de la visita de un grupo de socios nacionales a los que veían por vez primera en sus vidas y con los que muy probablemente no volverían a cruzarse.

Se centró en lo que realmente importaba en ese momento.

–Aitana, vengo a preguntarte cuáles son los siguientes pasos en el proceso de salida.

Lo miró, extrañada.

–¿Siguientes pasos?

–Claro. Ahora que ya hemos ido a Londres, ¿qué tenemos que hacer?

–No te entiendo, ¿a qué te refieres?

–Pues creo que cada uno de los socios debería preparar su notificación individual a Pearson Loft comunicando su salida. Y deberíamos tener todo listo para hacerlo en cuanto vosotros os instaléis en Sandwich Panel. Hemos ido once a Londres y eso no pasa desapercibido. Puede producirse una filtración en cualquier momento. Se lo notificaremos cada uno individualmente para evitar demandas, ¿no?

Aitana le escuchaba sorprendida.

–¿Comunicación? Si hace días que se lo hemos notificado a Pearson Loft en nombre de todos los socios. Te preocupas demasiado, Bernardo. Con quien tienes que hablar ahora es con tus clientes. ¡Y aprovechar el cambio para subirles la tarifa!

¡No fastidies! ¿Qué narices le habría comunicado Aitana a Pearson Loft en su nombre? ¿Y qué posibles responsabilidades podía generarle? Le habría gustado al menos revisar la notificación, pero estaba claro que no era así como hacía las cosas Aitana. Al igual que lo había fichado a él casi a hurtadillas a espaldas del resto de socios, ahora lo movía a su conveniencia de una firma legal a otra. Y junto con él al resto de la oficina. Bernardo sentía curiosidad por ver cómo se las habría apañado con la comunicación del cambio al resto del personal de la oficina... Sin grandes esperanzas.

Tercer paso: comunicación al resto de la oficina. Ya ni se atrevió a preguntarle de qué manera pensaba comunicar la noticia del cambio a todos los que no eran socios. Era posible que incluso ya se lo hubiera comunicado por su cuenta. Resultaba evidente que nadie le iba a preguntar su opinión al respecto.

Y así fue. Aitana convocó a todo el personal de Pearson Loft en la sala de reuniones de gala un viernes por la tarde. Allí estaba todo el mundo. Socios *equity*, socios asalariados, asociados, recepcionistas, secretarias, administrativos... Todos con cara de circunstancias. La realidad es que más o menos todos sabían lo que les iban a comunicar. Al menos que algo se cocía. Estaban acostumbrados al estilo de gestión-imposición de su jefa, por lo que fuera lo que fuese lo que les dijera no tendrían ningún margen de maniobra. Aitana tomó la palabra:

–Estimados compañeros. Quería anunciaros en nombre de todos los socios de la oficina de la Gran Capital de Pearson Loft que hemos aceptado la oferta de Sandwich Panel para incorporarnos a su oficina de la Gran Capital para, bajo nuestra gestión, llevarla a lo más alto. Es una oportunidad magnífica. Un reto mayúsculo. Y quien quiera de todos vosotros unirse a esta aventura será bienvenido. El que no quiera puede quedarse libremente en Pearson Loft.

Se hizo un largo silencio en la sala. Más que efecto de la sorpresa era producto de la asumida inutilidad de preguntar nada, y no digamos ya de opinar. Como si realmente hubiera otra alternativa que no fuera irse con ellos... ¿Quedarse en Pearson? ¿Solos, sin ningún socio? La pregunta de Aitana era de todo punto retórica. Había jugado sus cartas de manera que no le había permitido a nadie ninguna opción salvo seguirla.

Que fue precisamente lo que ocurrió. Años después, Aitana continuaría jactándose en los mentideros legales de cómo tooooooda la oficina de Pearson en la Gran Capital había decidido y en bloque irse con ella a Sandwich Panel.

* * *

La vida transcurría ahora en Sandwich Panel y nada había cambiado demasiado. Todo era lo mismo que en Pearson Loft pero con mucha más gente. Más socios, más asociados, más oficinas... y ninguna estrategia. Bernardo seguía exprimiendo a Citrax todo lo que podía y había incorporado un puñadito de pequeños clientes nuevos a los que les facturaba de cuando en cuando cantidades no muy relevantes. Puesto que nada distinguía especialmente a Sandwich salvo su número de oficinas, decidió que esa tenía que ser su tarjeta de presentación, el motivo por el cual clientes satisfechos con sus abogados actuales pudieran estar interesados en comenzar a trabajar con la reflotada nueva oficina de Sandwich en la Gran Capital. De esta manera logró que Banca Grande los contratara para adquirir una entidad financiera en Sudáfrica, donde ninguno de los grandes despachos internacionales tenía oficinas; pero, sobre todo, consiguió un acuerdo-marco para acompañar a Agropecuaria Nacional en su expansión internacional a base de adquirir empresas agropecuarias en los países más insospechados. La cobertura geográfica de Sandwich Panel era imbatible y las capacidades de experto de *M&A* de Bernardo les venían como anillo al dedo.

El acuerdo con Agropecuaria Nacional era fantástico. Era un contrato por el que, a cambio de unos honorarios muy competitivos y la capacidad de disponer de una cobertura internacional sin parangón, Sandwich Panel se garantizaba un mínimo de cinco operaciones de *M&A* al año. La facturación que eso representaba aseguraba más de tres veces el salario de Bernardo, lo que sumado a la operación de Banca Grande, Citrax y sus pequeños pero recurrentes clientes, le permitía alcanzar la cifra necesaria para ser socio *equity*... Solo que había un pequeño problema. Esto no era Pearson Loft, sino Sandwich Panel. Y en Sandwich Panel las reglas de promoción ya no eran el famoso 4x4 para medir el rendimiento de los socios. En Sandwich todo era cuestión de «ejecución». Lo que un socio consiguiera traer para otro socio, menos aún para otra oficina, no computaba para absolutamente nada.

A Bernardo le parecía absurdo, porque lo único que se conseguía con esa regla era que, por un lado, nadie tuviera incentivo alguno para traer oportunidades para otras oficinas o para otros compañeros y, por otro, lo que era aún peor, que los socios acabasen dándole a cualquier materia, fuera o no de su especialidad. O de su jurisdicción. De esta manera, uno podía encontrarse al socio de Laboral encargándose de la ampliación de capital de un cliente, por ejemplo. O a un mercantilista redactando una demanda. También se daba el caso de que, ante la tesitura de poder referir una operación a otra oficina de la red, en vez de poner en contacto al cliente con esa oficina, el socio abriera el asunto bajo su nombre y utilizase los recursos de la oficina internacional de la red para realizar la operación. Esto encarecía el asesoramiento para el cliente, aparte de incluir un paso intermedio en la gestión del asunto, al meterse el socio con calzador sin dejar que el cliente y la oficina nativa se entendieran directamente.

Todas estas cábalas traían a Bernardo por la calle de la amargura. Y Davinia lo notaba. Y eso a pesar de que cada vez trabajaba menos con Bernardo. Desde su aterrizaje en Pearson su capacidad profesional y simpatía le habían permitido integrarse mucho antes y mucho mejor que Bernardo. Todos los socios la querían en su equipo lo que, sumado a que Bernardo no estaba tan ocupado como quisiera, reducía su tiempo de trabajo juntos.

–Te veo pensativo, jefe.

En boca de Davinia, «jefe» sonaba medio cariñoso medio socarrón.

–Pues sí. Acabo de meter un temazo y salvo la satisfacción de cumplir con mi obligación moral de socio de aumentar la facturación y la base de clientes de Sandwich Panel, no voy a recibir ningún reconocimiento por ello.

–¿Cómo que nada? No sé muy bien cómo van las cosas de los socios pero imagino que meter a Agropecuaria Nacional te computará de alguna manera.

–Eso sería lo normal, Davi. Pero no aquí. Por alguna lógica que no acabo de comprender, solo se tienen en cuenta los trabajos realizados por el socio en su propia oficina. Nada de lo que yo consiga para los demás me cuenta.

–¡Eso es absurdo!

–¿Qué quieres que te diga? Estoy totalmente de acuerdo. Pero no puedo hacer nada para cambiarlo. Seguiré trayendo temas aunque no me computen porque es lo que ha de hacer un socio y porque he de seguir aumentando mi base de clientes. En algún momento ese valor saldrá a relucir y me servirá de algo.

–¿Y por qué no hablas con Aitana? Eres un socio; hablaréis de estas cosas en vuestras reuniones de socios de los lunes.

Bernardo titubeó. Miró a Davinia con dulzura ante su conmovedora inocencia y decidió que mejor que siguiera siendo así.

–Tienes razón. Lo haré. Hablaré con ella.

De todas maneras tenía que hacerlo. Computase o no, siempre sería positivo que Aitana fuera consciente del logro de haber traído a Agropecuaria Nacional. Y encima para operaciones de *M&A*, aunque fuera en otros países.

Las oficinas de Sandwich Panel a las que se había trasladado todo el equipo que había decido «voluntariamente» seguir a Aitana desde Pearson Loft eran peculiares. Plantas larguísimas y estrechas con despachos a los lados y mesas en un espacio abierto en el centro, que en la jerga se llamaba «pradera». Todo ello en tres plantas y sótano.

Bernardo y Aitana compartían planta, pues ambos conformaban, con Matías, el departamento de *M&A*. Así que Bernardo recorrió toda la longitud de la planta hasta llegar al despacho de Aitana, situado en el otro extremo. Llamó a la puerta, aunque comprobó antes a través de las paredes de cristal que no estaba ocupada y que además parecía de buen humor.

–¿Qué tal va todo, Bernardo?

Ya había dejado de llamarle socio.

–Bastante bien, Aitana. Precisamente venía a contarte que Agropecuaria Nacional nos acaba de dar el asesoramiento para la compra de cinco compañías cada año en todo el mundo. Va a suponer muchos *fees* para Sandwich Panel en los próximos años hasta que Agropecuaria complete su expansión internacional.

–Eso está muy bien. Pero sabes que esa facturación no te computa, ¿no?

Aitana no se andaba con rodeos.

–Claro que lo sé. Eso no quita que sea importante. Es una entrada estupenda en Agropecuaria Nacional. Y es un cliente que no tenía Sandwich Panel.

«Y que sin mí no habría tenido nunca», pensó Bernardo.

Aitana no parecía ni muy contenta ni muy impresionada y, distraídamente, cambió de tema.

–Bernardo, ¿tienes planes para el fin de semana?

Pregunta trampa.

–Nada especial

Respuesta refugio. Neutra a la espera de ver por dónde iba a salir Aitana.

–¿Has hecho alguna vez una *legal opinion*? –continuó el intrigante interrogatorio de Aitana.

Una *legal opinion* u opinión legal era probablemente el trabajo más delicado que podía encargársele a un despacho de abogados. Frente a un simple informe, o incluso un dictamen, en los que cabía zanjar la cuestión con una posición tibia, la *legal opinion* obligaba a mojarse totalmente. Había que decidir si la respuesta a una duda legal era blanco o negro basándose en ciertas asunciones (habitualmente la veracidad y la completitud de la información revisada), pudiendo matizar la opinión tan solo con ciertas salvaguardas típicas (no contravención del orden público, ciertas materias de Derecho Internacional...).

Bernardo podía considerarse un experto en opiniones legales. En su etapa en Templeton, pese a no ser socio había redactado docenas de esos documentos. Conocía perfectamente la responsabilidad que implicaba (por ejemplo, se firmaban a mano pero poniendo el nombre del despacho, lo cual implicaba que quien asumía la responsabilidad por el contenido era el bufete y no solo el socio encargado de ella) y lo complicado que era encontrar el punto de equilibrio entre dar una opinión limpia y no incurrir en un riesgo innecesario e inasumible para el bufete.

–Sí. Lo cierto es que he hecho unas cuantas en Templeton –contestó modesto.

–¿Y sabes algo de Derecho Penal?

¿Derecho Penal? Pues desde la universidad su único contacto había sido por preguntas tangenciales acerca de delitos societarios. Aparte de eso no era ni de lejos un experto.

–Sé algo de Penal, claro, pero poco y circunscrito al delito societario.

–Me vale. Nacional de Redes nos ha pedido una *legal opinion* urgente para el lunes a primera hora. Tienen Junta de Accionistas y necesitan respaldo para la adopción de unos acuerdos a favor de los cuales solo van a votar los accionistas mayoritarios. Quieren evitar que los minoritarios puedan decir que ha habido votación abusiva.

Ya encajaban todas las piezas: fin de semana,*legal opinion*, Derecho Penal.

–Ya veo, temen que se considere que ha concurrido prevalimiento de la mayoría y tratan de descargar su responsabilidad con nuestra opinión –puntualizó Bernardo, al que solía salirle de vez en cuando la vena redicha, y especialmente en aquellas ocasiones en que su interlocutor no se expresaba con la precisión técnica que él consideraba adecuada.

–Justo. Eso quería decir.

–Lo que no entiendo es por qué no han contratado para esto a un despacho especializado en Derecho Penal –se le escapó a Bernardo.

–Si quieres se lo sugerimos. Y perdemos la oportunidad de meter horas por un tubo a tarifa *premium* este fin de semana. Están tan agobiados que nos han dado barra libre –le contestó irónica Aitana.

Lo cierto es que Nacional de Redes era el cliente más importante de Aitana desde hacía muchos años. Confiaban ciegamente en ella, pero de ahí a pedirle una opinión legal tan delicada sobre una materia que nadie dominaba en Sandwich Panel...

–De todas maneras –continuó Aitana–, una vez la tengas redactada le podemos pedir a algún catedrático en Derecho Penal que la revise para comprobar que todo está correcto.

Eso ya tenía más sentido.

–Perfecto, ¿puedo meter a quien quiera en este asunto?

–A los que quieras, pero que sean séniores, que sus horas son más caras. Hay algunos que trabajan habitualmente con Nacional de Redes.

–Creo que no debería participar en este asunto nadie que trabaje de manera recurrente con Nacional de Redes, por no contaminar la neutralidad de la opinión.

Aitana le miró con desprecio.

–¡Déjate de misterios! ¡Que no es tan complicado! Hazlo con quien quieras pero hazlo ya. Es viernes y vamos justísimos para el lunes. Y no te olvides de cargar las horas generosamente.

En fin, el asunto era muy interesante. Un verdadero reto intelectual. Además, le venía como anillo al dedo sacar una factura jugosa ese mes. Y lo mejor es que era «ejecución». Podría abrir el asunto y facturarlo. Escogió para el trabajo a Didac D., el asociado sénior más clarividente, técnicamente competente y que mejor redactaba. Por supuesto también a su fiel Davinia. Y añadió al equipo de trabajo a Dimas Martos, catedrático de Derecho Civil que colaboraba a tiempo parcial con Sandwich Panel. Todo un equipazo. Lo mejor de lo mejor no solo en Sandwich Panel sino prácticamente en todo el mercado legal.

Tras un fin de semana intenso, el domingo por la tarde tenían preparada la *legal opinion*, producto de múltiples lecturas y relecturas hasta decir lo necesario para que le sirviera a Nacional de Redes pero sin entrar en terrenos excesivamente pantanosos. Se la enviaron al catedrático de Derecho Penal, que se la devolvió a la hora sin apenas correcciones, y se la hicieron llegar a Aitana para que a su vez se la remitiera al expectante cliente.

Llegó el lunes y Bernardo estaba radiante, satisfecho por el trabajo realizado. Había quedado perfecta. Esperó todo el día a recibir la llamada de Aitana para darle las impresiones del cliente.

Pero nadie llamó. Ni el lunes, ni el martes, ni el miércoles. Por fin el jueves sonó el teléfono del despacho de Bernardo.

«Bueno, más vale tarde que nunca», pensó.

–¡Hola, Aitana! –contestó jovial, como un alumno que espera su nota tras haber clavado el examen.

–Bernardo, ¿qué narices es esta factura por una hora de trabajo de un catedrático de Derecho Penal? –gruñó Aitana.

–Es el catedrático que revisó la opinión legal de Nacional de Redes.

–Pues tenías que haberme avisado antes. Porque ahora no se la podemos repercutir al cliente y nos la tenemos que tragar nosotros.

–Bueno, también puedo incluirla como suplido cuando le saque la factura a Nacional de Redes.

–La factura la saqué yo el mismo lunes. Ahora es tarde y nos tenemos que tragar la hora del puñetero catedrático –gritó Aitana antes de colgar enfáticamente.

Pese a haber visto ya de todo en su intensa pero aún breve carrera, a Bernardo le pilló de sorpresa. ¡Aitana ya había facturado! O sea que su trabajo no le iba a computar como «ejecución» a él sino a ella. Y encima le gritaba por tener que asumir un coste que no suponía ni la centésima parte de lo que se había facturado al cliente por la opinión legal más cara de la historia.

La cabeza de Bernardo dijo basta. No era socio de verdad porque no decidía nada. No podía generar, puesto que lo de fuera no contaba. Tampoco ejecutar, porque otro se lo apuntaba. Tan solo le quedaba el consuelo de poder hacer un trabajo de nivel, pero para ello tenía que salvar las barreras de incomprensión de Aitana y del resto, que preferían que se dejase de «misterios». Y todo ello en una firma que carecía de una estrategia más allá del simple crecimiento y la expansión tomados como objetivos y no como consecuencia.

Su decisión estaba clara. No tenía sentido seguir así. Su sueño puede que no tuviera sentido, que fuera un imposible. Quizá lo que debía hacer era tomar ejemplo de Daniel, de David, de Débora y construir un camino propio, fuera del circuito de los grandes bufetes, de la profesión de abogado, incluso. No podía más y María lo sabía perfectamente.

–Bernardo, ¿qué tal ha salido lo de la *legal opinion*?

–Su mujer conocía perfectamente qué resortes activar en su marido–. Se te veía muy satisfecho, era un tema muy complejo, ¿no?

–Sí, ha salido de diez, de los trabajos de los que más orgulloso me siento. Y el cliente ha acabado encantado.

–¿Y Aitana qué te ha dicho? –María sabía dónde estaba el problema.

–Aitana no tiene ni idea de Derecho y por eso es incapaz de apreciar la dificultad del trabajo. Solo le interesan los números. Quizá este mundo es así y lo que toca es dedicarse a otra cosa.

María sospechaba la situación, mas no por ello dejaba de entristecerle. Reunió fuerzas para que no se le notara y, una vez más, le dio a Bernardo el consejo que necesitaba, mostrándole el camino a seguir.

–Mira, amor, tú eres técnicamente muy bueno. Eres capaz de acometer temas dificilísimos. Y en tan solo dos años de socio has conseguido clientes estupendos, te compute o no te compute su facturación. Lo que has de hacer es aguantar, porque todo eso saldrá a relucir; alguien lo acabará apreciando.

Bernardo le observó limpiarse una lágrima rebelde que el autocontrol no había sido capaz de reprimir.

* * *

Meses huecos seguían sucediéndose, con Bernardo guiándose por el consejo de María. Pensando poco en el entorno y en el momento y mucho en su trabajo diario. Si quería seguir persiguiendo su sueño, lo único realmente crucial era seguir mejorando técnica a la par que comercialmente. Atraer buenos clientes, porque ese iba a acabar siendo su principal activo. Los clientes no reparaban en si sus encargos computaban para «generación» o «ejecución». Por momentos le daban sana envidia algunos excompañeros de Templeton que, pocos meses antes, habían dejado la firma para abrir las oficinas de Scottish Fist en la Gran Capital. No se trataba de un despacho demasiado grande pero sí internacional y con una clarísima estrategia sectorial. Prácticamente solo se dedicaban a cuestiones alrededor del sector aeroespacial. Desde los más simples contratos mercantiles hasta complejísimas cuestiones de Propiedad Industrial.

Era un despacho muy joven. De hecho, su socio director, que ocupaba el puesto de manera interina hasta que Scottish Fist encontrase una figura mucho más sénior reconocida en el sector, tenía solo tres años más que Bernardo y en su tiempo en Templeton había dirigido el Departamento de Derecho Aeroespacial aun sin ser socio. Se llamaba Arturo Pedraz.

Arturo también se había llevado de su antiguo despacho a otros dos excompañeros de Bernardo de sus tiempos en Templeton. Se trataba de Dalton Cruz, catedrático de Derecho Procesal que se encargaría del área de Litigios de Scottish Fist, y de Antonia Carrera, experta en Derecho Bancario. Los dos se habían incorporado como socios.

Dalton había sido profesor de Bernardo en la Gran Universidad. Posteriormente, habían mantenido una cercana relación y había sido precisamente Bernardo el que le había ayudado a dar el salto de la universidad al mundo de los despachos, recomendando su fichaje a Park Bend y Pablo Pastor. Era un cambio muy significativo y difícil. Y lucrativo. El mundo académico no tiene nada que ver con el sector privado. Antonia, por su parte, era un animal de despacho, que antes de por Templeton ya había pasado por otras firmas internacionales. Gris, pero eficaz. No especialmente brillante, pero ambiciosa y conocedora de cómo funcionaban los bufetes por dentro.

Junto con los exTempleton formaban parte de la nueva oficina algunos otros viejos conocidos de Bernardo. Se acumulaban ya unos cuantos años de experiencia y sobre todo un número amplio de despachos por los que habían transitado. El mundillo jurídico empezaba a estar lleno de excompañeros de Bernardo. Adrián Martín era uno de ellos. Habían coincidido brevemente en El Gran Bufete años atrás, donde Adrián realizaba labores de *paralegal*, esto es, el trabajo no estrictamente jurídico pero que es imprescindible tener bien cubierto en un bufete, tal como la búsqueda de jurisprudencia, la redacción de actas, la preparación de copias y minutas de escritura... Tras unos pocos años de *paralegal*, Adrián había tenido el mérito de pasar a la esfera del trabajo netamente legal, abandonando el prefijo «para» para siempre. Se había especializado en regulación aeronáutica y por esa razón había sido fichado como socio por Arturo Pedraz.

Así que cuando recibió la invitación para asistir a la fiesta de apertura de la oficina de Scottish Fist en la Gran Capital de la Nación no lo dudó ni un instante. Confirmó su asistencia inmediatamente. Iba a resultar un respiro muy agradable reencontrarse con tantos antiguos compañeros de andanzas profesionales, a muchos de los cuales consideraba amigos. La fiesta tendría lugar en las restauradas oficinas del último recién llegado al mercado legal de la Gran Capital, mercado que ya comenzaba a estar bastante copado.

En menos de una década, lo que era un negocio de dos o tres firmas nacionales se había convertido en una pléyade de nuevos bufetes que parecía no tener fin. De ser una plaza que pasaba inadvertida para el resto del mundo a convertirse en una ubicación imprescindible. Y claro, había que cubrirla con los mismos abogados que antes formaban parte de tan solo esos dos o tres despachos. Había bofetadas para hacerse con los mejores y los cazatalentos estaban haciendo su agosto.

Bernardo llegó temprano el jueves señalado como fecha del ágape. A las ocho en punto, tal y como señalaba la invitación. A todas luces excesivamente pronto para un país y un sector tan empedernidamente impuntuales.

Arturo lo recibió en el portal junto con Dalton de manera exageradamente efusiva.

–¡Qué alegría verte, compañero!

–Te van a encantar nuestras oficinas, deja que te las enseñemos.

«No está mal sentirse querido», pensó Bernardo. Accedió al recorrido turístico gustoso, disfrutando sinceramente de la compañía de dos abogados a los que respetaba y con los que no era necesario andarse con disimulos ni reservas mentales. Pasaron por todos los despachos de la inmensa planta que habían reformado en un inmueble céntrico, un palacete de estilo clásico. De los que tienen *hall* señorial y escalinata con gran balaustrada.

Arturo se paró delante de un magnífico despacho que hacía esquina. Estaba vacío.

–Mira, Bernardo, este va a ser tu despacho.

–Jajaja –rio Bernardo con ganas–. Lo cierto es que es precioso.

–Arturo no lo dice en broma –intervino Dalton–, este va a ser tu próximo despacho. Vas a ser sin ningún atisbo de duda nuestro socio responsable de *M&A*. No puede ser de otra manera.

Se sintió agasajado mas un poco violento con la situación, porque estaba claro que requería de una contestación inmediata. Arturo y Dalton no esperaban otra cosa.

–Os lo agradezco y me siento sinceramente halagado. Lo que tenéis aquí es único. Y las oficinas son espectaculares. Pero yo ya soy el socio responsable de *M&A* de un gran despacho.

Aunque la oportunidad era atractiva, comenzaban a ser demasiados saltos en muy pocos años.

–Pero aquí serías socio *equity*. ¿Cuántos años te quedan todavía para ser *equity* en Sandwich Panel? –inquirió Arturo, cuya insistencia era una de sus principales cualidades.

–En Sandwich nos acaban de hacer a todos *equity*. Imagino que para evitar pagar nuestras cuotas de la Seguridad Social y no tener problemas con la inspección laboral, pero la cosa es que nos han promocionado a todos. Ya no existe distinción entre socios de cuota y no de cuota.

Arturo y Dalton se miraron en lo que parecía una solicitud mutua de autorización para lanzar el gancho final. La oferta irrechazable.

–Es que todavía hay más. Los dos pasaríamos a ser los socios codirectores de Scottish Fist en la Nación. Hemos estado buscando, como sabes, una figura sénior que ocupe ese puesto en mi lugar, pero no estamos encontrando a nadie, por lo que Arpad Buss, el CEO global de Scottish Panel, me ha ofrecido como alternativa que yo sea el responsable ya de manera permanente si encuentro otro socio con el que compartir las labores de gestión. Y esa persona podrías ser tú perfectamente. Nos complementamos a las mil maravillas. –Arturo disparó su última bala.

La cosa cambiaba. Y mucho. Porque esa oferta sí que representaba una evolución en la carrera de Bernardo. Entrar en el mundo de la gestión pudiendo poner en práctica sus estudios en Ciencias Económicas y Empresariales. Poder pasar al mundo de la gestión, aunque fuera compartida, no era algo a despreciar alegremente.

–Lo tengo que pensar con detenimiento, Arturo. Suena muy bien, pero llevo muchos cambios de firma en pocos años.

–Piénsatelo, pero no tardes mucho, que estamos deseando contar contigo.

Mucho no iba a tardar. Porque las piezas encajaban perfectamente. Frente a un bufete en el que su posición de socio, aunque lo etiquetasen de *equity*, era más cercana a la de un asociado sénior, donde la estrategia brillaba por su ausencia y en el que nunca había sido realmente acogido como uno de los suyos, Scottish Fist le ofrecía ser codirector en un despacho con una línea estratégica clara y rodeado de amigos.

Cuando estaba perdido en esos pensamientos se le acercó Davinia.

–Te veo pensativo, jefe. Últimamente me tienes muy preocupada. No pareces muy contento.

–No te preocupes, que eso va a cambiar pronto –dijo tratando de tranquilizar a su querida escudera.

–¡Ah! ¿Sí? Cuenta, cuenta.

–Todavía no hay mucho que contar. Davinia puso cara de divertido enfado.

–No me hagas como con la salida de Templeton, ¿eh? Si vas a irte, por lo menos dímelo con tiempo.

Davinia conocía perfectamente a su jefe. Y ella tampoco acababa de estar muy contenta con muchas cosas de Sandwich Panel. Sí con sus compañeros. Menos con sus jefes, salvo Bernardo.

–No. Te prometo que esta vez será diferente. Te la has jugado viniéndote conmigo a Pearson y no puedo moverme sin que lo sepas con tiempo suficiente para decidir lo que quieres hacer.

Davinia sonrió.

–Bueno, bueno. Ya tenemos cambio a la vista. Eres más escurridizo que una anguila. ¿Cuándo pararás?

–Cuando consigamos lo que buscamos. Siempre ha sido así. Ya lo sabes.

–Me consuela saber eso...

Bernardo se despidió apresuradamente y se marchó con prisa de la fiesta porque se moría de ganas de ir a casa a contarle todo lo ocurrido a María y la oportunidad que se le presentaba.

Después de dos duros años en los que, aunque él ingenuamente creyera lo contrario, su esposa había ido soportando de manera refleja una gran parte de la presión que su marido trataba de no trasladarle, María se merecía más que nadie que la consolasen.

CAE POR TERCERA VEZ

Como no podía ser de otra manera, finalmente Bernardo acabó aceptando la oferta de Scottish Fist. Si pretendía seguir persiguiendo su sueño no le cabía otra alternativa. Además, siempre había tenido por filosofía no ralentizar su evolución profesional, y la única manera de conseguirlo en el punto en el que se encontraba su carrera era marchándose de Sandwich Panel, donde sus perspectivas como mucho alcanzaban para convertirse en Matías y acabar siendo el eterno gregario de Aitana. Y eso en competencia con el propio Matías.

A cambio, Scottish Fist le brindaba la oportunidad de desempeñar tareas de gestión, cosa que nunca había realizado con anterioridad. Y hacerlo además en una atmósfera amigable, algo que echaba de menos y que no podría sino acabar multiplicando su valor. Consideraba que podría al fi, experimentar aquello en que él había creído que consistiría ser socio de un bufete desde aquella iniciática charla de don Ramón: el asesoramiento colegiado a clientes en asuntos jurídicos complejos. Por unas u otras razones, hasta el momento nunca lo había logrado de manera plena, ya fuera por ser demasiado inexperto, como en El Gran Bufete o en Templeton, ya porque la falta de colegialidad se lo había impedido, caso de Pearson Loft y Sandwich Panel. En Scottish Fist en cambio tendría una posición y una atmósfera que le garantizarían la colaboración del resto de los socios, y al mismo tiempo una cuota adecuada de interesantes encargos profesionales, dado el nítido posicionamiento de la firma en el sector aeroespacial. Claramente el cambio reforzaba las bases de su carrera.

Pensó en esperar a comunicar su salida a Aitana hasta tener su evaluación de desempeño, para lo que tan solo faltaban dos semanas. Sentía verdadera curiosidad por saber cómo valoraba Aitana un año como el suyo. Por un lado, consideraba que el ejercicio había sido muy exitoso al haber traído a la firma clientes como Banca Grande y a Agropecuaria Nacional y habiendo rayado un nivel técnico muy alto en asuntos complejos como el de Nacional de Redes. Pero al mismo tiempo había sido un año prácticamente invisible desde el prisma de las absurdas métricas de Sandwich Panel.

Aparte de su intriga por saber cómo lo valorarían, necesitaba irse con la sensación de que podría haberse quedado si hubiera querido, y para ello era imprescindible pasar por el trago de ser calificado por su jefa. Si la evaluación iba bien se demostraría a sí mismo que había superado la prueba después del amargo regusto que le había dejado su última evaluación en Pearson Loft. Esa reafirmación era muy importante para él.

Así lo hizo. Dejó pasar esas dos semanas y en esa ocasión preparó un detallado reporte en el que repasaba los logros de su año. Esta vez no le iban a pillar desprevenido. Aitana finalmente le valoró subiéndole ligeramente la remuneración variable pero manteniendo la parte fija y animándolo a lograr nuevos clientes que trabajasen con la oficina de la Gran Capital. Lo de fuera, le dijo, no les valía para nada.

Bernardo salió muy contento. No cambiaba en absoluto su decisión de marcharse a Scottish Fist, pero le permitía quitarse el mal sabor de boca de la evaluación que había tenido el año anterior en Pearson. Dejó pasar otro par de semanas más antes de comunicar su salida. Habría quedado feo que nada más ser evaluado anunciara que se iba. Como era de esperar, la noticia no fue bien recibida y las consecuencias no tardaron en notarse.

La llegada de Bernardo a Scottish Fist tuvo un inesperado regalo de bienvenida. Un medio especializado en el sector legal le llamó la tarde anterior para preguntarle por su salida de Sandwich Panel y si eran ciertos los rumores de que su nivel de facturación era inferior al de algunos asociados sénior de la firma. Evidentemente, esa información, sesgada, no podía venir sino de alguien de dentro de Sandwich Panel. Y ese alguien tenía toda la pinta de ser Aitana, que tenía una habilidad especial para filtrar mierda a los periodistas afines. Así que ese primer día toda la oficina de Scottish Fist se desayunó con un artículo vejatorio contra él antes de haber tenido la oportunidad de conocerlo en persona. El pobre Bernardo, que iba buscando sosiego y un ambiente favorable, comenzaba esta nueva etapa remando contracorriente.

–Menudo artículo, Bernardo –lo abordó Arturo con una sonrisa que pretendía ser socarrona pero que tan solo era estúpida.

Hasta entonces Bernardo no había reparado en esa actitud condescendiente de Arturo, probablemente al no haber experimentado nunca la situación de tener que trabajar codo con codo con él.

–Hay algo que quizá no nos contaste, ¿no? –reforzó Dalton poniendo cara de detective de serial televisivo.

–Evidente. Nunca os llegué a contar que Aitana odia perder y que le encanta hablar con la prensa –se defendió Bernardo.

–Claro que sí, hombre. Era broma –reculó Arturo.

A Bernardo siempre le había molestado la gente que te soltaba una inconveniencia para, comprobada tu reacción, retirarla afirmando que se trataba de una simple broma. Eso lo solía hacer mucho Arturo.

Pero era el primer día. Y Arturo y Dalton eran sus amigos. «No le demos más importancia», reflexionó acertadamente.

–Y hablando de prensa. Tenemos que comunicar tu incorporación. He preparado una nota para Anselmo, de Prensa Económica Nacional. Échale un vistazo y me dices qué te parece. La debes de tener ya en tu bandeja de entrada. –Arturo trató de suavizar el ambiente.

Arturo y Dalton acompañaron a Bernardo por las oficinas presentándole a todo el resto de abogados y administrativos. Para ser una oficina recién inaugurada ya habían conseguido alcanzar una masa crítica bastante decente, de unos veintitantos abogados, a los que en breve se sumaría Davinia. Arturo le explicó brevemente qué clientela tenían, qué asuntos estaban llevando y cuál era la facturación acumulada del ejercicio. Por increíble que pareciera, tras más de dos años de socio era la primera vez que Bernardo recibía ese tipo de información.

Al final de la intensa mañana, se sentó finalmente delante del ordenador y abrió el borrador de nota de prensa que había preparado Arturo. No tenía mala pinta. A Arturo le pirraban las notas de prensa. Empleaba horas y horas, y su dedicación le llevaba a conseguir una cobertura por parte de los medios mucho mayor que lo que le correspondería a Scottish Fist por su peso relativo en el mercado nacional.

Acabó de leerla y echó algo en falta. En ningún sitio ponía claramente que se incorporaba para dirigir la oficina junto con Arturo. Había alguna mención algo etérea a que realizaría labores de gestión y de que se trataba de una incorporación estratégica para Scottish Fist, pero nada más. Pensó que lo mejor era hablarlo con Arturo directamente y sin cortapisas, que para eso había confianza, por lo que se dirigió a su despacho.

Llamó a la puerta.

–¡Pasa, Bernardo! ¿Qué te ha parecido la nota de prensa?

–Pues de eso precisamente quería hablarte. Está muy bien; se nota que no es la primera que redactas y te quedan muy profesionales.

–Muchas gracias, socio.

–Mi único comentario es que pensaba que íbamos a aprovechar para anunciar que tú y yo compartimos la dirección del despacho. Así además evitamos que el mercado piense que estás como socio director de manera interina. –Bernardo apeló a la ambición y al orgullo de Arturo.

Arturo lo miró de nuevo con su sonrisita estúpida mientras entrelazaba los dedos de las manos y asentía leve y rítmicamente. Joder, era totalmente imposible saber lo que pasaba por su cabeza. Está claro que el secreto de la inescrutabilidad es poner siempre la misma cara.

–Esa es la intención, Bernardo, porque tampoco quiero que Antonia y Adrián, que llevan desde el principio conmigo en Scottish Fist, se sientan desplazados. Tenemos que ser prudentes, aunque pero ya sabes que tú y yo somos los que dirigimos el despacho conjuntamente.

No resultaba demasiado convincente. Convenía ser prudentes, aunque tras su experiencia en Templeton pensó que lo mejor era no dar nada por supuesto y dejar las cosas lo más claro posible cuanto antes.

–¿Y eso a nivel de la firma global cómo se oficializa? –insistió.

Arturo continuaba con la sonrisa esculpida en el rostro, los dedos entrelazados y la cabeza atrapada en un movimiento vertical.

–Arpad Buss lo sabe perfectamente. De hecho me ha pedido que los lunes te conectes a la *call* semanal en la que analizamos los números de la oficina, los futuros fichajes, los temas nuevos. Es justo antes de la reunión semanal de socios de la oficina.

Eso sonaba mejor, aunque dejó a Bernardo tan solo parcialmente satisfecho. Arpad Buss, escocés practicante, era el sempiterno CEO de Scottish Fist. Llevaba dieciocho años en el cargo. Un caso único de éxito democrático en el universo legal, pues había sido reelegido cinco veces por votación unánime del resto de socios. Y es que era mucho más elegante ser votado de cuando en cuando que la mera imposición de la perpetuidad en el cargo. Eso es algo que muchos regímenes totalitarios saben perfectamente desde hace siglos.

No le quedaba otra que aguantarse, porque a Arturo no le iba a conseguir sacar de su sonrisa, sus dedos, ni su oscilante cabeza. Así que por el momento habría que reprimirse y confiar en que los hechos confirmasen y aposentasen con mayor claridad su cargo de codirector.

Y la paciencia surtió efecto por una vez. Las llamadas de los lunes iban ayudando a consolidar «sus funciones», como las llamaba medio en clave Arturo, hasta el punto de que tanto externa como internamente fue revelándose como evidente el que Bernardo era algo más que un simple socio de a pie en la oficina de la Gran Capital de la Nación. Y no era para menos porque, gracias a Bernardo, Scottish Fist estaba creciendo mucho en la ciudad, tanto en facturación como en número de socios y abogados. En efecto, el Scottish Fist que él se había encontrado cada vez se parecía menos al que él había ido creando junto con –aunque a veces más bien pese a– Arturo. Y eso no era del gusto de todos los «socios fundadores» de la oficina capitalina del despacho británico, pues habían pasado de tener un insostenible Jardín de las delicias a un entorno cada vez más profesionalizado. Pero resultaba evidente que ahora Scottish Fist sí era una presencia relevante en el mercado legal nacional al tener la capacidad de asesorar en operaciones de *M&A*, con socios de prestigio en áreas de peso a los que Bernardo, con una mezcla de audacia y temeridad, había logrado convencer para que se unieran al barco.

Entre los nuevos fichajes se encontraba Alejandro Costa, uno de sus antiguos compañeros en El Gran Bufete. Alejandro era quizá el asociado sénior de Propiedad Industrial más brillante de la Nación. Experto litigador, técnicamente completo y de aspecto sencillo y bonachón, era un dicharachero abogado del extrarradio de la Gran Capital de la misma edad que Bernardo pero que se había incorporado al Gran Bufete un par de años después que él tras la absorción por el prestigioso bufete de la pequeña firma de Propiedad Industrial en la que Alejandro trabajaba como becario.

Desde el principio habían conectado muy bien. Compartían una visión desenfadada y abierta de la profesión, aunque no hasta el punto de Daniel, que llegaba un paso más allá y era capaz de romper el techo de cristal del mundo laboral para ponerlo en perspectiva desde la óptica de la vida personal, mas sí de una manera que los distinguía claramente dentro del entorno en que se movían. Trabaron buena amistad profesional y, aunque coincidieron por poco tiempo en el bufete de don Ramón, la mantuvieron durante los siguientes años, tornándose en personal. Quedaban a comer recurrentemente, e incluso en alguna ocasión compartían escapadas algunos puentes o vacaciones con sus respectivas y crecientes familias. Alejandro sabía que estar cerca de Bernardo le acabaría favoreciendo tarde o temprano. Siempre había albergado la esperanza de volver a compartir bufete con su antiguo compañero. Y por falta de intentonas no iba a ser, porque Bernardo, consciente del afecto de su amigo, aunque quizá no tanto de su interés, a la mínima oportunidad que se le había presentado lo había tratado de incorporar a cada una de sus sucesivas aventuras profesionales. Lo que acontecía es que nunca eran el momento ni el lugar adecuados.

Poco a poco, Alejandro veía con más claridad que el tiempo de dar el salto se acercaba. Y ahora era el momento, cuando a él todavía le quedaban unos años para llegar a socio del Gran Bufete y Bernardo ya estaba gestionando la oficina de un bufete internacional. Así que en cuanto surgió la ocasión no lo dudó y aceptó la oferta para incorporarse como socio responsable del área de Propiedad Industrial de Scottish Fist en la Gran Capital.

No era un puesto cualquiera. No en Scottish Fist, que se jactaba con razón de ser el mejor despacho de Propiedad Industrial de Europa. Para Alejandro era un salto tremendo, y tenía un atractivo añadido, además. Por su cercanía a Bernardo pensó, con razón, que podría ejercer una influencia relevante en la gestión local en la sombra y sin exponerse mientras proyectaba su imagen en la red internacional de oficinas de su flamante nueva firma.

Por fin había logrado su objetivo. Y así fue como los antiguos colegas volvieron a reencontrarse en Scottish Fist más de seis años después de coincidir al inicio de sus carreras en El Gran Bufete. En total, Scottish Fist había pasado de veintitantos a casi cincuenta abogados en la Gran Capital, multiplicando por cinco su facturación anual. Y los directorios de abogados así lo habían reconocido.

Los directorios de abogados son unos libritos, más bien unos tochos de más de mil páginas, en los que se clasifica por orden a los mejores abogados y a los mejores bufetes de cada país por área de práctica. Así, tenemos por ejemplo que el despacho X es la mejor firma legal del país Y en Derecho Laboral. Y el abogado Z el mejor en su especialidad. Se trata de una especie de vademécum con aspiración a resultar útil a los clientes a la hora de buscar expertos en jurisdicciones que les resultan poco habituales. Esas clasificaciones se realizan sobre la base del resultado de múltiples entrevistas que los *researchers*, los encuestadores a nómina de los directorios, realizan tanto a abogados como a clientes, indagando acerca de quiénes resultan los más apreciados entre sus pares y los sufridos usuarios de servicios legales. Todo muy científico y objetivo. Pues no. La realidad es que los directorios no son sino un producto editorial más, destinado por tanto a la venta. Y es un producto cojonudo, muy bien diseñado, porque apela a uno de los más arraigados instintos del ser humano: la vanidad. Y encima, siendo por naturaleza endogámico, está dirigido a un universo profesional muy numeroso, el de los abogados, y de gran poder adquisitivo. La cosa funcionaba así: aquellos bufetes que se suscribieran al directorio, esto es, que compraran un número mínimo de caros tochos, que se apuntasen a la elegante cena anual de entrega de premios a los mejores abogados reservando varias mesas y además nutrieran de información de manera gratuita a las editoriales para preparar sus libros, aparecerían más arriba en los *rankings*.

En el fondo es lo mismo que si alguien decidiera ir a un instituto y preparase un *ranking* de belleza, carisma y popularidad de estudiantes a base de preguntar a los propios alumnos, a los que posteriormente se les vendería el libro resumen clasificatorio con comentarios de los encuestados. Todo de manera anónima, claro. Siendo un sector teóricamente compuesto por mentes brillantes, una herramienta de marketing tan burda había conseguido el insospechado efecto de ser universalmente aceptada. Y, en consecuencia, cada vez había más directorios, más premios y más *rankings*. Y siempre financiados por los mismos, que pagaban por la información que ellos mismos habían suministrado. Con todo, aparecer en los dichosos libritos seguía teniendo su público, por lo que para que el crecimiento y la evolución de la oficina no pasaran desapercibidos, Arpad Buss y el resto del comité ejecutivo de la firma decidieron formalizar en la Gran Capital la creación de un comité de gestión cuyos únicos integrantes serían Arturo y Bernardo.

Por fin, después de casi un año y aunque de manera un tanto tímida, Bernardo recibía su particular corona de espinas y ocupaba el puesto para el que le habían contratado, o para el que él había querido creer que le habían contratado.

* * *

Tocaba preparar el presupuesto del año siguiente y no iba a ser fácil. Una crisis sin parangón en la historia reciente estaba sacudiendo los cimientos de la economía mundial y esto, evidentemente, afectaba al mercado legal. Pese a todo, la evolución de la oficina capitalina de Scottish Fist era buena. La red internacional funcionaba bastante bien y la firma era como una familia. Todos se apoyaban. Nada que ver con Sandwich Panel.

No obstante, no todos estaban igual de satisfechos. Por una parte, Arturo sentía que su «bebé», el despacho que había laboriosamente esculpido paso a paso a su imagen y semejanza, comenzaba en su pubertad a desarrollar un carácter propio, lo cual, si bien en cierta manera le satisfacía, en gran parte lo sentía como la obra de otro. Pero eran sobre todo el resto de fundadores los que se sentían violentados por el auge de una oficina que cada vez se asemejaba más a un bufete profesionalizado.

Antonia, Adrián pero, por encima de ellos, Dalton, habían acunado la imposible utopía de trabajar en un club de amigos amantes del Derecho. Una especie de bohemio ateneo cultural y social. Eso sí, pagado con el dinero de otros, por una red internacional que no les permitiría seguir viviendo ese disparate de bufete más de un par de años más, a lo sumo, por mucho que se negaran a reconocerlo. Por esta razón veían a Bernardo con recelo. A él y a Alejandro, al que consideraban su consejero en la sombra. De esta forma, se había creado en poco tiempo un peligroso desalineamiento de intereses entre dos mitades de la oficina: la representada por Bernardo, Alejandro y los socios que Bernardo había introducido y la compuesta por los fundadores. Y todo con Arturo en medio, tratando de satisfacer a unos y a otros y no logrando con ello más que aumentar la frustración a ambas orillas.

En algún momento tenían que saltar las primeras chispas y ese momento iba a ser la interminable reunión anual de socios para la preparación de los presupuestos anuales, incluyendo la decisión de las nuevas remuneraciones de toda la plantilla salvo las de los socios, para los que había un sistema de evaluación mucho más eficiente y desarrollado que el de Pearson Loft y Sandwich Panel. La reunión iba a tener lugar un viernes. Comenzaría a las diez de la mañana (el sector utópico comenzaba a trabajar pasadas las diez, por lo que esa hora ya era madrugar demasiado) y terminaría cuando pudieran, como si se tratase de una partida de ajedrez sin límite de tiempo.

Arturo había accedido a que Bernardo preparase el plan de negocio para el ejercicio, en el que se trazarían las principales líneas estratégicas para el siguiente año. Por su parte, él sería el encargado de diseñar las nuevas tablas salariales y haría las propuestas de los variables del año vencido y los nuevos sueldos para el siguiente ejercicio. A Arturo esa era la parte de su trabajo que más le gustaba. Podía dedicar horas y horas a pensar cómo remunerar a los empleados de recepción. Bernardo, consciente de ello, había sugerido que esa sección de la reunión recayera en Arturo para de esa manera él poder tener el liderazgo de la presentación estratégica, que le parecía mucho más interesante. De todas formas sabía que en cualquier caso los salarios y *bonus* al final habría que votarlos por todos los socios.

Con carácter previo, Arturo y Bernardo quedaron para preparar la reunión. Bernardo, aunque bastante poco entregado a las nuevas tecnologías, había redactado una presentación exhaustiva de más de veinte láminas de *Power Point*, que envió a Arturo para que revisara, cosa que, como imaginaba Bernardo, no iba a hacer. Estaría demasiado atareado haciendo números a mano en su cuaderno con escalas salariales y variables, que por supuesto no facilitó a Bernardo antes de la reunión preparatoria. Por todo ello esa reunión no podía resultar sino bastante estéril, pero como había que tenerla y no podía excusarse, allí se fue Bernardo sin mucho más ánimo que el de cubrir el expediente.

–Arturo, ¿repasamos ahora la presentación de mañana? ¿Te la has podido mirar? Te la envié hace un par de días.

Pregunta retórica. Ya sabía la respuesta.

–¡Qué va, tío! Estoy hasta arriba con el pleito de Aerocop. Si casi ni he podido hacer los números de los sueldos, los variables y la escala hasta hace media hora. Si no te los habría mandado –mintió Arturo, que sabía del poder que otorgaba el efecto sorpresa en la reunión y el imposibilitar el que Bernardo pudiera opinar de antemano.

–No pasa nada. Si ya los tienes al menos podríamos echar un vistazo a los variables.

–No merece la pena. Nada especial. Ha sido un año muy bueno y pensaba darle a todo el mundo el variable máximo.

«¿El variable máximo a todos?», pensó Bernardo mientras dudaba de si iniciar una negociación «vis a vis» con Arturo que dejase el tema algo más centrado. Dar el máximo variable a todos le parecía injusto para los que realmente habían desta cado, y peligroso al inicio de una crisis como la que se avecinaba. Alimentar esas expectativas para sucesivos años no podía sino traer problemas.

–¿Y no crees que deberíamos intentar premiar a los que más han aportado?

–¿Te refieres a pagarles un *bonus* por encima de su variable máximo? Lo había pensado, me lees la mente. Formamos un equipo estupendo –replicó Arturo, feliz ante la posibilidad de poder pagar aún más a su equipo.

–Pues estaría muy bien, aunque Arpad seguramente nos colgaría. A lo que me refería es a que, aun habiendo sido un buen año, hay algunos que han destacado más que otros y deberíamos reconocérselo. El *bonus* ha de tener un elemento dependiente de la marcha global de la oficina y un segundo elemento que sea función del rendimiento individual. ¿No crees que sería más justo así?

–Pero si no es dinero, Bernardo. ¿Para ahorrarnos cuánto? Esa cantidad no mueve la aguja de Scottish Fist y en cambio, para cada uno de los asociados, y ni qué decir los administrativos, ese ingreso es muy relevante.

Bernardo se sentía un poco Ebenezer Scrooge en *Cuento de Navidad*, pero le parecía totalmente irresponsable la medida populista de dar a todos el máximo variable de manera indiscriminada.

–Lo entiendo, Arturo, y a mí es al primero al que me encantaría pagar a todo el mundo mucho más cada año, pero tenemos en las manos una herramienta de gestión que hemos de utilizar con criterio, porque en caso contrario no solo no servirá para nada, sino que surtirá el efecto de desincentivar a los mejores –argumentó con la esperanza de que el camino de la lógica convenciera a alguien que acostumbraba a moverse por impulsos.

–No pasa nada, Bernardo. Discrepamos y ya está. Lo decidimos mañana junto con todos los socios. Además, ahora tengo que acabar con el escrito de Aerocop, que tengo al equipo trabajando casi sin haber parado a comer –zanjó Arturo apoyándose en la excusa del trabajo como coartada para evitar una conversación en la que no tenía nada que ganar.

A Bernardo no le quedó otra que aguantarse. Le habría gustado decirle que si había gestores en las empresas era precisamente para tomar esas decisiones, no para trasladarlas de manera plebiscitaria al resto de socios, pero no encontró la manera de hacerlo sin generar un conflicto que enturbiaría la discusión prevista al día siguiente.

Y tampoco iba a ser un plebiscito.

Por supuesto, lo siguiente que hizo Arturo nada más salir Bernardo por la puerta fue llamar a Adrián, a Antonia y a Dalton sucesivamente para ir preparando el camino y poder imponer su criterio remuneratorio en la reunión de socios. Bernardo lo intuía y pensó en hacer lo mismo y llamar a Alejandro para pulsar su opinión, pero eran más de las nueve de la noche y quería volver a casa para cenar con María. De todas maneras, aunque conocía la opinión de Alejandro porque no en vano lo habían comentado en muchas ocasiones, era consciente que sería él quien tendría que dar la cara. Además, al día siguiente tendrían al menos diez horas, y eso en el mejor de los casos, para discutir todo. Por falta de tiempo no iba a ser.

Poco antes de las diez de la mañana del viernes ya estaban en la sala de reuniones del palacete de Scottish Fist en la Gran Capital Bernardo, Alejandro y algún socio más esperando la llegada de Arturo y del resto de fundadores. Enseguida llegó Arturo, consciente de que esos minutos podrían dar pie a la formación de frentes indeseados, por lo que hizo un esfuerzo por estar allí casi desde el principio, conversando animadamente de Aerocop y de la estupenda presencia de Scottish en los *rankings*. Entre las diez y veinte y las diez y media llegaron de manera escalonada Antonia, Adrián y, por último, Dalton. Se sirvieron con parsimonia sus cafés, tés, zumos y resto de refrigerios mañaneros mientras charlaban despreocupadamente.

Finalmente, casi a las once y con todos sentados comenzó la reunión. Arturo tomó la palabra:

–Buenos días, socios. Como sabéis hoy tenemos tarea por delante. Tenemos que ver el plan estratégico para el próximo año y determinar las escalas salariales y los sueldos y *bonus* de todo el mundo.

–Considero que ya que es tarde y las reuniones de remuneración siempre nos han llevado todo el día, y teniendo en cuenta que somos más a evaluar este año, deberíamos dejar la presentación de estrategia para otro momento –soltó tranquilamente Adrián, que no solo había solicitado que la reunión comenzase a las diez en vez de a las nueve sino que, además, había llegado media hora tarde.

Bernardo sabía que enfadarse no llevaría a nada y venía en cierto modo preparado a que algo así ocurriera. El mejor modo de atajar la situación era provocar que Arturo tuviera que decidir, porque sabía que no se atrevería a cancelar su presentación.

–No os preocupéis; es una presentación muy breve y creo que el orden lógico es primero repasar qué esperamos el próximo año de cada área de práctica y después fijar los sueldos. No me llevará más de media hora, pero lo que tú digas, Arturo.

Arturo se puso en modo sonrisa bobalicona, dedos entrelazados y cabeza rebotante, y tras unos segundos reaccionó.

–Media hora está bien. Ya que la has preparado vamos a verla.

Bernardo se apresuró a repartir las copias impresas que traía y conectó el proyector a toda velocidad, no fuera que Arturo se arrepintiera. Su presentación consistía en una primera sección en la que se analizaban uno a uno cada departamento, su facturación, clientes principales, costes directos asociados y, finalmente, su rentabilidad. En una segunda sección se hacía un estudio de cuáles habían de ser los productos refugio ante una crisis, esto es, qué prácticas jurídicas eran más resistentes y cuáles menos, lo que llevaría a la conclusión de dónde invertir más y dónde menos. La proyección de la primera sección, aunque basada en datos que se compartían todos los meses con los socios, levantó ampollas. Nadie había ordenado nunca esa información de tal manera que todos fueran conscientes de la diferente rentabilidad por área de práctica. Y, aunque el tono de la presentación que pretendía darle Bernardo era positivo buscando acciones que potenciasen la mejora de las áreas menos rentables, el malestar de varios de los fundado-res era evidente.

–Te equivocas y mucho con este enfoque –arrancó Antonia–. En este despacho nunca se han medido las rentabilidades de esa manera. Se nota que vienes de bufetes americanos y que lo que pretendes es llevarnos a un modelo de *eat what you kill.*

El modelo *eat what you kill* (te comes lo que tú cazas) era efectivamente el que imperaba en los despachos más agresivos del mundo, en particular los de la costa este de Estados Unidos. Era un modelo retributivo en el cual se tenía fundamentalmente en cuenta la facturación del socio, de manera que ganaba más el socio que más facturaba. Así de simple. Ni reglas de 4x4 ni cómputos de otros factores. Esto lógicamente provocaba unas oscilaciones brutales en la remuneración de cada socio de un año a otro y no favorecía en nada la solidaridad entre socios.

El modelo contrapuesto era el de *lockstep* (paso cerrado), en el que a cada socio se le asignaban un número determinado de puntos cuando se le promocionaba a la «sociatura» (por ejemplo, diez puntos) y se le iban sumando un mismo número de puntos cada año (por ejemplo, dos puntos), dejando de sumar puntos al cabo de cierto tiempo (por ejemplo diez años). Esto es, todos comenzaban con diez puntos y tras diez años acababan con treinta puntos. Y ello con independencia de lo que hubieran facturado cada uno de esos años. Este sistema generaba una gran estabilidad en lo que se cobraba y provocaba un gran sentimiento de solidaridad. Lo malo era que no incentivaba a los mejores a traer más facturación. Era el sistema que históricamente habían adoptado los despachos británicos.

Como los dos modelos tenían sus ventajas e inconvenientes, las firmas internacionales habían acabado desarrollando sistemas híbridos, tratando de aprovechar lo bueno de las dos tipologías retributivas.

–No es eso –se defendió Bernardo–; yo no pretendo cambiar el modo de retribuir a los socios, pero creo que en beneficio de todos es conveniente saber dónde estamos siendo más rentables y dónde menos, y especialmente si hemos de decidir en qué áreas habremos de invertir más en los próximos años, que van a ser duros.

Sin gran convencimiento, Arturo lo animó a seguir con la presentación. Bernardo expuso entonces la correlación existente entre determinadas áreas de práctica jurídica y el ciclo económico, de manera que había casos en los que la evolución positiva del ciclo alimentaba el crecimiento de ciertos departamentos, como el de *M&A* o el Bancario; mientras que otros eran anticíclicos y crecían más en las situaciones de crisis, como ocurría con Laboral, Procesal y Concursal. Regulatorio y Propiedad Industrial se veían por último bastante poco afectados por la evolución de la economía. Por esta razón, en una época larga de crisis como la que se avecinaba, lo apropiado era potenciar las áreas anticíclicas para que representasen, junto con las inmunes al ciclo, al menos dos tercios de la facturación.

Inexplicablemente a los ojos del ingenuo Bernardo se montó una buena.

–Claramente tu estrategia para los próximos años está pensada para favorecerte –atacó decidido Dalton.

–Será al contrario, ¿no? He dicho que *M&A* es cíclico y que por tanto habría que invertir menos en él.

–Justo por eso. Lo que quieres es cargar el presupuesto de los próximos años en los demás –señaló Adrián.

Bernardo comenzaba a estar molesto.

–Pero si este año mi área ha sido junto con la de Arturo la que más ha facturado, y yo nunca he dicho que se esté cargando el presupuesto sobre mis espaldas.

–Está clarísimo. Primero tratas de cambiar el modo de retribuir a los socios para que te paguen más al ser el que más factura y después pretendes que el resto de los socios asumamos tu presupuesto a partir de ahora –cargó de nuevo Dalton.

–Eso no tiene ninguna lógica. Porque en tal caso al siguiente año mi remuneración bajará, ¿no?

–Vale, vale, calmaos todos –intervino Arturo–, que con esto se trataba tan solo de tratar de enfocar el presupuesto del próximo año de manera estratégica y ya hemos tenido todos la oportunidad de intervenir. Llevamos ya casi una hora y deberíamos pasar a las escalas y los sueldos, por favor.

Arturo desconectó del proyector la presentación de Bernardo y lo apagó.

Sacó de su carpeta un paquete de hojas manuscritas con sus anotaciones y comenzó a cantar los nombres de cada empleado y su sueldo actual, pidiendo al responsable directo del evaluado que propusiera el fijo para el año siguiente y el variable para el año transcurrido, siempre tras haber sugerido una cifra para ambas magnitudes.

El proceso no podía ser más desordenado. En lugar de fijar primero unas reglas generales, una escala y unos criterios mínimos, estos se iban estableciendo a medida que se decidía de manera individual en relación a cada trabajador.

La inflación era inevitable, porque cada socio tendía a defender a los suyos tirando a lo máximo posible ya que ningún esquema salarial previamente acordado lo limitaba.

Las discusiones eran absurdamente eternas. Las cinco de la tarde y aún no habían evaluado ni a una tercera parte del personal. Y eso que habían empezado por los más júniores y por el personal de oficina. Si es que hasta para decidir los variables de la más insignificante cuantía se empleaba más de media hora porque todo el mundo opinaba. Era muy agradable sentirse Dios por un día. Especialmente un dios bondadoso y generoso. Al llegar a los más séniores, por ende los más caros, Bernardo ya no aguantaba más. Eran más de las diez y el absurdo tenía visos de prolongarse de manera totalmente innecesaria hasta bien entrada la madrugada.

–Mirad, yo hay una cosa que no entiendo. Si al final a todo el mundo le vamos a subir el sueldo en la misma proporción y le vamos a pagar el máximo de *bonus*, ¿por qué no lo hacemos directamente y nos ahorramos la discusión? –lanzó imprudente, fruto del cansancio y del fastidio que esa locura de mala gestión le estaba provocando.

–Pues si no estás cómodo puedes marcharte a casa. Porque estas discusiones son importantes. En eso consiste gestionar –soltó Dalton.

Bernardo ni pudo, ni supo, ni quiso contenerse por más tiempo.

–¿Gestionar? ¿A esto le llamas gestionar? Gestionar sería tener una escala retributiva acordada antes de comenzar la reunión. Gestionar sería pagar más variable a los que más aportan y menos, o nada, a los que cumplen simplemente con su cometido. Gestionar es distribuir los medios que nos da Scottish Fist de manera razonable, con un mínimo de criterio. Dalton sonrió. Había logrado lo que llevaba buscando desde hacía tiempo. La fractura en la bicéfala gestión de la oficina capitalina de Scottish Fist estaba servida.

* * *

No hizo falta que pasaran muchos meses hasta que las disensiones internas se pusieran de manifiesto de la manera más violenta e inesperada. Dalton Cruz llevaba un tiempo bastante distante con Bernardo. Concretamente desde la agotadora sesión de estrategia y evaluación. A los pocos días de la reunión plenaria, tras una presentación que ambos tenían en las oficinas de un cliente, Dalton aprovechó el camino de vuelta a la oficina para reprocharle a Bernardo su actitud.

–No me gusta nada cómo estás gestionando la oficina. Esto no es para lo que te traje aquí.

«¿¿¿Cómo??? ¿Acaso tú me has traído a Scottish Fist?».

–Yo intento hacer lo mejor para Scottish Fist, y seguro que si lo miras con detenimiento tú también estarás de acuerdo en que de la manera en que se estaban haciendo las cosas no íbamos a llegar a ningún sitio. Además ¿desde cuándo eres tú el que me trajiste, Dalton?

A Dalton se le notaba cuando se alteraba, porque se ponía rojo como un tomate y comenzaba a sudar y a producir unas pequeñas y casi imperceptibles pompas de saliva por la boca.

–Eres un desagradecido. No estás siendo leal con los que te hemos ayudado.

–Yo también te he ayudado muchas veces. ¡Gracias a mí entraste en el mundo de los despachos!

Dalton se ablandó parcialmente.

–Eso es cierto, Bernardo. Pero ahora que tenemos lo que queremos, un bufete para nosotros solos, a nuestra medida, ¿para qué estropearlo con tanta gestión profesional? ¡Nosotros dos siempre hemos sido espíritus libres!

–Entiendo lo que dices, aunque lamento no estar de acuerdo. ¿Nosotros siempre hemos sido espíritus libres? Pues no estoy seguro de eso, y es que además no estamos solos. Nos debemos al resto de los socios de Scottish Fist. Y yo tengo unas responsabilidades como gestor que no puedo obviar.

Dalton le miró con desprecio.

–Si piensas de esa manera, lo que deberías hacer es buscarte otro despacho en el que los demás piensen como tú –sentenció.

Bernardo no le dio demasiada importancia. Conocía a Dalton de sobra desde que fue su profesor en la Gran Universidad y sabía lo pasional que era. Se tomaba siempre todo a la tremenda. Aun así, pensó que no estaría de más comentarlo con Arturo. Esas situaciones no eran positivas y lo mejor era estar coordinados, así que se pasó por su despacho a la vuelta de la reunión y lo abordó brevemente.

–¿Qué tal, Bernardo? ¿Cómo ha ido la reunión con Dalton?

–Pues de eso precisamente venía a hablarte. Dalton está muy distante conmigo. Hoy me ha venido a decir que lo que tengo que hacer es irme del despacho porque no está de acuerdo con mi modelo de gestión.

Arturo puso su cara de disimulo habitual. El paquete completo compuesto por sonrisa, dedos y cabeza oscilante.

–No te preocupes. Ya se le pasará.

–Eso espero.

Bernardo así lo creyó verdaderamente. No tenía ningún sentido que a Dalton no se le acabase pasando la rabieta.

Pero lo cierto es que no se le pasó. Una semana después de la conversación se cruzaron de nuevo en las escalinatas del palacete. Bernardo subía mientras Dalton bajaba acompañado de una de las asociadas de su equipo. Bernardo saludó educadamente, como si todo estuviera igual que siempre había estado entre ellos.

–Buenos días, Dalton. ¿Qué tal?

Dalton le miró con cara de odio reconcentrado.

–¿Sigues por aquí? Pensé que te habrías ido ya de Scottish Fist.

Bernardo estaba desconcertado. No sabía exactamente a qué se refería.

–No te entiendo.

–¿No te dije la semana pasada que te fueras? ¿Todavía no has encontrado otro bufete? ¿Es que no tienes dónde caerte muerto?

–¿Todavía sigues con eso?

Se acercó a Dalton haciendo ademán de ponerle la mano al costado para tratar de rebajar la tensión.

Dalton rechazó la mano.

–Así seguiré hasta que te marches. ¿Cuánto tiempo más pretendes seguir engañando a los ingleses?

Bernardo no sabía si se trataba de una broma de mal gusto o si hablaba en serio. Era todo bastante irreal.

–¿Engañando?

–Sí, engañando. ¿Les has contado que te echaron de Sandwich Panel?

La conversación no tenía ni pies ni cabeza, así que Bernardo decidió cortar por lo sano.

–No sé qué mosca te ha picado, Dalton, pero claramente no tiene sentido seguir hablando, y menos en la escalera delante de todo el mundo.

Por supuesto, lo primero que hizo Bernardo tras subir y entrar en las oficinas fue dirigirse al despacho de Arturo.

–Hola, Arturo. No sabes lo que me acaba de pasar con Dalton. Me lo he cruzado en la escalera y me ha soltado delante de una de sus asociadas que por qué no me había ido ya del despacho y que cuánto tiempo pensaba seguir engañando a los ingleses. Este hombre está muy mal.

Antes de que Bernardo pudiera darse cuenta, Arturo ya estaba atrapado en su bucle sonrisa-dedos-cabeza. Mala señal. Claramente, se ponía de perfil.

–Ya lo conoces. Está muy alterado. Deberías intentar hablar con él.

–Pues no parecía que tuviese muchas ganas de hablar.

–Tú inténtalo. No podéis seguir así mucho tiempo.

¡Si él no estaba de ninguna manera! Lo que tenía que hacer Arturo era hablar él con Dalton. Pero Bernardo sabía que no lo iba a hacer. Arturo seguía un modelo de gestión pasiva, por llamarlo de alguna manera. En fin, de ahí no iba a sacar mucho más, por lo que pensó que lo mejor era esperar a que escampara.

Pero no iba a escampar. Días después, mientras hablaba por el móvil volvió a cruzarse en el pasillo con Dalton, que lo miró con esos ojos que uno solo pone cuando alguien le ha mentado a la madre.

–Vaya pinta de mariconazo que tienes, Bernardo. Y menudos huevos tienes para seguir aquí.

Bernardo colgó rápidamente por si acaso. La situación comenzaba a ser insostenible. Pensó que menos mal que el cliente con el que hablaba por teléfono parecía no haber oído nada. Claramente Arturo tenía que tomar cartas en el asunto. Fue a verlo de nuevo y de nuevo se encontró con la consabida pose estulta.

–Arturo, esto no puede seguir así.

Le contó lo sucedido. Arturo no tenía mucha escapatoria y aceptó a regañadientes mantener una conversación seria con Dalton. Los siguientes días Dalton no apareció por el palacete. Al parecer se encontraba enfermo. Solía ocurrirle cuando algo no le apetecía. Se ponía enfermo. Probablemente a consecuencia de la conversación seria que Arturo, según le había prometido a Bernardo, habría tenido con él.

Pero volvió a la carga. Bernardo se encontraba en su despacho preparando con Davinia la estrategia para la negociación del contrato de compraventa de la sociedad para cuya adquisición estaban asesorando a un cliente cuando, sin llamar a la puerta, entró Dalton todavía más enojado que las últimas veces. Más rojo y babeante.

–Me tienes hasta las narices, Bernardo. Ven y resuelve esto como un hombre –estalló mientras alzaba los puños.

–Eso es precisamente lo que estoy haciendo, Dalton. Solucionar este tema como un hombre. Hablando.

La contestación lo encorajinó aún más si cabe.

–Ven aquí si te atreves y me lo dices a la cara.

Davinia no sabía dónde meterse. Conocía a Dalton desde los tiempos de Templeton y nunca le había visto tan fuera de sí.

–La verdad es que no me atrevo, Dalton. Estás muy alterado.

Tras un momento de duda que se hizo eterno, Dalton se dio la vuelta y se marchó dando un portazo.

–¿Pero qué narices le pasa a este hombre, jefe? ¿Qué le has hecho?

–¿Yo? No tengo ni idea. Lleva así varias semanas, desde la reunión de evaluación en la que me opuse a que le subiera el sueldo indiscriminadamente a todo el mundo.

–¿Y Arturo qué dice?

–¿Arturo? Estoy cansado de advertirle de la situación, pero no hace nada y esto va a peor. El lunes vuelve de viaje y hablaré con él en serio.

El lunes Bernardo llegó a la oficina decidido a zanjar la situación con Arturo. Era totalmente ridícula y comenzaba a no vislumbrarse la posibilidad de reconducirla. Nada más entrar en su despacho y colgar su chaqueta en el perchero observó algo raro. Él, que era extremadamente ordenado, había dejado el portátil desconectado de la red. Se acercó y para su sorpresa comprobó que los cables no estaban desconectados sino arrancados y que el ordenador estaba doblado por la mitad, como si alguien le hubiera dado un puñetazo.

Ahora sí que era imposible que la situación pudiera reconducirse. Acudió raudo al despacho de Arturo, que estaba al teléfono. Bernardo no podía esperar, así que entró de todas maneras y le pidió que colgara.

–¡No te vas a creer lo que ha pasado! Dalton ha destrozado mi portátil este fin de semana. Hay que parar esto. Primero violencia verbal, después violencia sobre las cosas. Ya sabes lo que toca después, ¿no?

Bernardo le refirió con detalle el encontronazo de la semana anterior en su despacho y volvió a insistir en la ya imperiosa necesidad de tomar medidas.

–Dalton está fuera de control. Tienes que hablar con Arpad. Y si no quieres hacerlo tú, lo haré yo mismo –amenazó Bernardo.

Ante eso ya no valían la sonrisa, los dedos y la cabeza rebotona. En ningún caso podía permitir que Bernardo lo puenteara.

–No hace falta, lo haré yo mismo esta semana –prometió Arturo.

Durante la semana, Bernardo intentó en múltiples ocasiones sin ningún éxito que Arturo le contase cómo había ido la conversación con Arpad. Pero Arturo siempre tenía alguna excusa por la que no podía hablar con él. Bernardo comenzaba a estar realmente tenso, aunque por suerte esa semana Dalton volvía a estar enfermo. Llegó el viernes y todavía no tenía noticias de Arturo, así que se marchó de viaje en coche para pasar un fin de semana tranquilo con María y la niña.

En medio del viaje pararon a tomar un café y aprovechó a revisar sus mensajes. Había uno de Arturo.

De: Arturo Pedraz
A: Bernardo Fernández Pinto
Asunto: Dalton

Disculpa, Bernardo, que he pasado a verte y no estabas.
Finalmente he hablado con Arpad y me pide que por favor hables con Dalton e intentéis arreglar las cosas.
Dice que no tiene sentido que dos socios de vuestra *seniority* no seáis capaces de poneros de acuerdo.
Ya me cuentas cuando hables con él qué tal va. Nos vemos el lunes.
Pásalo bien el finde!

Increíble. ¡Que lo hablaran y arreglaran las cosas! ¿Pero qué coño le había contado Arturo a Arpad?

Bernardo decidió pasar a la acción.

–Peque, ¿te importa conducir tú el resto del viaje? Es que tengo que redactar un *mail* de trabajo.

Más de dos horas de escribir de manera frenética sin pausa mientras María le miraba alucinada de soslayo mientras conducía. Dos horas tecleando en inglés para conseguir describir con todo lujo de detalles a Arpad Buss lo que estaba ocurriendo con Dalton, punto por punto. Dudó por un momento si copiar a Arturo. No tenía sentido no hacerlo, así que se lo envió a ambos, a Arpad y Arturo, rogándoles que hicieran lo necesario para controlar la situación.

Arpad le contestó ese mismo sábado. Al parecer no estaba al tanto de los «terribles acontecimientos que estaban teniendo lugar», así que trató de tranquilizar a Bernardo prometiéndole que hablaría él mismo en persona con Dalton en Londres.

«Menos mal, –respiró Bernardo–. Al menos ya saben todos lo que está pasando y alguna medida tendrán que tomar».

En efecto, Arpad convocó a Dalton a una reunión en Londres esa misma semana, pero nunca tuvo lugar. Dalton enfermó de nuevo y canceló en el último momento. Así que a Scottish Fist no le quedó más remedio que pedirle a Arturo que llegara a un acuerdo con Dalton para que se marchase del bufete. Y, por supuesto, que ya no apareciera más por la oficina. Arturo se lo contó todo a Bernardo. Parecía que la pesadilla había pasado.

Por fin. Bernardo sentía que la situación se había desbocado y que habían llegado a un punto de no retorno que fácilmente podría haberse evitado. No le deseaba nada malo a Dalton. De hecho, hasta hacía bien poco le consideraba un buen amigo, pero el ambiente que había generado en el bufete era irrespirable. Tras unos días disfrutando de esa triste calma en los que intentó volver a centrarse en su trabajo, convocó a su equipo en su despacho para repasar la lista de temas pendientes, tal y como tenía por costumbre los martes.

De repente, levantó la mirada y vio pasar desafiante a Dalton, que se dirigía a la cocina con la mirada perdida. Iba hablando a gritos con su equipo, que lo trataban de tranquilizar. Inmediatamente, Bernardo levantó el teléfono y marcó la extensión de Arturo.

–Arturo, ¿has visto que Dalton está en la oficina? ¿No te habías reunido con él para decirle que lo despedíamos?

–Bueno, es que... todavía no he conseguido hablar con él.

–¿Cómo que no has conseguido hablar con él? ¡Pero si Arpad te dijo expresamente que no apareciera más por la oficina!

–Soy consciente; ahora mismo lo busco y se lo comunico. «Eso espero», pensó Bernardo.

Una hora después, Dalton volvió a ver pasar a por delante de su puerta, desafiante. Bernardo marcó de nuevo la extensión de Arturo. Saltaba el contestador, así que probó a su número móvil.

–¿Sí? ¿Quién es?

–Soy Bernardo. Oye, Dalton sigue por aquí. ¿No ibas a hablar con él?

–Es que no he podido. He tenido que salir a Correos a enviar una notificación para un tema de Aerocop.

Bernardo no se lo creía. Le había dejado a solas con ese loco descontrolado.

–¿Y no podías haber mandado a uno de tus asociados a Correos? Ven inmediatamente, que este hombre está totalmente ido –lo conminó colgando con fuerza el auricular.

Comenzaba a estar realmente un poco asustado. Recibió una llamada de recepción.

–Está aquí su visita. Le espera en la sala de juntas

Se trataba de la reunión de la una y media. Venía un fondo de inversión a contarle un asunto nuevo que pensaban encargarle, así que con Antonia se dirigió a la sala de juntas, a la que se accedía cruzando la recepción.

No le dio tiempo a verlo venir. Sintió un tremendo golpe en la espalda mientras caía sobre el mostrador, donde le miraba con cara de espanto la recepcionista del turno de mañana. Se intentó girar pero Dalton le estaba agarrando con tal fuerza que le resultaba imposible desembarazarse de él pese a ser diez años más joven. En un segundo se le pasaron por la cabeza multitud de alternativas. Descartó la de responder de cualquier modo a la agresión. No saldría ganando nada. Dalton ya estaba despedido y él era el codirector del despacho y una persona mucho más joven y en forma, por lo que si le tocaba un solo pelo a Dalton acabaría siendo asimismo despedido él porque podrían aducir que era una pelea de dos en la que además el más joven se prevalecía de su posición de ventaja. Tampoco podía dejar que la cosa quedase así. Necesitaba que la agresión fuera evidente y pública. Con el mayor número de testigos posible. Había que conseguir que no cupiesen dudas y que echaran a Dalton de una vez por todas, así que cuando por fin logró liberarse caminó hasta la pradera, donde se encontraban la mayoría de asociados asegurándose de que Dalton le siguiera de cerca. Se quedaron de pie uno frente a otro mientras Dalton le gritaba:

–¿Has visto lo que has conseguido, cabrón de mierda? ¡Tengo familia y se van a quedar todos en la calle!

Bernardo sabía que era su oportunidad.

–Dalton, ¿no ves que con esto no te estás haciendo ningún favor? Ni a ti ni a tu familia. Piensa en ellos.

No por esperado le dolió menos. Dalton le propinó otro puñetazo mientras observaba, satisfecho, cómo Bernardo volvía a caer. El edificio que tanto le había costado apuntalar comenzaba a tambalearse con ese manotazo.

X DESPOJADO DE SUS VESTIDURAS

Muchos meses tardaron en volver más o menos las cosas a su cauce, aunque ya nada volvería a ser lo mismo en la oficina capitalina de Scottish Fist. La salida de Dalton no había resuelto la confrontación entre el clan de los fundadores, ahora tan solo compuesto por Arturo, Adrián y Antonia, y el formado por Bernardo y Alejandro. Los primeros habían tenido que aceptar el despido de Dalton a regañadientes y por-que las cosas habían acabado saliéndose de madre, pero su animadversión hacia Bernardo no había hecho sino aumentar con el episodio. Y ello pese a que Bernardo se iba destacando paulatinamente como el socio que más facturaba de la oficina. Sus números aumentaban sin parar, de manera que ya representaban un veinte por ciento de la facturación del despacho, una cifra que suponía a su vez un cincuenta por ciento más que la cantidad facturada por el siguiente socio en la Gran Capital, que no era otro sino Arturo.

Bernardo notaba ese rechazo y estaba incómodo, pero creía ingenuamente que Arpad, tras el «episodio Dalton», se habría finalmente dado cuenta de que entre sus dos gestores el que realmente sabía lo que hacía y tomaba decisiones era él. Que Arturo era un hombre de paja que se escondía cuando venían curvas. Prueba de ello era su nombramiento como miembro del comité financiero de la firma global. Aunque se trataba del típico nombramiento por turno, en el que se intentaba que todas las oficinas se encontrasen representadas, Bernardo se lo tomó en serio. Lo primero que descubrió en su nueva función financiera fue que Scottish Fist, para su sorpresa, pese a llevar su contabilidad en libras aun teniendo prácticamente la mitad de sus ingresos en euros, no tenía contratado ningún instrumento financiero de cobertura de tipo de cambio. Esto provocaba larguísimas y tediosas discusiones cada año en el seno del comité acerca de qué tipo de cambio aplicar a cierre de año, especialmente teniendo en cuenta que unos socios cobraban en una moneda y otros en otra.

Sin llegar a concluir se sucedían nada las reuniones del comité, del que formaban parte, además de Bernardo, un socio por oficina y Peter Collburn, director financiero de Scottish Fist y mano derecha y topo de Arpad Buss. Bernardo propuso contratar un seguro de tipo de cambio para poder prefijar el tipo aplicable y de esa manera ahorrarse horas y horas de discusiones, pero su propuesta fue rechazada más por la pereza mental propia de abogados hacia los temas financieros que por una verdadera razón de fondo. Esto le traía por la calle de la amargura y trataba de manera pueril que Peter Collburn lo entendiera y valorase sus contribuciones, como si siguiera en la universidad o, peor aún, en el colegio. Lograr que el profesor se fijase en él y acabara poniéndole buena nota. Si eso ya no valía ni en la facultad, ¿cómo iba a hacerlo aquí?

Para María era inexplicable cómo podía en la particular lógica de Bernardo tener sentido el que alguien como Arpad, eterno CEO de Scottish Fist, pudiera preferir al irredento frente al dócil, al ejecutivo frente al inmovilista, cuando cualquiera con dos dedos de frente se habría dado cuenta de que Arturo Pedraz era el gestor ideal para los objetivos personales de Arpad Buss, que no eran otros sino la perpetuación en su cargo, para lo cual era preciso rodearse de directores de oficina con el perfil lo más plano posible.

Sin embargo él no lo veía así. Y cometía imprudencias que, de haberlas consultado con María, ella nunca le habría permitido. Como ese mismo final de año, cuando tras una tremenda bajada de la libra frente al euro Bernardo hizo unos cálculos rápidos para comprobar cuánto dinero había perdido Scottish Fist ese ejercicio por no haber contratado el famoso seguro de tipo de cambio y se los envió a Arpad y a Peter. Era una barbaridad de dinero absurdamente tirado a la basura. Bernardo, sin ser consciente de ello, se estaba metiendo cada vez más en la boca del lobo a base de llamar la atención de manera imprudente. Su evolución enconaba más la confrontación con los fundadores, que observaban cómo parecía prosperar en la red internacional, pero al mismo tiempo lo hacía más peligroso para Arpad, al que Peter mantenía puntualmente informado de sus valiosísimas aportaciones. Así que cuando llegó la hora de las evaluaciones de los socios y la publicación de sus remuneraciones, las expectativas de Bernardo se demostraron totalmente desencaminadas.

El sistema retributivo de Scottish Fist era un *lockstep* adaptado al rendimiento de cada socio. Y por rendimiento, pese a que se evitaba reconocer que así fuera, se entendía facturación en sus vertientes habituales de «generación» y «ejecución». Cada socio estaba ubicado en un escalón del uno al diez, siendo el uno el más bajo, el de entrada en la «sociatura», y el diez el más alto, en el que tan solo se encontraba por supuesto Arpad Buss. Cada escalón tenía una equivalencia en puntos de *equity* y cada punto tenía aparejado un valor en dinero. De esta forma, para calcular lo que ganaba un socio no había más que multiplicar el número de puntos que ostentaba por pertenecer a ese escalón por el valor de cada punto, que fluctuaba cada año en función del resultado global de la firma.

En teoría, cada año los socios o bien se quedaban en su escalón de partida o avanzaban hasta el siguiente. También era posible tanto subir solo medio escalón, por ejemplo del uno al uno y medio, como saltar dos escalones de golpe.

Bajar era prácticamente residual y suponía un mensaje claro para el que sufría la bajada. Significaba que allí ya no era bienvenido. La particularidad del sistema es que la progresión en la ganancia de puntos al ir subiendo por los escalones no era lineal. Esto es, pasar del escalón uno al dos otorgaba muchos menos puntos que promocionar del siete al ocho, por ejemplo. Y, para empeorar las cosas un poco más, las remuneraciones de todo el mundo se circulaban por *mail* cada año a todos los socios en un imprudente ejercicio de transparencia mal entendida. Esto ocurría una vez al año un viernes por la noche hacia el mes de enero, justo después de que el Comité de Evaluación de la firma hubiera concluido sus deliberaciones y el resultado de las mismas hubiera sido aprobado por la Ejecutiva de Scottish Fist, esto es, por Arpad. Ese viernes de cada año se armaba la mundial. Cada socio abría ansiosamente el mensajito de marras, se buscaba en el listado con el corazón a mil y comprobada en qué escalón le habían ubicado. Inmediatamente después miraba dónde habían aterrizado los demás. Y siempre, sin excepción, a todos les parecía que el resto había sido favorecido mientras que a uno le habían perjudicado flagrantemente.

Eso es lo que ocurrió ese viernes. Bernardo, aunque sabía que esa era la noche de las remuneraciones, había preferido marcharse a su casa a disfrutar de su pequeña y de María, que estaba esperando su segundo bebé. Estaba además convencido de que tendría salto doble de escalón. Había facturado de largo el que más de la oficina y todavía se encontraba por debajo de la mitad de la escala, de manera que dos escalones equivalían a subir medio escalón de los de arriba. De hecho, había tenido oportunidad de comentarlo con Arturo, que en una sonriso-rebotante reunión le había venido a confirmar, siempre medio en clave, que le ascenderían al menos un escalón y medio, mientras que ese ejercicio él mismo se conformaría con permanecer en el mismo nivel.

Subir a par tir de ahí, decía, era ya muy difícil por el valor en puntos de cada nuevo escalón, por lo que ya no contaba con seguir prosperando cada año. «Mejor que subáis los demás», decía.

Así que cuando llegó el mensaje de Arpad Buss adjuntando la lista de remuneraciones, Bernardo ni siquiera se apresuró en abrirlo. Esperó a bañar a su hija, darle la cena y acostarla antes de comprobar tranquilamente cómo sus esfuerzos, y también sus sufrimientos del último año, habían sido compensados. Entrada la noche abrió el ordenador con la intención de leer el correo de Arpad, pero se encontró con un mensaje de Arturo dirigido a todos los socios de la Gran Capital al hilo del de Arpad adjuntando las nuevas retribuciones.

> DE: Arturo Pedraz
> A: Socios de Scottish Fist Gran Capital
> Asunto: Fw: Yearly scales and retribution
>
> Estimados socios,
> Me alegra comprobar el reconocimiento que otro año más Scottish Fist da a nuestra oficina.
> A todos nos ha ido bien y eso es lo más importante.
> Mi más sincera enhorabuena porque habéis hecho todos un trabajo estupendo.
> Estoy muy orgulloso de vosotros.

¿Que a todos nos ha ido bien? Bernardo se temía lo peor. Abrió apresuradamente el mensaje de Arpad, puso el ratón sobre el pdf adjunto que contenía el listado con los nombres de los socios y sus posiciones en la escala, hizo doble *click* y contuvo la respiración.

Buscó rápidamente su nombre. Como sospechaba, le habían ascendido menos de lo esperado. Tan solo un escalón.

Ahora tenía que comprobar qué había ocurrido con el resto de la oficina, porque no le cuadraba en absoluto su aumento con el mensaje de Arturo. Localizó a sus colegas socios de la oficina de la Gran Capital. Efectivamente, todos habían saltado medio escalón. Incluso Antonia había promocionado uno como él. Otra vez un aumento indiscriminado, pensó. No le pareció justo pero lo consideró solidario. Hasta que bajó a la «P» y vio junto al nombre de Arturo Pedraz una subida de medio escalón, que al nivel de escala en que se encontraba su colega de gestión suponía un aumento en puntos de casi el doble que el resto de socios, Bernardo incluido.

Conque a todos nos ha ido bien y eso es lo más importante...

Ahora entendía el mensaje de Arturo y su prisa por enviarlo. Necesitaba venderles el aumento de todos, incluido el de sí mismo, como una acción solidaria, un reconocimiento para toda la oficina, cuando en realidad él se había cobrado la mayor parte del éxito de todos.

Bernardo hizo lo que nunca debe hacerse. Contestó en caliente al mensaje, con la sangre en ebullición cegándole la razón, sin seguir la más básica regla de prudencia que aconseja redactar y guardar el borrador para revisarlo con ojos frescos y más bajas pulsaciones al día siguiente. Y encima respondió copiando a todo el resto de socios de la Gran Capital.

«DE: Bernardo Fernández Pinto
A: Arturo Pedraz
Cc: Socios de Scottish Fist Gran Capital
Asunto: Re: Fw: Yearly scales and retribution

Arturo,
Sinceramente, no sé si tu mensaje es para despistar, pero no a todos nos ha ido bien. Los demás prácticamen-

te no hemos subido y tú, en cambio, has tenido un gran aumento. Al menos no pretendas vendernos lo contrario.

Nada más apretar la tecla de enviar supo que había cometido un tremendo error de consecuencias imprevisibles. Acababa de cuestionar la autoridad de Arturo de manera grave e insultante ante todos los socios de la oficina. Por muchas razones que pudiera atesorar para hacerlo, por muchas ocasiones en que Arturo le hubiera fallado, no era excusa para perder de esa manera la compostura, para romper el ya de por sí extremadamente frágil equilibrio en las débiles relaciones entre los socios de la Gran Capital.

Dejó pasar el fin de semana esperando una contestación que nunca llegaría. Releyó en múltiples ocasiones y bajo diferentes estados de ánimo su mensaje para calibrarlo en frío. Todas las veces le pareció que nunca jamás debió enviarlo. Dudó de si llamar a Arturo, pero en el fondo estaba bastante fastidiado por su injusta retribución y por la desfachatez de su socio cogestor al valorar las subidas como un éxito de la oficina. Sabía que debía hacerlo pero su orgullo se lo impedía.

Decidió consultar a Alejandro. Seguro que él tampoco estaría de acuerdo con las subidas y podría apoyarlo frente al resto para tratar de rebajar la tensión que él mismo había cre-ado innecesariamente con su mensaje.

–¿Qué tal, Alejandro? Perdona que te moleste en el finde.

¿Viste mi mensaje de ayer? ¿Qué te pareció?

–¡Jajajaja! ¡Claro que lo vi! Tienes toda la razón, lo sabes perfectamente, pero te has pasado tres pueblos.

–Lo sé. Por eso te llamaba. No sé qué hacer. Llamar a Arturo sería como estar dándole la razón. Me niego.

Ahora era el momento en que necesitaba que Alejandro le demostrase todo su apoyo. Se hizo un breve silencio.

–No le des más vueltas, Bernardo. Seguro que se le acaba olvidando.

–Eso espero.

Pero no iba a ser así. El mismo domingo por la noche Arturo convocó una reunión extraordinaria de socios a primera hora del lunes, es decir, a las diez. Bernardo llegó puntual, pero en esa ocasión ya estaban todos en la sala de juntas sentados y con cara de entierro, y especialmente Antonia, Adrián, y evidentemente Arturo, que tomó la palabra en cuanto Bernardo se sentó.

–Bernardo, te exijo una disculpa pública delante de todos los socios por tu mensaje del viernes.

Ecce homo. Claramente había herido su orgullo. Y Arturo no era de los que solucionasen las cosas en privado. Necesitaba estar arropado por sus fieles. Bernardo comprendió entonces que esa reunión se había venido cocinando desde el mismo viernes noche.

–Arturo, tienes toda la razón en que mi mensaje estuvo fuera de lugar, mis disculpas por ello. No pretendía ofenderte. Solo quería expresar una opinión como socio de la firma, aunque debería haberlo hecho de otra manera.

–¿Y se puede saber qué opinión es esa? Si precisamente tú eres el socio al que más han ascendido. ¡Un escalón entero!

No se lo podía creer. ¿Cómo podía Arturo tener tanta cara? Era imposible que fuera tan estúpido como para no saber que su medio escalón representaba mucho más que la subida de un punto de Bernardo. ¿A quién pretendía engañar?

Reflexionó brevemente. Ese sí era el foro y la ocasión adecuados para compartir su opinión, consideró. Pero de nuevo se equivocaba.

–¿Estás hablando en serio? Sabes perfectamente que lo llames medio escalón o escalón entero no es más que nomenclatura y que la realidad es que a quien más han subido el sueldo es a ti, mucho más que al resto.

Arturo miró a Adrián fugazmente sin que nadie lo notara. Bernardo estaba justo donde ellos querían. Había caído en la trampa.

* * *

Los siguientes meses transcurrieron apaciblemente. A esa situación de calma contribuían los buenos resultados de la oficina, empujados sobre todo por los números de Bernardo, aunque en general todas las áreas estaban funcionando bien. El año fiscal de los bufetes ingleses concluía el 30 de abril de cada año, por lo que era habitual recibir la visita de Arpad Buss en mayo para valorar el resultado de cierre de ejercicio y aprobar el presupuesto para el siguiente, que con antelación había sido preparado a nivel local. Sin embargo, las evaluaciones y la determinación de las retribuciones de los socios no tendrían lugar hasta noviembre o diciembre, para así valorar también el desempeño a mitad de ejercicio. Era una manera de tener a todo el mundo en tensión permanentemente.

Arpad hacía su habitual gira por todas las oficinas comenzando por la mayor para concluir con las más pequeñas. De esta manera iba calibrando cuánto tenía que apretar a los más dóciles y con menos capacidad negociadora una vez había cerrado el presupuesto de los grandes. Por esta razón, la oficina de la Gran Capital solía ser de las últimas que visitaba. Así que a finales de mayo todos en la oficina despejaban su agenda para recibir al gran jefe, procurando tener algún as en la manga, alguna perspectiva positiva que comentar en la reunión y de esa forma contentarlo e ir abonando poco a poco el terreno para las evaluaciones de otoño.

Bernardo también lo hacía y trataba de tener un discurso ordenado y optimista. Llevaba casi tres años en Scottish Fist y sabía perfectamente cómo funcionaba el tema. Aunque en esa ocasión era un poco diferente, porque la cosa iba a ser fácil. No solo había soportado estoicamente los ataques de Dalton por el bien de la oficina, sino que su «generación» y «ejecución» eran excelentes (¡por fin!) y tenía tres muy relevantes proyectos en cartera (lo que en la jerga se llamaba el *pipeline*) que le garantizaban los ingresos de su área para el siguiente ejercicio. Y todo esto sin contar con su contribución al comité financiero global.

Iba a ser una reunión excelente; tenía muchas ganas de verse cara a cara con el CEO. Arpad lo citó en la sala de la esquina, la segunda en importancia, a las dos en punto. Los británicos nunca tenían muy en cuenta los horarios locales por mucho que fuera la duodécima vez que visitaba la Nación, así que la hora era de lo más normal. Bernardo era el último de los socios con el que iba a reunirse.

«Buena señal», pensó. Se dirigió a la sala mientras repasaba mentalmente su año y las perspectivas para el siguiente, las propuestas de gestión que albergaba, retomando su sugerencia del *swap* de divisas, junto con los potenciales nuevos fichajes. Arpad no hablaba más que inglés, por lo que la preparación de las reuniones era si cabía aún más importante, por muy bien que uno dominase el idioma. No ser nativo siempre jugaba malas pasadas. Entró en la sala y encontró a Arpad frente a una bandeja de sandwiches y una ensalada a medio terminar. No conocía las costumbres locales pero lo que es comer, él sí que comía. Eso es una constante universal.

–¡Buenas tardes, Arpad! –Los británicos son muy escrupulosos con los horarios y después de comer, o al menos de haber comido él, automáticamente ya era por la tarde.

–Hola, siéntate, Bernardo. –Sus modales escoceses no daban para mucha cercanía.

Bernardo se sentó y esperó a que Arpad se quitase las gafas mientras ordenaba sus papeles.

–Bernardo, hemos tomado la decisión de que dejes tus funciones de gestión de la oficina. Serás sustituido por Adrián. Por un momento pensó que era broma, pero ni Arpad era del tipo que gastase bromas ni la situación se prestaba a ello.

–No entiendo. ¿Dejar de ser codirector? ¿Por qué? Creo que he hecho una labor muy buena estos años. Hemos crecido mucho, hemos superado momentos difíciles y yo he contribuido en todos los frentes posibles –se defendió como pudo Bernardo ante el inesperado anuncio.

–Nadie niega tus resultados ni tu esfuerzo; sin embargo hemos percibido que ya no existe la necesaria química entre tú y Arturo, y eso en un órgano gestor compuesto por dos personas no es posible. Bernardo se acordó de las palabras de María acerca de las preferencias de Arpad. Ella lo había visto venir desde hacía tiempo. Analizó rápidamente las palabras del CEO: «Falta de química». Esa expresión solo podía venir de Arturo y estar relacionada con el episodio vivido al hilo de las evaluaciones y retribuciones de los socios hacía escasos meses. Se la habían jugado a fuego lento sin que él, como era habitual, se diera cuenta.

–¿Habéis hablado de esta decisión con Arturo? Yo sigo manteniendo una buena relación con él; no creo que él considere que existe falta de química, podéis preguntarle. –Trató de explorar un poco el terreno.

Evidentemente, lo tenían que haber hablado con él. Eso lo sabía con certeza Bernardo, pero quería que Arpad se lo dijera a las claras.

–Arturo no sabe nada. Luego lo hablaré con él –trató Arpad torpemente de encubrir al otro codirector exonerándolo de responsabilidad.

–De acuerdo. Entendido.

–Esto es todo por el momento, Bernardo. La próxima semana volvemos a hablar –concluyó Arpad mientras volvía a ponerse las gafas de presbicia para revisar los papeles diseminados sobre la mesa entre migas de sándwich y restos de ensalada.

Bernardo se levantó y abandonó la sala. Ahí no había mucho más que rascar. Claramente lo habían despojado de sus vestiduras. Tan solo podría obtener más información directamente de Arturo, por lo que se fue directo a su despacho. Aunque fuera la hora del almuerzo, sabía que allí estaría su compañero de gestión hasta hacía escasos minutos, esperando a que Arpad se marchase al aeropuerto y pudiera comprobar que su entrega al trabajo no le permitía ni siquiera parar para comer.

–Arturo, acabo de tener la reunión con Arpad. Me ha pedido que abandone el puesto de codirector. ¿Tú no sabías nada de esto?

Arturo adoptó la esperada pose, aunque con una sonrisa si cabe más forzada, denotando una tensión que evidenciaba el preámbulo de una mentira.

–La verdad es que no. Arpad me había pedido hablar conmigo sobre ti. Es cierto que le noté algo molesto por alguna razón, pero no me imaginaba nada así.

Arturo mentía flagrantemente. Bernardo lo sabía. Arturo lo sabía. Los dos lo sabían. Pero no tenía sentido decir nada. Esa batalla estaba perdida. Lo importante ahora era limitar las pérdidas, porque la última frase de Arpad era bastante preocupante.

Decidió jugar la baza personal. Aunque Arturo tenía muchos defectos, siempre había demostrado cierta cercanía.

–Es justo lo que me ha dicho Arpad, que ahora te lo contaría, pero hay otra cosa que me ha dicho y me ha dejado muy preocupado.

–¿El qué? –disimuló de mala manera Arturo.

–Dice que la próxima semana hablaremos de nuevo. Si ya me ha comunicado que no voy a continuar en la gestión, no sé de qué más querrá hablar.

A Arturo le salió la vena paternalista.

–No te preocupes; cuando hable conmigo le preguntaré si hay algo más. Pero no lo creo. Siento esta situación, aunque si Arpad piensa que es lo mejor para la oficina yo no puedo hacer nada.

Bernardo se marchó preocupado a casa. Le ahorró el disgusto a María, que bastante tenía con un segundo bebé a bordo. Se tranquilizó pensando que el tema no podía ir mucho más allá. Después de todo, él no había hecho nada malo. Y su rendimiento era excelente.

* * *

Pasó una semana y no tuvo noticias de Arpad.

Mejor así, pensó.

Otra semana más iba a transcurrir sin que nada ocurriera. Bernardo comenzaba a pensar que le había dado más importancia de la debida a un comentario de pasada de Arpad. Pero el viernes recibió un mensaje del CEO. Decía que lo llamaría durante el fin de semana. No decía para qué. Bernardo se tiró todo el sábado y el domingo en tensión, pendiente del móvil. Sin embargo Arpad no llamó.

El martes recibió otro mensaje de la secretaria de Arpad. Se disculpaba por no haber podido llamarle el fin de semana, pero le indicaba que finalmente lo llamaría al siguiente sin falta. De nuevo, otro sábado y otro domingo sin reposar. Esperando el momento de que lo llamasen con la inquietud de qué era lo que se le iba a comunicar. Tampoco llamó esa vez. El desgaste comenzaba a hacer mella en Bernardo. Finalmente, Arturo le dijo que Arpad acudiría a la Gran Capital la semana siguiente y que hiciera hueco en la agenda para volver a reunirse con él. No pintaba bien pero esta vez iba sobre aviso. Y además prefería quitarse de encima la incertidumbre de una vez por todas.

Llegó el día de la reunión. Esta vez se verían en la sala de juntas. De nuevo a solas.

–Buenos días, Bernardo. Siéntate.

Al menos esta vez parecía más amable.

–Vas abandonar la firma.

Bernardo no sabía si era una pregunta o una afirmación.

En esta ocasión no se lo iba a poner tan fácil.

–Disculpa, Arpad, ¿me lo puedes repetir?

Arpad comprendió que la situación era más delicada de lo previsto. Bernardo no iba a dejarse hacer tan fácilmente. Tenía que medir sus palabras. Escogerlas con cuidado.

–Decía que me imaginaba que, al haber dejado de ser socio codirector, probablemente ya no querrías continuar en Scottish Fist.

Estaba claro. O no podía o no quería echarlo. Bernardo respiró aliviado. Había comprobado la falta de agallas de Arpad y hasta dónde estaba o no dispuesto a llegar. Deseaba a las claras que se fuera voluntariamente. Pero eso no iba a ocurrir. Al menos hasta que encontrase una oportunidad lo suficientemente atractiva en el mercado, que ahora era obvio que tendría que buscar, pero sin prisas ni agobios.

–No, Arpad. Ni mucho menos. He dejado de ser codirector, es cierto. Sin embargo es tan solo un servicio adicional que como socio prestaba a la firma y del que ahora se encarga otro. Es lo mismo que ocuparse de organizar la convención anual de socios. Si me tocase hacerlo un año lo haría encantado, en caso contrario no pasaría nada. Yo estoy a tu servicio y al de la firma. A partir de ahora me dedicaré en exclusiva a mi departamento sin más distracciones y eso se reflejará en los resultados.

Arpad reflexionó un instante. No le quedaba otra que claudicar por el momento.

–Me alegra que te lo tomes así. Es muy maduro por tu parte.

El edificio que tanto le había costado levantar comenzaba a desplomarse. Bernardo salió de la reunión con dos claras determinaciones. Por un lado, tenía que apretar al máximo para que sus números le hicieran imprescindible para la oficina. Por otra parte, habría que comenzar a explorar el mercado. Cuanto antes.

* * *

Pasó el verano y las tres operaciones que tenía en cartera Bernardo estaban en plena ebullición. Hacía años, desde sus tiempos en Templeton, que no tenía tanta actividad. Esto ayudaba a que sus más cercanos, Davinia, Alejandro y el equipo de este, notaran mucho menos la tensión existente. Todo el mundo había leído el anuncio enviado por Arpad comunicando el cese de Bernardo como gestor. No obstante, al igual que pensaba el propio Bernardo, las cosas iban tan bien en términos de facturación que su abandono de las funciones de gestión sería anecdótica y no afectaría en nada a su futuro en Scottish Fist siempre y cuando continuara su impecable marcha.

Pero Bernardo no se fiaba; sabía que estaba en un equilibrio inestable, dependiente de unos resultados que en algún momento bajarían, así que de manera discreta comenzó a buscar alternativas en el mercado. Y no era fácil, porque no le valía cualquier cosa. Si había que moverse tendría que suponer una evolución. Esta siempre había sido su filosofía. Y a estas alturas eso solo podía significar la apertura de un nuevo despacho internacional en la Gran Capital bajo su responsabilidad. Nada de gestiones bicéfalas. Tener la oportunidad de dirigir una oficina con plenos poderes.

El ciclo económico en la Nación no ayudaba. Aunque continuaba el desembarco de nuevos bufetes internacionales, lo que antes era una oleada ahora era un goteo. Seguía habiendo grandes firmas que no habían aterrizado todavía en la Nación y que estaban muy interesadas en hacerlo. Y es que la Nación era lo suficientemente próspera como para contar con empresas grandes que permitían que se les cobrase un precio por hora tan alto como en los mercados más ricos, pero al mismo tiempo tenía un coste de vida lo suficientemente bajo como para permitir pagar sueldos más modestos. Todo ello hacía muy rentable el abrir oficinas en la Gran Capital pese a la crisis.

Bernardo lo sabía, por lo que era simplemente una cuestión de tiempo, de tener paciencia y de escoger bien el siguiente destino. Mientras tanto, apretaría al máximo sus resultados. Sabía que podía hacerlo porque las tres operaciones de *M&A* en las que estaba ocupado su equipo eran un verdadero filón. Para comenzar, dos compras de empresas locales por parte de multinacionales acostumbradas a pagar honorarios altos y que habían aceptado pagar todas las horas incurridas al precio por hora estándar. Esto era muy poco habitual en el mercado, aunque al tratarse de transacciones que se habían ido dilatando en el tiempo, surgiendo nuevas dificultades de manera continuada, no cabía facturar de otra manera. Bernardo tan solo tenía que reportar mensualmente las horas cargadas en el sistema por cada miembro del equipo describiendo los servicios prestados y la factura, tras su aprobación por parte del cliente, era abonada de manera inmediata. Esto tenía un impacto brutal en su estadística de ciclo de cobro, conocida en la jerga como *lockup*, que computaba el tiempo que se tardaba en cobrar cada hora trabajada desde el momento en que se registraba en el sistema. En tercer lugar, se estaba encargando de una reestructuración del conglomerado en la Nación del grupo Artic Nautics, curiosamente el mejor cliente de Arpad Buss y con el que se había acordado un presupuesto cerrado bastante elevado.

Asuntos de ingreso alto y cobro rápido y asegurado. Bernardo se encaminaba a un año de récord. Así que llegados a octubre, casi a mitad de ejercicio, marchaba ya con el triple de ingresos que el siguiente socio en la lista, que una vez más era Arturo. Había logrado con creces cumplir el primero de los objetivos que se había marcado: hacerse imprescindible. Pero sabía que no podía olvidarse del segundo, por lo que había entablado contacto a través de un nuevo cazatalentos internacional con tres firmas globales de primer orden que querían abrir oficina en la Gran Capital. El proceso iba bastante lento. Por su parte tampoco había prisa.

En definitiva, estaba perfectamente preparado para la inminente visita de mitad de ejercicio de Arpad Buss, que iba a tener lugar a mediados de ese mes. Una vez más, Arpad se reuniría con todos los socios uno a uno con la idea de comprobar cómo iba el año. Bernardo imprimió las estadísticas oficiales de la web de socios con las que evidenciar la buena marcha de su departamento. Con todo ello acudió a la cita con una ligera sensación de *déjà vu*. No era la primera vez que iba con los deberes teóricamente hechos, así que no se fiaba.

–Buenos días, Bernardo. Siéntate. La misma fórmula de siempre.

A Bernardo, aun sin razón para ello, de entrada ya se le hizo un nudo en el estómago. Estaba nervioso, aunque consiguió que no se le notara. Después de todo bajo el brazo llevaba datos que lo protegerían.

–Bernardo, quiero que te marches de Scottish Fist.

Vaya, no se lo esperaba en absoluto, pero por fin se quitaba la careta. Tragó saliva y pensó con rapidez la mejor estrategia ante el inesperado escenario.

–¿Y eso por qué, Arpad? ¿Cuál es el motivo? Como puedes comprobar en las estadísticas de la oficina, mi departamento factura el triple que el siguiente. Y mi ciclo de cobro es excelente. Los clientes pagan en menos de treinta días, no tengo casi deuda pendiente. Por lo que veo en la web de socios, mi *lockup* es el menor de toda la firma.

Bernardo estaba claramente mejor preparado en esta ocasión. Sin embargo Arpad también lo estaba.

–No todo son cifras de facturación en un despacho de abogados, Bernardo. Tú has firmado, como todos, un Pacto de Socios que se basa en la confianza mutua, y esa confianza ha desaparecido.

Pues en eso tenía razón. Mucha confianza mutua no existía. Pero eso no podía ser razón para echar a nadie.

De todas formas apuntó en su lista de tareas mental leerse en profundidad el *Partnership Agreement*, el voluminoso acuerdo de ciento veinte páginas sometido al Derecho Inglés que todos los socios se veían forzados a firmar casi sin leerlo. Se trataba de intrincados contratos que estaban redactados de una manera ininteligible, de forma que permitieran siempre las interpretaciones más favorables a quien lo redactó, que no era otro que Arpad Buss. Y si alguien no estaba de acuerdo, siempre podía acudir a un carísimo procedimiento arbitral en Londres.

–¿Y quién decide que se ha producido esa pérdida de confianza? ¿Tú? Si eso fuera posible, entonces tú podrías decidir en cada momento quién quieres que se marche y quién se queda.

Arpad dudó. Bernardo era más firme de lo que esperaba. No estaba acostumbrado a tanta resistencia. Al verle vacilar, Bernardo decidió pasar a la ofensiva.

–Mira, Arpad, esto es muy sencillo. Ocurre en todas las empresas. De repente un empleado incomoda al jefe y sin ningún motivo real este decide prescindir de él. La solución es fácil. No hay más que llegar a un acuerdo.

Arpad callaba, por lo que Bernardo prosiguió.

–Y si eso es lo que quieres, pagadme el sueldo de dos años y dadme un plazo de seis meses para encontrar otro trabajo y me voy.

Miró al CEO a los ojos. No se esperaba algo así ni por asomo y reaccionó a la defensiva, reculando.

–Bernardo, eres un socio apreciado de Scottish Fist y no tenemos ningún motivo para prescindir de ti.

Bajó la mirada y volvió a sus papeles. Como no decía nada más, Bernardo se levantó y se marchó. La cosa no quedaba tan mal, así que mejor no prorrogar el encuentro. Había salvado otra bola de partido por su audacia, pero esto no podía seguir así mucho más tiempo. Había claramente que cambiar de aires. Era evidente que Arpad quería que se marchase, pero también lo era que no tenía intención de pagarle ninguna indemnización. Y hoy le había quedado bien claro que no podría prescindir de él en tanto en cuanto Bernardo siguiera sin darle motivos para echarlo.

Bernardo continuó las siguientes semanas con la misma estrategia de intensificar su facturación, trabajando a tope en los temas abiertos, buscando nuevas operaciones y siempre sin quitar un ojo a un posible cambio de aires. Tan seguro se sentía de sí mismo que no consideró necesario preocupar más de la cuenta a María con los últimos acontecimientos, porque llevaba ya unos meses comenzando a verla afectada por todo el lío en que se estaba convirtiendo la vida profesional de su esposo. Davinia, Alejandro y los más cercanos a su círculo en Scottish se preguntaban cómo podía mantener la calma en un momento así, conocedores como eran de la inquietante conversación que había mantenido con Arpad en su última visita.

Así que, llegado el primer viernes de noviembre se encontraba con la guardia baja por la tarde-noche capitalina, a punto de cerrar el portátil, cuando recibió un mensaje de Arpad Buss señalado como urgente. En él se copiaba a Peter Collburn en su condición de director financiero de Scottish Fist.

La hora era bastante avanzada ya y pocas tardes de los viernes seguía a esas horas Bernardo en la oficina. Pero le pareció prudente abrirlo antes de irse a casa. Abrir los mensajes desde el móvil no permitía consultar ciertos archivos adjuntos.

Y menos mal que lo hizo.

DE: Arpad Buss
A: Bernardo Fernández Pinto
CC: Peter Collburn
Asunto: Auditoría de Hojas de Tiempos

Estimado Bernardo,
Hemos realizado una auditoría de tus hojas de tiempos y hemos identificado un conjunto de actuaciones que nos han generado una gran preocupación por poder ser constitutivas de un comportamiento inadecuado según lo regulado en el artículo 97 párrafo 6 del Pacto de Socios de Scottish Fist.
Dichas actuaciones denotan un volumen inusualmente elevado de horas facturadas a tres clientes. Se adjunta un reporte detallado de los mismos.
Adjuntamos asimismo las hojas de tiempos correspondientes a dichos asuntos rellenadas por ti, en las que la descripción de los tiempos incurridos y cargados en el

sistema no resulta lo suficientemente detallada, llevando a dudar de la realidad de las mismas.
Dada la seriedad de los hechos, te requerimos a que viajes el próximo lunes a Londres para proceder a dar las oportunas explicaciones ante mí y el director financiero, al que copio en el presente *mail*.
Sin ningún otro particular, Arpad Buss
CEO de Scottish Fist

¡Menudo cabrón! El plan de Arpad estaba clarísimo. Había esperado su momento como un depredador que estudia los movimientos de su presa. En la cabeza de Bernardo resonaban las palabras del CEO en su última reunión: «Bernardo, eres un socio apreciado de Scottish Fist y no tenemos ningún motivo para prescindir de ti».

«Todavía», le faltó añadir a Arpad, que ya se había ocupado de inventarse uno. Probablemente habrían estudiado en profundidad el Pacto de Socios para encontrar algo de lo que se le pudiera acusar a Bernardo y habían encontrado eso. Le estaban acusando de *padding*, de cargar a los clientes horas inexistentes de trabajo.

Había que reaccionar rápido. Era un mensaje a traición. Enviado un viernes por la noche para solicitar una reunión urgente el siguiente lunes por la mañana. Lo primero que hizo fue escribir rápidamente a Dilma Felicien para fijar una reunión en Londres a primeros de diciembre con Banca Grande. Tenía mucha confianza con la responsable de la asesoría jurídica en Londres de la entidad financiera y además había un potencial asunto que podría ser de su interés. Había que ganar tiempo. En ningún caso podía plantarse en Londres ese mismo lunes sin la preparación adecuada.

Ese mes de margen se antojaba clave para recopilar todos los documentos que en su defensa le permitirían demostrar cómo todas las horas facturadas habían sido previamente aprobadas por los clientes, a los que Bernardo les enviaba una descripción detallada de los trabajos realizados durante el mes en curso. Era cierto que las hojas de tiempo de Bernardo eran muy poco descriptivas, pero es que eran los asociados los que tenían que ser muy escrupulosos con las descripciones del tiempo empleado en cada asunto, para permitir así a los socios señalar a los clientes con precisión los trabajos que se cobraban. Por el contrario, los socios no necesitaban incluir tanto detalle, porque al emitir ellos las facturas sabían a la perfección a qué habían dedicado su propio tiempo. Ese mes, asimismo, le permitiría demostrarle a Arpad cómo rellenando él las hojas de tiempos con el máximo detalle se llegaba al mismo resultado de facturación.

No podía dejar el mensaje sin contestar, por lo que se afanó en adoptar un tono de normalidad con el que quitarle hierro al asunto, como si se tratase de una auditoría ordinaria, sin ningún tipo de urgencia. Explicando cómo todas las horas eran aprobadas antes de facturarse por los clientes. Y cómo estos las pagaban de manera casi inmediata. Por último señalaba que el lunes tenía diversas reuniones de trabajo imposibles de posponer al tratarse de cierres de operaciones que no podía delegar, proponiendo como alternativa reunirse en Londres con Arpad y con Peter inmediatamente tras la reunión que iba a mantener con Banca Grande a primeros del mes siguiente.

Lo redactó y, antes de enviarlo, comprobó que Dilma le había confirmado enseguida la reunión para la primera semana de diciembre. Bendijo a Dilma. El plan funcionaba. No solo lo habían despojado de sus vestiduras, ahora pretendían desnudarlo del todo. La guerra había comenzado.

XI LATIGADO

—Cariño, ¿no tendrías en el trabajo una grabadora que pudieras prestarme?

—¿Una grabadora? —replicó con extrañeza María.

—Sí, de esas que usan tus jefes para dictar notas.

—¿Y para qué quieres tú una grabadora?

Bernardo le detalló la situación en Scottish Fist. Llevaba meses evitando hacerlo. Pero ya no podía disimular por más tiempo. Le contó cómo el ambiente se había ido deteriorando los últimos tiempos y la presión paulatina que había ido soportando por parte de Arpad. Ahora tenía que defenderse y por esa razón sería muy útil tener, por si acaso, muchas de las conversaciones grabadas. Para eso necesitaba la grabadora. Quería llevarla en el bolsillo de la americana durante las próximas conversaciones con Arpad.

Mientras hablaba, advirtió cómo los ojos de María se iban apagando progresivamente, cómo un nubarrón negro parecía ir adueñándose de su ceño, alterando su semblante, tornándolo en un rictus triste a la par que preocupado, con un elemento de rendición. Un rostro que siempre había sido alegre, unos ojos que podían iluminar una estancia, ahora aparecían inertes.

—No me cuentes nada, por favor, Bernardo. No quiero saberlo —le dijo dándose la vuelta hacia el dormitorio para descansar pese a no ser ni siquiera las siete de la tarde.

A Bernardo se le encogió el corazón. María no podía más; se estaba derrumbando ante sus ojos. Y él, pese a que el deterioro de su mujer llevaba siendo evidente desde hacía varios meses, no lo había sabido advertir hasta entonces, fruto del ensimismamiento en sus propias preocupaciones. La disputa con Arpad hasta ese instante había sido meramente profesional. Ahora se convertía en personal. Estaba afectando a la salud de lo que más quería. Y había que hacerles pagar por ello.

Era un hombre con una misión.

Tenía un mes clave por delante. Adquirió la grabadora en unos grandes almacenes y comenzó una frenética carrera contra el crono. La primera consecuencia de su plan era que ahora necesitaba quedarse cada día al menos una hora más en la oficina para rellenar sus hojas de tiempos. Lo hacía con una exhaustividad rayana en el paroxismo. Diseccionaba el día en unidades de diez minutos, describiendo con exactitud científica lo que hacía:

- ARTIC NAUTICS / 10 minutos / Redacción de correo electrónico a Linda Matik describiendo el proceso de reestructuración.
- ARTIC NAUTICS / 10 minutos / Revisión de certificación de acuerdos sociales y minuta de escritura.

Y así sucesivamente... También aumentó la intensidad del trabajo, movilizó a su equipo para acelerar al máximo los ritmos de producción y de esa manera conseguir un resultado extraordinario, histórico. Tenía que lograr hacer el mejor mes en términos de facturación de la historia de Scottish Fist. Y, al mismo tiempo que trabajaba y rellenaba hojas de tiempos, tenía que encontrar el momento de ir preparando la reunión con Arpad y Peter, recuperando y archivando multitud de *mails* y hojas de registro, recopilando un completísimo *dossier* que no admitiera contestación. Con él demostraría sin lugar a dudas que las horas cargadas a los clientes eran reales, que su facturación había sido aprobada por los mismos mensualmente y que las facturas se pagaban a los quince días de ser emitidas.

Al final de mes comprobó el resultado de su exhaustividad en el registro de las hojas de tiempos y de la intensificación del trabajo. Acababa de hacer su mejor mes en número de horas trabajadas desde los lejanos tiempos de sus comienzos en Templeton. Hacía muchísimo que no superaba las trescientas horas *cargables* en un mes. Pero no solo eso; este mes la suma de las cantidades facturadas por Bernardo era mayor que la suma de lo facturado por todo el resto de socios de la Gran Capital juntos. ¡Y eso que eran ocho socios!

Añadió todas las hojas de tiempos de ese mes al *dossier* que tan concienzudamente había estado preparando para la reunión, así como sus estadísticas de facturación. En total eran más de cien páginas. Pensó en escanearlas y de esa manera poder adjuntarlo en un solo archivo al *mail* que tenía previsto enviarles a Arpad y Peter. Pero decidió que no tenía sentido hacer eso. ¿Para qué facilitarles el trabajo a sus enemigos? Era mejor adjuntar los más de sesenta archivos por separado y de manera desordenada. Si Arpad se los quería leer tendría que pedir a alguien que los imprimiese todos y se los ordenase. Era posible que hasta ni se los acabara leyendo por no hacer el esfuerzo.

Redactó el mensaje, añadió los desordenados archivos adjuntos y vaciló cuando iba a apretar la tecla de envío. Todavía quedaba una semana para la reunión en Londres. ¿Para qué darle tanto tiempo a Arpad para preparar la reunión? Lo dejó en la bandeja de borradores. Cuatro días después, el viernes anterior a la reunión que iba a tener lugar el lunes siguiente, envió el mensaje. Había hecho exactamente lo mismo que un mes atrás habían tratado de hacer con él. Si querían tener la más mínima opción de preparar la reunión adecuadamente se iban a tener que quedar todo el fin de semana trabajando: imprimiendo, ordenando y leyendo archivos adjuntos. Si jugamos, juguemos todos.

Llegó el día D. Reunión en Londres. Bernardo estaba perfectamente preparado y dispuesto para la batalla. Llevaba su *dossier* bajo el brazo, su grabadora en el bolsillo de la americana y la cabeza clara, con todas las posibles variables analizadas infinidad de veces.

Había quedado con Dylan para comer. Los acompañaría el socio responsable de litigios bancarios de Scottish Fist en Londres. Era muy importante tener un testigo de la reunión, sobre todo por si surgía algún encargo relevante que al menos quedara meridianamente clara su aportación a la firma. Dylan Roberts era además un tío muy majo. Siempre se habían apreciado mutuamente, por lo que la comida iba a resultar muy agradable y en estos momentos ese pequeño momento de relajación de la tensión acumulada durante esos meses era un gran tesoro. Un oasis en medio del páramo en que se había convertido Scottish Fist para él y, en general, toda su vida profesional.

La reunión salió muy bien, y aunque no llegara a concretarse ningún encargo profesional lo cierto es que daba la sensación de que surgirían oportunidades en breve. Y para Scottish Fist trabajar con Banca Grande era un bombazo. Dylan estaba satisfecho.

Tras la comida compartió taxi con Dylan para ir a las oficinas de Scottish Fist en la *City*. Llegarían poco antes de las tres, que era cuando había sido citado por Arpad. Mientras estaban en el taxi, sonó el móvil de Dylan.

–¿Sí? Dime. Pues acabo justo de salir de la reunión. Bernardo intentó adivinar quién estaba llamando a Dylan.

–Ha ido muy bien –continuó Dylan.

–No, no. Todavía no nos han hecho ningún encargo formal, pero parece que...

El interlocutor pareció interrumpir a Dylan.

–Vale, entendido. Luego me paso por tu despacho y hablamos.

Colgó el teléfono. Bernardo lo miró con cara de inocente curiosidad de la manera más natural posible.

–Era Arpad. Quería saber qué tal había ido la reunión con Banca Grande. No entiendo por qué no te ha llamado a ti directamente.

Increíble. ¡Qué torpeza! ¿Acaso no imaginaba Arpad que volverían juntos en taxi de la reunión? ¡Y qué cinismo! O sea, que si Banca Grande les hubiese encargado un temazo, entonces Arpad ya no habría querido echar a Bernardo. Pero, ¿no se había producido una «irreparable pérdida de confianza entre socios»? ¿O acaso eso podía repararse con un encargo lo suficientemente importante de un cliente?

Bernardo se sintió algo más seguro, más confiado, ante la falta de finura que demostraba su rival. Se bajó del taxi y se despidió de Dylan en la recepción de las oficinas centrales de Scottish Fist. Dio su nombre a los encargados de seguridad y le indicaron que subiera a la última planta, donde se encontraba el despacho de Arpad. Mientras subía, el corazón se le iba acelerando progresivamente. La sudoración amenazaba con ser perceptible a través de la americana, pero su apariencia era de confianza y tranquilidad. No en vano llevaba ensayando este momento desde hacía mucho tiempo. Aprovechó el breve trayecto en el ascensor para poner en funcionamiento la grabadora. Repasó mentalmente la reunión una vez más y se sintió reconfortado ante el trabajo bien hecho. Más no podía haber hecho.

Nada más abrirse las puertas del ascensor se encontró a Peter, que lo saludó cortésmente. Esperaron unos minutos en un incómodo aunque educado silencio hasta que apareció Arpad sin hacer el más mínimo ademán de saludar a Bernardo. Se dirigió hacia las salas de reuniones sin mediar palabra alguna y Peter y Bernardo lo siguieron por pura inercia.

Llegaron a una sala interior, sin ningún tipo de iluminación natural. En ella les estaba esperando una secretaria delante de un ordenador, impertérrita, con gesto adusto. Tampoco hizo la más mínima mueca que pudiera interpretarse como un saludo.

Antes de entrar, Bernardo le indicó a Arpad que necesitaba ir al servicio. De mala gana él e gruñó que no había problema.

Bernardo preguntó a Peter, que se encontraba al otro lado de la sala, dónde se encontraban los baños. Al llegar al servicio comprobó que no había nadie, sacó la grabadora del bolsillo, rebobinó la cinta y pulsó el botón de reproducción. Comprobó que la contestación de Peter indicándole la ubicación de los servicios era perfectamente audible, por lo que podía sentarse en cualquier lugar de la sala de reuniones porque lo que se hablase iba a quedar debidamente registrado. Rebobinó la cinta, volvió a pulsar el botón de grabación, se guardó la grabadora en el bolsillo de la americana y retornó a la sala en la que se sentaban impacientes Arpad, Peter y la secretaria.

Delante de Arpad, había un grueso fajo de documentos. Era su dossier. Arpad se había puesto las gafas y lo ojeaba todo con cara de concentración y fastidio. Levantó la mirada cuando vio a su víctima de pie en la sala de nuevo.

–Siéntate, Bernardo –le ordenó secamente.

El aludido obedeció situándose a la cabecera de la mesa, desde donde calculó que la grabación sería más nítida. Se acomodó de manera que no se advirtiera el bulto en la americana y esperó a que comenzase el interrogatorio.

–Vamos a hacerte una serie de preguntas, a las que darás contestación. Anne Kaifa, la secretaria que ves sentada al extremo de la mesa, se encargará de tomar nota de todo lo que se diga a los efectos de que quede debidamente documentado.

¿Lo has entendido bien?

«¡Joder, solo falta que me enfoquen con un flexo de luz blanca a la cara para que sea como un interrogatorio de la KGB antes de enviarme al Gulag!».

–Entendido, cuando queráis. Estoy preparado.

Vaya si lo estaba.

–Bernardo, hemos identificado que en los últimos meses has cargado un número extraordinariamente alto de horas a tres clientes relevantes de Scottish Fist. Un gran número de esas horas son tuyas y, revisando las hojas de tiempos, hemos descubierto que los *narratives* son muy poco descriptivos.

–Lo sé. Eso es lo que ponías en tu *mail* de hace un mes.

–¿Eres consciente de que no se le pueden facturar al cliente trabajos que no se encuentren debidamente identificados y posteriormente aprobados por el mismo?

–Claro que lo soy. Por esa razón todos los meses, antes de sacar la correspondiente factura, envío un *mail* al cliente detallándole los trabajos realizados y adjuntando un listado exhaustivo de horas incurridas, solicitando su visto bueno para facturar. Y no emito la factura hasta que recibo la contestación del cliente.

Arpad volvió la mirada hacia donde se encontraba sentado Peter.

–¿Es eso cierto?

Bernardo no dejó que Peter contestara.

–Arpad, lo tienes todo detallado en el *dossier* que os he enviado: *mails* mensuales solicitando autorización para facturar, descripción de los trabajos realizados, autorizaciones de los clientes... Todo.

–Ya veo... Sí, es cierto... El viernes enviaste unos documentos adjuntos muy voluminosos y no he tenido tiempo de revisarlos con detenimiento –replicó Arpad.

Era su momento.

—Pues ya sabes lo que decís los ingleses, Arpad: «*Fail to prepare, prepare to fail*» (si no te preparas, prepárate a fracasar).

Una risa ahogada sonó en la sala. Era Peter, que no había podido evitarlo y ahora trataba de disimular. Arpad hojeaba el *dossier* como un pez dando bocanadas fuera del agua, sin saber por dónde comenzar con el batiburrillo de documentos que tenía frente a sí, impresos tal y como los había adjuntado Bernardo, sin ningún orden lógico.

Finalmente claudicó.

—Necesitamos tiempo para poder estudiar toda esta documentación en detalle. Te llamaremos cuando lo hayamos hecho —concedió a regañadientes.

—Perfecto. Ya me diréis —contestó Bernardo triunfal al tiempo que se levantaba, dispuesto a abandonar la reunión.

Estaba a punto de dejar la sala cuando oyó en la lejanía la voz de Arpad a un volumen prácticamente inaudible.

—Mientras tanto, sabes que de acuerdo con el Pacto de Socios tienes derecho a hablar con el socio representante —indicó de pasada y con desgana el CEO, que se sabía en la obligación de comunicar a Bernardo sus derechos.

Arpad tenía que ser muy cuidadoso con esos detalles, especialmente cuando faltaban pocos meses para las elecciones para el cargo de CEO. Iba a ser con toda certeza su sexta reelección, puesto que nadie osaría presentarse al cargo enfrentándose a él. El socio representante era el socio elegido por todos los *partners* para asistir a aquel miembro del *partnership* que se encontrase en la situación en la que se hallaba Bernardo, esto es, siendo investigado. Y, según establecía claramente el Pacto de Socios, era obligatorio comunicar ese derecho al sujeto de la investigación.

Por una parte, el comentario de Arpad era preocupante, puesto que confirmaba lo evidente, que se trataba de una investigación, un «consejo de guerra». Pero, por otra parte, hablar con Jeremy Blundle, el socio representante, le permitiría obtener algo más de información. Pese a todo, salió satisfecho de las oficinas centrales de Scottish Fist en la *City*. Sacó la grabadora del bolsillo interior y pulsó el botón de *stop*. Rebobinó la cinta y comprobó que todo estaba registrado.

Había salvado el tercer *match ball*.

* * *

A la vuelta de su viaje a Londres se encontró con María ya acostada. Era todavía temprano, pero hacía varias semanas en las que por muy pronto que llegase Bernardo a casa nunca lograba encontrar a su mujer despierta. Aun queriendo, no se habría tenido en pie la pobre.

A María se le hacía imposible asimilar más cosas. Para comenzar, el segundo parto la había dejado baldada. No solo por el propio cansancio del embarazo, sino por la carga adicional que suponía el día a día con un nuevo bebé. Pero sobrellevar todo ese esfuerzo acompañada de un espectro como Bernardo, totalmente aturdido por las vicisitudes de su microcosmos laboral, era lo que le resultaba realmente duro. Él no notaba su permanente ausencia estando presente. Creía que estaba haciendo un gran trabajo como marido y cabeza de familia no contando nada de lo que estaba soportando en Scottish Fist, como si fuera posible ocultar algo así a alguien que está acostumbrado a respirar por uno. De todas maneras, y aunque estaba satisfecho de cómo había resultado la reunión con Arpad y Peter, no tenía ninguna intención de contarle nada a María. Sabía que no debía hacerlo, al menos hasta que tuviera alguna buena noticia con la que neutralizar la acumulación de las malas anteriores. Estaba claro que Bernardo no tenía ni la más remota idea de cómo funciona la mente humana cuando se está hundiendo. Lanzar un flotador al náufrago no es suficiente. Hacen falta un bote salvavidas y mucho tiempo para volver a llegar a la costa para experimentar de nuevo la seguridad de sentir la tierra firme bajo los pies. En su simplista esquema mental todo se reducía a no contar para no preocupar y, una vez estuviera todo teóricamente solventado, vomitarlo todo con su correspondiente final feliz.

Lo que sí tenía que hacer sin demora era llamar a Jeremy Blundle, pero había que elegir con mimo el momento adecuado. Para comenzar, habló con la secretaria del socio representante y le preguntó por su disponibilidad las siguientes fechas. Jeremy era especialista en litigios y tenía en los próximos días vistas orales correspondientes a un gran arbitraje en el que estaba involucrado. Seguramente iba a estar tremendamente ocupado, sin demasiado tiempo disponible ni la suficiente claridad de ideas como para encargarse de cuestiones mundanas de gestión interna de otras oficinas.

«Perfecto –pensó–, justo lo que quería saber». Bernardo se informó acerca de cuándo tendría la siguiente vista oral. Sería el jueves a la una de la tarde. Esperó a que llegara el jueves y probó suerte. Llamó al móvil de Jeremy a la una menos cuarto, justo cuando calculó que se encontraría de camino a la vista. Efectivamente, Jeremy se encontraba en un taxi yendo a la Cámara de Comercio de Londres mientras repasaba mentalmente su próxima intervención cuando lo interrumpió el tono de llamada de su teléfono. El número no le resultaba familiar, así que dejó que siguiera sonando.

Insistían.

Colgó una primera vez. Fuera quien fuera el que llamara, era muy insistente.

Volvió a colgar y volvió a sonar. Le estaba rompiendo la concentración.

Colgó de nuevo.

Aquello no paraba. Imposible ordenar sus pensamientos antes de la vista. Iba a ser mejor contestar y quitárselo de encima.

–Al habla Jeremy Blundle –respondió con tono de fastidio cuando finalmente aceptó la llamada.

–Buenos días, Jeremy. Soy el socio de la oficina de la Gran Capital de Scottish Fist. Me ha dicho Arpad que te llamara en cuanto pudiera –lo abordó Bernardo de manera voluntariamente enigmática.

Jeremy estaba dentro del taxi rodeado de papeles y de pensamientos ajenos a cualquier cosa que le pudiera decir Bernardo. Su nivel de concentración en la llamada, tal y como había previsto Bernardo, era mínimo.

–Eh... Sí, ya me contó Arpad. El tema de la Gran Capital, ¿no?

–Efectivamente –Bernardo no pensaba soltar prenda.

–Si mal no recuerdo, tenías una disputa con el otro cdirector de la oficina, ¿verdad?

Pasaban los minutos de conversación y el taxi se acercaba a su destino. El tiempo para estar mentalmente organizado para su intervención en el arbitraje se reducía cada vez más. Empezaba a sentirse realmente agobiado ante la perspectiva de no poder ordenar bien sus ideas antes de la vista.

Y Bernardo lo sabía. Era ya la una menos cinco.

–Correcto –contestó de nuevo escueto, jugando con la poca paciencia que le quedaba a Jeremy.

–Discúlpame, es que ahora mismo me meto en una vista oral y no puedo hablar, pero estoy al tanto del tema y no te preocupes, que creo que Arpad va a reunirse, si no lo ha hecho ya, con tu socio para expulsarlo de Scottish Fist por incumplimiento grave de sus obligaciones de socio, tal y como le pediste. Mis disculpas de nuevo, pero estoy entrando ya en sala.

–No te preocupes. Suerte en la vista. Es todo lo que necesitaba saber.

Bernardo apagó la grabadora. Ya estaba todo claro. Y pintaba mal.

Pero había jugado bien sus cartas y, al haber cerrado con su *dossier* la vía de la expulsión por incumplimiento grave de sus obligaciones como socio, volvía a encontrarse en la misma situación en que se hallaba dos meses atrás. Si Arpad le pretendía echar tendría que pasar por el aro y aceptar las condiciones que le había exigido entonces. Dos años de sueldo y seis meses para encontrarse un trabajo apropiado. Y, por si acaso, se guardaba la bala de todas las pruebas, de todas las grabaciones que había ido recopilando y que demostraban a las claras el acoso laboral al que había estado sometido. No sabía si necesitaría utilizar todo ese material alguna vez, pero estaba claro que era bueno tenerlo. Para algo serviría.

Por todo esto, tenso pero a la vez en cierta manera tranquilo, se dejó invadir por el espíritu navideño propio de la época del año y se propuso evadirse, aunque fuese parcialmente, de todo el lío que lo rodeaba. Era lo mínimo que le debía a su familia, que tanto había aguantado esos meses.

Y, por descontado, en Nochebuena.

El 24 de diciembre era sagrado. El día familiar por antonomasia. Cuando todos somos un poco más amables y bajamos la guardia. De los pocos momentos de tregua universal. Como cada año, la familia se reunía a cenar en casa de la abuela, con los primos, tíos, cuñados y allegados. Así que a media tarde estaban todos allí para ayudar con los preparativos. María y Bernardo también, con la niña y el bebé, preparando la mesa para la velada. En la medida de lo posible había que pasar una noche tan especial de la mejor manera, sin nada que enturbiase el momento. Para la niña era una de sus primeras Navidades con cierta consciencia. Para la abuela, la mejor noche del año. Bernardo y María tenían que hacer todo lo que estuviera en sus manos para que las tensiones que estaban viviendo no afectaran en absoluto a la felicidad de la familia. Estaba prácticamente todo dispuesto para sentarse a disfrutar de la cena.

Bernardo decidió dejar el móvil en la cocina para olvidarse por unas horas del trabajo y evitar cualquier interrupción. De manera rutinaria echó un último vistazo al correo y le sorprendió comprobar que acababa de entrar un nuevo mensaje. Imaginó que se trataría de alguna felicitación navideña de última hora. Estaría bien contestarla, pensó. Así que desbloqueó el dispositivo y abrió el correo.

El mensaje era de Arpad. Dudó.

No había nada que en ese momento le pudiera apetecer menos que recibir un mensaje del CEO.

Lo abrió con un pequeño nudo en el estómago.

«Bernardo,
Tras la reunión del pasado día diez de diciembre y una vez analizados los hechos con detenimiento, he decidido que has de abandonar Scottish Fist de acuerdo con los términos que se acompañan.
Se adjunta el borrador del Acuerdo de Salida para tu revisión.
En caso de ser necesario, y según establece el Pacto de Socios, el Secretario del Órgano de Administración de Scottish Fist, Aaron Mean, será la persona con la que habrás de discutir los detalles de tu salida. Aaron, caso de ser requerido por ti, viajará a la Gran Capital para reunirse contigo».

No se podía creer lo que estaba leyendo. Parecía que estuvieran siguiendo un manual de *mobbing* paso por paso. ¡Le estaban despidiendo la noche del 24 de diciembre!, en el momento en que con toda probabilidad estaría rodeado de su familia sin ganas de cualquier otra cosa que no fuera disfrutar de la cena.

No sabía si abrir o no el archivo adjunto que contenía el Acuerdo de Salida. El corazón le latía desesperadamente. Quería ir a sentarse a la mesa a celebrar la Navidad y olvidarse de todo. Pero no podía. Necesitaba saber qué le estaban ofreciendo para quedarse tranquilo. Al menos por unos días. Se esperaba un acuerdo que le permitiera el margen suficiente para marcharse a otro sitio. Después de todo, él no había hecho nada malo. Eso había quedado demostrado. Y Arpad sabía perfectamente cuáles eran sus condiciones para marcharse sin hacer ruido.

Abrió el archivo. Veinte páginas en inglés llenas de palabrería hueca. De referencias cruzadas al Pacto de Socios. De lugares comunes y de cláusulas protectoras de los intereses de la firma. Buscó rápidamente la información relevante. Era muy bueno en eso. En leer en diagonal deteniéndose tan solo en lo que importaba. Quería saber el plazo para la salida y la indemnización. Los encontró rápido. Le exigían marcharse antes de finales de enero y no le pagaban absolutamente nada, tan solo los dividendos atrasados. Apagó el móvil y se dirigió a la mesa para cenar con la familia.

Feliz Navidad, Arpad. Feliz Navidad.

* * *

Por supuesto, Bernardo recogió el guante. No iba a desaprovechar la oportunidad de aceptar el envite. Le apetecía tener un careo con Aaron Mean, el «fontanero» de Arpad en Scottish Fist y encargado de los asuntos internos de la firma. El emisario para situaciones incómodas. El intermedia rio al que acudía Arpad cuando ya no le apetecía dedicar más tiempo a un asunto.

Aaron siempre le había resultado un personaje afable. A él y a todos los miembros de la oficina. No en vano ese era precisamente su trabajo. Era la persona encargada de hacer de enlace en los comienzos de cada nueva oficina con Londres. Era simpático, aunque de profesión, y siempre accesible. Pero no podía dejarse engañar por esa supuesta cercanía. Eso era lo que claramente pretendía Arpad. Jugársela a través de alguien con quien la tendencia natural de cualquiera sería la no confrontación.

Bernardo contestó al mensaje de Arpad el día 27 de diciembre. Haberlo hecho el día de Navidad o el 26 de diciembre, *Boxing Day*, habría sido del mismo mal gusto que el mostrado por su apreciado CEO. Y siempre ha habido clases incluso para pelearse en el barro. Propuso a Aaron reunirse el jueves 10 de enero. Quería tener tiempo suficiente para recuperarse y preparar convenientemente la estrategia para la negociación, y al mismo tiempo no apurar demasiado los plazos por si las cosas finalmente se quedaban como estaban y tenía que dejar Scottish Fist el 31 de enero, y así tener todavía algún margen para buscar otro trabajo, por pequeño que fuera.

Le contestó Aaron directamente, sugiriendo mantener una conversación telefónica durante los días siguientes para ahorrar tiempo en lugar de verse en la Gran Capital al cabo de varias semanas. Pero no se trataba de ahorrar tiempo, sino de tener el control del mismo, de la sucesión de los acontecimientos. De su lectura del Pacto de Socios Bernardo sabía que tenía derecho a una reunión cara a cara, y no pensaba desaprovecharlo. Para igualar fuerzas era del todo punto imprescindible tener una reunión en persona, en terreno propio, en la Gran Capital, mirándose a los ojos, y en el momento que más conviniese a Bernardo. Con tiempo suficiente para prepararla. Cualquier experto en *M&A* lo sabía. Y Bernardo lo era. Ser quien decide hora y sitio siempre te hacía partir con ventaja. Finalmente y con desgana, Aaron accedió a ello. No le quedaba otra opción que aguantarse y acudir a la Gran Capital. Bernardo tenía un par de semanas por delante para preparar minuciosamente la conversación. Releyó una y otra vez el Pacto de Socios, a la caza de resquicios que pudieran favorecerlo, en busca de trampas, de resortes ocultos que justificasen una expulsión de la firma por motivos poco evidentes. También se estudió sus derechos laborales de acuerdo con la regulación nacional de obligatoria aplicación, dijera lo que dijese el Pacto de Socios. Se asesoró, se informó. Pese a que ya no podía contar con el consejo de María, la rabia contenida por verla en aquel estado le servía de inspiración. Pensaba cómo lo afrontaría ella, qué consejo le daría.

Davinia y Alejandro, sus más cercanos, le veían animado y seguro de sí ante la inminente visita de Aaron. Intentaban ayudarlo, pero no querían decirle nada por no ponerle todavía más nervioso, pues ellos también lo estaban, aunque por motivos diferentes.

–¿Cómo lo llevas, jefe? ¿Puedo ayudarte con algo?

–No, gracias, Davinia. Creo que lo tengo todo bastante claro.

–¿Cómo lo vas a enfocar, Bernardo? –se interesaba Alejandro, que veía su posición en la sombra amenazada.

–Pues de la única forma posible: atacando.

No cabía otra. Hasta el momento se había defendido bien con la esperanza de encontrar un *statu quo*, un *impasse* que le permitiera disponer del tiempo que necesitaba para dar el salto y cambiar de aires. No había funcionado y esa estrategia ya no valía. Defenderse no le había hecho desistir a Arpad de su constante agresión. No había sido lo suficientemente inteligente como para comprender que lo único que quería Bernardo era ganar tiempo. Porque pasar mucho más de su vida profesional con socios como Arturo o Arpad era de un masoquismo excesivo.

Sin embargo, el ataque habría de ser medido y cauteloso. Había una delgada línea que era perfectamente consciente de que no podía traspasar. Era la línea del *breach of trust.* La ruptura de la confianza mutua. Un ataque desmedido, exacerbado, podía producir el efecto de servir para acusarle de haber roto la confianza de la firma y abrir la puerta a un proceso de expulsión con causa.

Con los deberes hechos, su copia del Pacto de Socios impresa y la grabadora en ristre, se dirigió a la sala de la esquina el jueves 10 de enero a las 11 de la mañana. Era su segundo día D y su segunda hora H y estaba preparado.

Aaron era un escocés de edad provecta, unos sesenta y muchos años. Realmente agradable en el trato y cercano, lo que podía provocar el indeseado efecto de bajar la guardia ante su presencia. Él jugaba con eso. En su condición de secretario del Consejo de Scottish Fist, estaba al tanto de todo lo que acontecía en la firma y llevaba tantos años allí que las había visto de todos los colores. No tenía la menor inquietud ante la reunión con Bernardo.

Le estaba esperando en la sala con la mejor de sus sonrisas, dispuesto a darle boleto sin contemplaciones, armado de su sonrisa encantadoramente impostada. Para él no era sino un trámite más en una semana repleta de situaciones similares. El trabajo de «fontanero» no le disgustaba en absoluto. Bernardo entró con determinación en la sala y saludó educada pero fríamente a Aaron. Había que evitar a toda costa que el ambiente deviniera amigable en exceso. Sabía que era precisamente la principal arma de Aaron.

–Buenos días, Bernardo.

–Buenos días, Aaron.

El primer objetivo de Bernardo era atestiguar si las condiciones del Acuerdo de Salida eran o no negociables; esto es, si la reunión con Aaron era un simple paripé, un mero trámite.

–Como sabes, Bernardo, de acuerdo con el Pacto de Socios de Scottish Fist, tienes derecho a preguntar cualquier duda que tengas con relación a tu Acuerdo de Salida. Para eso tiene lugar esta reunión –aclaró Aaron de entrada sin necesidad de que Bernardo le preguntase nada.

Primer objetivo cumplido, pues. No tenía sentido darle más vueltas. Había que pasar al ataque. Comenzó con una clara declaración de principios. Era importante que Aaron pudiera contextualizar su actitud. En su cabeza resonaban las palabras de David cuando Bernardo le relató años atrás cómo se había deteriorado físicamente ese socio retirado que casi no podía ni caminar junto a su mujer y a su hijo de dieciocho años. Sentía cómo toda esta batalla estaba consumiendo a los suyos, sin darse cuenta de que en realidad era él quien estaba siendo devorado poco a poco.

–Mira, Aaron. Estos meses en los que Arpad ha estado acosándome la situación ha sido incluso entretenida. Pero ahora que ha empezado a afectar a la salud de mi familia no tiene la más mínima gracia. Ha pasado de ser un tema profesional a ser un asunto personal.

El veterano socio lo miró con cara de leve sorpresa. No acababa de gustarle demasiado el cariz que estaba tomando el asunto. Bernardo continuó sin esperar a que Aaron dijese nada.

–Considero que esta persecución que vengo soportando estos meses no tiene razón de ser. Y tal como le manifesté a Arpad hace ya varias reuniones, muchos meses atrás, si pretende prescindir de un socio de la firma sin que medie incumplimiento alguno lo que tiene que hacer es llegar a un acuerdo.

–Eso es lo que está tratando de hacer. Por eso te hemos enviado el Acuerdo de Salida que estamos discutiendo hoy.

–Mira, Aaron. No me tomes el pelo. Sabes tan bien como yo que el Acuerdo de Salida es completamente inaceptable.

Aaron ya no sonreía.

–El Acuerdo es acorde con lo que establece el Pacto de Socios.

Bernardo preparó su estocada. Tenía que darla sin cruzar la línea roja de la consabida y peligrosa «pérdida de confianza».

–Si vais por ese camino de utilizar abusivamente el Pacto de Socios no tendré más remedio que, aun sin quererlo, acogerme a mis derechos de acuerdo con la legislación laboral nacional.

–¿Derechos? ¿Y cuáles son esos derechos? Tú has firmado un Pacto de Socios sometido a derecho inglés y las resoluciones de conflictos han de hacerse de acuerdo a un procedimiento arbitral ante la Cámara de Comercio de Londres. –Aaron comenzaba a tartamudear, cosa que solo le ocurría cuando empezaba a ponerse tenso.

Buena señal, Bernardo estaba consiguiendo llevar al pobre Aaron a su terreno.

–Mira, no sé si estás familiarizado con lo que ocurrió hace unos años en este mercado con la sentencia Templeton, que consideró que la relación de los socios de los grandes bufetes como Scottish Fist con su firma es de tipo laboral. Puedo acudir a los tribunales nacionales para que determinen cuánto me corresponde de indemnización por despido improcedente.

–P-p-p-p-ero eso no puede ser así. –El tartamudeo cada vez era más notorio–. Nosotros hemos cumplido con lo que estableció la legislación de la Nación tras esas inspecciones que comentas.

–Pues lo es. Scottish Fist ha contratado efectivamente a todos los asociados mediante la relación laboral especial de abogados, pero no a los socios.

–¡Es que los socios no sois empleados!

–Siento contradecirte, Aaron. Lamentablemente esto lo viví de primera mano cuando era socio de Pearson Loft y fuimos el primer despacho nacional en sufrir una inspección laboral. Intenté de todas las maneras posibles convencer al inspector de que mi relación y la de mis socios con Pearson no era de trabajo sino mercantil, pero fue imposible.

Aaron lo miraba sorprendido. Bernardo tenía que rematar la estocada sin denotar agresión por su parte.

–Y lo peor de esto es que, por mucho que yo intentase evitarlo por el bien de la firma, mi reclamación desencadenaría una inspección laboral a la oficina de la Gran Capital de Scottish Fist. Y la inspección laboral traería consigo la actuación inspectora de Hacienda. Haciendo un cálculo rápido, la multa conjunta ascendería más o menos a una cantidad similar a la cifra anual de facturación de la oficina. Y, por supuesto, los costes fijos anuales por salarios de los socios se verían a partir de entonces incrementados en un treinta por ciento aproximadamente.

Demasiado para un escocés. El «fontanero» enviado por Arpad no sabía qué decir. Se había quedado sin habla. Bernardo tenía que aprovechar para acabar de rematarlo.

–Pero, ¿sabes qué, Aaron? La realidad es que todo esto no tiene nada que ver con Scottish Fist. Yo quiero lo mejor para la firma y me encantaría continuar ayudando a que crezca. Todo esto no es más que un enconamiento personal de Arpad conmigo, así que, puesto que dentro de tres meses tenemos elecciones a CEO y dado que cualquier socio puede presentarse a candidato, aprovechando tu condición de secretario del Consejo te comunico formalmente mi candidatura a CEO de Scottish Fist. Hoy mismo te enviaré mi candidatura oficial por escrito. Te ruego que me indiques lo antes posible de qué fon dos dispongo para presentarme en persona como candidato por todas las oficinas explicando mi programa, en el que incluiré, entre otras cuestiones, una propuesta de contratación de un seguro de tipo de cambio.

Tanta lectura del Pacto de Socios al final tenía que servir para algo. A Aaron se le cayeron las gafas del sobresalto mientras balbuceaba, tartamudeando, unas palabras ininteligibles.

A los dos días, Bernardo recibió una nueva versión del Acuerdo de Salida. Le ofrecían dos años de sueldo y seis meses para salir de Scottish Fist. Con una limitación: no podía presentarse al puesto de CEO ni a ningún otro cargo electo de la firma.

* * *

Bernardo tenía seis meses por delante y una cláusula de confidencialidad que lo protegía, de manera que podía buscar trabajo sin aparentar la necesidad de hacerlo. Pero tenía que darse prisa. Llevaba ya meses hablando con diferentes *headhunters* a través de los cuales había entrado en contacto al fin con dos de los más reputados despachos internacionales interesados en abrir oficinas en la Gran Capital.

Sin embargo no acababan de decidirse a dar el paso por las difíciles condiciones del mercado legal capitalino. Había que buscar alternativas.

Alejandro y Davinia eran conocedores del Acuerdo de Salida alcanzado con Scottish Fist e hicieron todo lo posible por ayudarlo, entre otras razones porque tampoco ellos estaban dispuestos a quedarse mucho más tiempo allí, por fidelidad hacia Bernardo y por su propio instinto de supervivencia. Todo el *clinic* de *mobbing* desplegado por Arpad había tenido el efecto de fracturar por completo la oficina.

Ya no se trataba de dos facciones sino de dos despachos independientes conviviendo bajo el mismo techo. Así que cada vez que Alejandro tenía la ocasión de entablar contacto con un cazatalentos, se lo refería rápidamente a Bernardo, que llegó a estar en la agenda de media docena de ellos.

Algunos no tenían ni la más remota idea del funcionamiento del mercado legal. Otros eran antiguos abogados en ejercicio que trataban de recolocar a sus antiguos compañeros de despacho sin el menor de los reparos. Y había otros totalmente incalificables. Pero había que probar con todos. Ninguno aparentaba a priori ser mejor o peor que los demás. La clave era que a uno le pusieran en contacto con un bufete interesante aunque fuera por pura casualidad, para a partir de ahí llevar directamente las negociaciones intentando que el *headhunter* de turno desapareciera lo antes posible, porque digamos que la confidencialidad y la discreción no se contaban entre sus virtudes más acentuadas.

–Buenas tardes; quería hablar con Bernardo Fernández Pinto.

–Sí, soy yo. ¿Quién es?

–Soy Patricio Pilos. Te llamo porque he recibido el encargo de una gran firma internacional para contratar a un socio responsable del área de *M&A*.

–¿Y de qué despacho se trata?

–No puedo decírtelo. Antes necesitaría saber si podrías estar interesado.

–No puedo decirte si podría estar interesado sin antes saber de qué despacho se trata, ¿no crees?

–Pero, ¿tú estarías dispuesto a moverte?

–Eso depende de a dónde.

–Te puedo decir que se trata de un bufete inglés que abrió en la Gran Capital hace unos cuatro años y que se especializa en Derecho Aeroespacial.

¡Vaya, menuda coincidencia!

–Me interesa. ¿Y por qué buscan a un responsable de *M&A*. ¿No tienen a nadie después de cuatro años?

–Lo tienen, pero van a echarle en breve por una disputa interna con el socio director de la oficina y con el CEO global.

En fin... Sin embargo, a veces sonaba la flauta.

* * *

–Buenas tardes, quería hablar con Bernardo Fernández Pinto.

–Sí, soy yo. ¿Quién es?

–Soy Creston López. Te llamo porque he recibido el encargo de una gran firma internacional para abrir oficina en la Nación. Quieren que el socio director sea un experto en *M&A*. Me ha pasado tu contacto uno de tus socios, Alejandro Costa.

–¿Y de qué despacho se trata?

–No puedo decírtelo. Antes necesitaría saber si podrías estar interesado.

–No puedo decirte si podría estar interesado sin antes saber de qué despacho se trata, ¿no crees?

–Pero ¿tú estarías dispuesto a moverte?

–Eso depende de a dónde.

Y así... Pero esta vez funcionó.

Salmons era un despacho de la mitad de tamaño que Scottish Fist que estaba comenzando su expansión internacional. Tenía también una marcada especialización sectorial, lo que producía muchas sinergias para los socios de la facción afín a Bernardo que podrían estar interesados en unirse a la aventura. Alejandro era claramente uno de ellos. Y junto a él el nuevo socio responsable de Litigios de Scottish Fist, Anastasio Martínez, juez en excedencia que se había incorporado poco tiempo atrás pero que ya había logrado duplicar los ingresos que en su momento conseguía Dalton Cruz. Finalmente los tres completaron satisfactoriamente el proceso de selección de Salmons.

No fue sencillo. Convencer a más de cien socios, la mayoría de la cuales no había salido del Reino Unido en su vida profesional, de que era una gran idea invertir en abrir una nueva oficina en la Gran Capital fue un pequeño milagro. Se trataba de socios que en una relevante proporción lo que deseaban era justo lo contrario: ser cada vez más británicos y menos internacionales. No obstante la determinación y el empeño de su CEO, Duncan Smith, convenció a los indecisos de que ese era el mejor camino a seguir, el de la expansión internacional, logrando en la votación superar por escaso margen los votos de un contingente muy numeroso de socios opuestos a la expansión.

Esta resistencia la desconocía Bernardo. Pero Duncan no tenía ninguna duda de estar tomando la decisión correcta. No tenía sentido confinarse en un mercado cada vez más saturado como el de la *City*. El único tema que en verdad preocupaba a Duncan era el riesgo de que Scottish Fist, ante una desbandada de ese calibre –tres equipos completos que representaban más de la mitad de la facturación de la oficina– estuviera tentado a iniciar una demanda de competencia desleal contra Salmons, así que puso como condición para la incorporación que un bufete independiente de prestigio confirmase que el movimiento no conculcaba la regulación vigente.

Y de hecho no lo hacía. Se trataba de socios que habían manifestado de manera reiterada y dilatada en el tiempo su descontento con la gestión de Scottish Fist, mostrando de forma clara su deseo de emigrar a aires más puros. Además, habían sido muy cautelosos. Eran conscientes de las limitaciones contractuales que pesaban sobre ellos y que les impedían hacer ofertas a sus equipos, de modo que decidieron esperar pacientemente a que la apertura de la oficina de

Salmons se hiciera pública para que fuesen sus asociados los que directamente y de *motu proprio* trasladasen a Salmons su interés por incorporarse a la nueva oficina.

Para acabar de cubrirse, Bernardo solicitó a cinco firmas de abogados diferentes presentes en la Gran Capital una opinión legal acerca de si el movimiento era o no contrario a la Ley de Competencia Desleal. Se dirigió a aquellos despachos a los que consideró que podía acudir Scottish Fist para demandarle, aquellos más accesibles para Arturo, incluyendo Templeton, Parmenter y El Gran Bufete. De esa manera tendrían un conflicto de interés en caso de que pretendiera acudir a ellos contra Bernardo al haber sido previamente contratados por él para el mismo asunto. Era una medida defensiva cara pero necesaria. Cubrió ese frente cuando todavía le quedaban tres meses de los seis de que disponía para abandonar Scottish Fist. Ya tenía destino. Ya tenía equipo. Iba a ser el socio director de Salmons en la Nación, con un puesto en el Consejo Mundial. Tan solo faltaba la fecha en que iba a comunicarlo. Y no era fácil escogerla. Antes tenía que cobrar los dos años de salario de indemnización que aún le debía Scottish Fist. Lo mejor era que se lo pagasen antes de enterarse de que se iba a la competencia y les entrase la tentación de retener esa cantidad o incluso de quedársela. Lo cierto era que las cantidades ya se le debían porque había cerrado los tres asuntos relevantes que tenía pendientes, los había facturado y los había cobrado hacía semanas, por lo que decidió hablar con Arturo. Tenía que ir con cuidado y no dar demasiadas pistas porque si intuían que ya tenía destino no tardarían en averiguar cuál era y tratarían de protegerse.

Se dirigió al despacho de Arturo y entró tras llamar, dando la mayor sensación posible de abatimiento.

–Buenos días, Arturo.

–¡Hola, Bernardo! Pasa, pasa.

Tras mucho tiempo volvía la sonrisa bobalicona, los dedos entrecruzados y la cabeza «rebotona». Eso quería decir que estaba relajado y seguro de sí mismo.

«Mejor así», pensó Bernardo.

–Arturo, hace ya unas semanas que he cerrado los temas que tenía pendientes y todavía no he recibido el pago que se me debe de mi indemnización. ¿Sabes qué está pasando? ¿A quién he de pedírselo?

Arturo acentuó los rebotes de su cabeza.

–Lo sé, lo sé. Te lo tendrían que haber pagado ya. Soy consciente de que has cumplido religiosamente y te lo debemos. Imagino que estarán chequeando todo y no debería tardar mucho. ¿Por qué lo preguntas? ¿Ya tienes nuevo despacho? ¿Te marchas ya?

–No, aún no. Me han llamado varios *headhunters*, incluido el vuestro, para ofrecerme mi puesto actual en Scottish Fist, pero no se ha concretado nada. Es una época difícil para encontrar trabajo.

Arturo ignoró la chanza.

–Bueno, todavía te quedan al menos un par de meses.

–Sí, pero estoy agobiado. En fin, gracias por los ánimos. A ver si al menos puedes conseguir que me paguen lo que se me debe.

Las semanas transcurrían y Scottish Fist no hacía el pago, así que él no comunicaba su salida y allí se quedaba. Sin nada que hacer. Pero esto no podía durar para siempre. En algún momento había que anunciar la apertura de Salmons en la Nación y a poder ser antes del verano, puesto que la apertura tendría lugar el primero de septiembre y antes era preciso hacer bastantes cosas.

Bernardo prolongó la situación todo lo humanamente posible, aunque llegó un punto en que ya no podía dilatarlo más. Él no quería firmar su finiquito en Scottish Fist hasta que le pagasen lo que le debían, y eso se pondría en riesgo si se anunciaba su nombramiento como director de Salmons, pero pensó que lo adecuado era apostar por lo mejor para su siguiente proyecto más que tratar de proteger lo anterior, aun cuando eso le pudiera hacer perder mucho dinero. Ya encontraría la manera de defenderse. Levantó el teléfono y llamó a Anselmo. Prensa Económica Nacional estaba encantada de tener esta clase de primicias. Un nuevo bufete internacional que abría sus puertas a lo grande en la Gran Capital.

Concertaron una entrevista con Bernardo, la coordinaron con el gabinete de prensa de Salmons y le hicieron las fotos de rigor. La mañana del día en que la noticia iba a salir publicada, Bernardo se levantó muy temprano. Lo primero que hizo fue comprar un ejemplar de Prensa Económica Nacional en el kiosco. La noticia había quedado bien, buena foto, buen texto. Sintió que acababa de reconstruir su carrera. Se dirigió como un día más a las oficinas de Scottish Fist, como un empleado más, aunque más temprano de lo habitual. Estaba prácticamente en la puerta de las oficinas cuando recibió la llamada de Arturo Pedraz.

–¿Bernardo?

–Dime, Arturo.

–¿Dónde coño estás? Espero que no se te haya ocurrido ir hoy a Scottish Fist.

–Me pillas justo entrando por la puerta del despacho.

–¿Has venido al despacho? ¿Con la noticia que ha salido hoy en Prensa Económica Nacional?

–No sé por qué no. Sigo siendo socio de Scottish Fist. Todavía no hemos firmado el finiquito. Si quieres lo hablamos cuando llegues.

Colgó con una expresión en la cara propia de esas ocasiones que producen inefables sensaciones de satisfacción largamente maduradas, imaginadas multitud de veces antes de que ocurran. Nada podría devolverle la salud de los suyos ni compensar el sufrimiento de todos esos meses de persecuciones y agravios, pero ese día nadie podría borrarle la sonrisa de los labios.

Nada más sentarse en su silla apareció atronador Arturo por la puerta, sin llamar, con un ejemplar de Prensa Económica Nacional en la mano, blandiéndolo como si de una espada se tratase. Resultaba paradójico cómo un medio que tantas veces había usado propagandísticamente a su favor ahora le enfadase tanto.

–¡Te ordené que no vinieras!

Bernardo levantó tranquilamente la mirada.

–Ya te dije que vendría. No hay ningún motivo para no hacerlo.

–¡Márchate de aquí inmediatamente! –bramó Arturo. Ya no había sonrisita, ni dedos entrelazados, ni movimiento oscilante de cabeza. Tan solo una cara roja de ira.

–Arturo, eso es lo que llevo intentando semanas. Pero no me acabáis de pagar lo que me debéis, así que aquí seguiré hasta que eso se salde definitivamente.

–No puedes seguir aquí cuando es público y notorio que te vas a nuestro competidor más directo. No podemos permitir que te lleves asociados ni clientes.

El pobre Arturo no intuía la cascada de dimisiones que se avecinaba.

–Eso tiene fácil solución. Pagadme lo que me debéis.

–Si eso es lo que quieres, demándanos.

Había llegado otro de los momentos largamente imaginados y esperados por Bernardo todas esas semanas.

–Pues no sería mala opción. Llevo meses grabando nuestras conversaciones, las mías contigo, con Arpad, con Aaron, con Jeremy... Las he recogido en un acta ante notario junto con todos los documentos que evidencian el sistemático *mobbing* al que me lleváis sometiendo desde hace más de un año. Así que puede que tengas razón y esto solo pueda resolverse en los juzgados.

Arturo mutó de rojo a pálido. Tartamudeó unas palabras y salió del despacho. Al día siguiente Bernardo había cobrado todo lo que se le debía. Se lo había comunicado esa misma tarde Arturo al mismo tiempo que le «ordenaba tajantemente» que recogiera sus cosas y se marchase. Le habían dejado veinte cajas de cartón apiladas en su despacho con todas sus cosas ya guardadas dentro. Bernardo pidió que se las enviasen a su nuevo despacho, como solía hacerse en esos casos. Arturo se negó. Solo se las darían a él en persona.

Alquiló una furgoneta y acudió por la tarde a recogerlas junto con su buen amigo Daniel para que le echara una mano y, por qué no reconocerlo, porque estaba un poco atemorizado por la situación. No estaba dispuesto a ir solo. Aunque Daniel estaba al tanto de los acontecimientos, pues era el único al que Bernardo le había ido relatando lo que le había ido ocurriendo y además conocía bastante a Arturo tras compartir unos años en Templeton, no esperaba el recibimiento que les tenían reservado a ambos.

Allí se encontraron a los asociados más fieles de Arturo. Habían sido congregados por él para ser testigos de la salida de Bernardo. Mientras él y Daniel portaban una a una las cajas desde el despacho hasta la furgoneta, a uno de ellos se le ocurrió quitarse el cinturón, ondeándolo al aire para después dejarlo caer con fuerza contra el suelo produciendo un fuerte chasquido. El resto de los congregados hizo lo mismo y comenzaron todos a hacer como que daban latigazos a los porteadores mientras gritaban al unísono:

—¡Bernardo al paredón!

—¡Bernardo al paredón!

—¡Bernardo al paredón!

XII CLAVADO EN LA CRUZ

El goteo de bajas en Scottish Fist era imparable. No pasaba un día sin que un nuevo asociado le comunicase a Arturo su intención de marcharse a Salmons. La cuenta ascendía ya a tres socios y casi veinte abogados, entre ellos Alejandro y Davinia por descontado. La desbandada era brutal, hasta el punto de que Arpad se vio obligado a tomar cartas en el asunto. Viajó a la Gran Capital y pidió entrevistarse en persona con todos y cada uno de los asociados que habían comunicado su renuncia con el objeto de persuadirlos para que se quedaran a base de contarles lo taimado que había sido Bernardo y lo poco que se podían fiar de él. Y mucho menos de un proyecto de bufete que, por no tener, no tenía ni oficinas.

Mala estrategia. Cuanto más esfuerzo ponía en desacreditar a su flamante nuevo socio director, más ganas tenían todos de marcharse de Scottish Fist. Arpad no era muy bueno que digamos utilizando la psicología inversa. Resultaba curioso verlo tratando de convencer a Davinia, a Alejandro y a tantos otros, que habían sido testigos de primera mano de sus ardides, de lo mal que se habían portado él y Arturo y de lo bueno que sería para ellos seguir en ese nido de serpientes.

Pero el viaje tenía otro propósito. Arpad y Arturo iban a visitar a los principales despachos de la Gran Capital para seleccionar al bufete que se iba a encargar de la preparación de una demanda contra Bernardo y Salmons por competencia desleal. Se habían llevado a casi la mitad de los abogados de la oficina de un competidor, que además representaban más de la mitad de su facturación anual, y tendrían que responder por ello.

Prepararon minuciosamente una lista con los nombres de los bufetes que consideraron más capacitados para llevar el asunto, que era bastante jugoso para cualquier despacho por su relevancia mediática. Desde luego, pedirían presupuesto al Gran Bufete, a Templeton y a Parmenter.

Al reunirse con ellos, en todos se encontraron con la misma respuesta: desafortunadamente no podrían llevar el caso por-que tenían un conflicto de interés directo al haber asesorado en el mismo asunto al demandado y ser por consiguiente conocedores de los argumentos de la defensa, lo que obviamente los inhabilitaba para llevar la reclamación.

«¿Pero a cuántas firmas ha contratado este hombre?», se preguntaba un desesperado Arpad.

A muchas. No iba a resultar fácil encontrar asesor. Daba igual. El nivel de encelamiento de Arpad era tal que acabaría demandándolo de la manera que fuese. Iría a por Bernardo con todo. Finalmente encontró un despacho de calidad contrastada y no conflictuado. Expertos en litigios. El problema era que no tenían oficina en la Nación, pero eso era lo de menos ya que la demanda, según Arpad, se fundamentaba en una vulneración del Pacto de Socios, que estaba sometido a legislación inglesa y a arbitraje con sede en la Cámara de Comercio de Londres. Dio igual que le advirtieran de que el mercado relevante era el nacional y que sería difícil evitar la aplicación de las normas locales. Puso la demanda y confió en que Salmons se echaría atrás y prescindiría de Bernardo. Ese era el verdadero objetivo, porque no tenía la más mínima intención de llegar hasta el final con una reclamación arbitral para acabar gastando aún más dinero y con el riesgo de llegar incluso a perder.

La historia se repetía. No era la primera vez que alguien intentaba algo parecido contra Bernardo, pero ahora la posición que tenía era mucho más sólida que en Templeton. Si había sobrevivido a la carta de don Ramón sin la experiencia ni la posición actuales, la demanda de Arpad era como un chiste, un juego de niños. Mientras duró el envite, para Bernardo fueron unas semanas de trabajo añadido al propio de la apertura de la oficina para poder preparar adecuadamente la defensa del potencial pleito, con tediosas reuniones con los abogados que asesoraban a Salmons.

Finalmente, tal y como sospechaba Bernardo, la reclamación no siguió adelante al comprobar Arpad que Salmons cerraba filas con su recién fichado socio director.

Nada de esto le distrajo de su objetivo, que no era otro que tener un arranque lo más fuerte posible en Salmons. Hacía mucho tiempo, desde sus primeros días en Templeton, que no experimentaba esa agradable sensación de felicidad al acudir a trabajar. Estaba en el puesto que le correspondía y haciendo lo que le gustaba, para lo que realmente valía. Podría gestionar de verdad una oficina, diseñar su estrategia y formar parte de manera simultánea del órgano de administración internacional de Salmons. Y todo ello sin dejar de lado el ejercicio profesional como uno de los más reputados abogados de *M&A* de la Gran Capital, como ya reconocían desde hacía unos años los directorios de abogados. Por fin iba a conseguir cumplir su sueño. Dedicarse al ejercicio de la abogacía en un gran despacho como socio, sin trabas, sin necesidad de seguir haciendo méritos ante nadie. Si conseguían hacerse un hueco en el mercado y comenzar a recibir encargos de calidad, la jugada le habría salido redonda.

Este ánimo logró infundírselo al resto de la oficina. Contaba con la inestimable ayuda de Alejandro, que se había tomado el proyecto de manera muy personal. Había llegado por fin su oportunidad de salir del rebufo de Bernardo y ganar su cuota de protagonismo una vez que, tras unos años de intenso desgaste ajeno, las cosas se habían reconducido tan bien. Con toda la dedicación, esfuerzo y cariño propios de un padre, pusieron en marcha un proyecto cimentado en bases más sólidas. Bernardo tenía una visión clara de qué errores no quería cometer. Había tenido muy buenos maestros del contraejemplo. Tenía asimismo una visión estratégica muy definida de a dónde debía dirigirse Salmons en la Nación. Qué tipo de oficina crear.

Con esas premisas, los primeros meses no podían ser sino todo un éxito. Nada más arrancar, dos grandes operaciones de compraventa y un arbitraje de primer nivel les tenía a todos trabajando hasta la madrugada a diario. En seis meses ya habían superado el presupuesto del año.

Duncan estaba orgulloso de su nuevo fichaje. Tanto, que forzó a Bernardo a un *reforecast*, una revisión al alza del presupuesto transcurrida la primera mitad de ejercicio. El nuevo presupuesto iba a ser casi del doble que el inicialmente acordado. «Así es imposible batir nunca un presupuesto; en cuanto lo vas superando te lo revisan y lo suben», pensó Bernardo sin poder negarse a la revisión. Se preguntaba si en la situación inversa habría podido solicitar un *reforecast* a la baja. Evidentemente no lo habrían aceptado.

Al calor de los ingresos vinieron nuevos fichajes. Laboral, Financiero y Telecomunicaciones. Hasta un fiscalista, Antón Plá, al que acabó contratando por la insistencia combinada del cazatalentos y del propio Antón. A Bernardo no le convencía la idea de tener un departamento propio de Fiscal. Pensaba con razón que los clientes nunca contratarían el asesoramiento tributario a Salmons habiendo grandes firmas especializadas y dedicadas casi plenamente a eso. Como mucho, Bernardo necesitaba a un abogado con unos cuatro o cinco años de experiencia capaz de servir de apoyo al departamento de *M&A*.

Por eso desde la primera entrevista le dejó bien claro a Antón que era socio de una *boutique* de *M&A* de primer nivel donde dirigiría el departamento fiscal, que no quería fichar a nadie como socio en esa área y que muy probablemente su promoción a la «sociatura» llevaría bastante tiempo, en caso de producirse, pensando que esto lo disuadiría sin duda de su deseo de incorporarse, al suponer un evidente paso atrás en su carrera. Pero no fue el caso.

–No me importa, Bernardo; yo con tal de formar parte de tu equipo me parece suficiente –insistía Antón con la mejor de sus sonrisas.

Bernardo accedió finalmente a ficharlo considerando que tener a un asociado tan sénior en lugar de a uno menos experto por ese precio era una oportunidad que no debían desaprovechar. Además, tanto ímpetu e ilusión no podían desperdiciarse. En realidad seguía siendo muy pardo. No había aprendido a leer las situaciones buenas. Las malas sí, y se defendía razonablemente bien después de todo lo ocurrido. Cuando todo parecía ir viento en popa se confiaba. No era capaz de identificar algo tan evidente como que si alguien que era socio en una firma de abogados reputada accedía a incorporarse como sénior en un despacho de nuevo cuño es que allí había gato encerrado.

Pero eran días de vino y rosas. De sonrisas por los pasillos, palmadas en el hombro que le traían recuerdos que debería haber sido capaz de interpretar adecuadamente como señales de alarma, de halagos permanentes. Bernardo respiraba una atmósfera irreal que trataba de moderar en la medida de lo posible. Era difícil. Todo, incluso las flamantes nuevas oficinas de Salmons, situadas en uno de los más emblemáticos rascacielos de la Gran Capital, invitaba a la euforia.

Todo el mundo le llamaba jefe, le conseguían entradas para los mejores partidos de fútbol, lo agasajaban de manera descarada. Pero él no tenía tiempo ni tan siquiera para darse cuenta de la burbuja que se iba hinchando a su alrededor.

Era incapaz de ver que el edificio era casi todo fachada, pese a las prudentes advertencias de María, que tampoco quería incordiar demasiado a su marido, que por fin podía tomarse un respiro. Ella misma lo necesitaba, ahora que comenzaba a recuperarse un poco. Después de tantos años sufriendo tocaba disfrutar. Quizás voluntariamente prefiriese vivir la ficción de que él era un gran gestor que dirigía sagazmente los pasos de Salmons en la Nación.

Duncan se reunía con él con frecuencia, tanto en la Gran Capital como con ocasión de las reuniones del Consejo Mundial de Salmons. Sentía por Bernardo un aprecio sincero y real. En las charlas privadas no cesaba de reiterarle su confianza ciega en él y en la visión estratégica que había demostrado hasta el momento.

–Bernardo, estoy tremendamente tranquilo contigo porque sé que, ocurra lo que ocurra, aunque la situación se vuelva difícil, siempre podré contar con tu innegable esfuerzo y capacidad para revertir cualquier circunstancia a base de trabajo –le repetía totalmente convencido.

Pero más que reconfortarlo, este convencimiento a Bernardo le agobiaba. ¿Cómo podía estar tan seguro de él? Le inquietaba llegar a decepcionarlo, no ser capaz de responder adecuadamente a la apuesta que había hecho por él enfrentándose a una facción numerosa de socios de Salmons, lo cual ya era evidente para Bernardo, que no veían con buenos ojos ni la expansión internacional, ni la apertura de una oficina en un mercado en crisis como el nacional, ni que el líder de esa oficina fuera un abogado local que mediaba todavía la treintena.

Porque, efectivamente, la economía de la Nación seguía en un momento delicado y no parecía que fuera a recuperarse rápidamente. Y esto acabaría por notarse antes de que pudieran darse cuenta. No era lo mismo arrancar fuerte cristalizando todo el trabajo acumulado, todas las oportunidades pendientes de ser desarrolladas por toda la red internacional en un nuevo mercado, que ir rellenando la cartera mes a mes a partir de entonces.

Pasado el *boom* inicial del primer año, el ritmo de asuntos referidos a la Gran Capital por Londres no tenía la misma intensidad que al comienzo. No era fácil contar con ingresos sostenibles, y los clientes que los socios nacionales habían ido incorporando se veían afectados por la situación de la economía, que provocaba que la recurrencia de los encargos se resintiera sin remedio.

Un día, a principios del segundo año tras la apertura de Salmons en la Gran Capital, mientras paseaba tranquilamente de vuelta a casa de la oficina una noche de otoño, a Bernardo de repente se le heló la sangre. Era como si súbitamente toda esa nube de irreal felicidad en la que había habitado ese año se hubiera disipado y le permitiese ver la realidad de golpe. Los números eran excelentes aún, pero por un momento cayó en la cuenta de que si, por ejemplo, la operación de *M&A* en la que estaban comenzando a trabajar por cualquier razón se cayera, iba a resultar realmente difícil cumplir decentemente con el presupuesto de los siguientes meses. Estaban operando sin red de seguridad alguna.

Y eso fue lo que sucedió. Por circunstancias de mercado, en esta ocasión, como sucede en muchas otras, el cliente decidió no seguir adelante con la adquisición proyectada. El sustento de los siguientes tres meses de la oficina desaparecía y la línea de ingresos en consecuencia se tambaleaba. No era algo dramático a corto plazo, pero cualquier gestor que se precie sufre más por el medio plazo, por el *pipeline*, que por los ingresos del mes corriente.

Salmons ya tenía en esos días una oficina de casi treinta abogados centrada en buena medida en dos áreas: *M&A* y Litigios. La primera se favorecía de una orientación sectorial dirigida al Derecho Aeroespacial que ya habían tenido ocasión de desarrollar en Scottish Fist y que les había permitido ocupar una posición fácilmente identificable en el tablero de juego de los bufetes de la Gran Capital. La segunda, igualmente especializada y centrada en Propiedad Industrial, les permitía disfrutar de una cierta recurrencia de ingresos al estar inmersos en procedimientos arbitrales de largo recorrido.

Lo malo era que ese crecimiento que había experimentado la oficina solo estaba justificado si el ritmo de trabajo se mantenía. Sin embargo, también era cierto que nunca habrían podido nunca absorber dicho ritmo de trabajo ni haberse posicionado en el difícil y competido mercado legal capitalino sin haber incorporado a todos esos profesionales. Sus socios de la Gran Capital no mostraban, no obstante, grandes síntomas de preocupación, más bien ninguno. A ellos les tenía plenamente ocupados la atención al día a día y además tenían la gran ventaja frente a Bernardo de que, al no acudir a las reuniones internacionales de gestión, carecían de una visión global de la situación. Seguían en su nube de felicidad.

Bernardo pensaba con razón que era su trabajo preservar ese clima de paz, aunque debía comenzar a dar los pasos necesarios para preparar la oficina para conseguir ingresos de la forma más sostenible posible los siguientes años. Resultaba paradójico percibir la confortable felicidad de sus empleados cuando él no podía dejar de preocuparse. Y es que, a fin de cuentas, para el resto no tenía ningún sentido, ningún beneficio práctico, mostrar dudas cuando hasta ese momento la oficina había cumplido con creces lo presupuestado. Era momento de recoger frutos vía *bonus* y promociones profesionales.

Tal y como le decía Antón cada vez que se lo cruzaba por el pasillo:

–Estás haciendo un trabajo increíble, jefe. Vaya oficina has montado en poco más de un año. Nada que ver con lo que hacen los socios directores de los demás bufetes.

* * *

Bernardo llegó a la conclusión de que era preciso reorientar la dirección estratégica de la oficina hacia sectores de la economía lo menos deteriorados posible por la crisis económica. O puede que precisamente lo contrario. La Nación había experimentado en los años previos un inusitado aumento del número de concursos de acreedores. Multitud de empresas no habían podido superar el prolongado número de años, que parecían no tener fin, de bajo consumo, poca inversión pública y escasa actividad. Todos los proyectos empresariales que habían nacido al calor del crecimiento, construidos sobre planes de negocio quizá tan solo optimistas en aquel momento pero en la actualidad totalmente irreales, se estaban yendo a pique los unos detrás de los otros.

Casi todas esas iniciativas empresariales compartían varios elementos. Para empezar, una inversión exagerada, continuando por un tremendo apalancamiento, que implicaba que las entidades financiadoras estaban asumiendo una exposición excesiva al riesgo empresarial. Y, por último, una falta de previsiones realistas de la evolución del consumo, del ciclo económico. En definitiva, un número ingente de grandes proyectos estaban estructurados y dimensionados sobre la base de unas premisas que ya no eran ciertas ni lo volverían a ser nunca. Se trataba de riesgos mal distribuidos. Ahí es donde estaba la oportunidad y Bernardo lo vio claro. Era imprescindible dirigirse hacia el mundo concursal. Ser capaces de dar solución jurídica a aquellas situaciones enquistadas que ni podían quedarse como estaban ni la Nación podría permitir que quebrasen. Al menos no todas ellas.

Comenzó por estudiar los grandes proyectos nacidos en los años inmediatamente previos al inicio de la crisis, puesto que eran los que estaban más inadecuadamente diseñados. La mayoría llevaba muchos meses sobreviviendo de mala manera, logrando que los bancos consintieran en demorar el cobro de su deuda.

En pocas semanas consiguió formar a una parte relevante de la oficina en temas de insolvencia, ya fueran litigios, procedimientos concursales propiamente dichos u operaciones de *M&A* en torno a activos de empresas en crisis. La pieza clave para el entramado iba a ser la incorporación de Argimiro Pérez Pasillo, conocido administrador concursal que deseaba unirse a un despacho internacional para poder así aprovechar mejor la favorable situación del mercado para su práctica profesional. Argimiro era compañero de estudios de Anastasio Martínez, que fue quien se lo presentó a Bernardo. Gracias a él no solamente podrían asesorar a empresas en concurso, sino que con su experiencia y conocimiento serían capaces de complementar el asesoramiento propio de otras prácticas, como *M&A* y Financiero-Bancario, que cada vez se veían más contaminadas por el mundo concursal. Con todo ello lograrían una posición bien diferenciada en el sector legal nacional.

Fue un rotundo éxito. Comenzaron a atraer trabajos de asesoramiento a grupos de infraestructuras que estaban al borde del concurso de acreedores. Cada encargo era extremadamente lucrativo e individualmente representaba un cuarto del presupuesto anual de la oficina, por lo que en cuanto acumularon tres de importancia ya tenían prácticamente garantizado el cumplimiento del presupuesto del año. Y encima eran trabajos a largo plazo. Esto otorgaba la visibilidad y la recurrencia de ingresos tanto tiempo buscada por Bernardo.

Era una situación perfecta, lo que Bernardo llevaba buscando desde el principio. Su sueño. Socio de un despacho que asesoraba en temas complejos, de primer nivel. Le había costado encajar todas las piezas, pero al final lo había conseguido. Y, además, gestionando la oficina como socio director. Más no podía pedir. Duncan estaba impresionado. ¡Qué capacidad de darle la vuelta a una situación en principio desfavorable! Después de todas las dificultades que había tenido para conseguir desarrollar la red internacional de Salmons, le venía de perlas el éxito de la oficina cuya apertura más reticencias había despertado entre los socios más conservadores del bufete, y especialmente tras unos meses en que la desaceleración en la facturación de Salmons se había ido haciendo más latente.

El CEO se veía ante la oportunidad de sacar pecho con la buena marcha de la Gran Capital y no dudó en restregárselo a aquellos que tanto lo habían criticado. No paraba de poner como ejemplo a Bernardo y a la oficina de la Gran Capital frente al resto de oficinas de la red y a los socios que habían dudado de la apertura en la Nación. Nada de eso ayudaba a Bernardo. Más que suscitar aceptación, magnificaba el rechazo de muchos de sus socios internacionales, que se la tenían guardada por ser el protegido de Duncan.

Pero todo marchaba viento en popa y, por esa razón, Alejandro y Bernardo decidieron hacer una gira de visitas por todos los grandes bancos de inversión de la Gran Capital para explicarles las particularidades del universo concursal. Ir de la mano de Argimiro era la pieza clave para demostrar confianza y seguridad en el asesoramiento, aparte de poder contar con un argumento de autoridad innegable. Era un tipo de asesoramiento que, hasta ese momento, al no ser tan necesario en el mercado nacional, en la mayoría de las ocasiones solo había sido ofrecido por pequeños despachos unipersonales, no muy sofisticados y de poco alcance. Si, además, se le sumaba a la oferta la experiencia combinada en grandes proyectos de infraestructuras y *M&A*, resultaba un producto de lo más singular.

Las visitas a los financiadores, atrapados en situaciones concursales a las que no estaban acostumbrados y de las que deseaban salir, estaban siendo una gran fuente de nuevos encargos profesionales. El plan funcionaba a la perfección y era muy prometedor porque la crisis lamentablemente iba para largo.

Pero nada es eterno y algunos equilibrios son más inestables que otros, incluso muy breves. La relación con Argimiro ya había indicado síntomas de deterioro antes de ese lunes por la tarde en que estaban citados para visitar las oficinas de Banca Inverco. Los recibiría el equipo de *M&A* del banco en pleno para aprender estrategias a tener en cuenta a la hora de adquirir empresas con un pasado concursal. Era una reunión de primer nivel. Habían quedado Alejandro, Anastasio y Bernardo con Argimiro directamente en la puerta del banco de inversión a las cinco en punto de la tarde para subir juntos a la sala de reuniones. A menos cuarto ya estaban los tres repasando la presentación que llevaban semanas preparando.

Faltaban dos minutos para las cinco y Argimiro no llegaba. Tampoco era muy extraño porque siempre iba corriendo de un lado a otro. Aparte de su trabajo en Salmons, seguía actuando de administrador concursal, dando conferencias e impartiendo cursos. Bernardo pidió a Anastasio que lo llamara para comprobar si se iba a retrasar mucho. En tal caso habría que avisar a los banqueros de inversión, que siempre son gente muy ocupada.

–¡Hola, Argimiro! Soy Anastasio. ¿Cómo vas? Estamos en la puerta de Banca Inverco esperándote para subir. ¿Estás cerca? –inquirió Anastasio.

–Ah... bueno. Podríamos esperarte un rato más... Que no llegas... Vale, vale, ahora se lo digo –colgó Anastasio.

Alejandro y Bernardo estaban expectantes. La conversación que habían tenido oportunidad de escuchar a medias no parecía muy tranquilizadora.

–Bueno, ¿qué te ha dicho Argimiro? ¿Viene o no viene? –preguntó Alejandro con su habitual tono bromista tratando de romper el hielo.

–Pues me ha dicho que no va a poder venir. Que le disculpéis por favor, pero es que le ha surgido un imprevisto y se tiene que quedar en su oficina –trató de justificar un azorado Anastasio a su amigo.

–¿Cómo que no puede? Pero si tenemos a un montón de banqueros de inversión esperándole ahí arriba. ¡Él es el verdadero experto! ¿Le has explicado bien la situación? –inquirió Bernardo notoriamente molesto por la falta de profesionalidad de Argimiro.

Tampoco podía estar muy sorprendido. Llevaba un tiempo oliéndose algo así porque ya le había dado muestras de algún atisbo de espantada, pero nunca llegó a imaginarse una actitud tan infantil y poco comprometida.

–Ya lo sabe, pero está liado con un tema urgente. Más no os puedo decir.

No tenía sentido darle más vueltas al tema. Había que reagruparse y hacer el mejor papel posible. Mientras subían en el ascensor se redistribuyeron los papeles entre ellos y rezaron porque la reunión fuera lo menos formal posible.

Llegaron a la recepción y los condujeron a la sala de juntas. Entraron y allí los recibieron unas treinta personas. El equipo de *M&A* de Banca Inverco al completo estaba esperando con impaciencia la clase magistral de Argimiro. Bordeando el desastre, finalmente salvaron la situación como pudieron. Fue una de las experiencias profesionales más desagradables de la vida de Bernardo.

A la salida de la reunión, Bernardo se quedó a tomar un café con Alejandro, que progresivamente y de *facto* se había ido convirtiendo en su lugarteniente en lo que se refería a la gestión de la oficina. Habían salvado por los pelos una situación que podría haber hecho desparecer el prestigio que tanto trabajo les había costado conseguir durante esos meses. Era inaceptable, pero no podían hacer mucho. Dependían totalmente de Argimiro y se acababa de poner de manifiesto que eso era muy peligroso.

–A este hombre no le ha dado la real gana de venir –se quejó amargamente Alejandro mientras daba un sorbo a su café.

–Lo sé, Alejandro. Lo sé. El otro día casi me deja tirado en otra reunión. Está comenzando a ser una situación incontrolable.

–Pues algo tendremos que hacer, porque precisamente ahora no nos podemos permitir dejar de tener un departamento de concursal.

–Y no lo vamos a hacer. Pero tampoco podemos depender de este energúmeno.

A Alejandro se le iluminó la cara.

–Oye, yo sigo manteniendo una buena relación con Benito Alfil, que recordarás de nuestra etapa en El Gran Bufete. Ahora se ha establecido por su cuenta. A lo mejor podemos tratar de contactar con él por si Argimiro sigue en este plan. Benito era una eminencia en el sector. La sugerencia de Alejandro era muy acertada. Habría que tenerlo en la recámara por si acaso los acontecimientos se descontrolaban definitivamente.

No hizo falta esperar mucho pues al día siguiente recibió un mensaje de Argimiro:

«Bernardo, me gustaría que nos viésemos este jueves por la tarde a las siete en el bar del Estadio Nacional».

Así de escueto e inquietante. Por supuesto, no podía hacer otra cosa que acudir a la cita. Los siguientes días fueron bastante angustiosos. Justo en el momento en que por fin las cosas estaban sólidamente centradas, todo podía irse al garete de la manera más estúpida. La rabia le invadía, combinada con una leve esperanza de que quizá todo fuera una falsa alarma. Pensó en comentarlo con Alejandro y con Anastasio para recabar su parecer.

«Mejor no darle vueltas, antes de alarmar a nadie veamos qué es lo que tiene que decir Argimiro», consideró finalmente.

Prefería ir al bar del Estadio Nacional con los menos prejuicios posibles y con la suficientemente agilidad mental como para reaccionar ante lo que Argimiro pudiera soltarle. Acudió a su cita a las siete en punto de esa tarde de primavera tardía. Lo buscó con la mirada y lo halló al fondo del local, sentado hacia la mitad de la barra degustando un agua con gas y un plato de aceitunas.

–¡Buenas tardes, Bernardo! Gracias por acudir a la cita. «Como si tuviera otra opción», se dijo Bernardo.

–Buenas.

–¿Qué quieres tomar?

–Pues la verdad es que nada. ¿De qué querías hablar?

Bernardo no estaba para mucho socializar, y sobre todo después de que Argimiro les hubiese dejado tirados el lunes anterior.

–Perfecto, directo al grano. De lo que quería hablarte era de mis condiciones en Salmons.

Ni una disculpa, ni una explicación, ni una simple mentira piadosa. Argimiro dejaba bien claro la poca consideración que a sus ojos merecía el socio director de la oficina en la que trabajaba.

–Tú dirás. –Bernardo se temía lo peor.

–Como sabes, gracias a mí Salmons ha conseguido varios encargos muy relevantes en materia concursal.

–Bueno, ha sido gracias a todos. Los clientes los hemos conseguido los demás aprovechando tus capacidades, que para eso te hemos fichado.

–Pero no podríais llevar los asuntos que nos han encargado sin mí.

–¿Qué quieres decir con eso?

–Lo que quiero decir es que soy imprescindible, os guste o no, tal como quedó demostrado el lunes pasado.

Esa debía de ser la disculpa. Argimiro prosiguió.

–Por eso quiero que la mitad de lo facturado a cada uno de esos clientes me lo paguéis a mí directamente. Y yo llevaré esos asuntos tan solo con Anastasio. No quiero a nadie más en el equipo. La verdad es que mi primera intención había sido irme de Salmons porque no me pagáis lo suficiente, pero por pura responsabilidad profesional no puedo dejar a los clientes abandonados, puesto que no tenéis a nadie más en la oficina capaz de asesorarlos adecuadamente.

Argimiro se había quitado la careta, mostrando su verdadera cara con una sonrisa que traslucía su satisfacción por acabar de asestar una estocada maestra y porque, según estimaba, Bernardo no podría sino pasar por el aro. Pero prosiguió, transgrediendo de una tacada varias de las reglas más básicas de cualquier buen negociador que se precie.

–Bernardo, no es preciso que me contestes enseguida. Mañana me voy de viaje al extranjero con mi mujer, que va a exponer sus cuadros en una reputada galería. Estaré toda la semana fuera y no quiero ninguna distracción.

Bernardo casi se cae de la banqueta. No daba crédito a la torpeza de Argimiro. Le estaba dando casi diez días para actuar. Y encima había roto totalmente el efecto provocado por el ataque sorpresa. No había sido capaz de detenerse tras la victoria y estaba otorgándole, sin él haberla solicitado, una información valiosísima a su enemigo, y nada menos que diez días enteros de ventaja para hacer su siguiente movimiento en esa particular partida de ajedrez. Sun Tzu debía de estar revolviéndose en su tumba.

Había que moverse rápido. No podía desaprovechar la ventaja que Argimiro les estaba concediendo, así que ese mismo viernes habló con Alejandro. Los dos llamaron a Benito Alfil y quedaron en comer el siguiente lunes. Lo abordaron sin rodeos, le contaron la situación en que se encontraban y le ofrecieron el puesto de Argimiro.

Bernardo y Alejandro nunca llegaron a saber si Benito había aceptado por interés real, por pena, amistad o por pura bondad natural. No se lo preguntaron. En dos días acordaron los términos del contrato y lo firmaron ese mismo jueves.

Todavía tenían hasta el lunes hasta que Argimiro volviera de su viaje. Ahora tocaba hablar con los clientes antes de que él lo hiciera a su vuelta. Llamaron el viernes a las tres principales cuentas afectadas por el cambio. A todos les explicaron la situación y les ofrecieron dos opciones: seguir trabajando con Salmons, siendo Benito el nuevo responsable o bien romper la relación contractual con Salmons y seguir siendo asesorados por Argimiro por su cuenta desde fuera del despacho.

Por suerte, esta vez la moneda salió cara en las tres ocasiones. La confianza largo tiempo creada con los clientes, sumada al inmenso prestigio de Benito Alfil, habían tenido más peso que la comodidad de la continuidad que les podría brindar el seguir con Argimiro.

Llegado el lunes, Bernardo envió a primera hora un mensaje a su todavía colaborador:

> «Argimiro, me gustaría que nos viésemos este jueves por la tarde a las siete en el bar del Estadio Nacional».

A Bernardo le gustaba cuidar los detalles. Se había propuesto lidiar con la situación de una manera simétrica a la primera reunión, ritualmente perfecta, para cerrar el círculo de manera elegante, así que, llegado el jueves, acudió al bar con media hora de antelación. Necesitaba ser el primero en acudir para sentarse exactamente en el mismo lugar en que lo había hecho Argimiro dos semanas antes. Pidió un agua con gas y un plato de aceitunas, pese a que no le gustaba ni lo uno ni las otras, y esperó paciente a que llegara su cita.

Argimiro apareció por la puerta.

–¡Buenas tardes, Argimiro! Gracias por acudir a la cita.

La situación le resultó extraña al experto concursalista. Demasiado familiar, como si ya la hubiera vivido antes. Argimiro no contestó.

–¿Qué quieres tomar? –le preguntó Bernardo con la mejor de sus sonrisas.

–Otra agua con gas, por favor.

Ordenó la bebida y, mirándolo a los ojos sin parar de sonreír, se dirigió de nuevo a su interlocutor.

–¿Qué tal tu viaje por el extranjero? ¿Salió bien la exposición de tu mujer?

–Eh... sí, todo muy bien. ¿De qué querías hablar?

Genial. Todo iba rodado.

–Perfecto, directo al grano. Como a ti te gusta. Tengo muy buenas noticias.

–Tú dirás.

–Ya no tienes que sentirte obligado a quedarte en Salmons. Hemos contratado a Benito Alfil, a quien imagino que conocerás bien, y hemos hablado con todos los clientes para los que trabajabas, quienes nos han confirmado que están contentos y se sienten bien asesorados si Benito se encarga de sus asuntos a partir de ahora.

A Argimiro se le mudó la cara. Sabía que había perdido. Pero era demasiado orgulloso para reconocerlo y demasiado mayor como para comenzar una pelea. Bernardo le dejó digerir la información y remató la faena.

–He traído la carta comunicando la extinción de tu contrato. Aquí la tienes.

Dejó la carta junto a las aceitunas que no había probado y el agua con gas que no se había bebido.

–Fenomenal. Entonces todos contentos. Ya me enviaréis el finiquito –señaló Argimiro mientras se levantaba, dirigiéndose hacia la puerta.

* * *

Reconducir la situación de manera tan expeditiva multiplicó el reconocimiento de Duncan por la buena marcha de la oficina de la Gran Capital, pese a que las reticencias de algunos continuaban persistentes. Duncan quiso aprovechar también la coyuntura para ratificarse él mismo aún más en su estrategia frente a los socios de Londres que históricamente se habían mostrado contrarios a la expansión internacional. El éxito de la sede capitalina era una manera de evidenciar que el abrir oficinas en el extranjero les reportaba no solo negocios lucrativos sino que diversificaba el riesgo y multiplicaba las áreas de especialización de Salmons. En efecto, la Nación en ese momento era el único mercado en el que la especialización de insolvencia estaba desarrollada y Duncan consideró que podía ser un filón, por lo que organizó un *roadshow*, un circuito de visitas, para que Bernardo explicase con él, oficina por oficina, cómo habían diseñado esa estrategia y de qué manera habían logrado generar de la nada oportunidades tan grandes en términos de relevancia y de facturación. Así que aprovecharon el que las reuniones del Consejo Mundial se celebraban por turno en cada una de las oficinas de la red para explicar a los socios locales la génesis de la oportunidad alrededor de insolvencia y cómo se podría tratar de lograr lo mismo en su mercado en particular.

Duncan trataba de dar relevancia internacional a Bernardo y a su oficina ante la «sociatura», pero la manera de hacerlo seguía generando más animadversiones que otra cosa puesto que, aunque Bernardo era muy apreciado por algunos de los socios más sénior de Salmons, los menos veteranos lo percibían como una amenaza, como un arribista listo que se estaba ganando el aprecio de Duncan a pasos agigantados. Ni siquiera entre sus socios locales tanto bombo fue bien recibido. Tanto Alejandro como Anastasio creían merecer una buena cuota de ese reconocimiento.

Duncan no se quedó ahí. Era consciente de que estaba ante la oportunidad de consolidar su estrategia de expansión internacional de manera definitiva. Tenía que aprovechar el impulso de la oficina de la Gran Capital. Pero para ello era preciso cambiar el sistema de gestión de Salmons. El actual, en el cual las decisiones se tomaban por el Consejo Mundial, un órgano de administración de doce personas al que pertenecía Bernardo y en el estaban representadas todas las facciones de la firma, era muy poco ágil y frenaba de manera recurrente las iniciativas más atrevidas de Duncan.

No lo podía hacer de cualquier manera. Era preciso que el cambio fuera bendecido por el *partnership*, y eso en el mundo anglosajón no podía significar otra cosa que la creación de un comité de socios que diseñara el sistema que considerasen más beneficioso para todos. En consecuencia, el Consejo Mundial aprobó la constitución de un comité de expertos, en el que Duncan solicitó que se incluyera a Bernardo, que no en vano había sido ya socio de cuatro despachos de abogados internacionales y tenía experiencia gestora en dos de ellos. Duncan confiaba en el criterio de su socio para lograr una estructura de gobierno adecuada a las necesidades de una firma en crecimiento y con vocación internacional.

Bernardo hizo un buen trabajo. Realmente era prácticamente el único del comité formado por cinco socios que tenía algo de mundo fuera de Salmons y experiencia en gestión. Y aunque en el seno del comité existían dos claras corrientes, la que pretendía atar en corto a Duncan y la que aspiraba a agilizar la dirección de la firma con aparatos de gobierno más ligeros, fue capaz de dar con la tecla adecuada que consiguió convencer a todos. La clave estaba en el concepto anglosajón de *check and balance*, control y equilibrio.

Bernardo propuso una estructura bicéfala. Por una parte, un órgano ejecutivo, el *Executive Committee* o ExCom, formado por un número muy reducido de socios (no más de tres) elegidos directamente por Duncan. Ese sería su equipo de trabajo directo, el que dirigiría la firma. Pero, por otra parte, se crearía un Órgano de Supervisión compuesto por cinco miembros elegidos por los socios en votación democrática. Esos cinco socios serían los encargados del *check and balance*, de supervisar el trabajo de Duncan y su equipo. De esta manera todos quedaban satisfechos. Tanto Duncan, que podría dirigir Salmons sin tanta burocracia y con un equipo de su plena confianza, como los socios más críticos con su gestión, que dispondrían de un Órgano de Supervisión para poder controlar a Duncan.

Ahora solo quedaba escoger a los componentes de cada uno de los dos nuevos cuerpos de gestión. Las diversas facciones y corrientes de opinión de Salmons se pusieron en movimiento para posicionarse de la forma más beneficiosa para sus intereses. Todo el mundo quería estar representado de alguna manera en la nueva estructura de gobierno. Fueron semanas de mucho pasillo, en las que cada sector de la firma trataba de encontrar socios candidatos a ser miembros del Órgano de Supervisión que cumpliesen dos características: defender los intereses de ese grupo en concreto y tener el tirón suficiente como para recibir los votos necesarios para ser elegidos.

El ala más moderada de Salmons pensó en Bernardo. Su interés era continuar con el crecimiento fuera de Londres pero de manera más pausada que la que pretendía Duncan, por lo que él era el candidato ideal. Porque era evidente que estaba interesado en crecer, pero al mismo tiempo todos esos años había demostrado un alto grado de sentido común y de independencia frente a Duncan, siendo alguien en quien además este confiaba ciegamente. Bernardo aceptó, orgulloso y satisfecho por el hecho de que los socios más veteranos de la firma, y en su opinión más sensatos, hubieran pensado en él. Se presentaría a candidato a formar parte del Órgano de Supervisión contando con el apoyo de una gran parte de los socios.

A los pocos días recibió una llamada de Duncan.

–Bernardo, soy Duncan. Quería hablar contigo del órgano de gestión.

Bernardo no sabía si se trataba de alguna consulta técnica que querría hacerle como miembro del comité de expertos o si más bien se habría enterado de su próxima candidatura al Órgano de Supervisión y por cualquier razón no estaba demasiado contento con la idea de tener a Bernardo de controlador.

–Sí, claro. Dime, ¿qué quieres saber?

–Bernardo, conoces perfectamente la nueva estructura de gobierno, como es obvio. Y sabes que tengo que escoger a los socios que quiero que formen parte del *Executive Committee.*

–Efectivamente, así es como funciona el nuevo sistema.

–Pues bien, quería preguntarte si estarías interesado en formar parte de mi equipo, del ExCom. Creo que cumples con todas las cualidades que estoy buscando.

A Bernardo la proposición le pilló totalmente desprevenido. Era consciente del aprecio que le tenía Duncan, pero no hasta el punto de que le fuera a pedir formar parte del reducidísimo grupo de socios que junto con él iban a dirigir la deriva del despacho los siguientes años. Se trataba de un comité de tan solo tres socios elegidos por Duncan al que se uniría Jude Blake, la directora de Recursos Humanos, y Ponce Yeo, director financiero. Todos ellos constituirían el centro neurálgico de Salmons.

Bernardo no sabía qué decir. Realmente no se lo esperaba. Pero tenía claro que era la típica propuesta en la que no se podían mostrar dudas ni se debía rechazar.

–Duncan, sería un honor para mí formar parte del ExCom. Puedes contar conmigo.

Ahora no tendría más remedio que retirar su candidatura a miembro del Órgano de Supervisión, aunque no podía hacerlo sin hablar antes con los que habían sido sus valedores y lo habían elegido como su candidato. Llamó inmediatamente a Brandon Chaplin, que era el socio sénior que le había pedido presentar su candidatura en representación del ala moderada.

–Brandon, ¿cómo estás? Soy Bernardo.

–¿Qué tal, Bernardo? Me alegra hablar contigo. ¿Qué ocurre?

–Te llamo para pedirte consejo.

–Tú dirás. A tu entera disposición.

–El asunto es que me acaba de llamar Duncan para pedirme que forme parte del ExCom. Le he dicho que sí porque creo que sería bueno también para vosotros que yo formara parte de la ejecutiva, pero no tengo ningún problema en volver a hablar con él y declinar el ofrecimiento si crees que es lo más adecuado. Respeto totalmente tu criterio, y sobre todo no quiero traicionar la confianza que habéis depositado en mí.

Pasaron uno segundos hasta que Brandon contestó.

–Acepta, Bernardo. Te agradezco mucho la llamada y tu sinceridad. Nosotros estaremos encantados de que formes parte del ExCom, aunque nos habría complacido que formaras parte del Órgano de Supervisión. Pero no se puede estar en los dos sitios la vez –sentenció Brandon con una carcajada que acabó por tranquilizar a Bernardo.

Días después se comunicó de manera formal a toda la firma los nombres de los socios elegidos por Duncan para formar parte del ExCom.

Bernardo estaba entre ellos junto con Dimas Wolf-Schmidt y Gestas Chianti. Sin saberlo él aún, le habían clavado en la cruz.

XIII MUERE EN LA CRUZ

El anuncio del nombramiento de Bernardo como miembro del ExCom fue una sorpresa para sus compañeros de oficina de la Gran Capital. No les hizo demasiada ilusión. En especial a Anastasio, que sentía que otro estaba recibiendo un reconocimiento del que se creía en parte merecedor como pieza clave para la reorientación al mundo concursal auspiciada por Bernardo. Pero tampoco a Alejandro, pues el nombramiento no venía acompañado de una reordenación de galones a nivel local. La promoción de su amigo tenía que haber llegado, en su opinión, necesariamente acompañada de un plan de sucesión en la oficina.

Además, aunque el nombramiento tenía la ventaja de suponer un espaldarazo para la oficina, al mismo tiempo distraería a su socio director aún más de la gestión local y mucho más de la práctica profesional. Y no se lo podían permitir, porque faltaban solo dos meses para el cierre del año, que como en casi todos los bufetes anglosajones se producía el primero de mayo, y habría que apretar fuerte para superar el presupuesto del ejercicio para de esa manera confirmar de forma clara el éxito de la nueva estrategia de la Gran Capital.

Esto casi lo necesitaba Duncan mucho más que el propio Bernardo o sus socios en la Nación porque, aunque había sido un año excelente en todo caso, tenían que poner la guinda y aparecer en el *reporting* interno de Salmons como una de las pocas oficinas que superaban el objetivo anual, que además ese año era bastante exigente. Estaban muy cerca y con el habitual acelerón de fin de año Bernardo estaba convencido de que lo lograrían. Efectivamente, los últimos meses de cada ejercicio todos y cada uno de los socios de la red de cualquier firma de abogados apretaban el culo al máximo y esto implicaba que lloviesen ingresos de última hora a todas las oficinas. A esto se sumaba el hecho de que el período de facturación del mes de abril no se cerraba formalmente hasta mediados de mayo, por lo que en realidad ese último mes se convertía en mes y medio.

El efecto colateral de esto es que la facturación de mayo era una mierda. Todos los años. Con tan solo quince días reales como primer mes del año el ejercicio no podía sino arrancar flojo. Y eso generaba una histeria y una sensación de inseguridad de la que uno no acababa de recuperarse del todo durante el resto del ejercicio. Un sistema absurdo donde los haya, que buscaba tener a todos los socios en tensión durante el año entero. No era de extrañar que esa asfixia provocase un envejecimiento prematuro de los socios de tanto estrés, fácilmente evitable por otra parte con tan solo acompasar el devengo a la realidad.

Pues bien, ya metidos en la primera semana de mayo, Duncan se encontraba un uno por ciento por debajo para cumplir el presupuesto global de Salmons. Había que buscar oficina por oficina de dónde sacar ese uno por ciento para convertir un año flojillo en un gran éxito. El impacto de estar un uno por ciento por encima o por debajo era así de radical. En consecuencia, todos los socios directores de cada una de las oficinas de la red mundial de Salmons iban a recibir una presión asfixiante los primeros días de mayo: al menos dos llamadas al día y multitud de mensajes preguntando inquisitorialmente si no habría algo más que facturar. Porque con un poco de buena voluntad siempre se podían computar nuevos ingresos que alguien que ya hubiera superado su objetivo se resistía a hacer aflorar para así poder superar la cuesta de mayo con más solvencia. Y es que no faltaban insolidarios que pretendían facturar en mayo su trabajo de mayo. ¡Qué falta de compañerismo!

La presión era aún mayor para la oficina dirigida por Bernardo. En su caso concurría la doble circunstancia de que lo que pudieran rascar acercaría a Salmons a cumplir su objetivo de facturación global y, además, permitiría a la propia Gran Capital superar el suyo, con todo lo que eso implicaba para él, para Duncan y para el resto de socios de la oficina de la capital, que deseaban ver reflejada en sus remuneraciones el gran arranque que había tenido su sede esos veinticuatro primeros meses de existencia.

Las llamadas se sucedían todos los días, la ronda internacional no paraba, pero Salmons no acaba de cumplir con el presupuesto. Y como una de sus mayores esperanzas era la Gran Capital, los sabuesos de facturación de Londres habían rastreado las propuestas de honorarios de la oficina y habían identificado una potencial bolsa de valor. Anastasio era el socio responsable de un encargo por una cantidad de honorarios que, de cobrarse, permitiría superar el presupuesto tanto a la Gran Capital como a Salmons en su totalidad. Y de manera holgada. Se trataba de un arbitraje internacional en el que Salmons representaba a los demandantes, una incubadora tecnológica llamada Cubs. La propuesta iba vinculada al resultado del laudo arbitral. Esto es, a éxito. Si ganaban, cobraban. Si perdían, no ingresaban prácticamente nada. Y resulta que el procedimiento arbitral estaba ya completado, y tan solo a la espera de que se dictase el laudo, que era inminente.

De ahí venía la presión. Cada mañana Bernardo recibía una llamada de Duncan en la que le preguntaba si se había dictado ya laudo. Y cada mañana durante diez días consecutivos el socio director de la Gran Capital le daba la misma contestación.

—¡Buenos días, Bernardo!

–¿Qué tal, Duncan?

–¿Noticias del laudo?

–Pues no. Lo siento. Dice Anastasio que está al caer, pero el árbitro no acaba de comunicárselo a las partes.

Era evidente que si algo se hubiera sabido, él se lo habría hecho saber de manera inmediata, pero la ansiedad de Duncan había ido *in crescendo* y no podía evitar preguntar una y otra vez.

–Bernardo, mañana se cierra de manera definitiva la contabilidad de abril y con ella la del año fiscal, y necesitamos imperiosamente facturar. Nuestra única esperanza es el arbitraje de Anastasio.

«¡Joder, qué presión!».

–Lo sé, lo sé. Pero el árbitro nos da una fecha para el laudo y después la pospone una y otra vez.

–¿Y qué probabilidades da Anastasio a ganar el arbitraje?

A Bernardo no le gustó mucho la pregunta.

–Pues parece que muchas. Al parecer las vistas han ido muy bien. La pericial también parece muy sólida.

–Así que lo previsible sería que al menos se estimase la demanda por la mitad de la cuantía, ¿no?

Bernardo veía claramente a dónde quería llegar Duncan. Y era un sitio muy peligroso. Él no pensaba ir por ese camino.

–No creo que eso ocurra, Duncan. Le puedo preguntar a Anastasio, pero creo que en este caso es blanco o negro. O se gana o se pierde.

Duncan era, aparte del CEO de Salmons, un experto procesalista, por lo que sabía dónde presionar.

–Los arbitrajes no son como las reclamaciones ante tribunales ordinarios, Bernardo. Los árbitros suelen tratar de satisfacer a ambas partes aunque sea parcialmente.

–No lo sé. Tendría que hablarlo con Anastasio.

–Pues háblalo rápido con él y me dices. Porque si facturásemos la mitad de la prima de éxito ya lograríamos el objetivo anual de ingresos tanto de toda la firma como de tu oficina.

Bingo. Como intuía Bernardo, el CEO pretendía utilizar el *success fee* del arbitraje para cumplir presupuesto. Muy desesperado tenía que estar para facturar un *fee* contingente.

Desde luego, no iba a ser él quien tomase esa decisión.

Inmediatamente después de colgar con Duncan, llamó a Anastasio y le planteó la idea.

–Ja ja ja. ¿Lo dices en serio?

–Lo dice Duncan, no yo. Pero me parece que habla totalmente en serio.

–¿Es que este hombre está loco? El resultado del laudo es totalmente imprevisible. ¿Cómo vas a facturar una prima de éxito sin saber si se ha producido el éxito?

–Estoy completamente de acuerdo contigo. Es justo lo que pensaba, pero tenía que hablarlo contigo antes. Ahora mismo se lo digo –concedió Bernardo.

De vuelta a su despacho, se veía ante el trago de negarle a un CEO ahogado el oxígeno que necesitaba el día en que se cerraba la facturación del año. Pero hizo lo que debía. No flaqueó y le trasladó a Duncan la conversación mantenida con Anastasio, con la esperanza de que ahí concluyese el asunto, rezando por que otro socio director de otra oficina hubiera accedido a alguna petición similar y así poder él quedar definitivamente liberado del tema.

No debió de ser así, puesto que al día siguiente Duncan volvió a la carga. Salía Bernardo de la ducha tras ir al gimnasio cuando se encontró con siete llamadas perdidas. Cuatro eran de un número inglés. Las tres restantes de su secretaria, probablemente tratando de pasarle con quien estaba tratando de localizarlo. Abrió sin demora su correo electrónico. Efectivamente, dos *mails* de su secretaria en los que le señalaba que Duncan estaba tratando de localizarlo con urgencia, pidiéndole por favor que lo llamara de vuelta con la máxima celeridad. Miró la hora de los mensajes. Había transcurrido menos de una hora.

«¡Qué mala suerte! –pensó–. Justo cuando dejo el móvil en la taquilla para meterme en el gimnasio me llama Duncan». Estaba comenzando a marcar el número del CEO cuando sonó el aviso de que entraba un nuevo correo electrónico. Canceló la llamada y abrió el correo. El *mail* era de Duncan.

DE: Duncan Smith
A: Anastasio Martínez
CC: Bernardo Fernández Pinto
Asunto: Urgente Cierre de facturación

Anastasio,
Como estoy seguro de que sabes, estamos cerrando en estos momentos la facturación del año.
Imagino que Bernardo, a quien copio, te habrá hecho partícipe de la importancia de incluir en los números de este año la facturación correspondiente a la prima de éxito del arbitraje de Cubs en la que has estado trabajando.
Dado que el trabajo está totalmente realizado, por lo que el expediente ya se ha cerrado, y puesto que por lo que me indica Bernardo las probabilidades de éxito son altas, he considerado que lo prudente es proceder a procesar una factura por la mitad de la prima de éxito de este asunto. La factura se enviará al cliente cuando tengamos el laudo, ajustando la cuantía a la que definitivamente nos corresponda.
Por favor, con la máxima urgencia te pido que proceses esa factura en el sistema, dado que dentro de menos de

una hora se cerrarán definitivamente las cuentas del año.
Duncan

No acababa de leerlo cuando recibió una llamada. Era Anastasio.

–Bernardo, definitivamente este hombre ha perdido la cabeza. ¡Menuda contumacia! ¿Cómo le vamos a facturar nada al cliente si no tenemos la resolución todavía? ¡Esto es extremadamente irregular!

–Ya sabes que pienso lo mismo que tú. Pero son sus instrucciones.

–Pues yo haré lo que me pide porque está por escrito, aunque Duncan se la está jugando con esto. A mí que nadie me venga a decir luego nada.

Los clavos de la cruz acababan de remacharse.

* * *

Así que finalmente Salmons superó el presupuesto anual a nivel global y la oficina de la Gran Capital fue una de las que estuvieron por encima de su objetivo del ejercicio. Pero la alegría no duraría mucho tiempo. No había ni siquiera concluido el mes de mayo cuando el árbitro comunicó a las partes el contenido del laudo del arbitraje de Cubs. Habían perdido. Nada más conocer el resultado del laudo, Bernardo ya sabía que aquello iba a traer cola. Sería antes o después, pero las consecuencias de esa factura indebidamente procesada tendrían necesariamente que notarse. Por lo pronto había que comunicárselo de manera inmediata a Duncan. Quizá aún estuvieran a tiempo de retroceder su cómputo en los resultados oficiales, que ni siquiera se habían hecho públicos todavía. Había que hablarlo, si no en persona, al menos telefónicamente. Era un tema lo suficientemente delicado como para ser tratado verbalmente.

–Duncan, tengo una mala noticia que darte.

–Dime, Bernardo. ¿Qué ha pasado? ¿Alguna baja inesperada?

–No, ¡qué va! Eso sería mucho mejor.

–Entonces ¿qué es?

El sexto sentido de Duncan le avisaba a gritos de lo que estaba a punto de escuchar, pero prefería hacerse el tonto.

–Acaba de salir el laudo del arbitraje que estaba llevando Anastasio y hemos perdido.

Al otro lado del teléfono se produjo un prolongado silencio. Finalmente, se rompió.

–¿Y qué cantidad es la que se puede facturar? Porque había un fijo, ¿no es cierto?

Duncan trataba de apurar todas sus opciones.

–Es cierto, sí. Pero era una cantidad muy pequeña. Ahora tendremos que retroceder la factura en su práctica integridad.

–¡No! No hagas nada todavía, Bernardo –le interrumpió Duncan nerviosamente–. No te preocupes, que ya me encargo yo de eso. No es la primera vez que ocurre algo parecido. Con los meses esas facturas se cancelan y acaban diluyéndose en la facturación del nuevo año. Ya te avisaremos de cuando haya que hacer algo.

Bernardo no se quedó muy convencido. Estaba en cierta manera aliviado por la respuesta de Duncan porque en apariencia no era una situación tan infrecuente. Pero lo que le incomodaba sobremanera era que esa facturación irreal seguiría recogiéndose en la contabilidad mensual que se reportaba a todos los socios de la red mundial de Salmons y en los esta-dos financieros anuales. Tampoco es que pudiera hacer mucho, así que mentalmente aparcó el problema, tal y como le había ordenado Duncan, y se centró en el siguiente año, en el que ya comenzaba mal por los números negativos provocados al tener que haberse restado en algún momento, fuera cuando eso finalmente ocurriera, lo facturado de más ese último mes del ejercicio.

Además tenía otras cosas de las que preocuparse. Su vida en el ExCom era muy ajetreada. E interesante. Tenía la oportunidad de participar en todas las decisiones cruciales de Salmons. La más importante era la posible fusión con algún otro bufete internacional. Era una posibilidad que Duncan veía con muy buenos ojos y por tanto perseguía con ahínco. Se habló del tema con detenimiento en una sesión monográfica de la ejecutiva, a raíz de la cual se entablaron negociaciones con un gran bufete americano interesado en expandirse por Europa.

A esa cumbre en Londres a finales de año resultó invitado Bernardo como miembro del ExCom. Se trataba de la primera de las reuniones para negociar los términos generales para una futura integración. Era una reunión importante. Tras la misma, Duncan lo abordó.

–¿Qué te ha parecido la reunión?

–Pues que quieren quedarse con nuestras oficinas más rentables. No deberíamos darles mucha más información. No están interesados en fusionarse sino en desmembrar Salmons.

A Duncan le desmontaba el que alguien que todavía no había llegado a los cuarenta tuviera las cosas tan claras.

–Interesante, interesante. Estamos de acuerdo. Por cierto, ¿dónde cenas hoy? ¿Tienes planes?

–La verdad es que no. Pensaba volver andando y meterme en el restaurante que más me llamara la atención de camino al hotel.

–Me gustaría invitarte a cenar. Después te puedo llevar en coche a tu hotel. Así hablamos tranquilamente.

–Claro.

Por supuesto, ¿quién iba a negarse a cenar con su CEO? De camino al restaurante, Duncan aprovechó para tocar los temas más candentes de la oficina de la Gran Capital.

–No está siendo un año demasiado brillante, ¿verdad,?

–Lo cierto es que desde un punto de vista del posicionamiento de la oficina y del tipo de trabajo que nos están encargando, el año es muy bueno. Pero si nos fijamos tan solo en el resultado tomando como referencia los ingresos, no estamos consiguiendo cumplir el presupuesto ningún mes.

Por si acaso Bernardo ya tenía preparada la respuesta desde hacía semanas.

–Y eso que no hemos retrocedido aún la factura del arbitraje.

El tema no podía no salir ...

–Soy consciente de ello. Estamos esperando tus instrucciones.

–En breve te indicaré lo que has de hacer. Déjalo en mis manos.

–Eso hago.

Llegaron al restaurante Getsemaní, uno de los favoritos de Duncan. La comida era mediterránea, muy frugal, de extraordinarios ingredientes. El local estaba bastante de moda. Decorado con productos de la huerta por doquier y cuadros que representaban olivos. Era punto de encuentro de todos los adinerados que buscaban tranquilidad, silencio casi sepulcral, como de oración, impropio de un restaurante de fama. Pidieron sopa de primero, como es tradición en una buena cena británica, y dos buenos rodaballos de segundo. La conversación pasaba de puntillas sobre lugares comunes, experiencias personales y otras naderías hasta que, llegados a los postres, Duncan lanzó frontalmente la pregunta que estaba reservando para Bernardo.

–Bernardo, ¿tú hasta dónde quieres llegar?

No sabía muy bien qué esperaba que dijera. Intentó ganar tiempo.

–No entiendo.

–Me refiero a tus aspiraciones profesionales. Seguía sin estar claro. Mejor no arriesgarse.

–No sabría qué decirte, Duncan.

–Te lo pregunto más claro. ¿Tú querrías ser el siguiente CEO de Salmons?

Menudo bombazo. ¿Le estaba hablando en serio? ¿Se trataría de algún tipo de pregunta trampa? Seguía sin tener claro qué contestar, por lo que decidió dar unos pocos rodeos más antes de responder nada definitivo.

–No creo que una firma británica vaya a nombrar nunca CEO a un abogado no inglés.

–¿Eso crees?

–Es una votación en la que la inmensa mayoría de los que votan son ingleses. Y su tendencia natural será votar a alguien a quien conozcan y en quien confíen. Y eso no se consigue en dos días y desde la distancia.

–¿Así que no estás interesado?

–No he dicho eso. Claro que me interesa. Tan solo pretendo ser realista.

Parecía que Duncan hablaba en serio.

–Jajajaja. ¡Así que te interesa! Ten cuidado con lo que deseas, que puede cumplirse.

Bernardo no dijo nada, esperando ver cómo seguía la cosa.

–Yo creo que eres el candidato ideal –añadió finalmente el CEO.

–Agradezco tus palabras. A mí me parece que la única manera de que pudiera desempeñar tu cargo sería rodeado de un ExCom compuesto por socios sénior ingleses, tú entre ellos.

–No sé si yo querré seguir por aquí tanto tiempo... Aunque me halaga que lo consideres.

–Sería la única forma manera de que me aceptasen y me votasen, o viceversa.

–Lo sé, soy perfectamente consciente. El primer paso era saber si tú querrías presentarte. Lo demás tiene solución.

–Como te digo, cuenta conmigo, pero creo que es un largo proceso.

–Por supuesto. Sería preciso darte más visibilidad en la red, tal como hemos hecho con el *roadshow* concursal, así que voy a proponer que comiencen a prepararte para que en un par de años puedas tomar mi relevo.

Bernardo estaba alucinado. Se le planteaba la oportunidad de dirigir un despacho internacional. No una simple oficina local. Toda la red mundial.

Quizá por suerte, quizá para su desgracia, seguía siendo un ingenuo impenitente. Sobre todo ahora que no podía contar con María como toma de tierra.

* * *

Vuelta a la Gran Capital y a los problemas domésticos. El año no acababa de remontar y, llegadas las Navidades, no quedaba mucho tiempo por delante para recuperar el terreno perdido antes del fin de ejercicio. La situación resultaba cuando menos extraña, si no rocambolesca. En el ámbito internacional de Salmons, Bernardo se encontraba en su punto más álgido tras la reciente e informal designación por parte de Duncan como su sucesor. Pero al mismo tiempo en el plano local se las veía y se las deseaba para poder sacar la oficina adelante pese a los grandes avances experimentados el año anterior.

El presupuesto anual parecía cada vez más inalcanzable y Bernardo sabía que en algún momento habría que tener una conversación difícil con Duncan. No hubo que esperar demasiado puesto que a la vuelta de las vacaciones lo convocó a una videoconferencia monográfica para analizar los números de la Gran Capital y su evolución esperada hasta el cierre del ejercicio. En la videoconferencia estaría también presente Ponce Yeo, el CFO de Salmons. En realidad podía tratarse simplemente de una *videocon* rutinaria que Duncan y Ponce tenían con cada oficina para calibrar el grado de cumplimiento esperado de presupuesto, pero era la primera vez en los casi tres ejercicios de existencia de Salmons en la Nación que su oficina había sido convocada para esa sesión y esto inquietaba a Bernardo, dado que era precisamente el primer año en que no estaban cumpliendo o superando el presupuesto.

Además no tenía demasiadas esperanzas a las que aferrarse. No solo es que estuvieran en ese momento alrededor de un veinticinco por ciento por debajo de presupuesto, sino que a ese déficit habría que añadirle el efecto del retroceso de la factura del arbitraje de Anastasio, que en algún momento no muy lejano habría de producirse porque se encontraban ya casi en el último trimestre del ejercicio. Y los meses venideros, aunque había un par de propuestas grandes pendientes de aceptación por el cliente, iba a ser muy poco probable que, aun siendo aceptadas, representasen facturación real antes de mayo, por mucho que estirasen el cierre de facturación.

Así que, sin demasiadas ganas, el martes 10 de enero se conectó desde la sala de juntas a la videoconferencia con Ponce y Duncan.

–¡Buenos días, Bernardo! –lo recibió nada más conectarse Duncan de manera extrañamente efusiva.

–Buenos días a los dos.

–¿Qué tal va todo, Bernardo? ¿Cómo han ido las vacaciones? ¿Has podido descansar? –continuó Duncan mostrándose muy cercano.

–Todo bien, gracias. Y tú, ¿has podido desconectar?

–No demasiado. He aprovechado para organizar temas pendientes en esta época más tranquila, y entre otros el programa de sucesión que te comenté el día que cenamos. He estado revisando información de cursos a los que sería bueno que te apuntásemos en breve.

–Fenomenal. Como te dije, cuenta conmigo.

No era la conversación para la que Bernardo se había preparado, aunque siempre era más agradable comenzar así. Sabía que ahora vendría lo duro.

–Pero te hemos convocado porque tenemos que hablar de cómo ves el resto del año para la Gran Capital.

Ahí estaba.

–Ponce, ¿tienes las cifras actualizadas de la oficina?

–Sí, aquí las tienes. 74% de cumplimiento de presupuesto. Con un ciclo de conversión estándar del WIP pendiente al 60%, la oficina no conseguirá remontar antes de que se cierre el ejercicio.

–Bernardo, ¿hay perspectivas de que entre algún asunto nuevo de importancia con el que no estemos contando?

–Estamos pendientes de dos propuestas grandes, aunque no creo que se pueda facturar nada de las mismas antes de mayo, Duncan –señaló Bernardo de manera lo más objetiva y sincera posible.

–Pues tenemos un problema, y habrá que tomar medidas. A Bernardo no le hizo nada de gracia el cariz que estaba tomando la conversación. Aun así guardó silencio y esperó acontecimientos.

–Pero no te preocupes, Bernardo, que tenemos el problema totalmente identificado y te vamos a comentar lo que creemos que has de hacer.

Bernardo se preparó para el bombazo. Era evidente que esa videoconferencia se había convocado única y exclusivamente por ese motivo.

Duncan se acercó a la cámara.

–Bernardo, el principal problema de la oficina es Anastasio. Su facturación es muy pobre. Y no acaba de entenderse bien con Londres. Ni siquiera habla casi inglés. Deberíamos prescindir de él.

Se olía algo así.

–Duncan, soy consciente de que Anastasio no es el socio típico de Salmons y que es bastante indisciplinado en ciertas cosas, pero es muy importante para la oficina. Y los temas concursales que estamos llevando son en gran parte mérito suyo y sería difícil continuar asesorando a esos clientes si él no estuviera trabajando con nosotros.

–Me imaginaba que dirías eso. Y te honra. Pero es inevitable. Ya lo he hablado con el socio responsable de Litigios de la firma y está de acuerdo. Sé que no es una decisión fácil de tomar. La oficina irá mucho mejor. Ya verás.

Bernardo no estaba dispuesto a ceder.

–Duncan, yo no pienso dejar tirado a nadie que haya apostado desde el principio por Salmons, por la oficina de la Gran Capital y por mí. Si queréis tomar esa decisión no contéis conmigo. Y si esa es vuestra última palabra, yo renuncio al cargo de socio director y entonces podréis despedirlo vosotros mismos si consideráis que es lo mejor.

El CEO de Salmons no se esperaba esa reacción. Su colega del ExCom era más duro de mollera de lo que había calculado.

–No acepto la renuncia, Bernardo. Eres la persona adecuada para dirigir esta oficina. Eso está clarísimo.

–Te lo agradezco, pero en tal caso no cuentes conmigo para prescindir de Anastasio, porque no lo voy a hacer.

–A lo mejor esa decisión no la tenemos que tomar ninguno de los dos. Porque en cuanto retrocedamos la factura del arbitraje de Cubs, su área de práctica se va a poner en números negativos y el Órgano de Supervisión no lo pasará por alto.

No se creía lo que estaba oyendo. ¿De verdad pensaba Duncan que iba a ser cómplice de ese abuso? Ahora lo entendía todo. Desde el principio le estaba ofreciendo el sacrificio de Anastasio para salvar su pellejo. No el pellejo de Bernardo como socio director de la Gran Capital. ¡El suyo propio como CEO! No lo podía permitir de ninguna manera.

–Duncan, sabes tan bien como yo que Anastasio no es el responsable de que esa factura saliera. Tú fuiste el que nos obligaste a hacerlo y ahora no puedes trasladarle esa responsabilidad a él.

Duncan se levantó de su asiento mientras Ponce lo miraba con estupor. Bernardo lo observó a través de la pantalla del proyector de la videoconferencia. No paraba de dar vueltas por la sala como un tigre enjaulado. Estaba realmente cabreado. Con lo bien que había comenzado la llamada, ahora la situación se había tornado verdaderamente tensa. No se atrevía a decir nada. Consideró que era mucho mejor estar callado hasta que Duncan decidiera reaccionar. Finalmente le vio salir de la sala. No parecía que fuera a volver. Ponce se acercó a la pantalla.

–Creo que será mejor que hablemos en otro momento –señaló mientras cancelaba la conferencia.

Los clavos de la cruz se habían apretado irremediablemente. Bernardo se quedó con una muy mala sensación. Aunque lo egoísta, lo fácil, habría sido dejar caer a Anastasio, nunca habría hecho algo así por pura decencia profesional sumada a un trasnochado concepto de gratitud por la fidelidad mostrada. Sin embargo, haberle dicho a Duncan delante de Ponce que había sido él quien había forzado la emisión de esa factura irregular había sido absolutamente innecesario, una torpeza en toda regla.

Pensó que lo mejor sería hablarlo cara a cara con Duncan durante la siguiente reunión del ExCom que tendría lugar la semana siguiente en Londres. La noche previa a cada reunión, Duncan tenía por costumbre invitar a cenar a toda su ejecutiva a un restaurante con estrella Michelin. Era su forma de distender el ambiente antes de las largas sesiones de gestión. Ese era el momento perfecto para rebajar la tensión creada entre ambos tras la videoconferencia.

Bernardo aterrizó en Londres y, sin tiempo para pasar previamente por su hotel, se dirigió al restaurante Los Olivos, donde se encontraban ya todos los miembros del ExCom junto con Jude Blake y Ponce Yeo. Fue precisamente Jude la que, nada más llegar Bernardo, se acercó a él y le dio, afectuosa dos besos, preguntándole qué tal su viaje. Bernardo estaba un poco turbado, incluso confundido, por la extraña muestra de cariño. Contestó con cualquier lugar común que se le vino a la cabeza y se dirigió rápidamente a donde estaba sentado Duncan.

–¡Hola, Duncan! Quería disculparme si no estuve correcto en la videoconferencia del otro día, pero para mí tu propuesta fue una sorpresa. Quizá no reaccioné de la forma que tú esperabas.

Duncan giró la cabeza sin levantarse de la silla, le pasó el brazo por el hombro y le dijo al oído:

–No le des vueltas, Bernardo. No hay nada que hacer. No tienes nada de qué preocuparte.

* * *

Ya estaban inmersos en febrero y era evidente que no iba a ser un buen año. Todos en la oficina de la Gran Capital eran conscientes de ello. Pese a que el posicionamiento del despacho en los ámbitos concursal y de infraestructuras era indubitadamente relevante, al tratarse de encargos muy grandes y con recorrido a medio plazo, el reflejo en los resultados mensuales no acababa de llegar. La volatilidad era tremenda y, de la misma forma que podían pasar seis meses de sequía absoluta, de repente y en tan solo dos meses la oficina podía hacer la facturación prevista para todo el año.

Lógicamente, esa imagen se distorsionaba aún más cuanto menor era la cercanía con el día a día de la oficina. Desde los cuarteles de Londres lo único que se percibía era la poca recurrencia en los ingresos, que tendía a confundirse con la falta de los mismos. Todo se reducía al resultado económico y, ante su aparente ausencia, a la consecución al menos de nuevos encargos que anticipasen un volumen de trabajo relevante. Nadie miraba la orientación estratégica a medio plazo. Aunque se tratase de una oficina reciente en un mercado difícil, como lo era el nacional. Y los encargos no acababan de cristalizar. Peor aún, el que parecía casi asegurado, un nuevo caso de insolvencia de un grupo de infraestructuras que representaría por sí mismo el treinta por ciento de la facturación del ejercicio, lo habían perdido finalmente. Y no por culpa del trabajo de la oficina. El grupo había convencido a sus accionistas para darle una nueva oportunidad al proyecto y habían acudido a una ampliación de capital de urgencia que evitaba la entrada en concurso. Era un gran noticia para el cliente pero pésima para Bernardo.

Fue el desencadenante del gabinete de crisis de Salmons para su oficina de la Gran Capital. Duncan y Ponce viajarían a la sede capitalina para tratar de reconducir la situación con Bernardo. Pero ¿cómo? La línea estratégica estaba clara y por mucho que a finales de febrero quisieran presionar, el resultado a corto plazo no iba a variar en demasía. No era una visita cómoda y Bernardo la preparó con detenimiento con Alejandro. Analizaron la manera de reducir costes de la forma menos traumática posible y rediseñaron la estrategia para lograr un mejor resultado a corto plazo. El cortoplacismo nunca había sido de su agrado, pero eran conscientes de que había que ofrecer algo a Duncan para saciar su necesidad de volver a Londres con un plan de choque. Seguro que a él también le estaban presionando fuertemente. Ambos eran sabedores de las tensiones que estaría experimentando su CEO de todos los críticos con la expansión internacional, aún más motivados desde que Duncan les había restregado el año previo el gran éxito de la Gran Capital y la promoción de Bernardo a miembro del ExCom.

Bernardo y su lugarteniente redactaron un documento con dos líneas principales de acción: reducción y contención de costes, por un lado; y apertura de nuevas áreas de negocio más acordes con la actividad global de Salmons por otro, para de esa manera atraer trabajo referido de la red, que había pasado de representar casi la mitad de los ingresos de la oficina el primer año a ser prácticamente testimonial ese año. Calculaban que por mucho que los presionase Duncan en su visita, el resultado final sería un plan duro pero soportable sin crear una fractura irreparable en la oficina. Envió la presentación a Duncan y a Ponce con antelación suficiente y esperó a la visita, tranquilo pero no relajado, con los deberes hechos.

El semblante de Duncan no denotaba mucha tranquilidad cuando lo recibió en la recepción de Salmons Gran Capital. Aparentaba preocupación y nerviosismo. Lo primero que pidió fue reunirse a solas con Bernardo. Condujo a Duncan a su despacho mientras iba pensando en cómo romper el hielo.

–¿Qué tal el vuelo, Duncan? ¿Turbulencias? Te noto un poco tenso.

Duncan se sentó junto a la pequeña mesita de reuniones del despacho. Dejó su portafolios a un lado y sacó la presentación de la oficina que habían preparado Bernardo y

Alejandro. Estaba toda arrugada. Claramente había dedicado tiempo a revisarla con detenimiento. Probablemente durante el viaje.

–El vuelo bien, gracias. ¿Puedo pedir un vaso de agua?

–Por supuesto –contestó Bernardo mientras pedía a su asistente que trajera al CEO lo que había pedido.

Duncan sudaba profusamente y no transmitía ninguna sensación de tranquilidad, de tener control alguno sobre lo que estaba sucediendo.

–La situación es crítica. He leído tu presentación y las medidas que propones son insuficientes.

Se esperaba algo así.

–Bueno, creo que es importante encontrar un equilibrio entre el resultado financiero y la continuidad del proyecto.

–La continuidad del proyecto dependerá del resultado, ¿no?

–Por supuesto, pero todo en función de en qué plazo pretendas ese resultado. Lo normal en una oficina nueva es que no produzca beneficios hasta el tercer año. En el caso de la Gran Capital, los dos primeros años han sido muy buenos y parece que vamos a pinchar en el tercero. Además, hemos logrado situar a la oficina en el grupo de los despachos más prestigiosos de la Nación. Y aunque hay que valorarlo en la medida de lo que realmente representa, todos los socios aparecemos recomendados en los principales directorios de abogados internacionales como reputados expertos en nuestras áreas. Hay grandes despachos internacionales que no han podido conseguir esto en lustros.

–Todo eso es muy razonable, aunque no va a ser suficiente para calmar a nuestros socios. Ellos esperan un verdadero plan de choque.

–Lo entiendo. Pero si apretamos las tuercas mucho más de lo que se propone en la presentación que te he enviado, nos cargaremos el fondo de comercio de Salmons en la Nación. Daremos una sensación de debilidad que se va a traducir en una desbandada de asociados y de clientes. Hemos logrado proyectar al mercado una imagen que no nos podemos permitir empañar ahora. Es justamente lo contrario de lo que necesitamos.

Para Bernardo estaba claro que si ibas en las posiciones de cola en una carrera, nunca ibas a llegar a la cabeza si te dedicabas a ahorrar combustible.

–Lo siento, Bernardo, pero es inevitable. Prepara un plan de recortes mucho más agresivo. La reducción ha de ser de al menos un tercio de los costes.

Bernardo sabía que eso sería el fin de la oficina. Si no a corto plazo, sí a medio. No podrían crecer de nuevo y no recuperarían nunca la posición ganada con tanto esfuerzo. Tenía que resistir como fuera.

–Duncan, no cuentes conmigo para eso. No voy a desmantelar la oficina. Como ya te dije en otra ocasión, hazlo tú si crees que es lo correcto. Es tu negocio.

–Querrás decir nuestro negocio.

–Así llevado deja de ser mío.

La tensión era evidente. Duncan no lograba ablandar a Bernardo y este no conseguía frenar el ímpetu de Duncan.

–Pues prepara un nuevo plan con los recortes que consideres que tu oficina puede soportar y volvemos a hablar en dos semanas –zanjó Duncan marcando de manera enfática el «tu».

–Así lo haré –respondió Bernardo con contenido alivio.

Ahora habría que reestructurar el plan, pero más o menos era lo que esperaba. En cuanto Duncan salió por la puerta de la oficina camino del aeropuerto, se reunió de urgencia con Alejandro y adaptaron la propuesta inicial apretando un poco más, tal como habían previsto que tendrían que acabar haciendo.

Una semana después de la visita de Duncan y tras multitud de revisiones ya lo tenían listo. Pero ocurrió algo totalmente inesperado. Esa mañana de martes Bernardo recibió un brevísimo y seco correo de Duncan.

DE: Duncan Smith
A: Bernardo Fernández Pinto
Asunto: Estrictamente privado y confidencial

Bernardo,
Te convoco a una reunión urgente en el Hotel Confederación de la Gran Capital el próximo jueves a las cuatro de la tarde. Por favor, despeja tu agenda de cualquier otro compromiso que pudieras tener esa tarde.

No entendía nada. El mensaje le trajo recuerdos muy desagradables que había logrado borrar de su memoria de su época en Scottish Fist. Marcó rápidamente la extensión de Duncan para averiguar de qué iba el asunto. Sorprendentemente, Duncan contestó el teléfono.

–Hola, Duncan. Acabo de recibir tu mensaje. Quería saber de qué va a tratar la reunión para ir lo suficientemente preparado.

–Lo sabrás el jueves. En dos días no va a cambiar nada –contestó su CEO de manera cortante y colgó.

Se quedó todavía más intranquilo. Llamó a Alejandro.

–Sé por qué me llamas. Yo también he recibido un mensaje de Duncan. Me ha convocado a las cinco y media en el Hotel Confederación.

–A mí a las cuatro. Ni idea de qué quiere. Le he llamado y no ha querido decirme nada.

–Esto pinta fatal, Bernardo. Yo creo que este tío nos convoca para echarnos.

Alejandro siempre era un punto más pesimista de la cuenta, probablemente por autoprotección. Pero Bernardo no coincidía con su opinión. Le pareció una reacción exagerada y poco útil en este momento. Si les hubiera convocado para eso habría citado a todos los socios y no solo a ellos dos. Parecía más que quisiera apretarles las tuercas con los recortes. Pero lo cierto es que era muy extraño que les convocara de manera consecutiva y no a los dos juntos. Decidieron no enviar la nueva propuesta de recortes. Prepararon una versión aún más dura, una que llegase al tercio de recorte en gastos que pretendía Duncan, tratando de que el número de despidos fuera residual y que tan solo afectase a los recién llegados, nunca a los que valientemente les habían seguido desde Scottish Fist. Lo consiguieron a duras penas. Todo estaba cogido con alfileres. Dependiendo de cómo fuera la reunión del jueves Bernardo entregaría o no a Duncan la nueva versión del plan. Así que con el nuevo documento acudió a la cita del Hotel Confederación a las cuatro en punto de ese jueves al borde de un ataque de ansiedad.

Entró en el *lobby* del hotel y no vio a Duncan. Sacó el móvil del bolsillo para enviarle un mensaje confirmando su llegada y vio que ya tenía uno del CEO. Estaba en la sala Gólgota esperándolo.

Allí se dirigió con el corazón bombeando fuertemente. Era una mezcla de miedo y emoción. Una combinación peligrosamente embriagadora.

Duncan estaba sentado frente a una mesa con el rictus más serio que Bernardo le había visto nunca. Nada más entrar le pidió que se sentara frente a él. Parecía un confesionario en el que tuviera que reconocer sus pecados para después purgarlos.

–Siéntate.

Obedeció.

–Me han dicho que te vas a marchar de Salmons. Que llevas meses hablando con otros despachos, americanos concretamente.

La cara de estupor de Bernardo lo decía todo. Salvo que fuera un magnífico actor, Duncan se dio cuenta de manera inmediata del error que estaba cometiendo.

–Eso no es cierto. ¿Quién te ha dado esa información?

–Eso da igual. Es un mercado pequeño y todo se sabe. ¿Tampoco sabías que Alejandro está haciendo entrevistas con IP Partners, el principal bufete del mundo de Propiedad Industrial?

De nuevo la sorpresa en su cara fue respuesta más que suficiente.

–Por eso lo he convocado después de esta reunión. Para que me comunique sus verdaderas intenciones.

–No sabía nada. De lo que sí puedes estar seguro es de que yo no estoy hablando con ningún despacho. Tengo una responsabilidad con todos los que se vinieron conmigo a este proyecto y también contigo.

Duncan reflexionó unos instantes. Tenía que decidir por dónde quería llevar la conversación.

–Te creo –arrancó–, pero si quieres continuar con este proyecto tenemos que estar dispuestos a introducir cambios.

–Tú dirás –contestó Bernardo con una indescriptible sensación de liberación.

–Estas últimas semanas no menos de tres socios tuyos en la Gran Capital han manifestado su descontento con tu gestión de la oficina.

–Pero... si hace tan solo dos meses en la evaluación 360, que es anónima y rellenan todos los socios, he obtenido el resultado más alto de todo Salmons.

–Pues algo debe de haber cambiado, así que he decidido que dejes de formar parte del ExCom para que así puedas dedicarte en pleno a reflotar la oficina. Cuando eso haya ocurrido, podrás volver a formar parte del mismo.

Eso dolía. No solo porque prácticamente rompía sus ilusiones de poder llegar a CEO de Salmons, sino además porque no se esperaba que sus socios, a los que tanto estaba defendiendo, hubieran criticado su gestión ante el CEO a sus espaldas.

–Me parece bien.

No le quedaba otra opción.

–Y tendrás que preparar un plan de ajuste mucho más duro que el que en su momento me enviaste.

–Ya había pensado en ello. Lo traía para enseñártelo.

Era el momento adecuado para entregarle copia del documento a Duncan. Le explicó en detalle los nuevos recortes y el plan para reorientar la oficina a aquellas prácticas mejor desarrolladas en el resto de la red.

Duncan lo leyó y releyó con atención. Parecía asentir, pero a esas alturas, como para fiarse de eso...

–Estoy conforme. Ahora tendrás que comentarlo con el resto de los socios de la Gran Capital. Por favor, distribúyeselo y lo discutís en una junta de socios. Y si finalmente estáis todos de acuerdo, me lo hacéis saber para aprobarlo en la próxima reunión del ExCom.

A Bernardo, pese a que podía haber ido peor, no le hacía ninguna gracia la situación en la que se encontraba. Había entrado en la sala Gólgota como miembro del ExCom, candidato a CEO global, socio director de la oficina de la Gran Capital, apoyado por todos sus socios y con un fiel Alejandro. Salía destituido del órgano ejecutivo máximo de Salmons, traicionado por su hasta entonces más fiel lugarteniente y sin el apoyo de la oficina. Y en esas condiciones tenía que aprobar un extraordinariamente agresivo plan de recortes. No iba a ser nada fácil.

Al día siguiente convocó la junta de socios que le había requerido Duncan para el próximo lunes, haciendo llegar a sus socios el borrador de medidas a discutir. Nadie le hizo llegar comentario alguno. Iba a ser una sesión intensa en la que, además, iba a estar más solo que nunca, puesto que Alejandro le había dicho que precisamente esa semana tenía que permanecer fuera de la Gran Capital para acudir a las vistas de un arbitraje que no podía en modo alguno aplazar. Y la reunión no admitía demora, así que tendría que tenerla sin su principal apoyo. Alejandro se iba a ahorrar un trago bien amargo.

Bernardo le preguntó acerca de su reunión con Duncan y le reconoció que había tenido llamadas de otros despachos, pero que le había ratificado a Duncan su deseo de seguir formando parte de Salmons. No era el momento de marcharse, le aseguró. Tampoco de que Bernardo comenzase a desconfiar de él. Iba a necesitar a todos los amigos posibles, así que era mejor mirar para otro lado, no fuera a ser que perdiera a uno precisamente en este momento.

La reunión comenzaría a las cinco de la tarde. Y, por motivos personales, debía terminar antes de las siete y media, puesto que Bernardo necesitaba salir de viaje en coche al norte de la Nación para acudir al tanatorio por el fallecimiento de su tía esa misma mañana. Cuando el cielo se encapota todas las desgracias se precipitan. Llegó puntual a la sala de juntas. Iban a ser cinco socios (Anastasio, Alonso –responsable de Laboral–, Paula Prim –socia de Financiero–, Pedro Tutor –socio de Telecomunicaciones–, más el propio Bernardo) y tres séniores con responsabilidades como cabezas de departamento (Antón Pla, Benito Alfil y Edu Quijano, el segundo de Anastasio).

Solo faltaba Alejandro. Y era una gran falta. Lo iba a notar, puesto que era quien, con él, había preparado el agresivo plan de recortes.

Nada más dar comienzo la reunión, Anastasio colocó encima de la mesa, a la vista de todos, una grabadora e hizo ademán de ponerla en funcionamiento. Bernardo reaccionó con celeridad.

–¿Qué es eso, Anastasio?

–Una grabadora.

–Eso ya lo veo. Pero, ¿qué es lo que pretendes?

–Quiero que se grabe la reunión para que no quede duda alguna de lo que se va a hablar hoy aquí.

–¿Tú crees que eso es necesario?

–Por supuesto.

–Te pido que la guardes. No estoy seguro de que las reglas del Pacto de Socios de Salmons nos permitan grabar reuniones de socios.

El argumento pareció convencer a Anastasio, que volvió a guardarse la grabadora en el bolsillo.

–Vale. Pues entonces exijo que se levante acta de la reunión. Eso no creo que lo prohíba el Pacto de Socios. Yo he visto que se circulan habitualmente las actas de las reuniones del ExCom y del Órgano de Supervisión.

Bernardo, aunque le pareciera ridículo y fuera de lugar al sentar las bases de una reunión poco amigable, no podía negarse.

–Muy bien. Déjame llamar a una secretaria para que vaya anotando todo lo que se comente en la reunión.

–Pero después, como es menester, todos los socios habremos de recibir una copia del acta, revisarla, aprobarla –continuaba Anastasio fijando un tono para la reunión lo más desagradable posible– ¡y firmarla!

Llamaron a una de las secretarias más veteranas del bufete, que pese a su dilatada experiencia entró en la sala como si hubiera visto a un fantasma.

–Señorita, ha de tomar nota fiel de todo lo que se va a tratar en esta reunión de socios. Después nos pasará un borrador a todos y cada uno de los presentes para su aprobación.

La pobre asistente no sabía dónde meterse. Anastasio estaba como en trance y seguía dando instrucciones.

–Para comenzar, quisiera que reflejase en nombre de todos los presentes las condolencias a Bernardo Fernández Pinto por el reciente fallecimiento de su tía.

Todo resultaba irrealmente absurdo. Bernardo ignoraba si se trataba de una tomadura de pelo o si Anastasio estaba realmente hablando en serio.

–Anastasio, déjate de zarandajas y, aunque agradezco las condolencias, vamos a tratar los asuntos que nos ocupan –trató de cortar el show de su socio.

Pero este se encontraba en su salsa y no quería parar.

–Quiero también dejar constancia de la ausencia de Alejandro Costa. Debería estar presente, por lo que solicito que esta reunión se posponga hasta que esté disponible.

Esto era ya demasiado.

–Mira, Anastasio. No sé a qué juegas pero tenemos verdadera urgencia por tomar medidas si queremos sacar adelante la oficina. No podemos permitirnos más retrasos. Comencemos ya, por favor, que en dos horas y media, lamentablemente, tendré que irme de viaje a acompañar a mi madre.

–Pues adelante entonces. Mira, Bernardo, estamos en esta situación a causa de tu dejadez en la gestión de la oficina, que por suerte se va a corregir en breve con tu salida del ExCom.

¿Cómo podía saber eso? Todavía no se le había comunicado a nadie de manera oficial. No tuvo tiempo de preguntar porque enseguida Edu tomó la palabra. Era algo extraordinario, porque apenas intervenía nunca en las reuniones semanales de socios. Había sido siempre muy afable y callado.

–Antes de comenzar quiero que conste en acta mi pregunta a Bernardo acerca de la factura que se sacó a finales del ejercicio y que ahora, al parecer, hay que anular, con las consecuencias tremendamente negativas que tendrá sobre el resultado del departamento de Anastasio y mío y, por ende, de toda la oficina este año.

–Anastasio sabe perfectamente que no fui yo quien pidió que se sacase esa factura. Fue una instrucción directa de Duncan –atajó Bernardo.

Antón tomó la palabra. Al menos una voz amiga iba a intervenir en este ataque frontal que estaba sufriendo.

–Yo lo único que sé, Bernardo, es que por culpa tuya he pasado de ser socio responsable de un área de un despacho de prestigio a ser un mero sénior al que no acabas de hacer socio tal como prometiste.

Estaba claro que algo raro estaba ocurriendo. Esa combinación de ataques por parte de los que hasta ese día habían sido calmados miembros del equipo, cuando no claramente lisonjeros como Antón no podía ser fruto de la casualidad. Las palabras de Duncan en el Hotel Confederación ahora cobraban sentido.

–Me parece increíble que digas eso, Antón. Yo desde el primer momento te dejé claro que no había un hueco para un socio de Fiscal y que para promocionar tendrías que ganártelo tú con la facturación de tu departamento, que a día de hoy es prácticamente inexistente.

Bernardo podría haber añadido que tiempo después del fichaje de Antón supo que había sido previamente despedido de la boutique legal de la que era socio y que por consiguiente nadie le había quitado nada. Como mucho le había brindado la oportunidad de empezar de nuevo.

La reunión no podía seguir por esos derroteros. Bernardo tenía la obligación de encauzarla a lo que de verdad habían ido a decidir. Eran ya las siete de la tarde y no habían avanzado nada entre reproches, grabadoras y actas.

–Creo que deberíamos analizar el plan de recortes, que es para lo que nos hemos reunido esta tarde. Si creéis necesario hablar de las facturas a retroceder podemos convocar en cualquier momento una reunión monográfica al respecto.

–Perfecto, que conste en acta que Bernardo convocará con la máxima celeridad una reunión de socios para analizar su gestión de las facturas indebidamente producidas por él –puntualizó Edu.

–Yo no he dicho eso. No he sacado de manera indebida ninguna factura. Lo único que he dicho es que estoy dispuesto a tener una reunión diferente a esta otro día para discutir asuntos de gestión, porque es realmente urgente aprovechar la de esta tarde para aprobar el plan de ajustes que os he facilitado o incluir las modificaciones que consideréis oportunas.

La tensión se podía cortar con un cuchillo. Estaba claro que iba a ser imposible llegar a ningún acuerdo porque se había fracturado totalmente la confianza entre los socios de la oficina.

–Comencemos pues, pero antes me gustaría saber por qué en el plan de ajustes, como tú lo llamas, no aparecen recortes en las remuneraciones de los socios –inquirió Anastasio mientras Edu, Antón y Pedro asentían en señal de conformidad.

–Muy sencillo: la remuneración de los socios no la puedo decidir yo. La acuerda anualmente el Comité de Retribuciones de la firma de manera independiente. En este plan tan solo podemos incluir reducciones de costes de salarios de la plantilla que no sean socios y de cualquier otro concepto no salarial.

–Pues yo creo que deberíamos proponer al Comité de Retribuciones que bajasen a todos los socios al escalón remuneratorio más bajo –intervino Edu.

Estaba claro por dónde iban los tiros. Esa propuesta tan solo afectaría al sueldo de Bernardo, puesto que el resto de socios estaban prácticamente ya en el escalón más bajo.

–Y tampoco entiendo por qué no estamos reduciendo la retribución de Benito y sí la de todos los demás –señaló Antón.

Benito era el fichaje más reciente de la oficina y se encontraba aún en lo que se denominaba «período de garantía», durante el cual la cantidad a cobrar estaba blindada ante cualquier vicisitud.

–Sabéis perfectamente que Benito está en el período de garantía y que, en consecuencia, tiene garantizada la remuneración durante el primer año. Vosotros también tuvisteis un período de garantía, así que imagino que comprenderéis que no podemos acordar ningún recorte del sueldo de Benito.

–Pero Benito puede renunciar a su blindaje, ¿no? Como ocurre con cualquier otro derecho, al menos en el ordenamiento jurídico nacional –propuso Edu adoptando una actitud tecnicista.

Bernardo ya no tenía más paciencia. Eran las nueve de la noche bien pasadas y hacía un rato que su familia lo esperaba para cenar a más de dos horas de viaje en coche de la Gran Capital.

–Llevamos aquí más de cuatro horas y no estamos avanzando nada y yo me tenía que haber ido hace casi dos horas.

–Pues nosotros no tenemos ninguna prisa. Podríamos quedarnos toda la noche si fuera preciso, pero respetamos tu situación y compromisos familiares. Propongo que nos reunamos a tu vuelta el sábado para continuar con la reunión el tiempo que haga falta –propuso Anastasio, que se había erigido en líder de la oposición y al que claramente le iba la tautología.

Bernardo se levantó todo lo pausadamente que pudo, hizo acopio de toda la tranquilidad que en esas circunstancias era posible y, antes de marcharse, les dijo a sus socios:

–Tenemos la oportunidad de enderezar el rumbo de la oficina, pero para eso tenemos que estar unidos y hacer un ejercicio serio y responsable de recorte de gastos. No tengo ningún problema en volver a reunirnos a mi vuelta, aunque ha de ser con la intención de avanzar. –Dicho lo cual se marchó rápidamente con la sensación de que eso no podría solucionarse desde la Gran Capital.

* * *

Al día siguiente, de camino de vuelta en coche del sepelio, a Bernardo le estallaba la cabeza. Llevaba horas, entre la noche anterior y esa mañana, hablando con Alejandro y con Benito acerca de lo ocurrido en la reunión de socios, que seguía dibujándose irreal en su mente.

–A ver qué hacemos ahora, Alejandro. Porque tengo la impresión de que Anastasio se ha agrupado con los demás y no tiene la más mínima intención de ser constructivo.

–Pero alguna propuesta tendrá, ¿no?

–¡Qué va! Tenías que haber visto la reunión. Fue una pantomima en toda regla. Parecía que lo hubieran estado ensayando desde hacía días.

–Pues el mandato de Duncan es claro: necesitamos aprobar el plan de ajuste con los socios, y si no lo conseguimos no nos queda otra que hacérselo saber y que decida él lo que quiere hacer.

–Estoy de acuerdo. Lo mismo pienso yo. Le tenemos que consultar si convocamos otra reunión, tal como pide Anastasio, o si el plan se da por aprobado.

Antes de colgar Bernardo recordó algo.

–Por cierto, ¿tú sabías que voy a dejar de formar parte del ExCom para centrarme solo en la oficina de la Gran Capital hasta que se reconduzca la situación?

–No. No tenía ni idea. ¿Cuándo se ha decidido eso?

–Me lo comunicó Duncan el día que nos reunimos en el Hotel Confederación. La nota oficial iba a salir en breve pero te lo digo porque ayer Anastasio y los demás ya lo sabían.

–Pues eso sí que es raro. No sé cómo se habrán podido enterar.

–Ni yo.

Pero eso daba igual ahora. Lo importante era conseguir hablar con Duncan. Lo había intentado sin éxito la noche anterior mientras conducía. Y esa mañana durante el oficio había recibido la llamada de Duncan de vuelta, que no había podido contestar.

Tras colgar con Alejandro lo intentó de nuevo. Esta vez el CEO contestó. Duncan le pidió que no convocara una nueva reunión el sábado como le había solicitado Anastasio. Después del circo que se había montado en la otra parecía lo más prudente. A cambio, lo que iba a hacer era viajar ese domingo por la noche a la Gran Capital para, a primera hora del lunes, tener una reunión con todos los socios en la que impondría el plan diseñado por Bernardo.

Que hubieran llegado al extremo de necesitar al CEO para tomar decisiones locales era un fracaso de gestión imputable a Bernardo, pero en esos momentos cualquier atisbo de autoridad era imprescindible. Alguien tenía que poner orden y era evidente que a él se le había escapado de las manos el control. Comunicó a todos los socios que ese lunes vendría

Duncan a tratar el plan de ajustes directamente, sin necesidad de reunirse a nivel local de forma anticipada.

Lo que sí pidió Duncan fue ver al socio director de la Gran Capital nada más llegar a su hotel ese domingo por la noche. Bernardo le llevó copia del acta de la reunión, que el CEO leyó con detenimiento. Con muestras de evidente sorpresa ante lo que estaba leyendo, aseguró a Bernardo que todo se resolvería la mañana siguiente.

Durmió tranquilo esa noche. La reunión iba a ser movidita. Pero después de todo lo acontecido no cabía esperar otra cosa, la verdad.

Llegó bien temprano a la oficina. Quería hacerlo antes de que nadie estuviera allí, no fuera a ser que alguien se le adelantase y pudiera contaminar a Duncan con más patrañas. Ya no podía fiarse de nadie. Nada más llegar el CEO se fueron a la sala de juntas, a la que fueron acercándose todos los socios. La expectación era máxima, menos para Bernardo, que sabía lo que iba a ocurrir desde la noche anterior.

Anastasio llegó el último. Lucía un aparatoso collarín.

–¿Qué te ha pasado, Anastasio? –se interesó Duncan nada más verle así.

–Nada grave. Tengo tortícolis. No me ha dejado dormir en toda la noche. La tensión, imagino.

–Lo lamento –señaló Duncan mientras se quitaba las gafas y ordenaba sus papeles.

Bebió un trago de agua y retomó la palabra.

–Estimados socios. Estoy informado de lo acontecido en la oficina de la Gran Capital durante las últimas semanas.

Creo que todos somos ya lo bastante mayores como para saber que no llegar a una decisión en relación a los necesarios ajustes para la oficina es muy perjudicial para todos. Tampoco entiendo cómo Anastasio y Bernardo no sois capaces de reconciliaros y trabajar juntos por el bien de toda la oficina.

A Bernardo todo esto le resultaba muy familiar. E inquietante. ¿Cómo podía Duncan reducir de una manera tan simplista una fractura como la que se estaba produciendo a una mera falta de entendimiento? Pero lo importante ahora era mirar hacia adelante, por lo que, por mucho que le pesara, hizo de tripas corazón y contestó tirando de la máxima profesionalidad posible.

–Yo siempre he trabajado muy bien con Anastasio. Juntos y con la impagable ayuda de Benito hemos conseguido desarrollar una práctica concursal líder en este mercado. Así que por mi parte no va a haber ningún problema.

–¿Y tú, Anastasio?

El responsable del área de Litigios no había abandonado la pose teatral adoptada hacía semanas. Miró con fijeza a Dun can y le preguntó:

–Antes de eso necesito saber qué va a ocurrir con el plan de recortes.

Duncan se revolvió molesto. La situación era demasiado seria como para continuar andándose con circunloquios. Y no era una persona con demasiada paciencia ni tacto.

–El plan de recortes es inamovible. Es inevitable. Si no sois capaces de aprobarlo vosotros lo tendremos que imponer desde la ejecutiva.

Anastasio hizo ademán de levantarse. Se revolvió en su silla y balbuceó en un inglés dubitativo:

–Esto no es lo que se había hablado.

¿Lo que se había hablado? ¿Cuándo? Bernardo no entendía nada.

–Lo siento, Anastasio –replicó Duncan–, pero no podemos seguir perdiendo más tiempo.

Ahora sí que Anastasio se levantó de su silla. Rojo de ira y, señalando con el dedo a Duncan, lo conminó:

–Yo soy una persona seria. Juez en excedencia con más de treinta años de experiencia. Merezco un respecto. ¡Esto no es lo que se había hablado, Duncan! ¡Esto no es lo que se había hablado, y lo sabes perfectamente!

Por unos instantes esperó una réplica por parte de Duncan que nunca llegaría. Miró a los asistentes en la sala con desprecio, se abotonó la chaqueta y salió mientras repetía como una letanía:

–¡Presento mi renuncia como socio! ¡Presento mi renuncia como socio!

Todavía se le oía gritar por el pasillo cuando Duncan cerraba la reunión.

–El plan de ajuste está aprobado. Ponedlo en práctica de manera inmediata.

* * *

Todo aquello era un sinsentido. A los pocos días de la cinematográfica dimisión de Anastasio el desconcierto era total en ambos bandos. Nadie sabía muy bien lo que estaba pasando ni se acababan de fiar los unos de los otros. Las recientes reuniones habían destapado la verdadera cara de Anastasio, Edu, Antón e, incluso, por mucho que le doliera reconocerlo, de Alejandro.

Bernardo trataba de encontrar respuestas. Y pensó que lo mejor era ser valiente y enfrentar la realidad, hablar con aquellos que de repente habían mudado de opinión tan ostensiblemente. Algo tenía que quedar de los vínculos que hasta entonces lo habían unido a ellos. Consideró que, de todos, el más sincero iba a ser era Edu. Ni Antón ni Pedro tenían mucha sustancia para ser buenos ni para ser malvados, por lo que era una pérdida de tiempo hablar con ellos. Anastasio era un caso perdido. Vivía instalado en el papel que había decidido representar. Además, lo que a Bernardo le interesaba era saber cómo había llegado a ese punto, y eso solo se podía lograr hablando con los discípulos, nunca con el maestro.

Se acercó al despacho de Edu y, tras llamar a la puerta, entró sin esperar respuesta. Edu era extremadamente correcto. Siempre lo había sido y ahora no iba a dejar de serlo. Además, como buen funcionario de máximo nivel podía permitirse el lujo de permanecer siempre un poco al margen, como un observador externo, al tener una bala profesional de la que los demás carecían. Se la había ganado con todo merecimiento.

–Hola, Edu. Quería hablar contigo con franqueza, si tienes un momento.

–Claro, claro, cómo no. Siéntate. Parecía sincero.

–Mira, no entiendo nada de lo que está ocurriendo. Siempre he tenido una relación estupenda contigo y con Anastasio. Y me gustaría que se quedase en Salmons.

Edu resopló.

–Sí, ya lo sé, Bernardo. Ya conoces a Anastasio; es muy exagerado y se toma las cosas a la tremenda.

–Pero no entiendo por qué dimite. Nadie le ha dicho nada por el estilo. Yo nunca le he pedido que se fuera.

Más bien había sido al contrario. Le había salvado de la quema hacía tan solo dos meses.

–Es que no lo entiendes. Anastasio es muy orgulloso. Y después de lo que le había prometido Duncan en Londres cuando se reunieron pensaba que las cosas iban a suceder de otra manera. Él es una persona de palabra y no le gusta que jueguen con él.

La confianza le había jugado una mala pasada a Edu, que enseguida se dio cuenta de su error. Pero era demasiado tarde.

–¿En Londres? ¿Anastasio y Duncan se han visto en Londres? ¿Y eso cuándo ha sido?

Edu ya no podía dar marcha atrás.

–Pues hace dos o tres semanas. Se vieron un sábado. Pero fue todo muy breve. En el propio aeropuerto.

Bernardo no se lo podía creer. Ahora encajaban todas las piezas. Ese era justo el fin de semana previo a la reunión del Hotel Confederación. Y estaba claro lo que había pasado. Y quién había sido la fuente de todas esas acusaciones y cotilleos infundados. Todo cobraba sentido. Salió furibundo del despacho de Edu. Tenía que llamar a Duncan sin falta. Llegó a su despacho y marcó nervioso el número de móvil del CEO directamente. No estaba para más tonterías.

–Buenos días, Bernardo.

No era momento para protocolos.

–Duncan, me acaba de decir Edu que Anastasio estuvo reunido contigo en Londres un sábado hace dos semanas.

–Eh... sí... Me pidió que nos viéramos con urgencia y yo no pude negarme a una petición así de un socio.

–Pero, ¿tú eres consciente de la que se ha armado por culpa de esa reunión? ¿No te das cuenta de que le has dado alas para montar todo este circo? Ahora entiendo todo lo que ha pasado.

–Discúlpame, Bernardo. Tienes toda la razón. Ha sido un lamentable error. Ahora mismo tienes todo mi apoyo. Más que nunca, te lo puedo asegurar.

–Ya. ¿Y ahora, cómo solucionamos esto? Me has desacreditado sin motivo alguno.

–Tienes razón, tienes razón. Te ruego de nuevo que me disculpes. Ahora lo que tenemos que hacer es decidir los términos del acuerdo de salida de Anastasio y negociarlos con él. Bernardo no se quedó ni mucho menos satisfecho. Sabía que, de no haber sido por la indiscreción de Edu, Duncan en la vida le habría reconocido su error. Estaba simplemente tratando de sobrevivir. Como siempre. Una huida hacia adelante en la que el CEO llevaba inmerso semanas, incluso meses, buscando una cabeza de turco. Porque para salvar ahora a Bernardo, Ponce y Duncan necesitaban entregar a otro reo a cambio, y ese no era sino Anastasio. Ya reflexionaría sobre ello con más calma en cuanto Anastasio hubiera abandonado Salmons. Pediría su reingreso inmediato en el ExCom y aprovecharía la deuda contraída con él por Duncan. Vaya si lo haría. Por supuesto que sí.

Tardó unos días en preparar con Duncan el borrador de la oferta de acuerdo de salida de Anastasio. Solo quedaba enviárselo y esperar su reacción y esa tortura habría terminado. Pero Anastasio no estaba dispuesto a ceder. Anunció a Duncan que viajaría a Londres acompañado de Edu y con la asistencia consular del embajador de la Nación en Londres.

Decía que no pensaba dejar que abusasen de su buen nombre, que unos ingleses se aprovechasen impunemente de un honrado ciudadano nacional. Seguía sumido en su esfera de teatralidad. Bernardo nunca supo muy bien qué se habló en Londres. Ni lo que allí ocurriría. Tan solo recibió informaciones sesgadas y parciales que no acaban de aclararle en qué punto se encontraban las conversaciones con Anastasio, cuyo despido no acababa de concretarse. Llamó a Duncan y a Ponce y les solicitó que le pusieran al día de lo hablado, pero ellos le daban largas. Le decían que estaban cerrando los detalles de la salida de Anastasio.

Finalmente, tras unos días de incertidumbre, al parecer ya había una decisión final. Duncan acudiría el lunes de la siguiente semana a la Gran Capital a comentarlo en persona con Bernardo.

Ese domingo Bernardo durmió mal.

El lunes, 3 de abril, a las tres de la tarde de un día encapotado de tormenta eléctrica, esperaba en la sala de juntas una vez más a Duncan con la esperanza de poner fin de una vez por todas a ese tormento. Desde la ventana de la sala lo vio caminando por la calle mientras se acercaba a la torre de oficinas de Salmons en la Gran Capital. Esperó a que subiera por el ascensor y finalmente entrara.

–¿Qué tal, Bernardo?

–La verdad es que no demasiado bien. Estos meses están siendo de una tensión insoportable.

Duncan descerrajó sus palabras sin piedad.

–Pues me temo que la cosa no va a mejorar mucho para ti, Bernardo. Ayer se reunió el ExCom de urgencia y ha decidido que abandones Salmons con efectos inmediatos.

Le acababa de dar la lanzada de muerte. Su edificio resultaba ser solo fachada y se derrumbaba definitivamente. En ese preciso instante vio por la ventana brillar un relámpago al mismo tiempo que el estruendo de un trueno les dejaba sin habla.

XIV SEPULTADO

Bernardo se había quedado totalmente mudo, como muerto, con las constantes vitales al mínimo, en un estado de absoluta catatonia. El sueño que le había costado construir durante tantos años se iba por el desagüe ante sus ojos en un segundo. Era uno de esos momentos en que a uno se le congela el corazón, en que el mundo parece pararse y, mientras todo sucede alrededor a una lentitud pasmosa, la cabeza bulle a un ritmo supersónico.

No hacía ni cuatro meses que la misma persona que le estaba despidiendo sin contemplaciones le había ofrecido ser su sucesor, convertirse en el siguiente CEO de Salmons. No hacía ni tres meses que el mismo socio que ahora le había traicionado, precipitando su salida, había sido rescatado por él de la voracidad de Duncan. No hacía ni un mes que Duncan le había asegurado, le había casi jurado, que confiaba en él más que nunca. Y lo peor era que no hacía ni una semana desde que María había llorado sin motivo alguno por última vez. Este palo profesional podía revertir todo el proceso de recuperación por el que tanto habían luchado.

–No entiendo nada.

–¿Cómo que no entiendes nada? ¿Acaso no te das cuenta de la delicada situación en que se encuentra la oficina por tu culpa?

–¿Por mi culpa?

–Efectivamente. Por tu culpa. A causa de esa factura del arbitraje emitida bajo tu responsabilidad, los números de la oficina han alcanzado un nivel inaceptable. Además, tendré que responder por ti ante un comité de auditoría.

Duncan de repente se había convertido en el monarca del sofismo y la posverdad.

–¡Pero si sabes que no fue así! Ya te advertí de que no contaras conmigo para colgarle el muerto a Anastasio, pero por supuesto mucho menos para que me lo intentes colgar a mí. Además –prosiguió Bernardo–, ¿qué narices ha pasado finalmente con Anastasio? Creía que en la visita a Londres le daríais su carta de despido. ¿No habíamos quedado en que os reuniríais en Londres para echarlo de manera formal?

–No metas a Anastasio en esto. Tu cese ha sido aprobado por el ExCom y es irrevocable.

De repente Bernardo lo comprendió todo. Y mejor lo comprendería cuando a los pocos días supo que, como resultado de la reunión de Anastasio con Duncan en Londres, treinta expedientes de clientes de los que se denominaban platino en Salmons, los más importantes, habían dejado de estar bajo su nombre y pasado a estar a nombre de Anastasio.

–Mira, Duncan. Ignoro con qué te estará chantajeando Anastasio y no entiendo cómo puedes estar tranquilo dependiendo de alguien así, sea lo que sea que te haya dicho. Estás en sus manos. Pero lo que no puede ser es que, por no ser capaz de desembarazarte de él, ahora me vayas a despedir a mí.

–No insistas, Bernardo. Te aconsejo que te marches ahora a conducir tu coche, jugar al tenis o lo que te apetezca –le soltó con el tono más hiriente y despectivo que pudo–, porque voy a reunir a toda la oficina y les voy a comunicar tu inmediata salida de Salmons.

–¿Sin mí delante? Me permitirás al menos estar presente, ¿no?

–Hemos considerado que eso sería peor. Más duro para tus compañeros.

–No van a entender nada, Duncan. Dejadme al menos hablar con Davinia –le rogó–; en media hora tenemos una reunión con uno de los clientes más importantes de la oficina. Va a resultarle extrañísimo que no aparezca.

–Somos conscientes de que tenéis esa reunión, y por eso ya hemos avisado a Davinia de que no vas a poder asistir.

Duncan lo había previsto todo. Era bastante evidente que esos meses se había visto acorralado y finalmente había decidido cargar las culpas en el que consideraba menos peligroso. Y por desgracia, ese no era otro sino Bernardo. Ser una persona moderada y decente tenía ese problema. Te convertía en el blanco fácil para cualquier situación desesperada.

Bernardo tenía ganas de llorar. Era una injusticia palmaria. Además, por primera vez en más de quince años de profesión le habían cazado con el paso cambiado. No había tenido tiempo de diseñar la estrategia más adecuada para las circunstancias. No lo había visto venir. Había dedicado tanta energía a salvar a los demás que se había olvidado de sí mismo.

Era preciso mostrar los dientes. Contraatacar.

–Conozco mis derechos, Duncan. Hablaré con el Órgano de Supervisión y les contaré todo lo que ha sucedido estos meses en la Gran Capital. Esto no se va a quedar así. Se va a saber en el mercado.

Duncan se levantó, totalmente alterado y furibundo de ira, y señaló con el dedo a Bernardo:

–¿Me estás amenazando? ¿Tú me estás amenazando? Habla con quien te plazca. ¿Piensas acaso que el Órgano de Supervisión no está al tanto de todo? Son ellos precisamente los que han pedido tu cabeza. Y que no se te ocurra hablar con la prensa, que tú serás el principal perjudicado.

En un instante Bernardo valoró la situación. Se abstrajo de la escena como si fuera un espectador ajeno a la misma para así tomar algo de perspectiva. Pensó en qué le habría aconsejado María de haber podido hacerle partícipe de la situación. Cayó en la cuenta de lo poco listo que había sido desde que había dejado de apoyarse en ella. ¿Merecía realmente la pena pelearse con un energúmeno que había demostrado una total carencia de ética, capaz de cualquier cosa por salvarse a sí mismo? ¿Para qué? ¿Para seguir dejándose la piel por un proyecto, por un equipo que en cuanto había considerado que lo más favorable a sus propios intereses era ponerse en su contra y atacarlo o traicionarlo no habían dudado en hacerlo?

Claramente no. Había llegado el momento de soltar lastre. De liberarse de la pesada carga que tan gustosamente había llevado hasta entonces y que, de no ser por haber sido forzado a abandonar, habría sentido el deber de continuar portando por siempre.

–Duncan, si así son las cosas firmemos un acuerdo amistoso de salida. Dadme tiempo y una cobertura económica adecuada y no os pondré más dificultades.

Duncan respiró aliviado. Había conseguido lo que quería.

–Me parece lo más razonable. En unos días recibirás el acuerdo de salida.

–Vale, pero sobre todo tenéis que comprometeros a que mi salida no se hará pública hasta dentro de unos meses. En caso contrario me dificultaría mucho encontrar otro sitio al que irme.

–Cuenta con ello, Bernardo.

Al salir de las oficinas de Salmons, a Bernardo lo asaltaron sucesivamente una sensación de asco, luego de alivio, de rabia, de miedo, de odio, de satisfacción por haber hecho lo correcto y, por último, de vergüenza. Ajena. *Nihil novum sub sole.*

No sabía si ir a casa o a dónde ir. No quería que María y los niños le vieran desconcertado y triste. Mantenerles felices era la fuerza que lo impulsaba. Si perdía eso, no sabía si sería capaz de seguir luchando. Necesitaba hablar con alguien cercano para recomponerse lo suficiente hasta conseguir llegar a casa como si nada hubiese ocurrido. Calculó el momento en que Davinia habría acabado la reunión a la que había sido privado de asistir y la llamó al móvil.

Cuando su fiel asociada descolgó, no oyó más que sollozos.

–Davi, no pasa nada. No te preocupes, que yo estoy bien –mintió.

–¡Es que es tan injusto! Me parece increíble lo que te han hecho. He necesitado salir a dar una vuelta para calmarme. No entiendo nada. ¿Qué narices ha pasado?

–Pues ha pasado que hemos perdido. Anastasio ha llevado la situación tan al extremo que ha conseguido cargarse la oficina. Él todavía cree que no, pero ha superado el punto de no retorno. Es cuestión de tiempo el que Salmons agonice en la Gran Capital.

–¿Y tú no puedes hacer nada?

–Es que no merece la pena. Ahora toca buscar nuevos horizontes. Hay que tomárselo como una oportunidad de seguir evolucionando.

A él mismo le sorprendía su entereza. Puede que no haya nada mejor que verse ante la necesidad de consolar a alguien para ordenar las ideas propias y poner todo en perspectiva.

–Pues yo te ayudaré en lo que pueda.

–Eso ya lo sé. Siempre lo has hecho y te estaré eternamente agradecido. Seguro que encontraremos algo mejor que esta mierda. No te preocupes.

Davinia seguía sollozando al otro lado del teléfono.

–No sé si voy a tener fuerzas para otro cambio más, jefe. Es un mundo asqueroso y yo ya necesito pensar en mí. En tener un poco de estabilidad. Me encanta trabajar contigo, pero todo este lío de Salmons ha sido demasiado. Me ha sobrepasado.

Bernardo no podía culparla. Bastante había tragado ya la pobre. Su fidelidad había superado todos los límites de lo esperable. No podía pedirle que lo siguiera una vez más a un destino desconocido.

–Lo entiendo perfectamente. Yo también te ayudaré en lo que pueda para que encuentres lo que buscas. Y, en todo caso, donde me vaya siempre podrás venir conmigo si no has encontrado antes algo que te encaje mejor.

Dejó a Davinia algo más tranquila. Y a él mismo más entero. Ahora ya podía volver a casa, hacer de tripas corazón y aislar a su círculo más cercano de toda esa basura. Necesitaba diseñar un plan y no iba a ser nada fácil. Era una carrera en la que tenía que buscar trabajo sin que se notara que había sido despedido de Salmons hasta que tuviera un nuevo destino y, de esa manera se rebajara la incertidumbre que a ciencia cierta supondría un gran paso atrás en la salud de su esposa. Una doble contrarreloj. Una lucha contra el tiempo en la que en algún momento su destitución acabaría apareciendo en la prensa. Ventajas y desventajas de haberse convertido en una figura pública en su sector.

Lo primero era negociar su acuerdo de salida. Con toda la desventaja del mundo, porque no tenía ninguna fuerza negociadora. Duncan había utilizado bien el efecto sorpresa y le había destituido *de facto* delante de toda la oficina. Efectiva-mente, el primer borrador del acuerdo que recibió de Salmons fue insatisfactorio, aunque no tan agresivo como el que había recibido de Arpad el día de Nochebuena de años atrás, pues Salmons le concedía seis meses de *garden leave*, que en la jerga del sector era el tiempo en que seguía vigente el vínculo con la firma aunque sin poder acudir a la oficina para de esa manera no seguir en contacto con clientes ni con otros socios y asocia dos, con el riesgo que ello tendría de que se marchasen con él. Esto no le gustaba demasiado, pero al menos era un plazo suficiente para reubicarse.

Las condiciones económicas precisaban asimismo de algún que otro matiz, puesto que estaban excesivamente condicionadas a circunstancias fuera de su control, pero en términos generales eran aceptables, pues suponían un colchón similar al que había logrado en su salida de Scottish Fist. Trasladó sus comentarios y, aun cuando en un principio los aceptaron, pasaban los días y el texto final nunca acababa de llegar. En paralelo había logrado que personas cercanas, en concreto Davinia y Daniel, sugirieran su nombre a cazatalentos como alguien que podría plantearse un movimiento, pero generando la sensación de que él no estaba en búsqueda activa.

Y había funcionado. Recibió una primera llamada para convertirse en el nuevo socio director de la rama legal de una firma de auditoría, Audax. Las divisiones legales de las auditoras se encontraban por tamaño entre los despachos de abogados más grandes de la Nación. No obstante, aunque por prestigio se encontraban en un segundo escalón, estaban claramente por encima de Salmons. Por ese motivo se trataba de una oportunidad estupenda. De salir bien le permitiría dar un nuevo salto profesional, lograr una evolución más sin solución de continuidad.

La primera entrevista con Audax había ido realmente bien y la cosa tenía muy buena pinta. Todo estaba en el aire aun cuando parecía que las piezas podrían cuadrar. Una vez más. Pero se le acababa el tiempo. De eso era consciente. Y no bastaba con tenerlo todo encaminado. Era esencial culminar la jugada lo antes posible. Sin embargo, el acuerdo con Salmons no terminaba de firmarse. Por otra parte, el proceso para el puesto de socio director de la división legal de Audax iba más lento de lo esperado. Las cosas de palacio van despacio en esas macro-organizaciones cuasi ministeriales. Así que la tensión en la que vivía era evidente y constante. Bernardo compraba todos los días Prensa Económica Nacional y, tembloroso, acudía a la sección legal cruzando los dedos con ansiedad, deseando que su destitución no saliera publicada. Comprobaba que ahí no estaba su nombre y respiraba aliviado otra jornada más.

Uno de esos días, al volver a casa después de andar trabajando en cafeterías entre reunión y reunión con cazatalentos para no quedarse en casa más de lo que resultaría sospechoso, María le comentó de pasada el encuentro que había tenido esa misma tarde mientras paseaba tranquilamente por el barrio.

–¿A que no sabes a quién me he encontrado por la calle?

–Ni idea, ¿a quién?

–A Álvaro.

–¿Álvaro? Hace siglos que no lo veo. ¿Qué tal le va?

–Pues ha estado muy amable, pero me ha preguntado una cosa muy rara. Me ha dicho que qué tal te iba en Salmons. Le he contestado que muy bien y ha insistido de una manera que me ha resultado extraña. Me ha dicho: «Ah, ¿sí? ¿Pero seguro que muy bien?».

–¿Y tú qué le has dicho?

–Que claro que sí. Iba con la niña y las dos nos hemos quedado mirándonos como pensando que este hombre es un poco idiota.

Menos mal que la conversación se había quedado ahí. Estaba claro que Álvaro ya se había enterado de su despido. Pero, ¿qué narices pretendía con esa pregunta a María? ¿Hurgar en la herida si ella estaba disimulando? O peor, si no sabía nada de su cese como era el caso, ¿iba a ser él quien se lo dijera?

«Por los viejos tiempos, ¿no es así, Álvaro?», pensó Bernardo.

–Bien contestado, amor. Bien contestado.

Había negado por primera vez su despido.

La conversación le dejó aún más intranquilo. Notaba con más fuerza cómo se le escapaba el tiempo; era imposible que si Álvaro sabía ya de su situación no terminase saltando la noticia a la prensa y todo estaría perdido. Su margen de seis meses de *garden leave* no le serviría absolutamente para nada.

A los dos días, mientras iba cuadrando poco a poco las piezas del puzle, concertando la siguiente entrevista con Audax, para acordar los últimos flecos del acuerdo de salida, recibió una desconcertante llamada.

–Buenos días. Quería hablar con Bernardo Fernández Pinto.

–Soy yo.

–Le llamo de Energetic Drinks. Soy el responsable de la asesoría jurídica interna de la empresa.

Energetic Drinks era prácticamente el único cliente que había traído a Salmons Antón Pla, al que había facturado la casi totalidad de los ingresos del departamento fiscal que lideraba.

–Quería contactarlo porque nos han llamado de su departamento de contabilidad de Londres ya que al parecer nos han emitido una factura de honorarios por unos servicios que nosotros nunca hemos encargado ni, por ende, recibido de ustedes.

Efectivamente, Antón había estado durante el último año diseñando una estructura fiscal compleja para el desembarco de Energetic Drinks en la Nación. Eso era lo que a Bernardo le había venido contando, a él y a todos los socios, en las reuniones semanales de socios de Salmons en la Gran Capital durante todo el año pasado.

–Entiendo. Esa factura debe de estar firmada con toda probabilidad por Antón Pla, que es el responsable del área de fiscalidad de Salmons en la Nación. Quizá sea la persona a la que deberían preguntárselo.

–Es que el asunto es más grave de lo que parece. Tras realizar una serie de investigaciones internas, creemos que el señor Pla ha creado direcciones de correo electrónico con dominios en apariencia pertenecientes a Energetic Drinks desde las que ha estado enviando correspondencia falsa para dar la impresión de que le estábamos realizando encargos profesionales por parte nuestra.

¡Madre mía! Por eso esas facturas llevaban tanto tiempo hechas y rehechas y sin llegar a cobrarse nunca. Antón no cesaba de retrocederlas y vuelta a emitirlas de nuevo. Que si quieren que se facture a la matriz, que si a la filial... Las excusas eran de lo más variopintas.

–Así que –continuó el amable representante de la empresa de bebidas– hemos considerado conveniente escalar el tema y dirigirnos a usted como representante de la oficina. A Energetic Drinks le resulta indiferente el asunto, porque no vamos a pagar nada que no hayamos encargado, pero consideramos que sería bueno para ustedes estar al tanto de lo ocurrido. Por si quisieran tomar medidas disciplinarias o incluso penales al respecto.

Bernardo dudó sobre qué hacer, si referir a su interlocutor a las personas que en ese momento dirigían la oficina, que no eran sino Duncan y Ponce Yeo de manera interina, o si mantener la apariencia de continuar al frente de la oficina. Finalmente, y por segunda, vez negó su despido.

–Se lo agradezco mucho. Ha hecho usted bien en ponerlo en mi conocimiento. No se preocupe, que yo me encargaré personalmente de aclarar lo ocurrido.

Al colgar le asaltaron multitud de dudas deontológicas. El dilema era si comunicar o no a Duncan la situación. Justo ahora, que ya casi tenía cerrado su acuerdo de salida, tenía que surgir algo como eso, en lo que él no tenía culpa alguna pero que Salmons podría utilizar para frenar la firma del contrato. No decir nada le permitiría acabar de tenerlo firmado y después de todo él ya no estaba al frente de la oficina y nadie podía exigirle que gestionase una situación como esa.

Optó por hacer lo que debía. Que no era sino comunicárselo rápidamente a Ponce Yeo para que tomasen las determinaciones que ellos considerasen oportunas. Había aparecido otra variable más para una ecuación de por sí complicada. Pero no iba a ser la última sorpresa.

Otra mañana más había revisado angustiado Prensa Económica Nacional y comprobado que, pasadas tres semanas desde su ejecución por parte del CEO de Salmons, todavía no aparecía nada publicado.

Cada día que transcurría sentía un alivio mayor. Era un tiempo precioso que ganaba para poder cerrar su incorporación a Audax o a un nuevo bufete. Por una vez parecía que la confidencialidad se estaba logrando mantener. Un par de semanas más y ya tendría todo lo suficientemente atado.

A mediodía sonó su teléfono.

–¿Bernardo Fernández Pinto?

–¿Sí? Soy yo.

–Soy Anselmo, de Prensa Económica Nacional. No sé si me recuerdas.

Un súbito escalofrío recorrió la espalda de Bernardo. Era la última persona en el mundo de quien quería recibir una llamada en ese momento. Sabía perfectamente lo que se avecinaba.

–Claro que me acuerdo. Hemos hablado en muchas ocasiones y en el pasado os he facilitado mucha ayuda cuando me habéis pedido artículos y columnas de manera urgente ante nuevos cambios legislativos o resoluciones judiciales. –Bernardo trató de ablandar en la medida de lo posible al periodista.

–Sí, es cierto. Muchas gracias. Pero hoy te llamo por otra cosa.

Bernardo tragó saliva.

–Te llamo porque nos ha llegado una noticia que vamos a publicar mañana en la sección legal del diario, pero antes queríamos tener tu declaración.

Ahí llegaba el disparo.

–Tú dirás –respondió, resignado, Bernardo.

–Nuestras fuentes nos han comunicado que has sido destituido de Salmons y que has abandonado la firma.

Sus peores temores se confirmaban. Alguien le había ido con el cuento a Anselmo. Probablemente Anastasio. Bernardo pensó rápidamente cómo evitar que la noticia saliera publicada. No iba a resultar nada fácil. Tenía qué pensar en una historia convincente. Y verdadera.

–No sé quién te habrá informado, pero eso no es así. Por tercera vez había negado su despido.

–Ah, ¿sí? ¿No es cierto que un comité de dos socios de Londres, Ponce Yeo y Duncan Smith, van a ser los encargados de dirigir la oficina a partir de este momento?

–Eso sí es cierto. Lo que es falso es que yo haya abandonado la firma. Continúo como socio responsable del área de *M&A* aunque haya abandonado las responsabilidades de gestión.

–No es lo que me han dicho.

–Pues te sugiero que hables con el departamento de comunicación de Salmons. Para que no te queden dudas consulta a las fuentes oficiales.

Bernardo sabía que Salmons contaría la misma historia que él. Era el relato que más les favorecía también a ellos para evitar el colapso de la oficina y una huida masiva de clientes espantados.

–Así lo haré. Tenlo por seguro.

–Los periodistas no sois conscientes de que por vender más papel con ciertas noticias estáis jugando con el futuro y la salud de muchas personas. Más te vale escribir algo que esté contrastado.

Y colgó. Ahora tenía que moverse con celeridad. En doce horas saldría la noticia en la prensa. Ignoraba por dónde saldría Anselmo y él no le había dicho nada aún a María, confiando en que se hubiera cerrado su incorporación a Audax antes de que su cese apareciera publicado. ¡Pero es que ni siquiera tenía firmado el acuerdo de salida de Salmons! Todo estaba en pañales. Cogido con alfileres.

Ya daba igual. Habría que tener esa conversación esa noche sin falta. Llegó a casa bastante agobiado. Ignoraba cuál podría ser la reacción de María. Si ya estaba suficientemente recuperada como para que no le afectase lo que le iba a contar y si sus perspectivas de futuro eran lo suficientemente tranquilizadoras pese a no estar más que esbozadas.

Escogió bien el momento y, acostados los niños, la abordó.

–¿Qué tal, peque? Tengo algo que contarte.

Esa frase nunca era una buena elección para comenzar una conversación. Se arrepintió nada más proferirla. A ver si conseguía ser más convincente a partir de entonces. María lo miró, alerta.

–He llegado a un acuerdo de salida con Salmons. Tengo seis meses para dejar la firma y estoy en conversaciones muy avanzadas para ser el socio director de la división legal de Audax, la auditora. Se trata de uno de los mayores despachos de la Nación. Es una oportunidad fantástica.

Esperó la reacción. Podía ver que los ojos de María temblaban ligeramente, pero, por suerte, en esta ocasión la suma de las fuerzas acumuladas durante esos años de teórica calma y sosiego en Salmons y de las aparentemente buenas perspectivas de un nuevo puesto lograron el efecto de sostener su ánimo.

Transcurridos unos instantes, habló.

–No entiendo nada. Si estabas fenomenal. Duncan te había elegido para ser su sucesor. ¿Qué ha podido pasar?

Bernardo le explicó de manera ordenada pero resumida lo que había ocurrido esos últimos meses. María estalló.

–¡Son todos unos desgraciados! –No pudo evitar gritar, presa de la indignación–. Algo debe de pasar contigo, Bernardo, porque siempre te ocurre lo mismo. En todos los despachos –lo recriminó.

Aquí llegaba la reprimenda. Pero prefería mil veces un enfado que una depresión. María continuó.

–Es que sigues siendo un buenazo y todos acaban aprovechándose de ti. Y la frontera entre bueno y tonto ya sabes que es muy tenue.

Bernardo no pudo contener unas ganas enormes de abrazarla. Le estaba demostrando no solo su fuerza, de la que él había dudado, sino que también estaba poniendo en evidencian el amor que le tenía. Habría preferido un millón de veces no tener que comprobarlo, pero su esposa había superado la prueba de la mejor de las maneras posibles. Continuaron abrazados hasta quedarse dormidos.

* * *

Corrió al kiosco. Hojeó atropelladamente Prensa Económica Nacional hasta llegar a la sección legal. Ahí estaba él. Con foto en primera plana y gran titular: «Socios ingleses toman el control de Salmons en la Gran Capital y estudian salir de la Nación».

Era una sensación extraña. Tantas veces en el pasado había disfrutado de esos mismos nervios cuando salían noticias positivas y ahora que sabía que no se iba a encontrar nada agradable experimentaba una reacción corporal muy similar. La adrenalina no distingue lo bueno de lo malo. Leyó el texto con atención allí mismo, mientras el kiosquero lo miraba con extrañeza.

«¡Cuánto interés! –parecía pensar–. Nunca había visto a nadie leer con tanta avidez un periódico tan aburrido».

Al sentirse observado, pidió unos sobres de cromos de fútbol de los que coleccionaban sus hijos para disimular y se marchó a casa para poder releer pausadamente el texto unas cuantas veces más.

Finalmente, la noticia no estaba tan mal. Leyéndola sobrevolaba la duda de si había sido Bernardo quien quizá había decidido marcharse o si lo habían cesado. Quedaba como una historia neutra para él pero tremendamente mala para Salmons. Incluso algunos como Antón se quedaron con la duda de si había sido el propio Bernardo el que la había filtrado a Prensa Económica Nacional y así se lo hicieron saber a Duncan. La verdad es que había alguno que tenía mucha cara y muy poca vergüenza.

Lo negativo era que ahora estaba en el foco de la actualidad jurídica y eso iba a dificultar su movimiento a otra firma. Enormemente. Y eso era malo. Muy malo. Tenía aún demasiadas piezas sueltas como para permitirse descolocar otra más. En algunos momentos implosionaba, incapaz de soportar la tensión, de controlar la angustia de consultar treinta veces seguidas el móvil para comprobar que, en efecto, no había noticias de Audax. Y en las pocas ocasiones en que conseguía distraerse, siempre acababa ocurriendo algo que lo perturbaba.

Así una y otra vez.

La tensión no hizo sino aumentar al recibir un mensaje de Duncan, que lo convocaba a una nueva llamada telefónica ese viernes por la tarde. Era un mensaje escueto, lacónico, de los que no tienen nada de buena pinta. Ya no podía más. De repente se le agolpaban tantos recuerdos de situaciones similares en Scottish Fist y en el mismo Salmons que, al leer el mensaje de Duncan se sorprendió a sí mismo temblando de puro nerviosismo. Era la misma reacción que la de esos perros que se estremecen al ver al amo maltratador agacharse, temiendo que este vaya a coger un palo del suelo con el que pegarlos una vez más. Un miedo atávico, imposible de controlar. Tener que esperar dos días hasta el viernes se le hacía muy cuesta arriba y nada ni nadie lograba distraer su atención. Trataba de aislarse, de evadirse de la situación. De no caer en la tentación de llamar él a la auditora para al menos tener ese frente cubierto antes de la llamada. Fueron dos días realmente duros y solitarios. Con nadie con quien compartirlos. Ya no se fiaba de ninguna persona salvo de su familia y de Davinia, pero no podía ni quería trasladarle todavía más tensión, más incertidumbre.

Llegó el viernes y se recluyó en su cuarto para poder disponer del ambiente lo más tranquilo posible para concentrarse en la llamada. Marcó el número advirtiendo el temblor de sus dedos. Molesto por la falta de control sobre su cuerpo pero al mismo tiempo resignado. Que fuera lo que Dios quisiera. Sonó tres veces hasta que Duncan descolgó.

–Buenas tardes, Bernardo, ¿cómo te encuentras?

El tono le sorprendió. Pero lo agradeció profundamente. Tan solo el hecho de que se interesase por él derribaba esa barrera de extrema frialdad que se había erigido entre ambos desde el mismo momento en que le comunicó su despido.

–Bastante tenso, la verdad, Duncan. Entiendo que por vuestra parte todo está resuelto. Mi salida ha sido comunicada tanto interna como externamente pero yo todavía no tengo ni siquiera mi acuerdo de salida firmado. No tengo nada.

–Tienes toda la razón y lo siento por ti.

La voz de Duncan sonaba extrañamente cercana. ¿Era ese el mismo hombre que le había sugerido ir a jugar al tenis y a conducir su coche menos de un mes atrás?

–Bernardo, te quería comunicar que voy a firmar tu acuerdo de salida incluyendo los comentarios que nos hiciste llegar. Creo que son razonables.

¡Joroba! ¿Y a qué venía este repentino cambio de actitud? ¿No le podía haber enviado un *mail* sin más? ¿Para qué narices quería hablar con él? La incierta espera había sido una tortura totalmente innecesaria.

–Muchas gracias, Duncan. Creo que es lo justo.

–Aparte de eso, quería pedirte que no hicieras nada con relación al tema de Energetic Drinks. Ya nos encargaremos nosotros de solucionarlo desde Londres. ¿Lo has comentado con alguien?

Ahora lo entendía. Nada sale gratis. Resultaba que era eso lo que le inquietaba. Compraba su silencio a cambio de darle algo a lo que tenía derecho de todas formas, como era la firma de su acuerdo de salida. Pero le daba igual. En ese caso había salido cara, de la misma manera que podía haber salido cruz. La cosa era aprovecharlo adecuadamente. Si por alguna razón Energetic Drinks le preocupaba a Duncan, no era ya asunto suyo.

–No, no lo he comentado con nadie. Puedes confiar en que por mí nadie se va a enterar.

–Sabía que podía confiar en ti. Pero Bernardo en él no.

Ya tenía la primera pieza del rompecabezas encajada. Ahora había que ir a por la segunda. Para ello no podía permitirse el lujo de jugársela únicamente a la baza de Audax, por mucho que le encajase esa opción. Era preciso hacer una prospección más amplia del mercado aun cuando ello supusiese optar por puestos que de partida no le convenciesen o no significasen una verdadera evolución. Después de la noticia de Prensa Económica Nacional ya no estaba la cosa como para andarse con exquisiteces.

Se puso manos a la obra, habló con todos los cazatalentos de su agenda y acudió de manera casi indiscriminada a todas las entrevistas, que en su inmensa mayoría eran para el puesto de socio de *M&A* en bufetes tanto nacionales como internacionales. Sin embargo, siempre se encontraba con los mismos dos problemas.

En primer lugar, los socios directores que lo entrevistaban. Por mucho que les gustase su capacidad, su prestigio o su clientela, al final pesaba más el temor de que Bernardo les acabase quitando el puesto. Al principio no lo entendía pero acabó cayendo en la cuenta un día mientras jugueteaba distraídamente con los cromos que había comprado para los niños. En el fondo su situación era la equivalente a si un entrenador de primera división de un equipo de fútbol profesional entrevistase a otro entrenador de primera división que se acababa de quedar sin equipo para el puesto de preparador de porteros.

Por añadidura no paraban de salir noticias relativas a su salida de Salmons. Era una cadencia casi clínica e inexplicable. Un torrente que parecía no tener fin. Una evidente mano negra estaba interesada en desprestigiarlo. Que si Salmons buscaba nuevo socio director, que si salía un reportaje sobre despachos internacionales en los que había cambiado el socio director. Que si Salmons se planteaba salir de la Nación... La cobertura mediática Era totalmente desproporcionada con relación a la importancia relativa de Salmons en el mercado de la Nación. Y lo peor era que la fuente podía ser cualquiera: Aitana Verso, Arturo Pedraz, Dalton Cruz, Anastasio, Argimiro... Bernardo, voluntaria o involuntariamente, había levantado muchas ampollas en el mercado legal y ahora toda esa inquina acumulada se estaba volviendo en su contra.

Así que, en consecuencia, todos los procesos de selección comenzaban bien pero acababan frenándose con muy buenas palabras pero sin llegar nunca a buen puerto en cuanto las firmas analizaban en profundidad su perfil público. Bernardo se iba quedando sin opciones y, casi entrados en el mes de agosto, la única alternativa realista y viable que tenía ante sí era que Audax lo contratase. Ya había realizado varias entrevistas y preparado su plan de negocios y la química parecía muy buena. Solo faltaba una última entrevista para que aquella pesadilla se disipara.

* * *

De la que no despertó.

Llegó el mes de agosto y seguía sin noticias. Pensó que no tenía sentido seguir esperando por más tiempo en la Gran Capital a que lo llamaran y se marchó de vacaciones con la familia. Necesitaba un poco de sosiego. Habían sido unos meses muy estresantes, de vaivenes emocionales continuos, muy difíciles de soportar con una sonrisa en los labios para evitar que la familia notase lo mal que lo estaba pasando y se les transmitiera un nerviosismo e inquietud que no merecían. Por unos días pudo relajarse y descansar confiando, más bien deseando, que fuera una cuestión de tiempo el recibir una contestación positiva de la auditora. Además, desde que tenía el acuerdo de salida firmado, había podido cobrar de nuevo su sueldo de manera regular, por lo que su situación económica seguía siendo desahogada. Intentó olvidarse un poco del móvil y huir de la ansiedad que le provocaba consultar permanentemente el dispositivo para comprobar que nadie aún lo había llamado. Lo dejaba en un cajón de la habitación y, cuando iba a cambiarse, al baño o a cualquier cosa, lo sacaba del cajón y comprobaba de manera mecánica si había habido suerte, de forma casi ritual, sin verdaderamente esperar encontrar nada. Agosto estaba bien comenzado y era raro que a esas alturas algo fuera a cambiar. Probablemente sería preciso esperar hasta septiembre para tener noticias.

Necesitaba esa pausa.

Pero ese día de agosto sí hubo suerte. Tenía una llamada perdida del responsable de Recursos Humanos de Audax. Era de hacía tan solo una hora. Era probable que siguiera estando en línea. Se aprestaba a marcar su número de teléfono cuando le entró un mensaje de correo electrónico. Era del mismo responsable de Recursos Humanos. Tenía que abrirlo y leerlo antes de dar los siguientes pasos. Había tardado más de la cuenta pero ahí estaba por fin.

Lo abrió. Era breve.

> Estimado Bernardo,
>
> Disculpa en primer lugar por la tardanza en contactar contigo.
>
> Aunque nos parece que eres un candidato excelente, finalmente hemos decidido contratar para ese puesto a otra persona.
>
> Esperamos seguir en contacto contigo. Un abrazo.

Frío pero al menos directo. Se le heló la sangre.

No lo esperaba.

Y ahora que había pasado, la verdad es que no tenía mucho sentido el que hubiera depositado tantas esperanzas en un proceso tan incierto. La realidad era que tampoco había avanzado tanto. Pero él se apoyaba en esa muleta, esa sensación protectora de tener algo bueno en ciernes. Es que lo necesitaba como el respirar. Ansiaba tener alguna esperanza a la que asirse para poder soportar de alguna manera la presión a la que estaba sometido. Era el combustible que lo ayudaba a tirar hacia adelante cada día. Que impedía que se hundiera del todo. Y ahora había desaparecido.

Revisó sus opciones. No había muchas, y las pocas que seguían vivas no parecían demasiado prometedoras ni atractivas. Pero no podía hacer nada. Estaba casi a mediados de agosto y por esas fechas en la Nación se paraba el mundo. No era posible avanzar con ningún proceso. Y lo peor era que seguía sin tener a nadie con quien hablarlo. María estaba totalmente descartada. Ni por asomo tomaría el riesgo de afectar a su frágil equilibrio emocional. Y Daniel y Davinia estaban muy lejos y disfrutando de su descanso veraniego o tenían sus propios problemas. Lo único sensato era tratar de descansar lo más posible, disfrutando lo que pudiera de sus vacaciones en familia. O cuanto menos no estropeándoselas a los demás.

Fueron días de paseos, de playa, de deporte. De tratar de aislar su mente. Esperando que llegase el momento de volver a la Gran Capital y así dedicarse intensamente de lleno a la búsqueda de trabajo en cualquier despacho. En cualquier sitio. Porque el tiempo se le empezaba a acabar sin remisión. Era crucial llegar en las mejores condiciones posibles porque cuanta mayor lucidez tuviera, mejor dirigiría sus pasos.

–Cariño, ¿qué te parece este jazmín para el porche de casa?

–Perdona, que no te estaba escuchando. Dime, María.

María, paciente, repitió la pregunta de nuevo a su agotado esposo.

–Que si crees que este jazmín quedaría bien en el porche de casa.

–Mmmmm... Sí, creo que sí. Quedará perfecto.

–¿Le puedes sacar una foto y así antes de comprarlo comprobamos en casa si es igual al resto de los que tenemos plantados?

Siempre tan prudente.

–Sí, por supuesto.

Sacó el móvil del bolsillo y tomó la foto.

Estaba a punto de guardarlo cuando sonó la señal acústica que indicaba la recepción de un nuevo correo.

Lo abrió. Nunca se sabe. No era momento de desperdiciar cualquier nueva oportunidad que pudiera surgir.

Era de Duncan. ¿Qué querría? Llevaba meses sin saber de él, desde la conversación en la que le pedía que no hablase con nadie de Energetic Drinks. Salió del vivero para estar a solas y lo abrió.

> A: Bernardo Fernández Pinto DE: Duncan Smith
> Asunto: Estrictamente privado y confidencial Fecha: 21 de agosto
>
> Bernardo,
> Hemos encargado a la firma de auditoría Audax la revisión de las cuentas de la oficina de la Gran Capital, con especial hincapié en las facturas emitidas hace más de seis meses y que no han sido cobradas, entre las que se encuentran las de Energetic Drinks.
> En tanto en cuanto no se haya completado la mencionada revisión y se haya podido comprobar el alcance de tu responsabilidad en condición de gestor de la oficina, el ExCom ha decidido interrumpir los pagos correspondientes a tu acuerdo de salida con efectos inmediatos.
> Te mantendremos informado del resultado de las investigaciones. Mientras tanto, no puedes comentar el contenido de este mensaje con terceros.
>
> Sin ningún otro particular,
> Duncan

No podía ser. Audax. La firma de auditoría contratada por Salmons para la revisión era la misma que finalmente había rechazado la contratación de Bernardo pocos días atrás. Todo encajaba. Los astros no paraban de alinearse en su contra. El puzle que tanto le había costado recomponer se desmoronaba de nuevo ante sus ojos. Parecía el mito de Sísifo. Por mucho que empujara la roca hasta la cima de la montaña, volvía a rodar ladera abajo por el otro lado. Así una y otra vez sin parar.

Lo peor era que se habían consumido cuatro de los seis meses de que disponía para encontrar trabajo y se hallaba de nuevo en la casilla de salida. Sin trabajo y sin sueldo. La situación comenzaba a ser verdaderamente desesperada. E injusta. Había que tomar cartas en el asunto. La búsqueda de un nuevo destino profesional tendría que esperar. Ahora lo prioritario era recuperar su fuente de ingresos. No podía permitirse dejar de cobrar las mensualidades restantes y el finiquito. Había contado con ese dinero para poder disponer de unos cuantos meses más en la recámara en el caso de que se retrasase su siguiente paso más allá de los seis meses de *garden leave*. Y era evidente que el tema se iba a demorar. La prensa había logrado afectar a sus aspiraciones. Su nombre comenzaba a estar proscrito en el mercado legal.

Precisaba dar contestación al mensaje de Duncan de una manera lo suficientemente contundente como para que le dejasen en paz y reanudasen los pagos de forma inmediata. Tan solo quería que le abonasen lo que le debían y que se olvidasen de él de una vez por todas. Y había que hacerlo rápido. No solo por una cuestión económica, sino sobre todo por prestigio profesional. Esto no podía quedar así. Bernardo había seguido hasta entonces la estrategia de evitar la confrontación directa con Duncan porque consideraba que cuanto mayor fuera el escándalo más complicado le iba a resultar tener un buen futuro fuera de Salmons, pero a esas alturas era evidente que el escándalo era imparable.

Decidió llamar antes a Alejandro. Después de todo había sido, quizá lo fuera todavía, un buen amigo, y seguía siendo socio de Salmons y por ende tendría información de primera mano de lo que estaba sucediendo.

–Alejandro, ¿qué tal va todo?

–Pues ya sabes cómo va todo. Mal. Duncan y su troupe están consiguiendo cargarse el despacho a velocidad supersónica. ¿Tú cómo lo llevas?

–Todavía peor que tú. Acabo de recibir un *mail* de Duncan comunicándome que han abierto una investigación de las cuentas de la oficina y que dejan de pagarme hasta que no la hayan completado. Por eso te llamo. ¿Sabes algo de esto?

Se produjo un breve silencio. Casi imperceptible, pero lo suficientemente prolongado como para que Bernardo se diera cuenta.

–Algo nos ha comentado Duncan de la investigación. Pero no sabía que te fueran a dejar de pagar.

Alejandro mentía a las claras, se lavaba las manos. Otro supuesto bastión, otra pretendida amistad que se derrumbaba ante sus ojos.

–De todas maneras, a ti te debe de dar igual porque ya tenías algo casi cerrado, ¿no? –inquirió Alejandro.

Bernardo había estado informando a sus más cercanos de Salmons de su posible siguiente paso con el doble objetivo de disponer de un equipo sólido que lo acompañase, y que de esa manera le permitiese dar un mejor salto profesional. Y, por otra parte, para poder brindar a los que habían sido fieles en el pasado una buena salida de Salmons y la opción de comenzar de nuevo desde cero.

Alejandro entre ellos. Pero ya no se fiaba de él. En realidad de nadie pues, salvo Davinia, ninguno le había demostrado ser digno de su confianza. Ninguno se había arriesgado por él ni había antepuesto su interés al suyo, como lo había hecho él con los demás, con todos, porque verdaderamente sentía una deuda personal con ellos por haberle acompañado. Aunque ya no más.

–Es verdad, Alejandro, tengo una buena oportunidad por delante.

Alejandro lo interrumpió.

–¿Sí? Me alegro. ¿Y dónde?

–Todavía no te lo puedo decir.

–Bueno. Ya me contarás. De todas maneras, cualquier cosa que pudieras ofrecerme en cualquier nuevo sitio no me va a interesar.

Mejor así, pensó Bernardo. Tenía que empezar a volar sin lastre. No obtuvo ninguna pista por parte de Alejandro acerca de la investigación. Iba a tener que redactar su contestación a Duncan completamente a ciegas. Para ello era imprescindible encontrar algún punto de presión, algún flanco débil que lo asustara. En efecto, el CEO de Salmons había demostrado ser un cobarde anteriormente, pues solo osaba atacar cuando consideraba que tenía la posición ganada. Lo había hecho en la reunión en el Hotel Confederación, en el momento de su despido, y lo estaba haciendo ahora. Así que si encontraba una vía de escape y atacaba con la suficiente firmeza, Duncan se arrugaría.

Se puso manos a la obra sin demora. Su cabeza estuvo bullendo hasta que tuvo la contestación escrita en su mente. Ahora solo faltaba transcribirla. Para ir redactando aprovechaba los momentos en que acostaba a los niños, mientras esperaba a que se durmieran. Asimismo, empleaba los tiempos muertos de la tarde, cuando todos descansaban. Y hasta en la ducha. Cualquier espacio de tiempo que no levantase sospechas en María de que algo no marchaba bien era bueno. Ella sabía identificar perfectamente esos instantes en que Bernardo se concentraba al máximo y, en pleno mes de vacaciones eso no podía significar nada bueno.

Por fin, a los dos días ya tenía redactada la respuesta a Duncan. El contenido y el tono, que era crucial. Decidió añadir en el asunto la mención *without prejudice*, legalismo cuya inclusión en el mundo jurídico anglosajón quería decir que nada de lo que se afirmase en dicha comunicación podía ser utilizado posteriormente en un juicio. Su objetivo era hacer creer a Duncan que estaba siendo asesorado profesionalmente por abogados británicos y que estaba preparando una demanda. A por todas.

A: Duncan Smith
DE: Bernardo Fernández Pinto
Asunto: RE: Estrictamente privado y confidencial – *without prejudice*
Fecha: 23 de agosto

Estimado Duncan,
Acuso recibo de tu comunicación de fecha 21 de agosto. Procedo mediante este correo electrónico a la contestación *without prejudice* de los extremos que se recogen en el mismo.
En primer lugar, resulta preciso indicar que la presente se te envía en tu condición de CEO de Salmons y, por ende responsable de todas sus oficinas, incluida, como es natural, la de la Gran Capital.
En segundo lugar, es necesario dejar claro que desde el momento en que se produjo mi cese como socio director de la oficina de la Gran Capital de Salmons, el pasado 3 de abril, he seguido de manera puntual todas tus instrucciones con relación a asuntos concernientes a la gestión de la oficina. Aportaré las pruebas preceptivas a su debido momento.
En particular, quería referirme a dos asuntos concretos: el arbitraje de Cubs y Energetic Drinks.
Arbitraje de Cubs: como es sabido, se trata del asesoramiento a Cubs en su condición de demandante en un arbitraje de equidad. El socio responsable de este asunto es Anastasio Martínez. En mayo del año pasado se procedió, a cierre del ejercicio de Salmons, a librar una factura por la mitad del *success fee* del asunto siguiendo

tus órdenes, como queda de manifiesto en el correo electrónico que se adjunta como prueba. En este asunto la factura no fue retrocedida hasta recibir tus indicaciones al respecto, tras ser requerido en reiteradas ocasiones para no hacer nada sin tu aprobación e instrucciones previas.

Estructuración fiscal de Energetic Drinks: tal como te comuniqué inmediatamente tras ser informado de ello por el cliente el pasado mes de mayo, a los pocos días de haberse producido mi destitución, aparentemente Antón Pla emitió sin mi conocimiento facturas falsas a Energetic Drinks por encargos profesionales inexistentes, En este caso, de nuevo siguiendo tus instrucciones, no hice nada ante tu solicitud de dejar el asunto en tus manos.

Cabe señalar en ambos supuestos que la oficina que yo dirigía, pese a mis reiteradas peticiones, nunca dispuso de un departamento financiero o de contabilidad, encontrándose dicha función centralizada en la oficina de Londres y bajo tu supervisión directa.

Por todo lo aquí expuesto, salvo que en los próximos siete días no se produzca un restablecimiento de los pagos debidos junto con una contestación satisfactoria al presente correo, haciendo uso de mis derechos recogidos en el Acuerdo de Socios vigente de Salmons, procederé a reenviar esta misma comunicación al Órgano de Supervisión con la solicitud de que se incorpore al proceso de investigación descrito en tu comunicación previa.

Sin otro particular, te saluda atentamente,
Bernardo Fernández Pinto

Releyó, satisfecho, el mensaje. Quizá debía haber comenzado por ahí desde el principio. Pese a toda su experiencia acumulada, hasta entonces había preferido adoptar un tono de perfil bajo, conciliador, harto de tantas batallas. Estaba claro que se había equivocado. »En este mundo de las firmas legales no se consigue nada sin enseñar los dientes» reflexionó. Por mucho que le pesara, por mucho desgaste que eso supusiera. Tendría que ser así. Había fracasado en su intento de construir un sueño a la medida de sus aspiraciones juveniles. Cada pedazo de la estructura que con tanta ilusión había diseñado era destruido por la tozuda realidad de un mundo mezquino.

A los dos días recibió contestación por parte de Duncan y, a la semana exacta de su *mail*, Salmons había reanudado los pagos.

* * *

De vuelta a la Gran Capital, Bernardo había quedado con todos aquellos a los que aún sentía cercanos: Damián, Daniel, Davinia, Débora, David y Didac. El encuentro sería en el bar Getsemaní, sucursal en la Nación del homónimo restaurante de Londres en el que no hacía tanto tiempo Duncan le había ofrecido ser el siguiente CEO de Salmons. Le vendría bien una reunión de amigos, de caracteres similares pero que se encontraban fuera del mundo legal, del circuito de los grandes bufetes, para de esa manera abstraerse en la medida de lo posible de su situación y lamerse las heridas, restañar el daño que le habían infligido.

Llegó pronto al local, ubicado en un bajo céntrico de la capital. Estaba abarrotado. Tendría que coger mesa en la planta inferior del garito. Escogió de manera inconsciente una de la esquina, como si necesitara ocultarse o protegerse de algo. Era una secuela que tardaría años en desaparecer. Sus amigos fueron llegando uno tras otro. Lo saludaron afectuosamente. Sabían que no estaba en su mejor momento.

Todos tenían una pinta estupenda. Parecían mucho más jóvenes aun teniendo casi todos ellos más edad que ´el.

A Damián hacía siglos que no lo veía. Prácticamente desde la carrera. Seguía viviendo en su pequeña ciudad de provincias, feliz, sin muchas preocupaciones. Con su nivel de vida adaptado a la atmósfera local. Disfrutando de su trabajo, siguiendo su filosofía de «poco es mucho», sonriente como en los años universitarios.

David había dejado el Gran Bufete y se había sacado unas oposiciones sencillitas que le dejasen el mayor tiempo libre posible para poder dedicarlo a su pasión: la literatura. Había logrado publicar en un pequeño sello editorial media docena de novelas. No ganaba demasiado dinero con ello pero no le importaba. Todavía sentía verdaderas náuseas cuando le recordaban su etapa de abogado de campanillas.

Débora, tras haber sido la espoleta que hizo estallar el sector legal de la Gran Capital, se dedicó al negocio familiar, aceptando la oportunidad que el destino le había brindado desde pequeña y que en un primer momento había repudiado. Nunca llegó a tener un contrato laboral en toda su carrera profesional. No lo necesitaba.

Daniel continuaba con su pequeña empresa de traducciones jurídicas. Al ser un trabajo totalmente deslocalizado, que no requería de presencia física en ningún lugar concreto, había aprovechado para dar la vuelta al mundo un par de veces. Conocía a gente de todas las culturas y trabajaba marcando su propio ritmo. Como por su trabajo todavía seguía en contacto con su antiguo mundillo legal, no pasaba un solo día en que no se congratulase de la decisión tomada muchos años atrás.

Davinia se acababa de incorporar a una empresa como responsable de control interno. El solo hecho de tener un horario la tenía loca. Trabajaba hasta las seis ¡y se iba a las seis! Con jornada intensiva en verano. Y vacaciones como Dios manda. Nada de dos semanas con interrupciones y casi pidiendo disculpas.

Didac era el único aún vinculado en cierto modo al mundo de los despachos legales, pero a su manera. Con su propia boutique. Tan solo aceptaba los encargos que le atraían. Los que no los rechazaba. No tenía ningún tipo de estructura y esto lo liberaba de cualquier clase de presión.

Bernardo los había convocado allí con una clara intención. Tras tantos años negando la evidencia, finalmente necesitaba reconocer en público y en voz alta aquello que tantas veces había vislumbrado pero que él mismo se había negado a aceptar. Levantó su copa.

–Amigos, muchas gracias por venir hoy. Como sabéis, es un momento duro para mí. Pero, al mismo tiempo, es la oportunidad de mirar de frente mis miedos, mis cobardías, tanto tiempo negadas.

Continuó ante la dulce mirada de sus amigos allí congregados, que ya habían estado exactamente en esa situación espiritual mucho antes que él.

–Entre todos me habéis enseñado el camino, aunque no he seguido a ninguno. Me he querido convencer durante años de que lo hacía a mi manera. Pero era mentira. Me he dejado atrapar cada vez más por este mundo horrible.

Aplausos y muestras de conformidad.

–Tan solo me queda pediros, parafraseando a nuestro querido Daniel, que si alguna vez me veis retomando ese camino, por favor encerradme en casa y no me dejéis salir a trabajar hasta que me echen por absentismo laboral.

Se levantaron todos y brindaron por ello. Departían alegremente hablando de cualquier cosa menos de trabajo, en todo caso riendo aliviados de la pesadilla que en cierta manera todos habían vivido y podido finalmente superar, sin advertir que dos mesas más allá había allí sentado un grupo de viejos conocidos.

En efecto, allí se encontraban Álvaro, Antonio, Alberto, Aitana, Anselmo, Arturo, Argimiro, Anastasio, Arpad, Antón, Andrés, Alejandro, Adrián y Antonia. Catorce antagonistas para catorce pasos del *vía crucis*.

Parecían estar pasándoselo bien. Hablaban solo de trabajo. De lo bien que les iba a todos, de lo fantásticas que eran sus vidas. De las grandes operaciones en las que estaban atrapa-dos. Paradójicamente, pese a lo felices que afirmaban ser, ninguno de ellos mostraba prisa alguna por volver a su hogar. Preferían prolongar al máximo la porción profesional de su existencia y minimizar la personal, tan imperfecta y extraña. Tan ajena y molesta en muchas ocasiones.

Anselmo fue el primero en darse cuenta. Levantó la cabeza y acto seguido la voz, interrumpiendo a un siempre acelerado Alberto, que llevaba ya diez minutos escuchándose.

–¡Hey, chicos! ¿Habéis visto eso?

–¿El qué?

–Esa mesa del fondo. Dos más allá, la de la esquina. ¿Ese de ahí no es Bernardo Fernández Pinto?

Todos volvieron conjuntamente la cabeza.

–¡Anda!, pues es verdad –dijo Alejandro.

–Y los demás también me suenan –señaló Antón.

–Claro que sí. ¡Son Débora, Daniel, David, Davinia, Didac y Damián! ¡Menuda reunión de fracasados anónimos!

El grupo estalló en una carcajada sincronizada.

–¡Es verdad! –rio nerviosamente Arturo mientras su cabeza rebotaba rítmicamente al compás de las carcajadas.

–Hay que hacer algo –dijo Andrés.

–Por supuesto –apuntilló Anastasio–, faltaría más.

–Jajajajá. Dejádmelo a mí.

Álvaro se puso en pie, solemne, y gritó.

–¡Eh, Bernardo!

El aludido levantó la mirada para mirar de frente al grupo que hacía rato que ya había visto en la mesa contigua, pero que en verdad sentía a miles de kilómetros de distancia.

–¡Bernardo! –continuó Álvaro–. ¡Despierta y vete de una vez de aquí, no perteneces a nuestro mundo!

No podía tener más razón. Recordó las palabras de su profesor de Derecho Romano en la Gran Universidad. Bernardo había conseguido ser el arquitecto de un sueño del que ahora solo quedaban las cenizas. Entre todos habían conseguido sepultarlo.

EPÍLOGO: RESUCITADO

Apenas fuera del Getsemaní, un zumbido sacudió el bolsillo de su pantalón. Normal. Su teléfono móvil recuperaba la cobertura. Lo sacó y vio un mensaje de un remitente desconocido:

> Bernardo,
> No nos conocemos. Soy Abraham Montañés, de Rapid Consulting, la consultora líder del mercado nacional. Me gustaría verte el próximo martes. Tengo una propuesta que hacerte.

Se guardó el móvil en el bolsillo mientras una sonrisa se le dibujaba en el rostro.

AGRADECIMIENTOS

A Alberto, Iñaki e Íñigo, por el tiempo dedicado a mi novela y sus amables palabras.

A Víctor, por el título y por toda la pasión y fe que ha puesto en esta obra desde el principio.

A Alicia, mi lectora-topo.

A Nacho y Violeta, por toda su ayuda.

A Enrique, por sus consejos e introducciones.

KOLIMA
BOOKS

www.ingramcontent.com/pod-product-compliance
Lightning Source LLC
LaVergne TN
LVHW021939220826
846092LV00010B/1174

* 9 7 8 8 4 1 8 8 1 1 5 5 5 *